JN083445

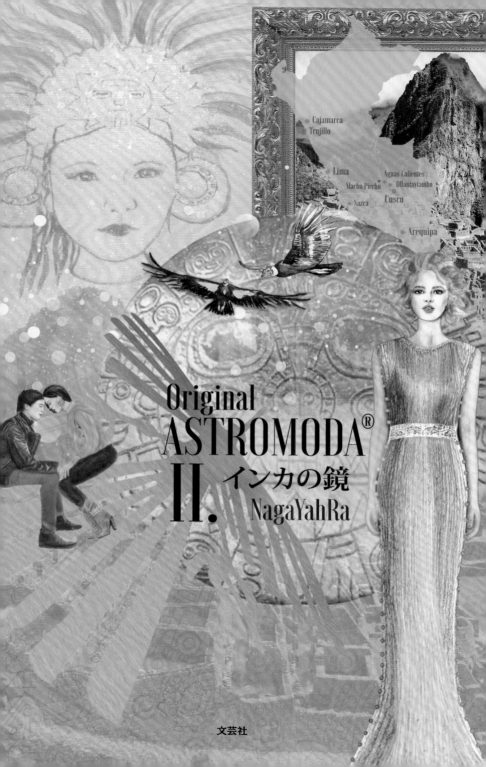

★アストロモーダ・サロン

占星術・ホロスコープを用い、クライアントに最適なファッションをコーディ
ネイトするオートクチュール・サロン。タイ・チェンマイに店を構え、マヤ、
クララそしてシータが共同で運営する

◎登場人物

シータ（♀）	アストロモーダ・サロンのコーディネーター。マヤとクララがそれぞれ長い旅に出たため一人で店を守る
マヤ（♀）	クララとともにアストロモーダ・サロンを経営するが、二人の共通の親友であるシータに店をまかせ恋人を追ってチベットに旅立つ
クララ（♀）	アストロモーダ・サロンの共同経営者。商談でバルセロナに向かうが、行方不明の恋人が見つかったとの情報をうけ急遽ポルトガルに
ジョジョ（♂）	アストロモーダ・サロンに生地を卸す業者
ヴァレンティナ（♀）	アストロモーダ・サロンのクライアント。シータは彼女のことを親友だと思っているが……
アルフォンソ（♂）	ヴァレンティナの恋人。妄想癖あり
トマーシュ（♂）	クララの恋人だがメーガンとも関係をもつ
クライシー（♂）	ギャング団のボス。ヴァレンティナと手を組むことに
メーガン（♀）	アストロモーダ・サロンのクライアント。トマーシュの恋人、すなわちクララの恋敵
アインホア（♀）	闘牛士の恋人がいたが他の女性と結婚してしまう。クララと出会い行動をともにするが……
ウルピ・クントゥル（♀）	友人二人とマチュピチュにある「アクリャワシ」というサロンを経営する。結婚していたが夫を殺してしまう
アリシア・アマル（♀）	アクリャワシの経営者の一人
マヌエラ・ウトゥルンク（♀）	アクリャワシの経営者の一人
インカルコ（♂）	ウルピ・クントゥルが殺した夫の弟。彼女に復讐を企てる
ピグエラオ（♂）	インカルコの友人、カテキルの双子の兄
カテキル（♂）	インカルコの友人、ピグエラオの双子の弟でシータの恋人？
リョケ（ナヤラーク）（♀）	チャカナ（アンデスの十字星）の三つの世界すべてに同時に住んでいるという女性魔術師

ORIGINAL ASTROMODA®

インカの鏡

II

NAGAYAHRA

アイコン

 占星術

 アストロモーダ

 ファッション小物

 コレクション

 デザイナー

 デザインの具現化

 アンデス地方のシャーマニズムとインカの世界

 冒険 / 旅

 人物 / 小説の登場人物 / 出来事 / 伝説

 バーチャル・リアリティー

 概念の説明 / 参照

 興味深い話

もくじ

第3部
インカの鏡

第3部　インカの鏡

Cajamarca
Trujillo

Lima
Machu Picchu
Nazca
Aguas Calientes
Ollantaytambo
Cusco

Arequipa

Pisagua

第31章
天に向かう列車

「おおインティ、あなたに心からのご挨拶を送るとともに、私の心から三百二十八の光をあなたのすべてのワカ[1]に、時間とそれを取り囲む空間とを結ぶすべての神殿に向けて、送ります…」私は声に出してそう唱えながら、ほんのひととき雲のベールから顔をのぞかせた太陽を仰ぎ見ていた。そして慎重に三百二十八数えながら、素早くまばたきする。こうすることで自らの内に秘める光を切り刻んで、太陽神宛ての小包に入れることができるのだ。聖なる山ワイナピチュ[2]の頂で人々が私のすることを見守り、評している。中にはこんなことを大声で言う無神経きわまる者もいた。「ほら、あの気狂いの女を見ろよ。」見える、見えないの呼応の中に聞こえた答えは、「ああ、なんだ、また頭のおかしい『木を抱く女』か。」

　率直に言って、私にはどうでもよかった。今は自分のことで手いっぱいで、その「いっぱい」に狭量な阿呆どもを加えている暇はない。ここ数日に起こった出来事に、私は昼夜を問わず苦しめられていた。何より山頂ではマヤも見つからなかったし、いなくなったマヤを超能力で見つけてくれるはずのコンドルがいると言われていたのに、それすらいなかった。マヤに会うために地球の裏側から旅してきたのに。私を騙したインカルコ[3]に、私は腹を立てていた。

＊1　Huacas（ワカス）─ケチュア語（アメリカ大陸で最も普及している原住民語で、インカ帝国の公用語だった）でピラミッドだけでなく、コロンブス以前の文化のあらゆる神聖な場所と物を表す言葉。すなわちワカは、建造物、山、川、木、儀式用の道具を意味するだけでなく、死んだ祖先の遺体、神の彫像、また神そのものを指すこともある。

＊2　Huayna Picchu（ワイナピチュ、Wayna Picchuと表記されることもある）─インカ人の聖なる町マチュピチュを見下ろす山で、その名は「若い山」の意。標高2720メートル。

＊3　Inkarquo（インカルコ）─4500平方メートルの面積を持つInkaraqay（インカラカイ、Inka Raqayとも表記される）からとった人物の名前。インカラカイはケチュア語で「インカの廃墟」を意味し、登ることが困難な、ほとんど垂直とも言えるワイナピチュ山の斜面に伸びるテラス状の城壁のように見える。インカ人にとってこの場所は天文観測所の役割を持ち、「月の神殿」との結びつきから月にまつわる儀式の場所としても利用された。

　奴のせいで、私はもう少しで命を落とすところだったのだ。誇張ではない。最初はよかった。マチュピチュからきれいに整備された登山道を登っているうちは、いい気分だった。ジャングルの雨上がりのように濡れた石段を進むと足がツルツル滑ったが、それも気にならなかった。頂上でマヤを抱きしめるのが待ち遠しかったから。でもやがて、山に特有の風の中で、石段が天に向かって急勾配になった。

「『喜びの山』*4のハシゴが登れたんだから、こんなの平気よ」聖なる山の頂に続く、インカ人が岩山を掘って造ったトンネルの一つを抜けながら、私は鼻息荒く自分を励ました。でもその後、スポーツマンらしい優美な歩調で私を追い越していった、頑張り屋のバカ男が、バカな警告をよこして私の足を麻痺させたのだ。「奥さん、気を付けてくださいよ。ここがlas escaleras de la muerte、『死の階段』と言われるのには訳があるんですからね。時々足を滑らせて、深さ半マイルの谷底にまっさかさま、という事故が起きるんですよ…」

　突然、一歩一歩が永遠に続くかのように感じられた。恐怖と、今度こそマヤを見つけたいと切望する思いがせめぎあう中、ツルツルした岩盤のところまで来た。つかむところがない。私は吸盤が付いているとでもいうように手のひらをその岩盤に置き、足が滑らないようにと祈った。立ったままそこを走って越えたどこかのティーンエイジャーたちが、私を見て笑う。すると湿ったコケに私の左の靴が滑って、笑い声が止んだ。

　私の身体が滑り台を滑り出すと、おののいた子供らがスペイン語の感嘆詞を叫ぶ。"¡Vaya!""¡Dios!""¡Mi madre!" ああもうおしまいだ、谷底へと続くツルツルした岩盤に、指という指の爪を食い込ませようと必死になる私の脳裏にその思いがよぎった。すると何ということか！　最後の瞬間に、私の血だらけになった指が、岩のすき間をとらえたのだ。身体は止まったが、恐怖の滑り台の真ん中から、どうやって脱出したらよいか分からない。本能的に一番近い地面のある方へ手を伸ばそうとするが、動いたとたん、身体がまた下に向かって滑り出した。

　私は抵抗しなかった。あきらめたように人生に別れを告げたその時、バンコク行きの列車の中で、私たちを外に連れ出すためにクライシー

────────────
* 4　Putucusi（プトゥクシ）、スペイン語で "Montaña feliz" ─マチュピチュを囲む三つの山の一つ。三つの中で最も低く、海抜標高2560メートル。

📷 ワカ   📷 月の神殿

が非常ブレーキを引いた時のような、急な衝撃を感じた…さっき私を
あざ笑っていた一団にいたティーンエイジャーの少年が、私のバッグ
をつかんだのだ！　私が滑る岩盤を渡るあいだ、彼は私よりも怖がっ
ているように見えた。私たちはその後、一緒に山頂を目指した。彼ら
はまたすぐ急いで下山していった。彼らの登山許可が下りている朝の
時間帯がもう終わっていたのだ。

　私の高潔な命の恩人が去るとすぐに、私はマヤを探しにかかった。
しかし無駄だった。何の手がかりもないのは、私の焼けつくような問
いに答えを運んでくるはずの魔法のコンドルも同じだった。マヤはど
こ？　クララは生きているの？　こんな人生、やってられない！

　大嘘つきめ！　いや嘘つきなんてもんじゃない！　ろくでなしだ
わ！　私はインカルコに悪態をつきながら、まだあの滑り台のアドレ
ナリンから抜けきれないでいた。歩いて解消しようと立ち上がった時、
ワイナピチュ山頂のすぐ下にある女神キジャを祀った「月の神殿」に
マヤがいる望みがまだかすかに残っている、と気づいた。インカ人た
ちは、太陽神インティの妻がキジャだ[*5]としていたから、筋も通る。
私はまず慎重に坂を下り、それから足を速めて、"Gran Caverna"[*6]の
立て札がある所で曲がった。歩きながら数える。

🗿 ＊5　Quilla（キジャ）は「ママ・キジャ」あるいは「ママ・イジャ」としても
　　　知られ、Killaと表記されることもある。インティの妹でもあり、インティに等
　　しい存在であった。人々はキジャを、女性の生を持つすべての生物の守り神、収穫の
　　守り神として崇めた。インティ（太陽）が金と結びつけられていたのに対し、キジャ
　　（月）の神殿にある儀式用の道具は銀製であった。
📖 ＊6　大きな洞穴

「一、インティ。二、キジャ。三、インティ。四、キジャ…」こう
やって太陽と月のペアから、マサンティン[7]のエネルギーを少しでも
呼び出せるようにと願う。もう子猫のようにクタクタだ…三十、キ
ジャ…三十三、インティ…あ！ 100段上がったところで、最初のコン
ドルが見えた！ 軽々と舞い上がり、空から私の骨折りを見ている。
マヤのことは何も知らない。ただ「きみ、素敵なバッグだね」と言っ
て、あとは私に目もくれなかった。

　エネルギーはちっとも湧き出てこなかった。もう、キジャの神殿の
石に手を触れているのに。マヤも現れなかった。人っ子一人いない。
また一つ会えなかった場所が増え、また一つ悲しみが増え、また一口
私の情熱がかじり取られていく…でもこの場所に私は癒された…神殿
は谷底を見下ろす、息をのむような岩壁の洞窟に収まる形で立ってい
る。ラマの毛の毛布か寝袋でもあったら、絶対にここで野宿してみた
い。こんなに素晴らしい所はそうあるものではない。私の身体の細胞
の半分が壮大な自然に触れて融解し、もう半分が神殿の神聖さに触れ
てさまようようなこの雰囲気を離れたくないと思うが、日暮れ前にマ
チュピチュまで下りなくてはならないので、出発する。

「バッグさん、素敵な人ね」別れ際に洞窟が「身体の身体」[8]に向
かって言った。私がかけている、紐の長い縞模様のバッグをここアン
デスではそう呼ぶのだ。ざっくりしたインカ風のファッションが肩か
らずり落ちるのを、首にかけたこのバッグが押さえている。足を止め
て、もう一度「月の神殿」を見上げた。いつもだったら、私は自分が
いるところで、まるでそこにいないかのように自分のことを話される
と嫌な気がする。でも堂々としたこの洞穴なら許そう。私は集中して
歩みを数えた。「一、キジャ、二、インティ、三、キジャ、四、イン
ティ…」こうすればコンドルが戻ってきて、最後の瞬間にマヤがどこ

　🕊 ＊7　マサンティン（マシンティンとも）とヤナンティンは、アンデス文明のエ
ネルギーの二つの基本的本質である。本書『オリジナル・アストロモーダ』に
おけるマサンティンは、男と女のように、相反するヤナンティンのパワーと補完的に
対をなし、神聖な結びつきを行うことで近づくことのできる、原初のエネルギーを意
味する。
　🛸 ＊8　Talega（タレガ）―アルパカの毛から作ったバッグで、大きなものには
ラマの毛が使われる。地元の人々にはスペイン語の el cuerpo（身体）という名
で呼ばれる。
伝統的なカバン類に属するものとしては他にも小ぶりの chuspa があるが、これは長
い紐の付いた織物のバッグで、女性も男性も首に下げて使う。chuspa は私物入れで
ある以前に、高山病対策として噛むコカの葉を入れるものとしての用途が主である。

にいるか教えてくれると願っていたから。

　電動ドリルの音が聞こえる。ナイフを研ぐ音も。犬の吠える声や、他にも奇妙な音がたくさん、でもコンドルだけは聞こえない。空から、クリスタルの雨粒のネックレスが弾けて降ってきた。

「さあ、また来たわ」今度は山の上から、例の鏡のような岩盤のところまで来て、私は声に出してため息をついた。さっきは、凶暴なネイルケアで爪をはがされた。これでも無傷で済んだ方だ。命の恩人がいなかったら、今ごろ「死の貝」*9で生まれ変わっていたことだろう。

　私は途方に暮れて彼を想い、恐怖で胃が締めつけられるのを感じながら、再び「死の貝」を覗き込むことなしに岩盤の滑り台を越えるにはどうしたらよいかと頭をひねった。数学的考察の末に、素晴らしい案を思いついた。しゃがんだまま後ろに手をつき、岩盤を下り始める。足が滑る。これは予想どおりだ。そうしたらとにかく尻で滑って、この鏡の岩盤と断崖とを隔てる幅の狭い足場で止まればいい。滑るのが楽しいくらいだ…が、子供が遊んでいるようなうきうきした感覚は、予期せず臀部が引っかかったことで吹き飛んだ。これは私の科学的計算に入れていなかった。脱線した私の身体は、地球の周りをぐるぐると回った。自分がこんな倒立回転跳びやでんぐり返しができるなんて、開いた口がふさがらない。死の滑り台の下の狭い足場で自然発生したこの曲芸を舞いながら、谷底の腕に抱かれまいともがく。高速で回転しながら、叫ぶ暇もない。「アアアア…」身体がぶつかる衝撃に彩られた痛みのうなり声だけしか、出すこともできない。

　今起きていることが信じられない。もうおしまいだ。私は奈落の底に落ちていく。急に列車の非常ブレーキが引かれて、私は岩壁に打ちつけられた。イタッ。想像していた天国の門は、こんなではなかった。耐え難い痛みと、死の現実への恐怖と共に、そんな思いが湧き出す。だがそこに、天使のような者が現れて、天と地の間をゆったりと飛びながら、4色で織られた私の「翼」を熱心に調べているのが見えた。

＊9　Spondylus（ウミギク、ケチュア語でmullu）、―棘のような突起のある貝の一種で、色はピンクから赤。気象現象「エル・ニーニョ」（スペイン語で「幼子イエス」の意―3年から5年に一度、クリスマスの時期に発生する）が発生すると、ペルーの海面に現れるため、インカ人たちはこの貝を死と結びつけていた。ペルー海域に非常に温かい海流が到達するため、通常よく獲れる魚が高温の海水を避けてより深く潜ってしまい、繁殖もしなくなる。逆に温かい海水につられて海面に浮かんでくるウミギク属の貝は、命あるすべてのものの破滅の前兆であるとみなされた。一方で、エル・ニーニョにともなって豪雨が降り、いつもは乾ききっている大地に新鮮な緑があふれるため、雨乞いの儀式の供え物としても使用されていた。

　ああ、私はバッグにぶら下がっているのだ！　そのことに気づいた。
落ちる時に、何かに引っかかったに違いない。おお、私の尊いバッグ
よ、私の「身体の身体」よ…
「色はとても素敵だね、オウムさん、でも叔父さんがいつも言うよう
に、僕たちの翼はもっとずっと高尚なものだよ、だってこれ以上ない
ほど大きいんだから＊10」ゆったりと飛ぶ天使が、妬んでいるのかと疑
うような調子で私に言った。
「コンドルよ、お願い。お願いします。私を助けて、私はもうすぐ、
運命の弾丸に貫かれて、奈落の底に落ちていってしまうわ」私は乞う
ように、天使の「大事なのは大きさだ…」という、いかにも雄々しい
モノローグを遮った。すると天使は気を悪くして、落ちてくる真珠の
ような水滴に羽でぶら下がったまま、扇を縦にしたような格好でしば
らくぶらぶらと揺れてから、風の流れに乗って、髪の毛一本でぶら下
がった私を越えて、流されていった。
　また独りになった。いつものように。そもそも、私は何にぶら下
がっているのか？　ああ、左の脇の下で引っかかっているのだった、
我慢の限界を超えるくらい痛いけれど。でも首と頭にかかっている
バッグの反対側は、上で何に引っかかっているのだろう？　それが分
かれば、バッグの紐をつたって安全な所まで登れるかもしれない。か
もしれない、だけでは動くのが怖い。「生」のこちら岸に私をつなぎ
留めている錨からとにかく離れないようにと、私はほとんど息すらし
ない。でも長くは我慢できない。早く、インカ人の道の片隅で御一行
様から迷子になった観光客に助けてもらわなくてはお陀仏よ、シータ
…
「助けてー！　誰かいますかあああ？　助けてー！　聞こえる？　ヘ
イ、誰か、助けてー。ここよー！」…
　私は口をつぐんだ。叫んだので、バッグの紐が緩んだような気がす
る。痛みをともなう存在の深部で、太陽がきらめいた。黄金の雨の喜
び、何千もの太陽の目もくらむような輝きが、我を忘れるような歓喜
を呼び起こす。「死の貝」から天使たちと一緒にあきらめるなと歌う、
魔法使いと魔女たちの声が聞こえる。
「戦いなさい、シータ。」
　智天使たちのオペラのような大合唱を聞いて、私は右手の手のひら

＊10　アンデスコンドル（ラテン名：Vultur gryphus）の両翼の端から端まで
は3.2メートルを超えることもある。

で頭の上の紐を握りしめた。渾身の力で、断崖の縁まで身体を引き上げる。すると本当に、できたのだ。驚くほど軽々と、神に召されるかどうかの占いの場所まで登ることができた。

　世界と対象物、周囲と私との境界がぼやけていく。輝き始めた星々をまとったコンドルの背に乗り、そのすべすべした羽をなでながら、私は雪に覆われた山々の頂のパノラマに向かって飛んでいく。するとアプクナ＊11の精霊たちが、手を伸ばして私を迎え、身体に巻きついた「身体の身体」のバッグを取り去ってくれた。拘束衣のようなバッグから解き放たれて、私は精霊たちと挨拶の抱擁をしようとする。すると途端に悪霊の不吉な笑いが響き、私はまるで空飛ぶじゅうたんが故障したとでもいうように、カラフルなバッグに乗ったまま墜落していった。

「シータ、あなた生きてるの？」光を発するコンドルがクララの声で私に尋ね、それから私をバッグごと、その翼の間に受け止めた。その瞬間、私は気がついた。蛇の地下界＊12に降り立ったようだ。私が落下するスピードはどんどん増していって、最後に私は粉々に砕け散るのだが、光のほうはどんどんゆっくりになっていった。落下の一瞬一瞬が、その前の一瞬より長くなっていた。

「死の貝」の中での覚醒は、永遠に続くかと思うほど長くかかった。落ちる前にいた岩壁が、小さくなっていく。マチュピチュもどんどん小さくなっていく。何より小さくなったのは私の手と足だ。私の身体全体が小人のように小さくなったが、それでも小さくなるのは止まらなかった。何千もの太陽の光が完全に止まると、時間の進む音も静かになり、私はマチュピチュもろとも、絵葉書の中にいた。そう、私はちっぽけな人形のようなディテールになって、インカ人

＊11　Apukuna —インカ神話に登場する山の聖霊。それぞれの山が自分の聖霊を持ち、またその聖霊を体現していた。ケチュア語のアプクナの単数形はアプである。

＊12　Uqhu Pacha（ウク・パチャ）—Uku PachaやUkhu Pachaとも表記される。Ukhu Pachaは「下の世界」の意。

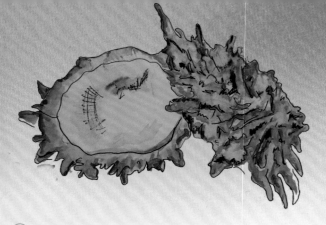

ウミギク

　の聖なる町を見下ろす岩山に、バッグの紐で引っかかってぶら下がっていたのだ。絵葉書に書いてある "I love Machu Picchu" の文字さえ、私より大きいくらいだった。小さくなればなるほど、私の思い出は強くなっていき、凍り付いた光を離れて闇の中を逆戻りしていく私の周りを過ぎていった。その光は私の記憶のストロボスコープのように、万華鏡の視覚トリックを施したモザイク状の鏡のように、同じ場所でクルクルと回っていて、あらゆる私の思い出が織りなす見事な眺めがその視覚トリックを生み出しているのだった。

　光の中からまず最初に飛び出したのは、くたびれたブラジャーだった。ナイロン70％、ポリエステルその他18％、よれよれのブラで乳をやり育ててきた五人の子供たち。くたびれた下着が、それを着ていた女性の心に不安を呼び起こすということはあり得ない。『アストロモーダ・サロン』のクライアントたちを見ていて知った「ブラジャーのくたびれ加減と、自信のなさは比例する」の法則は、この退廃的な糸紡ぎ女にはまったく通用しないのだ！　ブラウスからのぞいているベージュのブラを見るのはやめて、女のマメだらけの指を注視した。その指は慣れた動きで、膝に置いたビニール袋の中の動物の毛を、毛糸のような繊維に変えていく。女のとても大きな瞳は、Ｆカップはあるだろう立派に隆起したバストの向こうの、エキゾチックな「糸巻き棒」を凝視し、その棒に反対の手で、錬金術師のように毛くずから紡ぎ出した毛糸を巻き取っている。
「聞いてる？　ここに、神の言葉は人の心の中に生まれた、ゆえに愛

する時にはいつでも、神の精霊が我々のうちにある*13、って書いてあるわ」糸紡ぎ女の友達が嬉々としてまくしたてるが、女は話しかけられても大体、答える代わりにひたすら何かモグモグと噛んでいる。でも今度は黙っていなかった。

「愛なんてまっぴらごめんだよ。男らとの今生のあれやこれやは、神様のおかげですっぱり卒業したのさ。」それから女はその巨大な目で私を射るように見て、イライラしたように尋ねた。

「なんでそんなに私をじろじろ見るんです？」

私は彼女の膝の上にある毛のかたまりをあごで指して、気弱に言葉を絞り出した。

「それ、ラマの毛ですか？」

女は私の頬の傷跡を考え深そうに見つめている。彼女の頬の同じ場所にも、醜いイボがあるのに気づいた。

「旦那にやられたんでしょう？　卑劣な奴め。」

「いいえ、これは…」

「そう、でも男でしょ？」

肯定のしるしにうなずいた。

「残忍非道な奴らめ。男なんて皆、ヘドが出そうな極悪人だよ」女が嫌悪感あらわに声を上げたので、周りの男たちには一人残らずそれが聞こえたはずだった。その場にいてこちらを窺っている男たちの沈黙の異議を存分に堪能してから、ようやく私の元の質問に答えた。

「いや、これはアルパカの毛だよ。ラマはこっち。」

女は椅子の下から壊れかけたばかでかい鞄を引き出し、中からオレンジ色のビニール袋を取り出した。そして私に見てみろという仕草をする。女の意図が理解できたが確信がなかったので、念のため聞く。

「いいですか？」

「うん。」

私はしばらく指先でラマの毛を触り、それからアルパカの毛を触った。女の方へさらに身をかがめた時、私の旅の道連れがつぶやいた。

「そいつに毒を盛ればよかったんだよ。いつかビールの醸造所を買い

＊13　ドミニコ会の司祭であり神秘主義者のマイスター・エックハルト（ドイツ語でMeister EckhartまたはEckhart von Hochheim、1260頃-1327）の『説教集II』の文言のパラフレーズ。メインストリームの信者たちにより受容された、イタリアのスコラ神学者ペトルス・ロンバルドゥス（1100-1160）の愛と聖霊についてのイデアが反映されている。

取って、世界中のビールというビールに毒を盛ってやるんだ。そうすればこの世に平安が訪れて、私は男のいない幸せな世界の救世主になれるのさ。」

「まったく違いが分からないわ」会話を毛の話に戻そうと試みるが、退廃的な糸紡ぎ女は持論の展開をやめない。

「いや、絶対に違いはあるさ。男のいる世界は地獄で、いない世界は天国だよ…」

「ほらほら、いい加減におしよ、雌鳩、扇動のかどで私ら皆牢獄行きになったらどうすんだい。」

「扇動だって！　じゃ、男たちが飲み屋で、私らにどうやって後ろからヤるかを話すのはいいって言うのかい？」

「この人のことは気にしないでね。もう人格がこうなっちゃったんだから」膝の上に宗教の本を置いた婦人が、私の方を向いて言った。「この二つの毛はほとんど違いがないの、アルパカは毛を刈り取る時に、顔に唾を吐いてくるけどね、ハ、ハ、ハ…」陽気なこの婦人は、自分の冗談に５分ほども笑っていただろうか。その間糸紡ぎ女の方は、ビールに毒を盛って男たちが消えれば、なぜこの世が生きやすくなるかについて、次から次へと理由を並べ立てていた。私はゲラゲラ笑う女友達の声で、彼女の言うことが聞こえないふりをした。小難しいテーマについて聞く気分ではない。胃がむかむかするし、頭痛もする。標高が高いせいだ。

「この毛糸は染めるんですか？」二人が静かになってから、尋ねてみた。

「もちろんですよ、奥さん」陽気な婦人が答えて、どこからか小さな箱を取り出した。

「まずこの葉っぱをこすりつけて」*14 婦人が私に説明しながら、葉っぱを振って見せる。「それからレモン汁を垂らす、それからこの虫の死骸をなすりつけるの」*15 アルパカの毛の染色について講義を続けな

＊14　アンデスにおける動物の毛の染色には、ユーカリやシダ、ハンノキの葉、クルミなど当地に生育する木の皮などが用いられる。これらの葉や木の皮は、まず１時間煮てから濾して液だけをとる。色をより鮮やかにし、長持ちさせるためにミョウバンを加え、そこに染めたい毛を浸けてゆっくりと混ぜながらさらに30分煮る。その後、鍋を冷暗所に移し、布で覆うなどして色が乾くのを待つ。その後毛の繊維を、出てくる汁が透明になるまでぬるま湯で何度かゆすぐ。最後に日陰で干す。

＊15　コチニールカイガラムシ（ラテン名：Dactylopius coccus Costa）——ウチワサボテンに寄生する虫。乾燥させた体は、コチニール色素、カルミンレッドなどと呼ばれる天然の色素として利用される。カルミン酸色素ともいう。

がら、その虫を、まるで美味な食べ物を勧めるように、私の鼻先に突き付けた。「そう、するとほら、アブラカダブラ、白かった毛糸が紅のように赤くなるのよ！」

「うわあ、赤く？　すごいわ」私が面白がってうなずくと、陽気な婦人は私が興味を持ったことに喜んで、厳かに付け加えた。

「そう、そしてこの紅色をクジャク石のような緑に変えるのが、ここにいるアリシア・アマルです！」

　私は好奇心を引かれて、コンパートメントの壁に寄りかかっている女性を見やった。

「ただ、彼女が用を足しに行きたくなるまで待っていなくちゃならないの。それで毛糸にオシッコをかければ、春の野原みたいに緑になるのよ、ハハハ！」

「ねえ、いい加減にしなさいよ」寝ているものと思っていた女が口をきいた。

「奥さん、この人のオシッコときたら、蛇のオシッコより強烈なんですよ！　旦那とヤリまくってるからね。ハッハッハ…」陽気な婦人がまた冗談を言って笑う。標的になった女が、靴で彼女の手を叩いた。

「相手にしないでくださいよ、この人は子供の時、落っこちて頭を打ったから。確かに、毛糸を染めるのにオシッコを使うこともあるけど、子供のオシッコをきれいにしたものだけですよ」＊16 陽気な婦人の豪快な笑いに割り込むように、靴を履きながらアリシア・アマルが言った。

「列車の中じゃ絶対に無理ですよ、毛糸を染めるのは、大鍋で何時間も麺をゆでるようなものだからね…」

「なあに、私は列車の中で麺をゆでたことあるわよ。ハッハッハ…」陽気な婦人が私たちの会話に口をはさんで、また腹を抱えて笑いだした。

「ねえ。もしお望みなら、毛糸を染めるところを見に来てくださいよ。マチュピチュに行くんでしょう？」

　私はうなずいて、感謝しながら言った。

＊16　尿にはナトリウムが含まれ、それが植物性色素を繊維に定着させるのを助ける。染色の際には人間の尿と動物の尿がどちらも使用される。使用するにはまず、尿を密閉容器内に４日間保管し、発酵させなければならない。発酵した６リットルの尿に20リットルの水を混ぜ、そこに１キロ分の毛の繊維をひと晩浸ける。翌日これをそのまま熱して、30分間混ぜながら煮る。その後、毛を軽くゆすぎ、染料の入った容器に入れる。

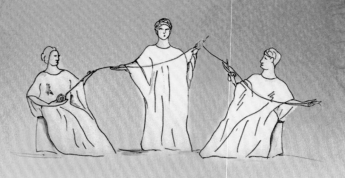

📷 モイラ

「喜んで伺います。」

「ファッションサロンをやってるんですよ。素敵なデザインばかりで
す。全部うちのアルパカとラマの毛で織った布で、いや買った糸を織
り込むこともありますけど、絹とかね。でもどれも、うちの家畜たち
の毛を70パーセント以上使ってます。ご覧のように、手作業で作っ
ていますよ…」アリシア・アマルは口をつぐんで、例の退廃的な糸紡
ぎ女を指した。女は黙って糸を紡いでいたが、やがてまた経験豊富な
プロの口調で、宣伝を続けた。

「山に生きる動物たちの毛を衣服に変える際には、そこに魔法の力が
こめられるようにしています。その力が私たちのブランドを着る人を
守り、強め、その人生に幸運を呼び寄せるのです。」

　私は感動した。

「あなたがたのブランドは、何ていう名前なんですか？」

「当ててみてください。」

「当てるなんて無理だわ。こんなにたくさんの言葉があるのに。」

「絶対分かりますよ。私たちを見れば、自然に答えが口に出てきま
す。」

　私は男という種族に毒を盛りたいと願う退廃的な糸紡ぎ女と、昔の
自転車の形をした、ディオプトリーが100はありそうな巨大なメガネ
をかけて、体重が200キロはありそうな陽気な婦人を素早く見やった。
それから宣伝文句に匂い立つようなアリシアに視線を戻して、答えた。

「モイラ*17。」

「モ…何ですって？」

「何って、あの三人の、運命の糸を紡ぐ女たちですよ。糸巻き棒に糸を巻き取っているご婦人はクロートー*18で、子供が生まれて名付けられた瞬間に、その子の運命の糸を紡ぎ始める。それからこの冗談好きなご婦人はラケシス*19で、糸の長さを裁縫用の物差しで測っている…」

「自分が冗談好きなのは知ってますけどね、私の名前はマヌエラ・ウトゥルンクって言うんですよ。」

「初めまして、私はシータです…」私が自転車型のメガネをかけたこの陽気な大女に答えると、退廃的な糸紡ぎ女がすぐそれにつなげて言った。

「はっきりさせておきますけど、私が巻き取っているのは糸巻き棒じゃなく、紡錘です*20。すりこぎ棒のようなものですよ。糸巻き棒があるとしたら、この袋ぐらいかしらねえ」女はもったいぶってアルパカの毛が入ったビニール袋をカサカサいわせ、落ち着きなく頭を振った。

「黙っててよ、雌鳩、私は自分が何なのか知りたいわ」アリシア・アマルがそう諫めながら、まるで私に木綿の方が多く入っているロータスシルクを売りつけようとでもするように、鋭い目線を送ってきた。

「ええと、あなたはアトロポス*21ですね、運命の最後に糸を切る女神で、モルタとも呼ばれます」私はそう締めくくった。ジョジョの店で、スタッフに古代ギリシャの女神、エフェソスのアルテミス*22が着たような、ラテックスの服を着せられている時に、ジョジョが話してくれた物語だ。その服を着た私といったら最悪だったが、同じデザ

---

*17　Moira ― 古代ギリシャ神話に登場する、三人の魔女に似た女神たち。

*18　Klóthó ― 「紡ぐ者」を意味し、ローマ神話ではノーナと呼ばれた。

*19　Lachesis ― 「授与する者」を意味し、ローマ神話ではデキマと呼ばれた。

*20　糸巻き棒には原料となる毛の塊が刺さっているが、紡錘には出来上がった毛糸が巻き取られる。

*21　Atropos ― 「不可避のもの」を意味し、古代ローマ人たちにはモルタと呼ばれた。

*22　Artemis ― 古代ギリシャの月と狩猟の処女神で、ローマでは女神ディアーナと同一視された。

イナーが古代の太った妊婦の像を元に作った「ジャガイモ」＊23に比べれば、まだましな方だった。

「モルタ？　ハッハッハ。聞いた、アリシア、あなた死神だってさ！傑作だわ！　聞いてよかったわね！」マヌエラ・ウトゥルンクが車両じゅうに響きわたる声で笑いだし、おかしくてたまらないというように自分の立派な太ももをバンバン叩いたので、何かの陽気な歌に合わせて太鼓を叩いているように聞こえた。

「私たち、死神なんかじゃないわ…」頑として商売人の態度を変えないアリシア・アマルが、落ち着いて冷ややかに私の論理を退けた。

「いや、そうじゃなくて、運命の糸を紡ぐ女神って言いたかったのよ…」私はまた、同乗者の心をつかもうと弁明した。

「私たちはアクリャワシの女大神官です、だから私たちのファッションサロンも『アクリャワシ』という名前なんです。サロンにお越しいただければ、世界最高水準の商品をお手頃な価格でお求めいただけるだけでなく、どこで召し上がったものより美味しいチューニョ＊24をお出ししますよ…」

「ほら、無理強いはやめなさいよ」モグモグと何か嚙んでいる糸紡ぎ女が言って、膝に置いた毛の球から指先で魔法のように紡ぎ出す毛糸を巻き取る手を休めもせずに文句をつけた。「奥さんを一息つかせてやりなさいよ。じゃないとあんたの商売のせいで、頭が痛くなっちまうよ。」

「商売人」が深く息を吸い、私は面白いテーマから逸れてしまわない

＊23　伝説のアーティスト、ルイーズ・ブルジョワはそのコレクション "A Banquet / A Fashion show of Body Parts 1978" を、「美の理想」といったような概念の陰に隠れた奇怪さを露呈するものとして発表した。彼女のドレスと、着ることのできるラテックスの像の題材になったのは、ヴィーレンドルフやレスピューグのヴィーナス、また世界七不思議の一つエフェソスで発見されたアルテミスの像などの、考古学者によって発掘された原始時代や古代の美の理想であった。ルイーズ・ブルジョワは主に彫刻家として活躍したが、この作品によってファッションショーのトレンドにも大きな影響を与えた。第17章に出てくるレイ・カワクボの1997年のコムデギャルソンのコレクション "Body Meets Dress, Dress Meet Body"（身体が服に出逢い、服が身体に出逢う）がその一例に挙げられる。

＊24　Chuño（チューニョ、tuntaとも呼ばれる）—海抜標高3600メートルの高地で栽培される、極度に乾燥させた苦いジャガイモから作られる。数年間保管することも可能で、2、3時間水に浸ければ伝統料理に使うことができるため、「永遠のジャガイモ」とも呼ばれる。

📷 ヴィーナス　　　📷 ヴィーレンドルフのラテックスのジャガイモ

ようにと、すかさず尋ねた。

「あなたがたペルーの人たちは、生まれ変わりを信じていますか？」

　アリシア・アマルは大きな深呼吸を早めに切り上げて、攻撃のエネルギーを新しいテーマに向けた。

「今は一部の人しか信じていませんけど、昔のインカ人たちは皆信じていましたよ。」

「例えば私の息子エロイはサルヴァドール・ダリの生まれ変わりで、ダリは自分の兄の生まれ変わりだったんですが、その兄は前世でアヴィラの聖テレサの弟でした*25。コンキスタドールの兵として、アンデスのインカ人たちから奪った金と銀で、女子跣足カルメル会の最初の修道院の建設を資金援助しました。で、その彼もまた、インカ人の生まれ変わりだったんです…」

「…ねえったら、マヌエラ、知らない人じゃないの。知らない人に思いつくままに何でもかんでも話しちゃだめよ」アリシア・アマルが陽気な婦人を一喝すると、婦人は列車が振り子のようなおかしな進み方で、険しい山々や丘の等高線を縫ってのろのろと走り出した早朝以来初めて、ふさぎ込んだ顔をした。

「知らない人じゃないわ。私たちの仲間だった人よ」ダリの生まれ変

---

*25　アヴィラのテレサの男きょうだいたちが、軍事侵略に参加していた、主に今日のアルゼンチンとチリに相当する地域から、実際にテレサに資金援助を行っていたことは事実である。また画家のサルヴァドール・ダリが5歳の時に、自分が生まれる9か月前に死んだ兄の墓に両親を連れて行き、自分が兄の生まれ変わりだと宣言したことも証明されている。その他のことは、マヌエラとその息子が、前世のイメージだと思い込んでいる個人的ビジョンと体験に基づいて、単に推測しているにすぎない。この個人的主張を支えているのは、ダリが自分の夢を描いた絵に、アルゼンチン、チリ、ボリビアの国境地帯に実在する風景が出てくるというよく知られた事実である。もちろん、ダリがキャンバスに描き留めた夢の数々が、実は前世の思い出だったということが証明されれば、シュールレアリスムはまったく新しい次元を得ることになるのだが。回帰的既視ビジョンの仮説として最も有名なのは、「ラグーナ・コロラダ」にある Árbol de Piedra（石の木）で、専門家によればダリの複数の絵に描かれているという。そのためこの岩質形成を取り巻く砂漠は、今日「サルヴァドール・ダリ砂漠」と呼ばれている。

インカ人たちは生まれ変わりを信じており、死後の人生の質は、盗まない、嘘をつかないなどの道徳的規範によって決まるとした。規範を守った者は、次の人生でリヴィエラやハワイなど、暖かく快適な場所に生まれることができるが、違反した者は寒さと暗闇が支配する極圏のどこかに生まれ変わるとされる。古代エジプトと同様、死者をミイラ化することで死後の素晴らしい人生が約束されると考えられたが、このテーマについては『オリジナル・アストロモーダ』の登場人物の一部がさらなるストーリーを織りなす作品『マヤ暦』で触れることにしたい。

わりを息子に持つ、陽気だが今は悲し気な母親に味方をして、糸紡ぎ女のウルピ*26・クントゥルが言った。

「何、コカの葉にでも書いてあったっていうの？」苦々しく顔を歪めた「商売人」が食ってかかる。

「あれが見えないの？」

「見えない。何がよ？」

「私のほくろがあるのと同じ場所に、傷跡がある。それがどんな意味か、知ってるでしょ…」

「でも生まれつきのものじゃないわ。」

「関係ないわよ、私にははっきり分かる、この人がアクリャの生まれ変わりだって。」

　私は目を見張った。

　また機関車を交換しているらしい。ということは、山ほどある等高線のうちの一つのどん詰まりにいる、ということだ。次の等高線へは、列車の反対側につながれる新しい機関車が連れて行ってくれる。女たちが話してくれる前世のことには興味を引かれるが、立ち上がって、一生をつかさどる運命の三女神たちの緊迫したムードから離れ、身体をほぐしに行った。戻ると、皆落ち着いている。退廃的な糸紡ぎ女はアルパカの毛を静かに巻き取り、「商売人」は寝ているか、寝ているふりをし、陽気な婦人は誇らしげに息子の話を始めた。彼は才能と、催眠術のような奇抜な絵が詰まったトランクと、サルヴァドール・ダリ風の長い口ひげとを携えて、リオやモンテビデオ、ブエノスアイレスのギャラリーで活路を探っているそうだ。

「今の時代、有力者の知り合いなしには成功できないけど、エロイにはそんな後ろ盾はないから、認めてくれるのはグラフィティのペインターのコミュニティーだけ。で、息子の作品が、町の醜い片隅を美化しているというわけ！」ダリの天賦の才能の最後の生まれ変わりがたどった運命について、誇らしげにそう締めくくると、私はようやく、等高線のどん詰まりで散歩に行った時から聞きたくてたまらなかった質問をすることができた。

「その『アクリャワシ』というのは、どういう意味なんですか？　いや、秘密でなければですけど。」

「秘密？」ウルピ・クントゥルが会話に加わった。「アクリャワシに

 ＊26　ウルピはケチュア語で「雌鳩」の意味。

はインカの太陽の処女たちが住んでいて、大インカ人とともに全帝国を支配していたってことは、誰もが知っているでしょう。」

「太陽の処女？」

「ほらね、雌鳩、この人はあんたの話を信じてないよ。あんたと処女なんて、どう考えても結びつかないのさ、ハッハッハ…」陽気な婦人が笑いだして、息も絶え絶えにかろうじて言った。「あんたと処女。こりゃ傑作だ！」そして「ハッハッハ」のリズムに合わせて、自分の丸々とした太ももを叩き始めた。

「ほら、やめなさいよ、マヌエラ。今まで生きてきて、自分が処女だなんて言ったことないでしょ！　それにもうアレはやめたのよ」ウルピ・クントゥルが自分の性的純潔が笑いの種になっているのに抵抗するが、無駄だった。陽気なマヌエラがまだゲラゲラ笑っているうちに、次の等高線のどんづまりに来て、機関車が交換された。世界で一番大きいコンドルが飛ぶマチュピチュの山[27]のふもとの村に着くまでに、

＊27　Machu Picchu — ケチュア語で「古い山」を意味し、海抜2430メートルに位置するインカ人たちの「失われた」町を見下ろす三つの山のうちでは最も高い（3082メートル）。

あと何回こんなジグザグ走行をするのだろう？

　思っていたよりもジグザグがたくさんあったのは確かだ。目的の駅に着くまでに、私は彼女たちに、ヴァレンティナのブルーのドレスのこと、ジョジョのファッションショーのこと、クララとマヤが自分たちの夢として創った『アストロモーダ・サロン』を男のために私にその一切を預けていなくなったこと、それから気狂いのアルフォンソのこと、ミャンマーのこと、悪、裏切り、夢の略奪のこと、そして田んぼの中を命からがら逃げたことまで話すことができた。アグアス・カリエンテスに向けて発車した時、メー・ナークの霊を祀った祠に光り輝く幻が現れて、その幻に私がこう尋ねたことを話しているところだった。

「クララ、あなた生きてるの？」

「おしゃべりはおしまいよ、シータ。続きはうちでね」荷物をまとめながらウルピ・クントゥルが私に言う。そう、チェンマイでの騒動を打ち明けているうちに、三人のアクリャワシ*28の女大神官の生まれ変わりたちとはくだけた口をきくようになっていた。それだけではない。新しい友達は、彼女らの家に泊まっていいと言ってくれたのだ。ただで。

　狭くて暗い小部屋と、壊れかけたギシギシいうベッドは快適とは言えなかったけれど、ただでは仕方ない。何より、私はもう独りではなかった。

＊28　AqllawasiまたはAcllahuasi（アクリャワシ）はケチュア語で「選ばれた者の家」、また「太陽の処女の家」を意味する。アンデスの「修道院」のようなもので、ケチュア族が治める一帯からその美しさを見込まれて選ばれた、血統の良い女性たちが暮らしていた。彼らは太陽神に身も心も捧げ、儀式を行ったり、インカ王のローブを織ったり、神々のための供え物を作ったりしていた。キリスト教の聖体拝領と似たようなやり方で用いられる、トウモロコシの粉でできたパンに、屠ったばかりのアルパカの血を垂らしたSanghuや、トウモロコシの「ビール」のような黄金色をした神聖な飲み物Aqhaなどを作っていたとされる。

第32章
新しい愛、古い復讐

「お腹の子も一緒に、お産の時に命を落としたの。でも彼女の愛、彼女の願いは死よりも強かった。やがて彼がようやく彼女の元に戻ってきた。耐えがたい長い別離の時を経て、若い夫婦は口づけし、抱き合い、子供の泣き声が聞こえない限り、明けても暮れても愛し合っていたの。でも幸せな家族の暮らしは、長くは続かなかった。親しい近所の人がやって来て、彼にこう言ったの。『半年前に、あなたの奥さんと子供のお葬式があったんですがねえ。』夫はこれを断固としてはねつけ、メー・ナークはこの隣人を殺してしまう。でも疑いの小さな種が、植え付けられてしまった…」

「ほらね、雌鳩、あんたの旦那はこの女みたいな幽霊だよ」陽気なマヌエラが、私が『アストロモーダ』をめぐる騒動についての話を締めくくろうとしているところに口をはさんだ。マヌエラにせがまれて、何度も話す破目になった。彼女はオカルトと食べ物と生まれ変わりに関することなら何でも聞きたがった。

「ああそうでしょうとも」ウルピ・クントゥルがほとんど聞こえないくらいのため息をついて、持ち運び式のアイロン台を想起させる織り機の下から、私の方に黙って毛糸玉を投げた。私はそれを拾って、アルパカの「ウール」を「ハープ」の色のついた弦に織り込む作業にかかった。

「それから空が開いて、太陽の輝きの中から、あんたの死んだ友達クララの霊が現れたのよね」マヌエラ・ウトゥルンクが、私の物語のお気に入りのパッセージを繰り返した。間違っているけれど。間違っていることを願う。

「シータ、例の高級店で服を買ってた裸男の話、もう一度してよ…」

「あんた、バカじゃないの？　そいつはオーナーだったんだよ。お客はシータだったんだ。頭がボケてきたのかねえ？」ハーブティーのおかわりを出しながら、アリシア・アマルが話に加わった。

「そんなのどっちだっていいじゃない、誰が何したかなんて、面白ければ、ねえ？」陽気なマヌエラが自己弁護する。

「その裸男が面白いところってわけ？」

「お黙りよ、この雌蛇が。」*29

「黙るもんか、あんたはちょっとチンポが出てくると、すぐおかしくなっちまうんだから。」

「そう言うあんたは不感症だよ…」

「あーあ、まただよ」口論が熱してきたところで、ウルピ・クントゥルがため息をつき、それから怒鳴った。「二人ともおバカさんだよ！何時間もタイだか何だかの話で盛り上がって、これから面白くなるってところでいつも台無しにしちゃうじゃないか！」雌鳩の芝居がかった言い方には敬意を呼び起こす力があった。不感症女とニンフォマニアの口論は止んだ。

「面白い？」性的に冷淡なアリシアが聞き返すのと同時に、性愛の欲望に満ちたマヌエラが「スペイン？」と問いかけるようなため息をついた。

　ウルピ・クントゥルは顔をしかめて、14色の太い糸のスペクトラムを櫛でならしている。それはまるで、少しずつずれていく糸のラインを刺し殺そうとでもしているかのように見えた。糸に織り込まれたハープの弦が私たちの前にその個々の存在を投げうって、私の「身体の身体」バッグのための布に変身しようとしている。アルパカの毛が魔法のファッションアクセサリーに変わるにあたって明らかになった問題をめった刺しにしてから、ようやく口を開いた。

「そう、スペイン。コンキスタドールたちが持ってきた、私たちの魂の半分があった国よ」ウルピ・クントゥルが心地よさそうに伸びをして、大あくびをしながら付け加えた。「私たちのもう一つの祖国。」そして旧式の織り機の下から、私に毛糸玉を投げてよこした。太陽の処女の生まれ変わりの六つの目に長いこと見つめられて、私はついに話

＊29　Amaru ― ケチュア語で「蛇」を意味し、太陽神インティの血のつながった兄弟の名でもある。アマルは翼をもった蛇として描かれ、時には二つの頭をもつ蛇、また時にはラマの頭と魚の尾をもつ蛇として描かれることもあり、そのために「アンデスの竜」とも呼ばれている。虹と、川と豊穣をもたらす恵みの水と同一視される。昔から知恵と高次の意識、生＝死＝永遠の変換のサイクルの象徴とされてきた。インカの神官たちは、最も高次の悟りを得ると、このアマルの竜に姿を変えると信じられていたため、amarutasと呼ばれていた。この呼称を誇った者として、ビルカバンバ王朝の最後のインカ皇帝で、16世紀にスペイン人によって処刑されたトゥパク・アマルや、18世紀にスペインの植民地化に対する最大の反乱を指揮した、本名をホセ・ガブリエル・コンドルカンキ・ノゲラといい、インカ帝国の君主の血をひいたトゥパク・アマル2世がいた。

すよりほかなくなった。そこで、私はできれば記憶から消してしまい
たい時期についての回想を始めた。
「スペインは素晴らしい国よ…そしてコンポステーラ巡礼には心をと
らえる魅力がある…でも私はそういったものを何も感じなかった。絶
望していたの。どん底だった。来る日も来る日も、ずっと泣いてた…
そして『行方不明の友達クララを探しています』と書いたポスターを
配ったり張ったりすればするほど、疲れ切った陰鬱な気分に陥って、
周りの状況を感知しなくなっていった。クララとアインホアのことを
尋ねた僧や司祭のうちの誰かが、祈りで私をサハラ砂漠の黄色い砂の
真ん中か、南極大陸の雪原に飛ばしたら、悲嘆で粉々になっている私
の心は、その変化にも気づかなかったと思うわ」私は感情を高ぶらせ、
痛みが未だ変わらぬ強さで肝臓を刺すのを感じていた。
「あんたはバカよ。バカで、甘ったれよ」コンドルの心を持った雌鳩
が私を批判した。
「私が？」
「そう。クララは死んだけど、だからってあんたが生きるのをやめ
るってことにはならないでしょ。」
「死んでなんかない！」私は反論した。目に涙が盛り上がってくる。
「いや、死んでる。もう観念しなさいな」ウルピ・クントゥルは容赦
がない。陽気なマヌエラも、真面目な声でそれに同調する。
「彼女の霊が光をまとって、あなたと別れるためにメー・ナークの祠
にやって来たのよ。今はもう彼女を別の世界か、別の肉体に解放して
あげなくちゃ。」
「そう思う？」私は気弱に言って、わっと泣き出した。
「ええい、泣くんじゃないよ」ウルピ・クントゥルが叱りつける。
「ほら、小男みたいなまねをするのはおやめよ！　クソっ、女だ
ろっ！」そう言って、私の頬を塩辛い水滴でびしょぬれにしている豪
雨を止めようとする。荒っぽい命令が私に効かないと分かると、今度
はずっと優しい声で言った。「ねえ、可愛いお嬢さん、これが人生だ
よ。皆、いちばん親しい人を失って、そのたびに心が砕け散りそうな
耐えがたい痛みを感じているのさ。でもだからといって、そのしびれ
るような痛みのために自分の人生をあきらめるわけじゃない。むしろ、
友達の代わりに人生を楽しむことで、彼女の思い出を祝福してあげな
くっちゃあ。分かるかい？」
「死んでなんかいない」濡れた頬を拭く袖の下から、私は反抗するよ

うに自分の主張を曲げなかった。
「あんたは救いようのないお人だよ、シータ。私だったら、旦那がつ
いさっき死んだばかりだとしたって、美しいスペインを満喫するね。
朝から晩まで踊り狂うのさ…」
「ハッハッハッハ…」マヌエラ・ウトゥルンク *30 の太い笑い声がそ
の言葉を遮った。

🐾 ＊30　Uturunku ― ケチュア語ではジャガーを指すことが多いが、ピューマを
意味することもある。インカの神話にはRuna Uturunku という人物が登場す
るが、これは夜になるとジャガーに変身し、独りで歩いている旅人を襲うとされてい
た。本物の動物とは足の指の本数が違う。動物は指が4本だが、恐れられている怪物
は5本あり、元々人間だったことが分かる。昼間はこの怪物も、普通の人間のような
なりをしているが、首の周りにジャガーの皮があり、それによって夜に姿を変える。
ウトゥルンクはボリビアにある休火山の名前でもある。

📷 ウトゥルンク

「今のは傑作だね、雌鳩、だってあんたは旦那を片付けちゃったじゃ
ないか！　ハッハッハ…道理で踊りたいわけだ！」笑いが止まらない
マヌエラが絞り出すようにそう言って、太ももの太鼓を大きな音で叩
きだした。

「あんた、何をバカなこと言ってるんだい？　心臓発作だよ、ふざけ
るんじゃないよ！」雌鳩が怒って自己弁護すると、豪快な笑いが聞く
に堪えないレベルにエスカレートした。
「ああ、ぴんぴんしてた男がいきなり心臓発作ね！　ハハ！　これは
偶然！　ハハ！　あんたが毒入りビールを飲ませたあとに心臓発作と
はね！」陽気なピューマは自説を曲げない。
「何でまたビールになるのよ？　蒸留酒じゃ男に毒は盛れないってい
うの？」驚くような展開を見せ始めた議論に、居眠りしていたアリシ
ア・アマルが口をはさんで、眠そうだがうっとりしたような声でこう
付け加えた。「私、ビールは大好き。」
　雌鳩は「気でもおかしくなったの？　あんた、牛かなにか？」とで
も言いたげな目線を投げたが、声に出したのは次のような言葉だけ
だった。
「少なくとも太陽の待合所を破壊して以来、ビールは殺人のための道
具だよ*31！　あれ以来、ビールは大嫌い。あんたもそうなるべきだ

---

*31　2000年9月8日、ペルーの人気ナンバーワンのビール「Cusqueña（ク
スケーニャ）」のCM撮影時に、カメラのクレーンがインティワタナ（日時計）
と呼ばれるマチュピチュのピラミッドに墜落し、科学者にとっては天文観測所、「木を
抱く人々」にとっては地球で最も清らかなエネルギーが込められた場所だった神聖な
る石の角を、12個の破片に砕いた。インティワタナは、太陽を「ヒッチハイク」でき
る場所だと解釈されることもある。インカ人のこういった神殿は他の神聖な場所にも
あったが、コンキスタドールたちはそれが宗教的に重要な場所だと知って、片っ端か
ら破壊した。マチュピチュは当時発見されていなかったため、マチュピチュにあるイ
ンティワタナは前述のビール広告の不幸な事故が起きるまで、無傷で残っていた。
シャーマンやヒーラーたちによれば、この石の神殿が負った傷は小さくとも、そこに
ある精霊たちは死に絶え、「ミミズの穴」も破壊されて、別世界や別次元とのつながり
も絶たれてしまったという。ユネスコ世界七大世界遺産の一つで起こった、この馬鹿
げた事故の責任者は誰なのか？　マチュピチュの管理者は、CM撮影での使用許可の
ないクレーンを夜間に現地に運び込んだ映画会社の過失だと主張している。一般の
人々は、神聖な場所を商業的に利用するアイデアを出したビール醸造会社のせいだ
とし、また金にほだされて撮影のみならず、少なくとも映画会社の主張によれば例の
不幸なクレーンの使用も許可したマチュピチュの管理者の責任だと言う者もいる。イ
ンティワタナの神聖が汚されてから5年の間、「誰のせいか」という責任のなすり合い
が続き、マチュピチュを愛する者たちの怒りがエスカレートした挙句、当局はそのは
け口として2005年11月、クレーンの運転者W.L.エスピノーサを懲役6年の刑に処し

よ！」

「インティワタナのピラミッドのこと？　あれならもう直ったじゃない。」

「外側だけだよ！　こないだの日曜に、あそこからアナン・パチャ*32の惑星に飛び立とうとしたけどできなかった。分かる、アリシア！　全然ダメだったんだよ！　何時間もあそこに立ってたのに、このクソみたいな世界から出られなかったんだ。」

「大丈夫よ」ビール愛好家がそう言ってなだめようとする。するとウルピ・クントゥルは、「あんたはどうしようもないバカだよ！」とでも言いたげな、殺人的な目つきで彼女を見やった。

「何も大丈夫なんかじゃない！」と怒鳴る。「光との交信はおじゃんになっちまったし、インティワタナからこのクソみたいな世界を守ってた存在も、死んじまったんだ！　ビールがインカ人のピラミッドを壊した日から1年と1日後に、9.11の悲劇が起きたのはなぜだと思う？」

「やれやれ、誰かお茶飲む？」アリシア・アマルがさっと部屋を立ち去り、興奮した雌鳩はアリシアが消えたドアの方に向かって怒鳴り続けた。

「インティワタナの惑星の守り神たちが生きていたら、悪とテロリズムがこれほどたくさんの人たちに害を与えるわけがない。聞いてるかい、雌蛇？　クソみたいなビールがみんな壊しちまったんだ！」

　ウルピ・クントゥルが椅子から飛び上がって、皆殺しの天使の声で叫んだ。

「裁きの日が近づいている！　聞いてるかい、アリシア？」それから突然ドアに向かって歩き出し、歩きながら怒ったように叫んでいる。「聞いてるのかい！　真実から逃げるんじゃないよ！」

　ウルピ・クントゥルが家の中から「聞こえないふりをするんじゃないよ！　あんたのクソみたいなビールのおかげで、みんな黙示録の入り口に落ちていってるんだよ！」とキーキー叫ぶと、ヒステリックな

た。この運転者には当事者たちの中で唯一、高い料金をとる弁護士や国際企業の後ろ盾がなかったのだった。その後、インティワタナには柵が張り巡らされた。かじかんだ手を火にかざすのと同じようなやり方で、奇跡のエネルギーを吸収しようとインティワタナの上に手のひらをかざす、ニューエイジの流れに乗った不作法な観光客が増えたからである。

📖　*32　Hanan Pacha（アナン・パチャ）――「上の世界」を意味し、インカ人の天上界を表す。

金切り声が返ってきた。叫び声と金切り声の長いドラマチックなオペラに、皿が投げられ粉々になるやかましい騒音が伴奏を添えた。

「心配しなさんな、あなた。いかなる人も、その魂…」マヌエラ・ウトゥルンクが、大鍋が壁にぶち当たる音の中で朗々と語り、列車で読んでいた小さな宗教本をめくった。「…その魂、心の中に、肉体の苦悩にも、時の流れにも煩わされることのない力を持っているのです…ねえ、シータ、あの二人はとても仲がいいんだよ」グラスと鍋の一斉射撃が続く中、陽気なマヌエラが読み上げるのを中断して言った。それから皿が飛び交い始めた。陽気なピューマはふっと寂し気な顔になって、読み進めた。「私たちの中心にあるこの力は、『宇宙の魂』から直接湧き出てくるものです。この力をもってのみ、人は生の喜びや高潔さ、そして最も高次の存在から直接湧き出てくる愛を経験することができるのです…」

家が静まり返った。マヌエラの頬には微笑が戻り、声もさっきより幸せそうになった。「…心の中にあるこの力と常に一体であることができれば、決して老いることもないのよ…そうなったら最高よね、シータ…？」陽気なマヌエラが、自分が読み上げるテキストにそう言い添えて、私の答えを待とうともせずに、ほっとしたような声で続けた。どうやら、家の中に平和が訪れたようだ。

「それに、自分の魂が『世界の魂』と一体になり、老いることのない状態に達すれば、地球上に最初に現れた人間から、私たちの後にやってくる最後の人間までのすべての人々は、この力を通せばたった一人の人間であることが分かるのよ。そう、すべての人類の世代は、神においては等しいものなの。私も、アリシアも、あっちの観光客もこっちの牛飼いも、雌鳩と死んじまった旦那も、それからあんたと、あんたの友達も、永遠においては皆、ただ一つの存在なんだよ。」[*33]

「素敵…」私はうっとりしているピューマに小声で言い、それからためらいがちに打ち明けた。「ねえ、マヌエラ、私、トルヒーリョの『太陽のピラミッド』で、クララが生きているビジョンを見たの…それからマヤがいなくなった恋人を見つけて、世界で一番大きなコンドルに乗って私を待っているところも。私は信じているし、信じたい。色んな人に話したけれど、やっぱり私のビジョンは透視で、ここマチュピチュで起きたことなんだって…」

 ＊33　ドミニコ会の修道士マイスター・エックハルトの言葉のパラフレーズ。

「ふむ」陽気なピューマがうなずいて、ばかでかいメガネを拭き始めた。

　私は不安になった。「太陽のピラミッド」で見たビジョンは、私の——スペインでクララを捜索してから壊れてしまった——心のかけらのパズルを、はめ合わせてくれた。でも今、私の胸は、心臓発作の前触れのようにキリキリと痛い。

「本当に、メー・ナークの祠に死んだクララの霊が別れを告げに来たんだと思う？　ひょっとして…」

「さあて、皆さん、お茶の時間ですよ」これ以上の仲良しはいないというようにアリシア・アマルと連れだって、ドアから入ってきたウルピ・クントゥルが、朗々と告げた。二人とも髪は乱れ、引っかき傷もあるように見えたが、運んできたハーブティーは、いつものようにガラスや磁器のカップには入っていない。マヌエラは、私の言いかけた問いに答えるのを避けるように、二人を熱心に手伝っている。ブリキのカップがへこんで歪んでいるが、誰もそのことを指摘しない。

「どうしていつも飲む前に、地面にお茶をこぼすの？」彼らの儀式について尋ねてみる。初めのうちは、手がすべったか、カップにお茶をつぎすぎたかでそうしているのだろう、と思っていた…

「あんたはなんで飲まないのさ？」

「頭がくらくらするから。耳鳴りもするし。標高が高いからだと思う。」

　あるいは、『アストロモーダ・サロン』の破壊以来、経験してきた様々なことのせいで、頭がおかしくなっているのかもしれない。私は心の中で密かに、最近ますます頻繁に訪れる、失神しそうな、崩れ落ちそうな感覚に蓋をした…

「だからこそ、もっとお茶を飲まなくちゃ。お茶は最高の薬なのよ」雌鳩が私に5杯目の、いやもう6杯目の茶を飲ませようとする。

「でもまず、地の女神パチャママ*34に少しあげてね」マヌエラが言い添えた。

　ああ、だからか…私はためらいながら地面に茶をこぼし、それから熱いブリキのカップに口をつけた。

「このお茶、何が入っているの？」

「高次の世界へと続く門の鍵だけだよ」ピューマが陽気に答え、私は

 ＊34　Pachamama（パチャママ）—大地の母

「門の鍵」が最高の勧め文句だとでもいうように、不味い液体を勢い
よく飲み込んだ。

「どんな鍵？」

「扉が多けりゃ、鍵も多い」雌鳩が謎かけのように答えをごまかして、
私はだんだんと何かの夢の中へと遠ざかっていき、三人の友達を、映
画の登場人物を観るように夢の中から眺めているような気がしてきた。

「何なの、たとえば…」私はその夢の中から傍観しつつ、答えを迫る。

「たとえばコカの葉とか、マカの根とか…」＊35

「そんなものよ。」レシピをばらそうとするピューマの言葉に、アリ
シア・アマルの声がピリオドを打った。

「どっちにしても、高山病にはこれが一番効く薬なの」雌蛇が秘密の
レシピをうやむやにして、代わりに7杯目を私のカップについだ。い
や、正確には別世界への鍵が入ったブリキのカップだ。

「ねえ皆、私、気分が悪いわ」私は今まで聞いたこともないような言
葉でもごもごとつぶやいて、流れに逆らって走り出した。

「ね、言っただろ？　今あんたは、アクリャワシの女大神官としての
人生に、完全に戻ろうとしているんだよ」退廃的な糸紡ぎ女が私の後
ろで叫び、雌蛇とピューマがそれに次から次へと説明を添えているが、
マチュピチュを始めとする山々のふもとを蛇行しながら縫うように流
れる蛇、ウルバンバ川＊36のブクブクという音にかき消されて聞こえな
い。闇がさらに濃い闇を生み出す暗闇に囲まれて、もうすぐ会えると
いう確信に突き動かされ、私は「コンドルの神殿」にいるはずのマヤ
の元へと急ぐ。

　どのくらいの間、急な上り坂を登っていったのか分からない。失神
しそうな状態で、これほど確固とした、ほとんど機械のようなスタミ
ナがどこから湧いてきたのかも分からない。その代わり分かっている
のは、もう一歩も歩けないということ。足がすりむけて、血だらけに

＊35　マカの根 ― 挽いて粉にした状態で最も多く利用される。強い催淫性を有
し、リビドーと性的能力を高める（黒いマカは精子の数を増やし、赤いマカは
女性のホルモン系にきわめて効果がある）。ホルモン系を整えるため精神にもよい効果
があり、抗うつ作用がある。肉体のコンディションを総合的に改善し、耐久力を高め、
筋肉の発達を助ける。インカの戦士たちは、戦いの前にマカを摂取していた。マカは
いわゆる「スーパーフード」に属し、きわめて高い効果が期待される。

＊36　Urubamba ― 古代エジプトの人々がナイル川を崇めていたのと同じよ
うに、インカ人にとって神聖とされていた川。

なっている。痛い水ぶくれもたくさんできた。私は憔悴しきって冷たい石に腰をおろし、人っ子ひとりいない荒野の真ん中で夜をその身に感じた。延々と続く夜に、私は脱水して渇ききった口で思わず独り言を言った。

「さあシータ、あなたはすっかり独りぼっちよ…」

私の唇はぽかんと開いたままだった。驚きで。衝撃で。恐怖で。まだ唇が「すっかり独りぼっちよ」という言葉をつぶやいたその時、私の目の前にある、なめらかなL字型に切り込まれた岩壁が、光り輝きだした。初め私は、ラ・ボカあるいはウルピ・クントゥルならラカ*37と言うであろう、巨人のもう一つの唇も見えるような気がした。もう一つの唇はさほどいい出来ばえではなかった。トランクを積み上げて作った壁のように見えた。雌鳩に、地下界の巨人のいやしい口に注意しろと言われていたけれど、私はその口の奥にある深いトンネルに入ってみたくてたまらなくなった。でも何が起きたのかすっかり理解するより前に、光る水面がすべてを覆ってしまった。それが水ではないことは分かる。水なら垂直面では滝のように落ちるはずだが、今私が近づこうとしている所は、鏡のように動かない泉を想起させる。指で触ってみると、水面に何重もの輪ができた。私は少し飛びずさった。逃げるものかと、心の中で勇気を奮い起こ

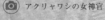

アクリャワシの女神官

＊37　Laca ─ アンデス地帯のアイマラ語で口を意味し、同時に言葉やそれに関連するすべてのものを指す。

した。

「あなたの人差し指は、池に投げ込んだ石じゃないんだから。」

　不思議な水面に、ひじまで手を入れてみると、水がバシャッと身体にかかった。私の手が作った水面の輪は、どちらかといえば波のように見える。それは風に揺れるレースのカーテンのように、奇妙な水たまりの際に向かって荒々しく打ち寄せられていく。私は怖かったが、同時にとても気分がよかったので、腕を肩まで入れて、次は顔も浸けて水の中を見てみようとした…が、叫び声に動きを止めた。

"¡Lluqsiy!" "¡Lluqsiy!" "¡Lluqsiy!" ＊38

　その叫びに私は凍りついた。まるで石像のように。身体は魔法にかかってしまったのかもしれないが、頭はまだ自由に働いた。三つの異なる声がするようだ。男ばかり三人。そのうちの一人が祈っている。

「インティリャイ＊39、汝私の目と、視覚とに宿り、私の目にある星々に高次の世界を見させ給え。おお、神よ、汝私の耳と、聞く力とに宿り、この時代の他の人々のように、真実が聞こえなくなることのないようにし給え。インティリャイ、汝私の鼻と、肌とに宿り、私の身体のミクロコスモスがとらえる感触を通して、私がピューマの地上界の制約を乗り越え、触覚と嗅覚でもって、私の瞳の鳥たちを不死の国まで飛び立たせることができるようにし給え。おお、神よ、汝私が飲み込む言葉と、飲み物と食べ物とに宿り、それによって死の壁に隔たれたすべての近しい者たちに、地下界で喜びを与えることができるようにし給え。リュクシイ、インティリャイ。」＊40

＊38　Lluqsiy（リュクシイ）はケチュア語で、太陽などが昇る時の「昇ること、出ずること」、また東西南北の「東」を意味する。

＊39　Intillay（インティリャイ）̶ 太陽神の呼称で、ケチュア語で「私の太陽」を意味する。

＊40　年代記編者 F. G. Poma de Ayal の記述のパラフレーズ。1613年、すでに数世代にわたって植民化されていたインカ人たちの祈りの言葉を記録し、その中には「イエスよ、汝私の目と、視覚とに宿り給え…」といったものもあった。インカ人だけでなく他の植民化された諸民族にとって、霊的な世界や存在と、五感とを切り離すことが不可能だったことを、キリスト教宣教師たちは彼らが五感と自然現象を超える抽象思考の能力を持たない、知能の低い人々であるためだと考えた。一方で、インカ人は宣教師たちとは異なり、未だその知覚によって楽園からの追放を受けていない、すなわち魂や意識だけでなく、視覚や聴覚によっても、常に自然の境界や知覚可能な感覚の内部とそれらを超えたところを行き来することができていた、とする理論もある。後者の理論を提唱した一人にキリスト教神秘主義者のマイスター・エックハルトがいたが、彼はこのテーマについて『説教集Ⅵ』にこう記している。「神が在ること、それは私の生である。すなわち、神が在ることが私の生であるなら、神の存在は私の存在であり、神の神性は私の神性ということになる。魂は神に等しく、また形

　すると地面が揺れて、私は尻もちをついた。

　「許可なき者の立ち入りを禁ず！」一番年長の男が私に向かって怒鳴った。男たちは石のトンネルの中から、懐中電灯で私を照らしている。まぶしい光を通して、怒鳴った男が親指と人差し指で、自分の喉ぼとけを軽くさすっているのが見えた。まるで彼の表情からあふれてくる怒りに満ちた暴言の嵐を、そうすることで抑えているとでもいうようだった。

　「私はただ…」入坑時間を過ぎての立ち入りが禁じられている旨の小言を散々浴びせられてから、私はやっとのことで言った。「…蜘蛛の巣みたいに、空にぶら下がっている泉を見たんです。」

　「幻覚ですよ、セニョリータ」若い男が、子供や病人に話しかけるような口調で答えた。私は立ち上がって反論した。

や名前、姿をもたない空（くう）にも等しい。しかし同時に、聖体拝領の何百万というパンやウエハースも、神の身体である。唯一無二の身体。何百万というパンが手の指の跡に変わったとしたら、それもただ一本の指になるだろう。しかしその指がもし、聖体拝領のパンとウエハースに変わったとしたら、一体いくつのパン、いくつの宗教儀式になるだろうか。何千。何百万。何十億。どんな物も、何かに変われば、変わった物と一体になる。だからあなたも、神があなたの内部で自らの存在を生み出し、パンが神の身体に変わるのとまったく同じやり方で、あなたが神と同じ、神に等しい生きた神に変わるようにすれば、神に変わることができるのだ。何百万のパンと、一つの身体。何百万の人々と、一人の神…」

その知覚によって楽園から追放され、私たちを取り囲む存在の多くの次元から切り離された近代の人間がもはやその能力を持たないような、インカ人の日々の現実の神秘的な生き方には、以下の基本的な決まり事があった。

目は最も高いところにあるコンドルの世界まで見通すものゆえ、視覚は聴覚と並んで最も霊的な感覚である。嗅覚と触覚は、私たちの住むピューマの地上界で発揮されるもので、特に触覚は肉体労働において能力を発揮し、たとえば建築のように、身体（ミクロコスモス）の内部で知覚された現実のビジョンのマクロコスモスに痕跡を残すことが可能である。味覚は食べ物や飲み物だけでなく言葉を通しても、蛇の地下界と私たちをつなぐ役割を持つ。ここで言う楽園からの追放とは、大人が若かりし頃のように誰かに盲目の恋をすることができないような状態を指す、単なるメタファーに過ぎない。人生経験を積んだことで、無知の楽園から追放され、何かに熱中したり、深い友情関係を新しく築いたりすることができないのである。愛や感動や友情は、皮肉な冷笑へと姿を変え、愛は病に、何かに熱中することは未熟さの表れに、友はこちらに近づきすぎた敵になってしまった。しかし同時に、何百万という人々が今、まさにこの愛と感動、友情のために生涯で最高のひとときを過ごしているのだ。まだ楽園から追放されていない人々も同様に、自然の中にも、自然を超えたところにもある霊的世界を五感で感じている。楽園から追放された者にとっては、それは馬鹿げたナンセンスでしかないのだが。スペイン人がやってきた頃のインカ人たちは、外国の宣教師たちとは違う空を、雷鳴を、雨上がりの大地を、見て、聞いて、感じていたのだろうか？　あるいは近代の科学者の大半が推論するように、コンキスタドールたちと同じものを、ただそれほど抽象的に知覚していなかっただけなのだろうか？

「この目で見たんです。」

「だから言ってるんですよ…」厳格な不機嫌屋があざ笑うように言うと、親切な方の男が私をなだめにかかった。

「いやいや、お嬢さん、ここにはインティマチャイ[*41]の素晴らしい洞窟の他には、特に面白いものはありませんよ。ご存じですか、1年のうち数日だけ、洞窟の中に日の光が差し込んで、そこで待つインカの少年たちを照らし出すと…」

「あり得ない話なのは分かっていますけど、私はその泉に手を突っ込んで、水が…」

「分かりますよ、あなたは疲れているし、ここは標高も高い、それでボーっとなって幻覚を見たりするんですよ…」

「錯乱してるんじゃなくて、酔っ払いだよ。この動きを見てみろよ！」不機嫌屋が私と親切な方の男の議論を断ち切った。

「失礼ね、飲んでなんかいません」私は気を悪くしてぴしゃりと言ってから、思い出した…「ハーブティーだけです。」

「これではっきりしたな」強い皮肉のこもった口調で不機嫌屋が分析し、仲間たちが笑った。

「ピグエラオ[*42]、このマダムをホテルに送ってやれ。」

　親切な男が私のところに寄ってきて、私が一言も発する間もなく、こちらを向いて言った。

「セニョリータ、『オリエント急行』にお泊まりなんでしょうね？」[*43]

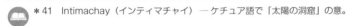

*41　Intimachay（インティマチャイ）—ケチュア語で「太陽の洞窟」の意。

*42　Piguerao—アンデス神話の英雄の名で、光の力と昼を象徴する。双子のきょうだいで、稲妻と雷鳴の神であるアプ・カテキルは、夜を象徴するものとされた。

*43　インカの遺跡マチュピチュの敷地内にある唯一のホテルは、今でも一部の地元民たちに "Orient Express" と呼ばれているが、現在の正式名は "Belmond Sanctuary Lodge" である。その他の宿泊施設はすべて、徒歩でおよそ90分かかるアグアス・カリエンテスの町にある。この町はプエブロ・マチュピチュとも呼ばれる。正門に近いこのホテルに宿泊すれば、朝の6時過ぎに守衛の家 — "Casa del Guardián" から、まだ人気のないマチュピチュを最高のアングルで確実に撮影できる代償に、予約データの数と宿泊料金は桁違いだ。マチュピチュの保護活動家たちが掲げる様々な制限のために、ここ数十年間は宿泊以外のアクティビティも含めて、オンライン予約をかなり前から、時には1年以上前に行う必要がある。予約必須のアクティビティとしては、シータのペルーでの冒険が始まった、聖なる「若い山」ワイナピチュ登山が挙げられる。登山の道中、洞窟にある女神キジャの「月の神殿」を訪ねたければ、マチュピチュを見下ろす聖なる山への入山券を手に入れなければならないが、これは先着200名まで予約可能で、入山は早朝のみ許可される。2693メートルの頂上まで登ることは、階段を上れる者なら技術的には問題ないが、「年老いた山」マ

「私は独りじゃないんです。友達のマヤが、『コンドルの神殿』で待っています」それが嘘でないことを願いながら嘘をつく。

「ピグエラオ、それじゃその友達も拾っていってやれよ」親切な男はだんまりやの低能そうな男に言ってから、不機嫌屋と連れだってどこかに去っていった。

"Gracias, adiós," 私は別れの挨拶をしたが、誰もそれに気づかない。ただピグエラオの懐中電灯の光だけが、足元を左右に揺れながら照らして、私に足を踏み出せと合図している。そこで、マヤを抱きしめたい一心で、出発することにした。

神殿は驚くほど近かった。足元の石にコンドルが控えめに彫り込まれ、その上に天に向かって伸びる巨大な翼のような岩壁がそそり立っている。そこに後の時代になって、「コンドルの神殿」の壁だった石が、人の手で張り付けられたらしい。その石のところを、困り果てたピグエラオがもう30分も行ったり来たりしながら、途方に暮れて呼びかけている。

「マヤさん、出てきてください。文化遺産内で夜を越すことは禁止されています。」

男の呼びかけが「ねえ、セニョリータ、かくれんぼはやめてくださいよ、じゃないとチップがもらえなくなっちまう」という泣きそうな文句に変わってから、ようやく私は、ここには私の他に待っている女性などいないと思う、と白状した。

"Gracias, señorita, gracias," 男は感謝のこもった声でそう言うと、私を門の近くにある高級ホテルに連れて行った。どうせばれるに決まっていることが分かるので、コンドルの石の胴体のところまで来て、そもそも自分がどこに泊まっているのかも分からないのだ、と打ち明けた。

私がコンドルの背に立った格好になると、ピグエラオが悲痛な叫びをあげた。

「No, señorita！　最も美しく、最も気高く、最も敬愛されるアプを汚してはなりません！」そう言って、神聖な石の鳥の背から、私を容赦

チュピチュからの高低差約300メートルは断崖絶壁に面した道を登るため、肉体的にハードである。つまり、この区間ではミスを犯したり、心臓発作やパニックを起こしたりすることは許されない。

雨天時や霧の発生時は特に注意すること。このような天候下で登って初めて、インカ人が岩壁を掘って造った上り道が、今日なぜ「死の階段」と呼ばれるかが分かるだろう。

なく引きずり下ろした。

「アプ、何ですって？」私は身を起こしながら尋ねた。

「アプ・クントゥル、コンドルの霊です。来てください、セニョリータ」男はそう説明しながら、私の手を引いてその場を離れた。頭のおかしい外国人女が、また神々を汚すのではないかと恐れたらしい。

「『アクリャワシ』のファッションサロンの三人の友達に泊めてもらっています。」

"¡Jesús, María, José!"

下り坂の心地よい歩みが止まった。目的地を伝えて、キリストの一家全員の名前が出てくるとは思わなかった。

「そうなんです。ご存じですか？」

「インティ、キジャ、ママ・オクリョ。」＊44

私はハッとした。私のガイドは怯えたような声で、キリスト教の聖なる家族の名前に続いて、インカの聖なる家族の名前を言った。インティ——太陽の神とキジャ——月の妻のことは、その娘ママ・オクリョのおかげで知った。ママ・オクリョが、女たちに糸を紡ぐことと、織ることを教えたのだ。マヌエラ・ウトゥルンクはママ・オクリョのことを、ファッションデザインと、シックなファッションを好むすべての女性の守り神だとして崇めていた。

「あなたはあの…人殺しの親戚なんですか？」震える声で、ピグエラオが闇に向かって聞いた。懐中電灯は反対の手に持ち替えている。右手には今、刃の長いナイフが握られているからだ。

「違います、違います…列車の中で知り合ったんです！」誰を指して人殺しと言っているのか分からなかったが、私の答えがナイフの刃よりも速いことを祈って叫んだ。速かった。ナイフを持った手がだらんと垂れた。それでも私はお漏らししてしまった。ちょっとだけ。ひどく落ち着かない気分だ。

「一緒に来てくれますか？」

「さっきから一緒じゃないですか…」

「下りるんじゃないんです。登るんです。インカルコのところへ行か

＊44 Mama Ocllo（ママ・オクリョ）—Manco Cápac（マンコ・カパック）と共に、クスコの町とインカ帝国全体の創始者であった。伝説によると、二人は太陽神インティによって創造され、チチカカ湖の水中から生まれ出たとされる。公式資料によれば、この二人は単なる神話上の人物ではなく、歴史的に実在していた。マンコ・カパックは「太陽の息子」として、インカ人たちに非常になじみの深い太陽崇拝を広めたとされる。

なくては。きっとあなたと話したがるはずです。あの人殺し女は、彼
のお兄さんに毒を盛ったんですよ。」

「インカルコって、誰ですか？」

「あなたを見つけた男の人です。」

「ああ、でも明日まで待ってもらうわけにはいきませんか？」

「さあ、行ってください」ナイフを持った手が、ニュートラルに垂れ
た体勢から、刃先を私に向けた説得力のある体勢へと移ってから、男
が私を促した。足が鉛のように重い。臀部はベタベタして不快だ。肺
は今にもちぎれそうに息切れし、頭は二つの願いで一杯だった。1.
あの親切な男性がインカルコでありますように、もう一人の危険な男
じゃなく。2. それがウルピ・クントゥルの義兄でありますように。
新しくできた親切な女友達が、連続殺人犯だったということにはなり
たくない。

　二つ目の願いは叶った。インカルコは雌鳩の夫の弟だった。「天が、
あなたを我々の元へ遣わしたのです！」ピグエラオが私が何者かを話

すと、会った時から私を不安にさせていた男が手を打ち合わせ、敬虔な口調で言った。ボロ屋と夜警小屋と瀕死のヤク中のねぐらが混ざったような小さな家には、女手が、いやどんな手も入ったことがないようだった。投げ置かれている汚い靴下とＹシャツの間に、ぐちゃぐちゃの紙ナプキンと紙袋が散乱し、袋の中から干からびた食べ物の残りがのぞいている所もあった。古ぼけてかしいだテーブルには、ビールの空き瓶が所在なげに立っている。そのテーブルの下にも、古いベッドの下にも強い酒のボトルが、転がっていってかじりかけのリンゴに当たって止まったままになっている。ただ一つ酒がいっぱいに入ったボトルは、この汚いねぐらの中で比較的清潔な唯一の区画に立つ棚に置かれている。有名ブランドの酒の高価なボトルの上に、男の写真が飾ってある。

「あれは私の兄のマチュ・ウクク*45です」例の奇妙な男インカルコが、私の目線が写真のところで留まったことに気づいてしわがれ声で言った。「もう何週間ものあいだ、来る夜も来る夜もインティマチャイで我々は儀式を行い、正義の復讐の手段を遣わしてくれるよう『アプクナ』を唱えていました。マチュ・ウククは非情なやり方で殺されたのです。そして今日、山々の精霊が、あなたを我々の元に遣わしてくれました。」

熱狂的で、憎しみのこもったその言葉を述べると、インカルコはどこかへ消えていった。ピグエラオは、ここに来るとすぐに電気コンロを二つとも熱して、私を脅したナイフで刻んだタマネギを炒めている。私は彼が卵を割り、黄身と白身を分ける様子を見ている。油で炒めているタマネギの鼻を刺す香りが一気に流れてきて、私は大きくくしゃみをした。

"Dios te bendiga," 三人目の男が私に柔らかくそう言って、自己紹介をした後にテーブルの上のグラスにトウモロコシのビールをつぎ、一気に喉に流し込んだ。

「チチャ・デ・ホラ*46はご存じですか？　いかがです？」男はそう勧めて、もう三人の女大神官のファッションサロンで飲んだことのあ

📖 ＊45　Ukuku ― アンデス地帯に生息するメガネグマ（ラテン名：Tremarctos ornatus）を指すケチュア語。よってマチュ・ウククは「年老いた熊」という意味になる。

📖 ＊46　Chicha de jora（チチャ・デ・ホラ）― インカ人たちは儀式用の飲み物として、これをAqhaと呼んでいた。

る飲料を、自分が飲んだグラスについだ。私が首を振ると、男は微笑んで、チチャ・デ・ホラを地面にこぼした。大きな声で「パチャママ、サンタ・ティエラ…」*47 と祈りを唱えてから、残りを一気飲みした。これをさらに3回繰り返してから、ようやく普通の会話を始めた。

「で、我々の家はいかがですか、セニョリータ・シータ？」

「とても素敵ですね、カテキルさん。」

男の顔に笑みが輝いた。

「でしょう。」

このきたない小屋に反吐が出そうだということを悟られたくないので、話題を変える。

「『アプクナ』とは誰なんですか？」

男はまたトウモロコシのビールをついだ。占い師が水晶玉を持つようにグラスを持って、濃い色の液体を見つめている。

「アプクナは我々を天使のように守ることもでき、悪魔のように痛めつけることもできる存在です…」

考えながらゆっくり語っていたのが突然、酔っ払いが「乾杯！」と怒鳴るようなスタイルで "…¡Paso ocho!" *48 と叫んで中断し、偽の水晶玉の液体部分は魔法のような速さで、占い師の喉の奥に消えていった。

「マチュピチュを守っているのはサルカンタイ山*49 のアプで、いなくなった二人の友達を探すあなたの旅を守るのはコンドルのアプです

 ＊47　大地の母よ、聖なる大地よ

 ＊48　Paso ocho（パソ・オチョ）—8歩目

＊49　Salcantay — ケチュア語ではSallqantay（サルカンタイ）、標高6271メートルの山で、クスコからおよそ60km北西のところに位置する。1952年に初めて、5名の男性とクロード・コーガン（1919-1959）が登頂に成功した。コーガンは "Spiritual Trekking" という著作のヒロインであり、時代を1世代分先取りした業績を残した。インカ人が治めた地域では、山の初登頂日がいつだったかを確定するのが困難である。南米の最高峰で500年前のミイラが次々に発見されるにつれて、インカ人は帝国内のすべての山を征服していたのではないかと考えられるようになった。フレンチ・リヴィエラで水着のデザイナーとして活躍していたクロード・コーガンのような登山家とは違って、インカ人たちはスポーツの記録をうちたてたり、最高峰の登頂記録をマークしたりするために登ったのではなかった。実際、彼らは何世紀にもわたって、最高記録の保持者だったのだが。彼らに動機を与えたのは形而上学的理由であり、ゆえにサルカンタイやアウサンガテを始めとする、クスコを守る12の山に定期的に登り、そこにいる12の力あるアプクナの愛顧を得ようとしていた。山頂から金（きん）やコカの葉、ラマの毛で織った布などを投げる儀式や、その他の習慣の詳細については著作『マヤ暦』を参照されたい。

…」

「いなくなったのは一人だけです。もう一人は死んでしまいました…クララという名前でした。」

「だからといって、二人とも元気に生きている姿に会えないわけじゃありませんよ」山々の精霊についての会話に、インカルコが厳粛かつドラマチックな口調で割り込んできた。その表情を見ようと振り向いてみる。三人の中では一番年長だが、そのしわの大部分は加齢によるものではなく、しかめっ面によってできたものだった。この男は、笑うことなど一度もないらしい。

「それ、本当ですか?」

「もちろん。ちょうどそのことについて、兄と話していたところですよ。」

　私が驚いて清潔な一角にある写真を見やると、男はそうだというようにうなずいた。

「ああ、そうですか」私は眉を吊り上げて、次の反応を待つ。誰も笑わない。ピグエラオだけが、焦げた卵料理を音を立てて咀嚼している。誰とも分け合わなくて済むようにという思惑なのか、部屋の隅の椅子に座ってガツガツと食べている。

「マチュ・ウククは、あなたにシンハラ山*50のふもとの氷河までウルピ・クントゥルをおびき寄せることができたら、あなたが二人のお友達に会えるようにしてあげると言っています。」

「でもクララは死んでいるのに…」

「生きているか死んでいるか、そんなことはどうでもよい。あの汚らわしい毒盛り女をよこしなさい、そうすればあなたの捜索はハッピーエンドになりますよ。」

「ウルピ・クントゥルはどうなるんです?」

「目には目を、歯には歯を、命には命をです。」

「殺してしまうんですか?」

「あなたの親友が見つかるんですよ」男ははっきり答えずに、プルーンのジャムが液体になったような、奇妙な液体の入った容器を私の前に置いた。その目に、悪魔が見えるような気がする。

「これを飲めば、あなたの意識が『年老いた熊』とつながります。いいですか、人殺し女が生きている限り、彼の魂は呪われて世界と世界

＊50　Sinajara（シンハラ）―海抜標高4700m

の間にさまよい、平安を得ることができません。あの女は魔女で、マチュ・ウククが他の世界に出て行ったり、新しい人間の身体に戻ったりできないように閉じ込めてしまったのです。あなただけが、彼を救うことができます」男は言い終わると、妙薬の入った容器を私の手元に進めた。ペルーを放浪するうちにかなりの経験を積んできた私は、「魔法のつぼ」を押し返して言った。

「私はアヤワスカ[*51]を飲むと、すごく気分が悪くなるんです。吐いたり、下痢したり。」

　男が獣のようにうなった。私はおののいた。それでもその苦い飲み物から顔をそむける。男は私の前に立ちはだかって、苦しそうに息をしている。獣のように臭う。私は助け舟を出してくれないかと、親切なカテキルの方を見た。彼は肩をすくめて、私の言葉を直した。

「アヤワスカじゃなく、サンペドロ[*52]ですよ。あなたの目を覆っている鱗を取り払い、社会の嘘にまみれた現実の代わりに、あなたの存在の、真のヤチャイ[*53]の真理を見せてくれる植物です…」

「とても興味深いお話ですけど、自分の友達をあっさり殺させるわけにはいかないんです！」

　インカルコはまた怒ったようにうなり、飲み物の容器をテーブルから持ち上げた。

「この申し出にやっぱり乗らせてくれないかと、私に頼む時が来ますよ」絞り出すようにそう脅すと、席を離れた。

「待て、待てよ。それはここに置いていけ」カテキルが飛び上がって、インカルコの手から容器をひったくった。

「あなたが『年老いた熊』の正義の復讐に手を貸してくれないにしても、サンペドロは真実を教えてくれます」仇討ち男が隣の部屋に消えてから、カテキルが私に言った。「お飲みなさい。魂の光を覗き込み、その光線を通して神秘の次元とパラレルワールドへお行きなさい。そ

---

*51　Ayahuasca（アヤワスカ）―（ラテン名：Banisteriopsis caapi）ケチュア語で「魂のつる」を意味し、アンデス地帯の諸民族の神聖な植物に属し、シャーマンたちの儀礼や治療儀式に古くから使用され、今も使用されている。煮だした液には幻覚作用があり、5千年以上の昔から使用されてきた。

*52　San Pedro―（ラテン名：Echinopsis pachanoi）―サボテンの一種で、ペヨーテやペヨトル（ラテン名：Lophophora williamsii）と呼ばれるサボテンと同様、メスカリンを有効成分とする。

*53　Yachay（ヤチャイ）―ケチュア語で「知ること」を意味するが、口頭あるいは習慣、また集団意識の形態で受け継がれるすべての世代の経験をも指す。

こでアプ・コンドルに会ったら、あなたが今日の晩『コンドルの神殿』で探していた女性のところへ連れて行ってもらいなさい。」
「本当に誰もいなかったんだ。くまなく探したんだが」部屋の反対側からピグエラオが、スプーンでフライパンをこそぎながら言った。
「分かってるよ、きょうだい」カテキルが答えて、また私に妙薬を勧める。
「飲んだからって、何も強要されることはありませんよ。」
「ありがとう、でもウルピ・クントゥルは…」
「シーッ…その名前は口に出さないように、さもないとインカルコの逆鱗に触れます」カテキルが静かに、でもはっきりと私に乞う。少し怖がっているようにすら見えた。
「…彼女が、さっきおっしゃったのと似たように私の目が開いて、マヤを透視で見ることができるには、インティワタナのピラミッドに額をつければいいって言っていたんです…」
「ああ、そうするとあなたもおかしな観光客の一人に加わるんですね。石のピラミッドの上に手のひらを伸ばせば、そこから人生の色々な問題に立ち向かう力が得られると信じている。その時になったら、あなたの写真を撮ってもいいですか?」と、私に笑いかける。
　どうやらカテキルに好意をもたれているらしい。これを活用しない手はない。
「それじゃ、あの話はナンセンスだったんですか?　インティワタナは超自然的能力などない、ただの石なんですか?」
「あなたは星はお好きですか?」彼が尋ねて、扉の方へ向かった。
「星?」
「そう、星です、こちらへどうぞ、お見せしたいものがあります。」
　私はためらいながら、彼の後について夜の暗闇に出た。
「ほら、あれがチャカナの天の相方、ハトゥンの十字星ですよ。」＊54
「ああ、あれが例の『南十字星』なんですね、話に聞いていました」
星空を見上げながら、カテキルの手が私の肩に優しく置かれ、向きを

＊54　インカの「大(ハトゥン)十字星」は、夜空にひときわ輝くリゲル、シリウス、プロキオン、ベテルギウスを結んだ星座である。有名な南十字星は、インカ人たちに「小(ウチュイ)十字星」と呼ばれていた。
Chakana(チャカナ)―アンデスの十字架で、南十字星を表すケチュア語のチャカ・アナン(「高い所へと昇る橋」の意)が語源である。チャカナの四つのアーム＝頂点は南十字星の四つの星を象徴している。この星座はインカ人たちにとってきわめて重要であり、宇宙の中心と考えられていた。

変えさせるのを感じていた。

「いいえ、ウチュイの十字星はあっちです。最も雨が多く降る時期に、この十字星のアプがサルカンタイ山の頂と交信すると、マサンティンの巨大なエネルギーが生じます。それは生と、生の産出の本質、命あるものの存在の根本をなすエネルギーです…」

　自分が見ているのが本当に南十字星かどうかは分からなかったが、肩に置かれた手が動いていることは確かだった。愛撫から逃れるために、一歩離れた。カテキルは狼狽したように咳払いした。私の友達の殺害を計画する初対面の男たちのねぐらに見いだした、唯一の味方との関係を損ないたくなくて、この気まずい一瞬を沈黙でさらに気まずくしないように努めた。

「それと、インティワタナのピラミッドに額をつけることはどう関係しているんですか？　そうすれば私の透視能力が開けますか？」

「非常に関係があります。私が言った、マサンティンの巨大なエネルギーが起こって初めて、あなたの透視能力も開けるからです。そのエネルギーを起こすには、インティワタナだけでなく、インティワタナの宇宙の反対極も活性化する必要があります。」

「それは何でしょう？」

「忍耐力です。まず…」カテキルの手がまた肩に置かれ、インカ人たちがラマと呼んでいたということ座の方へ、優しく私を向かせた。

「ラマは神聖な動物です。でも普通の人々には、ラマが特別だということが見えない。肉や毛や皮として見たり、歌手のジャクソンのようにペットとして見たりします。でも内に秘められたマサンティンの巨大なエネルギーを目覚めさせるためには、その対極と結びつけなければならない」[55]片手で私の肩をなで、もう一方の手でこと座を指しながら、男が語る。なぜジャクソンを引き合いに出したのだろう？

「まず生きたラマに、それからウルクチリャイ[56]に額をつけると…ウルクチリャイというのは毛の色が多色の星のラマで、神の力によっ

---

[55]　マイケル・ジャクソンのペットだった白いラマのルイは、二人の超スーパースターの驚異のコラボレーションを台無しにした。「来てくれ。今、ラマのいるスタジオで録音してるんだが、もううんざりだ…」フレディ・マーキュリーは「クイーン」のマネージャー、ジム・マイアミ・ビーチに電話でこう伝えている。未完成に終わったジャクソンとのデュエット曲の一つ、"There Must be More to Life Than This"は、数十年の時を経て2012年に発売されている。

[56]　Urcuchillay（ウルクチリャイ）は、外見が人間の男と多色の毛をもつラマで、動物の群れと家畜を守るインカの神の名でもある。ゆえにこの星座は、主に牧畜を営む者たちに崇められてきた。

て世界のすべての動物と、その世話をする者たちを守るラマですが…そうすると、彼らの結びつきによる魔法の力が得られて、どんな願いも叶えられるのです」男が耳のそばでささやいたので、その息で私のピアスが揺れた。耳に唇、ましてや舌なぞが触れるのを待っている義理はない。私は2、3歩離れて、そこからの方がこと座＝ラマ座がよく見えるというふりをした。

「星だけでなく、山々もラマも、切り離すことのできないヤサンティンという対極を持っています。善は悪の中に持っています。光は闇の中に。愛は憎しみの中に。男は女の中に…」

そしてついにそれが起きた。氷のような口づけをうなじに感じて、私はビクッと身震いした。寒い。首だけでなく、背中全体に鳥肌が立った。不快ではない。むしろ、気持ちがいい。それでもあの恐怖の家に逃げ込みたい。私は星を見つめた。私の身体は硬直して、次の口づけが来たら前に一歩踏み出そうと構えている。でも何も起きなかった。男はもうずいぶん長いこと黙っている。南に見えるサルカンタイ山の稜線を眺めて、私などここにはいないとでもいうような、あるいは私より南十字星に関心があるとでもいうようなふりをしている。

「よく分からないわ…マサンティン。ヤサンティン。空の星。どれもよく分からない。私が心から願うのは、親友のマヤを見つけることだけ」疎外感をはねのけるために言ってみる。

実際は彼の口づけと、それに対する私の反応の意味が分からないと言っているのだが、彼が私の暗号を正しく解読できるかどうか。

「私たちが独りなら…私も。あなたも。誰もがチュリャ*57です。独りきりで残された、対の片方です…」

おや、理解できたらしい。

「チュリャの人間は、自分のマサンティンの力を目覚めさせることができずに苦しみ、ゆえに自分の片割れを探すのです。ヤサンティンは、その片割れと共にあります。」

また私の肩に、男の手が置かれている。私は身をかわした。すると男が声を上げる。

「兄貴、ロウソクを二つ持ってきてくれ。」

「あいよォ」家の中から声がした。私は尋ねた。

「兄弟なんですか？」

　＊57　Chulla（チュリャ）―ケチュア語で「奇数の」、「片割れのいない」の意。

「うん、双子です」答えるのと同時に、ピグエラオが扉を開けて出て
きた。

「チチャ飲むか？」ピグエラオが兄弟に勧めるが、関心を示さないの
を見てとるとすぐにまた引っ込んだ。全然似ていない、カテキルが二
本の白いロウソクの芯に火をつけるあいだ、私はそう考えていた。山
からの風が炎を高く吹き上げ、やがて消した。カテキルは私に、彼の
隣にくっついてしゃがんでくれないかと頼んだ。風よけにするためだ
という。お見通しの口実だわ、絶対またキスするに決まってる、そう
思っていると、スペインで修道士たちが合唱する時の声に似た声で、
彼が歌い始めた。

「神の火があなたの心で

　愛の炎に姿を変える

　すると神の光は

　あなたの意識の光と溶け合う。

　二人は今一つになった

　神とあなたは

　真の『神の神殿』の存在において

　それでもなおあなたがたは、二つの独立した存在なのです…」

　最後の方は歌わずに言った。

「これは、地上界と天上界の間にあるヤサンティンを、二本のロウソ
クで表したものです。太い方が神で、細い方があなたですよ、シータ
…」

　生まれてこのかた、誰かに名前を呼ばれて興奮したことはなかった。
今、この男が初めてだ。幸い話を続けていたので、気づかれずに済ん
だ。

「あるいは今我々がいる、ピューマの世界でヤサンティンを探すので
あれば、太い方のロウソクが私で、細い方があなたです、愛しい人…
二つに分かれた、二つのチュリャの状態で、我々はこんなふうに燃え
ているのです。」

　ほうら、「愛しい人」ときた。さあ、盛り上がってきたぞ、と私の
頭の反抗的な半分が思うあいだ、もう一方の…そう、もう一方の半分
は催眠術にかかったように、二本の燃えるロウソクを見つめている。

「でも互いに抱き合えば、二つの孤独な存在の炎は一つになり、一体
になった愛と情熱、連帯の炎の中で、マサンティンの力を生み出すの
です。」

　不安と陶酔に満ちた雰囲気の中で、カテキルが二本のロウソクをつき合わせると、その炎は本当に合わさって、一つの火になった。

「カリワルミ*58のように。」

「え？　カリ…何ですって？」冷たい空気の中にそうささやくと、細かく震える声に、自分の興奮が限界までエスカレートしていく様子が聞きとれた。シータ、早くなんとかしないと、あなたこの男の首に抱きついてしまうわ。私が内心の指令を下しているあいだ、私の求愛者は昔のインカ人たちがカリワルミと呼んだ、二つの愛し合う身体の理論を説明している。

「私たちはこの世で最も愛し合っていたヤサンティンの対だったのですが、カリワルミの完全な結合におけるマサンティンのエネルギーの爆発で、私たちの愛は成就することができませんでした。」

「何ですって？」

「そうです、シータ。」

「何がそうなんです？　なんだか話が分からなくなりました。」

「私たちが愛し合ったことを、覚えていないんですか？　私たちは若く、二人とも社会のエリートに属していましたが、それは禁欲の掟を破れば残酷な死によって罰せられるような社会でした。二人の愛が燃え盛り、私たちはそれを他のアクリャやヤナコナ*59たちに秘密にしなければなりませんでした。一瞬だけ手を触れることと、愛のこもった視線で長く見つめ合うことだけが、二つの孤独なチュリャに分かれたヤサンティンの対を結ぶ、目に見えない縄ばしご『チャウピ』*60の、唯一の心を満たす表現だったのです。」

「私たち、前世で知り合っているのですか？」

「もちろんですよ、シータ、あなたは当時、誰よりも非の打ちどころのないアクリャワシの太陽の処女でした。そしてそのことが結局、あなたを破滅に追い込んだのです…もっとグレードの低い、能力のないアクリャたちがヤナコナと結婚して、職を離れることができたのに対し、彼らはその素晴らしいキャリアを開花させていたあなたを、私の

*58　kari-warmiとも —ケチュア語で男—女、雄—雌の意。

*59　Yanaconas（ケチュア語ではyanakuna）—インカの貴族の使用人を指す。単数形はyanacona（ヤナコナ）。

*60　Chawpi（チャウピ）—ケチュア語で「中央、中央の」あるいは「半分の」を意味し、物、場所、時間、行為に関係なく使われる。対極をなすもの同士の和解や厳密な中心、すなわち完全な均衡を表す語である。

元に差し出すことを拒んだのです。私たちは落胆のあまり、カリワルミの結合を行ったのですが、マサンティンのエネルギーの爆発による興奮した息づかいで、その行為が彼らにばれてしまいました。私たちは、禁欲の誓いを破ったとして殺されたのです。」

「ひどいわ…なんてひどい」私は声に出して、マチュピチュをゴルフボールを握る指のように抱く、たくさんの山々のどこかの頂から吹いてくる氷のようなそよ風を、興奮のエネルギーで震わせた。

「Amor es energía.[61] 死さえも私たちを分かつことはなかったのです、シータ…」カテキルが山からの風に言葉を送り、それから私を抱きしめて、口づけする前に私の目をのぞきこんだ。

「おい、話は終わったか？」きしる扉の向こうから、インカルコのしわがれ声が響いた。接吻が死刑に値する行為だとでもいうように、私たちはさっと身を離した。

「その中心において常に神の元にある魂は、自らの光と星を創造する光とが一体になるのを感じます。まるで自分が光を発していて、その炎がもっと大きな炎のごく近くに到達し、互いに融合したかのように…」カテキルは答える代わりに、大きな声でそう説いた。

「聞こえたか？」

「ああ、インカルコか。何だい？」

「彼女、もう納得したか？」

「うんうん。理解しようとしてるところだよ。ちょうど、お前の兄貴のために正義の復讐を行うことで、宇宙の力の均衡を整えることができる、それは男が新しい命を生み出す力で、大地の母の生殖器を耕すことによって、また女が種をその胎内に植え付けることによって、すべての命あるものの空腹の混沌を癒すことができるのと同じだ、と説明してるところだ」

「Pachamama, Santa Tierra. そのとおり。そのとおり。マチュ・ウククの復讐を行わなければ、この世に裁きの日の破滅的終末が訪れるだろう。世界の終わりがあなたの手にかかっているなんて、そんなことはお望みではないでしょう、どうです、セニョリータ？」ボトルを手に持った悪魔が、私に話を向ける。きっぱりこう言ってやろうと構える。「あなたの殺人には手を貸しません。」とその時、大きな声が響いた。

 ＊61　愛はエネルギーである。

「二本のロウソク、すなわち神とあなたは、いつでも二つの独立した、二人の個人の運命を生きるロウソクに分けることができます。そしてその二つの光を近づければ、また何度でも一つに融合させることができるのです…しかし人生の意味は…」

「おい、俺は行くよ。何か問題があったら、女を地下室にぶちこめよ、俺が何とかするから」殺人鬼があまり大きくないが恐ろしい声で、熱狂的に語るカテキルのモノローグにうなり声をかぶせ、それから家の向こうの闇の中に去っていったが、その影は家の角のところで立ち止まった。

　カテキルの声がまたとどろく。

「この二つの光の神秘的な結婚は…」悪魔のシルエットが再び動き出し、闇の中に消えてからも続けて言った。「…火事の中に消えたロウソクのように、あるいは川の中に雨粒が落ちて、その存在が川の存在と切り離すことのできないものになり、川と溶け合ってその個体を認

識することが不可能な存在の結合体になるように…」[62]

　そして突然、熱狂的な口調から気遣うような口調に切り替えて言った。

「シータ、さあ、走りましょう…」そして私の手をつかむと走り出した。彼は周辺の様子をとてもよく心得ている。暗がりでも、どこでスピードを落としたり、止まったりすれば、段差や急な斜面を安全に越えられるかが分かっている。懐中電灯は、だいぶ遠くまで来てからようやく点けた…

「あなたがインカルコに手を貸さないことは分かっています。だから、朝になったらここを発って、もう二度とここには来ないでください。さもないとあなたも殺される。」

「でもここを離れるわけにはいきません。マチュピチュでマヤが待っているんです、私の…」

「だめです。待っているのは死ですよ」彼が私を遮った。

「助けてくれると言っていたじゃないですか。」

「助ける。そう、そうでしたね」カテキルは迷っているように、自分に言い聞かせるようにつぶやきながら、自分の頬をこすった。「下りる途中でラマに会ったら、額をそのラマの額に合わせなさい。その時、ウルクチリャイの星がずっと輝いていたら、その星々のヤサンティンを結びつけることができ、そこから生まれるマサンティンのエネルギーが、あなたの内面で奇跡の変化を呼び起こします…そしてその力で、あなたは友達を見つけることができるでしょう」カテキルは私にそう言ってから、こと座を照らしたあの懐中電灯を私に手渡して、素早く、ほとんど分からないくらい軽く、私にキスした。

「行きなさい、シータ。早く。あなたが私のせいで、また殺されるのは嫌ですから。」

---

[62]　アヴィラの聖テレサとマイスター・エックハルトの言葉のパラフレーズ。この章では二人の思想が混在している。

第33章
5羽のコンドルの舞

　ラマに口づけをした時、少し離れてタバコを吸いながら立っていた帽子の女性はおもらしするほど笑っていたが、そうしなければならないという気を私に起こさせたヤサンティンの対の補完性の上に成り立つ抽象的宇宙は、布地を織り、縫い、裁断し、測り、刺繍し、編む機械的な作業の中に、段々とぼやけていった。

　「誰でも、自分の仕事イコール自分だと信じているから、服を着ることは私たちのまやかしの『私』の役割を表す衣装のことだと思われているのよ…」「一晩中どこに行ってたのよ」のテーマから始まって、今は芝居がかったモノローグを展開している「雌蛇」のアリシア・アマルが語る。

　「仕事場の制服。エプロンと木ベラ。ナショナルチームのユニフォーム。つっぱり少女のパンクファッション。上流階級のダンスパーティでお姫様が着るドレス。どれもみんな同じ、私たちのまやかしの『私』のための衣装よ。」

　私は機械的にうなずいて、興味をひかれたことを示す感嘆詞を絞り出すが、内心は鼻の中を満たしているラマの臭いのことばかり考えていた。まるでラマの毛が、私の鼻毛になってしまったようだ。それに殺人の計画とその犠牲者となるべき人物について、朝食の前に陽気なマヌエラが言っていたことで頭がはちきれそうだった。

　「ああそれね、もちろん旦那に毒を盛ったんだよ。哀れなもんか。最低のクソ野郎だったよ。大酒飲みで、怠け者のデブで、サドのならず者だよ。どうしてもっと早く殺っちまわなかったんだろうね。あの人は痛みと恐怖と苦しみの毎日を生きていた。男に支配される結婚生活の絶望を味わったことのない者には、それがどんなに希望のないものか、絶対に分からないものだよ。朝ごはんは、二日酔いで悲惨な状態の男からお見舞いされる目の周りのアザ。人生の不公平さを嘆きながら昼食をとる、コンプレックスで一杯のクソ野郎からくらうアザ。そして夜ごはんには、禁断症状で震えているアル中男にあばら骨を折られる。これぞ家族の団らんってわけだ。シータ、あんたには想像もつ

かないだろうね。」

「で、ウルピ・クントゥルはどうやったの？」

「どうやって殺したかって？　ビールでだよ。あんたにも言ってたじゃないか。」

「言ってないわ。」

「ああそう、そうだったんだよ。マチュ・ウクク、それがあの人の旦那の名前だよ、奴は毎夜毎夜飲み明かすか、女遊びにふけっていたんだが、時折家に帰ってくると、それはもう生きるか死ぬかの修羅場になった。雌鳩は隣の女のところに逃げるために、子供らを窓から投げ落として、それから自分も窓から抜け出した。時々間に合わなくて、病院行きになったよ。で、ある夜あのサドのブタ野郎が、窓から逃げようとする雌鳩をつかまえた。雌鳩は平手打ちと蹴りを覚悟したんだが、奴はその代わりに泣き出した。泣きながら、センチメンタルに語り始めたんだ。『かあさん、俺は変わりたい。お前をひどい目に遭わせたことは分かっている。でも今日からはすべてが変わるんだ。愛しい雌鳩よ、これからはお前を女王様のように大事にするよ。』雌鳩はうつろな目をして奴を見た。それから奴は、あの運命の言葉を言ったんだ。『ビールを持ってきてくれ、喉がカラカラだよ。』そこで雌鳩は無慈悲にも、あばら骨を折られた後に毒を入れておいたビール瓶のうちの1本を奴に差し出した。『乾杯だ、かあさん。実は、飲み屋の前にいた時、死の天使が現れて、俺に警告したんだ。変わらなければ、じきにくたばるぞって…』そしてそれが奴の最後の言葉になった。言い終わるより前に、奴は倒れた。それからうめいて、二度床を転がり、こと切れた。シータ、あんた、このことを旅行ブログや何かに書くんじゃないよ！　ここじゃ皆、ウルピ・クントゥルが光と闇の戦いに勝利したことを喜んでいるけど、彼女の旦那の心臓発作について、クスコの役人たちが真実を知ったら、大変なことになるかもしれないから。分かるね？」

　私はうなずいたが、考えていたのはまったく別のことだった。光と闇の戦いの勝利と聞いて、クララのことを思い出したのだ。クララは誕生日など他の日と変わらないと言って、いつも意に介さなかったが、トランジットの太陽がネイタルの土星を通過する日は、まさに光が闇に勝利する日だとして祝っていた。「不運。気分の落ち込み。人生の逆境や不調。そういったものがすべて、太陽があなたのホロスコープにある土星のよくない影響に打ち勝つ日には、過去のものになるの。

だから毎年この光の日には、金か白、あるいは他の暖かい色を身に着けてね。暗い色はだめ。運命の危機や、本能のままに動く怪物たちと共鳴する、冷たい暗い色はだめよ。分かるでしょ？　分かる？」

「ええ、分かるわ、クララ」私は声に出して言ってから、すぐに訂正した。「じゃなくてマヌエラ。」

「私の言ってること、聞いてるの？　私があの太ったピューマに見えるっていうの？」アリシア・アマルが文句を言う。

「私も、あんたが太ったような気がするよ。年がら年じゅう甘い物ばかり食べてるからさ。あんたがメガネをかけたら、マヌエラと間違えちゃうよ」気を悪くした雌蛇に、今まで黙って私の「身体の身体」のバッグを縫っていたウルピ・クントゥルがとどめを刺した。

　三人の女たちの間でやがて遊びのような罵り言葉の応酬が始まったが、私は聞いていなかった。復讐の犠牲者となるべき人の声が、記憶の遺物の中からインカルコの思い出を、神の光に浮かび上がらせたのだ。正確に言えば彼の悪魔のような企みを。インカ人のはるか昔の神秘を映し出す企み、雌鳩を人殺しの罠に誘い込むために、神秘の魔法を使って私を呼び出した、その企みを。

「ねえ、あんた一体聞いてるの？　それともわたしゃ、風に向かってしゃべってるのかい？」雌鳩との罵り言葉のテニスをやめたアリシア・アマルが、私の注意を引こうとした。雌鳩はといえば、魔法の力をもつ縞のバッグの製作に戻っている。

「いや、聞いてるわ。ただその衣装について、ちょっと考えていただけ。」

「そうなのね。でも気をつけなくちゃいけないのは、まやかしの『私』の衣装は、着ていくうちに、それを着る人の日々の生活の経験によって変わっていくということよ。」

「そうなの？　どうやって？」

「それはつまり、古着屋に入って見つかるのはまやかしの『私』の衣装じゃなく、秋の鬱々とした気分のセーターだってことよ。あるいはスポーツの勝利のTシャツとか。パートナーの浮気による離別の赤いドレスとか。詰め込みの試験勉強のブラウスとか。人生で最高のセックスの黒いスカートとか、そんなもの。そういったものを着ると、それを着ていた人が味わった気分が、あなたにもうつるのよ…」

「嘘っぱちだよ。シータを混乱させるんじゃないよ」雌鳩が異議を唱える。

「嘘っぱちなもんか。あんただっていつも、お客がどんな色や型の服を着れば、人生の色んな状況でその人を麻痺させ、その能力を下げるか、逆にどんな服がマカみたいに成功への起爆剤になるか、調べてるじゃないか…」

「そうだよ、でもそれは心理学的経験に基づいたものだよ」ウルピ・クントゥルが雌蛇の話に口をはさんで、それから私の方を向いた。「ね、たとえば長いスカートやズボンが成功の妨げになっている人がいるとする。それは、その人が生まれて初めてどこかから落ちてケガをした時、それが長すぎて、子供の足にはだぶつくロンパースを着ていたせいだったからだ。それから、身体にぴったりしすぎる服を着ると不安が増す人もいる…」

「バカなことを。すべては頭じゃなく、布で決まるんだよ、この心理学者が。」

「口をはさむんじゃないよ、このあまが。」

「あんたこそあまだよ、雌鳩」アリシア・アマルが一喝して、素早く台所に消えた。さあ、またハーブティーの時間だ。私はそう察知しておののいた。輝くこと座の下で、驚いて鼻息を荒くしたラマの頭に額を押し当てたことで呼び起こされたマサンティンの力が、効き始めたのだろうか？　新しいグラスがカチャカチャいう音を聞いて、私の心にそんな考えが浮かんだ。

「マヤ、どこなの？」心の声でそう呼びかけてまぶたを閉じ、いなくなった女友達を見たいと切望する。その口づけで私を驚かせ、興奮もさせた男の無精ひげの頬が浮かんで、私は思わず目を開けた。落胆が押し寄せるのを感じた。カテキルの顔は見たくない。私はマサンティンの力にそう文句を言って、マヤに会うためにまた目を閉じた。

「さあシータ、魔術の時間だよ」ウルピ・クントゥルが私の黙考を遮った。それほど嫌な気はしなかった。マサンティンは効かなかった。どこで間違ってしまったのだろう？　かわいそうなラマ、突然長い首を動かしたせいで私にキスされる破目になって、びっくりして暴れていた、あれはラマではなかったのか。あるいは神のラマ座が、私がラマに触れた瞬間にはもう天に輝いていなかったのか。

「ジョジョ氏が終わったら儀式を始めましょう。何か食べたり、トイレに行ったりしたかったら今のうちよ。」雌鳩が、糸を歯で挟んで引っ張りながら、私を記憶の掘り起こしから引き離した。

「いや、大丈夫。見てもいい？」

"Naturalmente," 雌鳩が答えて、私の「身体の身体」バッグからはみ出ている糸を切った。私は立ち上がって、バッグの内側に刺繍された名前を黙読していった。マヤ、クララ、カヤン＝アウンおばさん、ペギー＝スパフィット、リーラ、ローズマリー、サルヴァトーレ、カルメン、シャーロット、ジゼル、メーガン、ジョジョ。私の人生において何らかの意味をもつ人々が残らず、縫い込まれている。裏切り者のヴァレンティナと、これからどんな関係になっていくのか予測のつかないカテキルは別だ。また私に口づけるだろうか？　彼の狂った友達に、私は殺されてしまうのか？　カテキルはこれからも、私を興奮させるのだろうか？

　新しい関係がいつもそうであるように、疑問符があまりにも多すぎて、私の生の力を「今、ここ」の瞬間に集積させる魔法のバッグに名前を刻むことはできない。

「これはイエス様と七人の大天使に教わったんだよ」退廃的な糸紡ぎ女が、裏返したバッグに縫い込まれた名前を誇らしげに指しながら言って、私はハッとした。「イエス様は何でもおできになる。」

「それって、イエス様がこの家に来て、刺繍を始めたってこと？」私は彼女にもっと話させようと尋ねた。

「違うよ、イカレたこと言う人だね。アリシア、聞いたかい、イエスがこの家に夕飯食べに来たってよ？」

「あのサッカー選手？　私には若すぎるよ。それに頭が悪いし。」

「違う違う。この人が言ってるのはO脚のJesús Runasimiのことじゃなく、神の国のイエス様のことだよ」笑いの混じった声でウルピ・クントゥルが答えると、台所のドアから雌蛇が頭だけのぞかせて、天井に向かって指を突き立てた。

「つまり『あのお方』が…」次に指が地面を指す。「…この家に現れたってこと？」

「そうだよ。さっきから言ってるじゃないか、あんたのチューニョをこっそりつまみに来てるんじゃないかね。天国でどんなまずい飯を出されてるかもしれないじゃないか。」

　アリシア・アマルがドアから半分だけ身を出したので、いかめしい顔の一部が薄暗がりに覆われ、残りの部分が明かりに照らされる格好になった。

「それじゃマヌエラに、例のチューニョの盗み食いの件で、おどかして悪かったって謝らなくちゃ。」

「ねえ」ウルピ・クントゥルが吹き出して、アリシアもつられて笑い出した。二人とも発作のように笑いこけて、どちらかが「そりゃ教会に通報しなきゃ」とか「宇宙の支配者、世界の救済者はチューニョがお好きだとさ」などと言うたびに、また新たな笑いが爆発するかと思えば、ただ単に「こりゃ傑作だ」などと言っては涙を流しながら腹をかかえて10分ほど笑いこけていただろうか。台所から焦げついた料理の匂いが漂ってきて初めて、家の中の空気が元に戻った。

「どれもこれも、気狂いじみた考えだよ。イエス様は私や雌蛇のところに来たわけじゃない。あるクリスマス前の日に、ファッションの発展を完結させたデザイナーのところに現れたのさ。」

「ディオール？」私はそれが誰なのか当てようとした。「バレンシアガ？　ジヴァンシー？　マックイーン？」次々に名前を挙げてみるが、そのたびに雌鳩はほとんど分からないくらいに首を横に振る。

「当たらないと思う、ヒントをあげるよ」台所のドアの向こうから声がする。私は頭をそちらに回して、手に持った木べらに付いたソースをなめているアリシアに感謝の微笑みを送った。

「1938年のクリスマスに、そのデザイナーのところにイエスと七人の大天使が現れてこう言ったの。『太陽の下のあらゆる生命は死に絶えるが、お前はノアのように、その終末から一部の人々と動物たちを救う役目を負うであろう。』」

「ヴァレンチノ？」ジョジョが信心深かったと言っていたデザイナーの名を挙げてみる。雌鳩は動いたかどうかも分からないほどかすかに首を横に振り、雌蛇は厳しい顔をして木べらを振りかざすと台所に消えていき、焦げついたソースを何度か混ぜたあとまた現れると、すぐに抗議した。

「余計な口を挟まないでよ、シータ。まだこれで全部じゃないんだから…」

　それから鍋のところに走っていくと、すぐにまた現れた。今度は木べらを持っていない。手をエプロンの裾で拭きながら、男がイエスと七人の大天使に、船乗りじみた答えを返した様子を語り出した。

「ずっと箱舟を造ってみたいと思っていましたが、そんな大きな船を造るのに、どこから材料を手に入れればよいか分かりません。」

「今訪れる裁きの日に洪水は起こらないから、箱舟を造る必要はない。お前はこの世の終わりのマントを縫うのだ。アダムとイブがその裸体を隠したイチジクの葉の対極をなすようなそのマントに、自らの名前

や毛髪、私物などを包んだ人間と動物は皆、この世の終わりを生き延びることができる。それだけではない！」七大天使の一人が言った。「お前が救ったそれらの生物は、裁きの日をもって進化論的により高次の生物となり、宇宙を旅し、そこに愛と真実、神の光を広める能力を得るのだ。」

「ヴェルサーチ？」UFOに関心があったに違いないエキセントリックなデザイナーの名を口に出してみるが、雌鳩がまた首を横に振ったので、次の候補を挙げた。「ピエール・カルダン。」
「あんたにはお手上げだよ」雌蛇はそう一喝すると、台所に消えていった。
「アダムとイブは、ファッションデザイナーでしたっけねえ？」いい人ぶった声でウルピ・クントゥルが尋ねる。
「聖書はそんなによく知らないけど、違うと思うわ。」
「もちろん違うよ。デザイナーじゃなかったけど、初めて自分たちの裸に気づいた時、葉っぱをちぎって人類史上初の衣服を作ったんだ。だから、ホモ・サピエンスの最後の服をデザインした人間も、元はデザイナーじゃなかったというのは理にかなったことなんだよ。」
「でも、どうやったらその人が当てられるのよ？」私はそのおかしな理屈に笑った。
「そうねえ、それはあんたの問題ね。」
「私の問題？」
「そうだよ、シータ、あんたの問題だよ、でも降参したいならすればいい、その代わり賭けには負けるよ。」
「何の賭け？」
「来週誰が皿を洗うかっていう賭けだよ。」
「それなら誰だったか知らない方がましよ。」
「それじゃ賭けにならないよ。答えなくても、負けと同じだよ。」
「じゃあ降参する。」
「ビスポ・ド・ロザリオだよ。」
「そんな人、生まれてこのかた聞いたことがないわ」私は自信をもって反論した。もしそんな奇跡のマントがあったなら、ジョジョ氏のコレクションにもあったに違いない。そのことが私の自信を支えていた。
「雌鳩、あなた、皿洗いがしたくないばっかりに、そんなデザイナーの名前を考え出したんじゃないでしょうね？」

「アリシア、この人ったら、あたしがビスポ・ド・ロザリオをでっち
あげたと思ってるよ！　何とか言ってやってよ、さもないとこの人の
頭に鈍器で一発お見舞いしちゃうよ。」

「もちろん彼は実在の人物よ。あんたに天の音楽を聴く能力があった
ら、今すぐにでも彼と交信できるはず…」台所の入り口に立った「ビ
ジネスウーマン」が、木べらをなめながら話に加わった。「…彼は生
きている時から、超常能力をもっていたの。だからイエスに選ばれた
のね。『近代のファッションデザイナーたちは、目に見えるものしか
理解できないが、ビスポ、お前は魂の芸術家だ』、救世主はそう言っ
て、彼にノアの箱舟を縫う使命を与えたのよ。」

「でもそんな名前、本当に聞いたこともないわ。」

「それは、このファッションの最高の天才が、この世の終わりを前に、
イエスのために人々と動物たちを救う使命を負ったことを、リオデ
ジャネイロのとある修道院で人に話してしまったから」雌鳩が悲し気
に語る。「それを聞いた修道士たちは彼を拘束衣で縛り、現代のノア
はその後50年以上にわたって精神病院に閉じ込められる破目になっ
たんだよ。」＊63

＊63　アルトゥール・ビスポ・ド・ロザリオは、1938年12月22日に自らが体
験したイエスの出現について、リオデジャネイロのサン・ベント修道院にいる
ベネディクト会の修道士たちに語った。本書『オリジナル・アストロモーダ』ではこ
のビスポのビジョンを、彼が後年見た別のビジョンの数々だけでなく、聖書の文言と
も組み合わせて紹介している。その中には「太陽の下にあるすべての生ははかないも
のである、ゆえに太陽の向こうにある生を思え…」(旧約聖書『伝道の書』)や、ニコ
ライ・フョードロフ（1827-1903）の教えもある。アヴァンギャルドの宗教哲学者
だったフョードロフは、死者が生者からひたすら分離されているが、そのことが人間
社会の悪を生み出しているのであって、裁きの日が来ればその社会は消滅し、同時に
死者の生者からの隔離も消失すると信じていた。それによって人類は、霊的に拡大し
その支配を広げようとする宇宙を撃退するのだと。
ビスポ・ド・ロザリオ（1909.5.14または1911.3.16生──占星術者たちは修正を行
うことで、どちらの日付が正しいか特定することができる）は精神分裂症と診断され
ていたが、治療を拒んだため、1989年に死ぬまで生涯を精神病院で過ごした。その
間、「ノアの箱舟」を製作する熱意を一時も失うことがなく、そのことが医師たちに診
断の確信をもたせる理由にもなった。
後年になって初めて、生涯の半分以上を施設に暮らした70歳の患者の気狂いじみた作
品に、芸術的要素があることが医学者たちによって見いだされた。精神分析学者の
Rosangela Maria Grilo Magalhãesもその一人だった。病院暮らしの天才がいると
いう噂が国内に広まり始め、1985年には写真家のウォルター・フリモが、ビスポ・
ド・ロザリオのフォト・ルポルタージュを撮影したいと精神病院に願い入れた。この
時、「精神病院」の壁の向こうでスターが誕生し、その星は本人の死後も上昇を続け、
今日ではブラジルで最も著名な芸術家の一人に数えられている。リオデジャネイロに
行けば、"Museu Bispo do Rosário Arte Contemporânea"でその作品を直接目
にすることができる。ペルーでのビスポの人気は、彼が世界で最も美しい五人の女性

がアルゼンチンとフランス、彼の故郷アマゾニア、日本、そして当然のことながらペルーにいる、と言ったことで高まった。

聖書によれば、この世が生まれた時の衣服の着用には三つの段階があった。最初に、神の意にかなう姿で創造された裸体があった。その後、イブがアダムに禁断の知恵の木の果実を食べるようそそのかすと、『創世記』3：7にあるように「二人の目は開き自分たちが裸であることを知り、二人はイチジクの葉を縫い合わせ、自分たちの裸体を覆った。」第3段階で、すでに私たちのいる浮世に追放された二人は、『創世記』3：27によれば、動物の毛皮から衣服を作っていた。この世の最初の人々が経たこの三つの段階は、誰もがその成長の過程で通過する、三つの意識レベルに当てはめて考えることができる。すなわち「無垢」──「恥」──自らの衣服のために動物を殺さなくてはならない必要に象徴される「悪」である。進化の視点から見れば、イブとアダムの衣服の三つの型は、気候条件に当てはめることもできる。熱帯の孤島に住む裸の原住民から、イチジクの葉のスカートを着けるやや涼しい環境、そして毛皮の服を着る寒冷な環境、といったようにである。

「ああそう。で、あなたはリオに行ったことがあるの？」

「あたし？　まさか。せいぜい指で地図の上を旅したくらい。」

「ならどうして…？」

「ほら、エロイがいたじゃないか」雌鳩は私が言い終わるより早く問いに答え、私はそれをオウム返しした。

「エロイ？」

「サルヴァドール・ダリの生まれ変わりだよ」雌鳩がまるで5歳の幼児に言い聞かせるように言う。

「ああ、マヌエラの息子ね」私は正解が分かって喜ぶ子供のようにはしゃいだ。

「そう、エロイだよ。エロイがリオからやってきて、ノアが生まれ変わって、手に持った針で地球上での生命と自分が存在したという意識が消されるのを免れるべきすべての者を、箱舟のマントに縫い込むことになっているという良い知らせを広めたからなんだ。さて、話はこのくらいにして、この世の終わりを含むあらゆることからあんたを守ってくれる『身体の身体』バッグの誕生儀式を、始めるよ。」

"Kadesh. Kadesh. Kadesh…,"[64]家の裏の草地で、踊っているというよりは飛び跳ねているウルピ・クントゥルがリズミカルに唱える声が、延々と聞こえている。私は、ピョンピョン跳ねる雌鳩が、コカの葉やマカの根、卵の殻、酒といったありとあらゆるものをその周りに注ぎ、撒いているバッグを眺める。バッグは…うーん、何と言うべきか…アヴァンギャルドな感じがする、か？　奇抜な感じ？　まあとにかくそんな感じがするのだが、魔力があるようには全然見えない。ハート形で、太い紐の付いた平凡なバッグだ。ウルピ・クントゥルがビスポ・ド・ロザリオのマントの複製品を見せてくれたので、バッグの形がこのビスポが世界の終わりのために作った、装飾過多なポンチョのシルエットにインスピレーションを得たものであることがよく分かる。おやおや、アリシア・アマルが三人の男たちを連れてきた。私には挨拶もせずに、男たちはすぐに雌鳩と一緒に踊り始めた。人が一人で、酔っ払いのように飛び跳ねている様子はやや発作のように見えたが、五人に増えた今となっては宴に疲れた踊り手たちのように見えた。

"Haylli. Pachamama. Haylli,"[65]私の頭の中でまだずっと響いている

 ＊64　魔術を用いた儀式の呪文の一部。

 ＊65　大地の母への祈願。

"Kadesh, kadesh,…" の繰り返し文句が変わった。踊り手たちが靴の
つま先を渾身の力で地面に突き立てるあまり、男のうちの一人はつま
ずいて転んだほどだった。腹ばいの姿勢から起き上がろうとするが、
その力もないところを見ると、男が完全にできあがってしまっている
ことは明らかだった。

「Haylli. Pachamama. Haylli. 我らが耕した畝間から、アルパカとラ
マの毛でできたこの身体に、地球のエネルギーを湧き上がらせたまえ
…」雌鳩が説教でもするようにより高次の力に向かって請い、同時に
地べたを転がっている酔っ払いの背中を、私のバッグでなでた。男は
カラフルな縞模様のポンチョを着ているが、その縞は彼の上をひらひ
らとブランコのように舞うバッグの縞よりも多かっただろう。他の模

様にしてくれないかと、百回ほども頼んだだろうか。アクリャワシの店にはこんなに美しい物がたくさんあるというのに。インティの神やラマのシンボル、チャカナの十字星、ワユ族[66]の三角形やひし形なら、セーターだろうがバッグだろうが、何に付けても素敵に見える。でもダメ、雌鳩は頑固に、インカの太陽の処女の生まれ変わりである私は、最高のものを身につけなくてはならないと言い張った。それが、私の嫌いな縞模様だった、というわけだ。一方の雌鳩は、縞模様を前にして喜びをほとばしらせていた。

「見て、この真ん中の…赤い縞は、より高い次元にあるあんたの心を表しているんだよ」雌鳩は興奮したように私に説明した。「『身体の身体』の心臓、唯一奇数で、ペアになっていない縞から、左右にそれぞれ7本の縞が連なっている。それはあんたの人格の性質と、あんたが身体の外の世界でつながっているヤサンティンの対とを結びつけるものなんだ。」

「でも…」私は雌鳩の講釈に口をはさんで、自分の意見を言おうとしたが、無駄だった。最後の7番目の縞のペアが、バッグの端にあってその口の役割を果たしている、という解説が終わるまで、私は口をきくことを許されなかった[67]。

---

[66]　Wayúuは幾何学模様を配した伝統的織物で名を知られる、ベネズエラと国境を接するコロンビア北東部のグアヒーラ半島に住む原住民族の名称。

[67]　「衣服の着用には二つの機能がある。一つは私たちの周囲とのコミュニケーション、もう一つは衣服が私たちの身体と心に作用するための魔術としての機能である」という言葉で知られる人類学者のヴェロニカ・セレセダは、イスルーガ地方で魔法の力をもった縞模様のバッグの研究を行っている。チリとボリビアの国境地帯にあたるこの山地は、著作『マヤ暦』に登場するピサグア港からおよそ250kmに位置している。ペルーとの国境からも遠くない場所である。1986年に発表した論文 "The Semiology of Andean Textiles：The Talegas of Isluga" でセレセダは、バッグの中央にある奇数の、対になっていない縞で、バッグをかけた時に身体に触れる場所を心臓と名づけたが、バッグの両端の対称になる縞で、サイドの縫い目につながっているものは一貫してバッグの「口」と呼んでいる。左右両方ともである。バッグの両端にある二つの口は、外部世界とコミュニケーションをとるものとされ、その基本的性質と機能としては、バッグの両端、すなわち私たちが身体に感じる部分と、私たちの周囲の人々から見える部分とをつなぎ、同時に縫い目によって分離する働きだとしている。ボリビアのスクレ、La Recoleta地区Pasaje Iturricha通り314番、ホテルKolpingの向かいにミュージアム（Museo de Arte Indígena de ASUR）があり、布地に刻まれた伝統文化を専門としたこの傑出したチリの女性人類学者の、生涯をかけた作品を目にすることができる。

　そこで私は、布きれを魂と意識、独自の言葉をもつ生きた存在にするために命を吹き込む聖なる儀式を眺めた。だがその眺めに魅了される代わりに、私の心を占めていたのはヴァレンティナのブルーのドレスについての葛藤だった。カウンセリングの一環としてのショッピング同行で、アストロモーダ的にふさわしい服を拒否して、自分のホロスコープにまったく適さないセクシーなドレスに走ったヴァレンティナと同様、今の私も、できるならこの仮面舞踏会のような縞々のバッグを、何とでもいいから取り換えてほしいと思っている。でもできないのだ。ウルピ・クントゥルは、最も聖なる存在であるかのようにこのバッグを作り上げてきた。「インティに祈るために合わせた手」と呼ばれる太い紐を持ち、酔っ払いの背中の上でバッグを揺らしている今も…おや、男が身を起こした。まさか、こんなに早く酔いが覚めたのか？　トランス状態だったのかもしれない。そう私は思った。きっとそうだ。踊る五人が身体を震わせ始め、ゆったりと飛行するコンドルをつかみ下ろそうとするように十本の手を天に向かって伸ばしたのを見て、私は確信した。

"Haylli. Haylli. Saywa…"五人が繰り返し大声で唱え、ウルピ・ク
ントゥルだけが途中で"Haylli. Saywa…"の復唱をやめて、宇宙の
秩序に光の力を縞模様のバッグ「身体の身体」に込めてくれるよう請
う祈りを唱え始めた。私はよろめいた。身体の内部で振動が起きて震
える。まるで電流に身体を貫かれたようだ。下腹。口。指が我慢でき
ないほど痺れて、硬直する。気を失う前に座ることにした。踊るコン
ドル、すなわちアプ・クントゥルの聖霊の仮面を着けた人間が、大き
な卵の周りを回っている。自分が寝ているのか起きているのか分から
ないが、はるか遠くから"Sebayo. Sebayo. Sebayo…"[68]という声が
聞こえ、何もかも濃い霧に包まれている。踊るコンドルとその卵だけ
が、人を虜にするようなまぶしい光の反射体に照らされている。

「あっ、大変。」卵に亀裂が入った。さらにもう一本。どんどん割れ
ていく！　なんてこった…卵の殻の割れ目から、くちばしが出てきた
と思ったのは気のせいだろうか？　あ、まただ。生まれたてのコンド
ルの目も見える。その目は催眠術にかかったように、私の瞳を凝視し
ている。太陽が一秒ごとに沈んでは昇り、夕焼けと朝焼けが慌ただし
く入れ替わる。星々がまるで鳥の群れのように、作物の熟した畑の上
の空を飛び回る。あらゆるものが私の上に落ちてくる。お願い。やめ
てえええ…！　懇願のかいもなく、私は夜空に爆発し、ばらばらに
なった私のかけらが、星々が抜け落ちたあとの空白を埋めた。

＊68　魔術を用いた儀式の呪文の続き。

第34章
「身体の身体」と裸の魂

「嘘つきは泥棒の始まり！　泥棒は人殺しの始まりだ！　聞いているか、『マトリックス』のスパイたちに操られた奴隷たちよ！」剣闘士のようなサンダルを履いた裸の男が叫ぶ。

「お前たちは、真実を探し求めなければならない！　そして真実は、人間を形づくるまやかしの衣装という名の殻を脱ぎ捨てることによってのみ、見いだすことができるのだ！　服を脱ぎ捨てない者は、嘘つきだ！　よく聞け！　嘘を脱ぎ去るのだ、さもなければここにいるヴィネッサが撃つぞ！」

　世界中から集まった観光客が、演説するうちにますます勃起していく裸男のペニスを怯えたように見ていたが、やがてその視線を横にいるラッパ銃を持った裸の女に移した。

「裸の皮膚は何も隠さず、制服やスーツのように権力を強めることもなく、何も美化しない…」ヌード・テロリストが扇動を続けるあいだ、私はゆっくりと服を脱いでいったが、脱ぎながらその仲間の女性から目を離すことができなかった。山々と渓谷に囲まれたインカ人の堂々たる建造物に満ちた国際色豊かなムードを、魔法の杖のように振ればたちまち脂肪の塊と、くぼんだ胸部と、人生に摩耗して垂れ下がった乳房と、また美容整形外科医によって完璧な彫像のように形づくられた乳房と、毛を剃り上げた、あるいはジャングルのように毛むくじゃらの性器との展示会に一変させてしまうであろうラッパ銃のせいだけではない。女の裸体が、インティワタナのピラミッドを囲んでひしめき合う裸の人々の中で、一流の雑誌のカメラマンたちがレンズに収めたいと望むであろう数少ない例外に属していたから、というわけでもない。

「裸体は我々のもろさと痛み、そして人生と周囲の人々とが残した傷跡をあらわにする」マチュピチュのピラミッドの頂点に立つ像のようなポーズで、男がヌーディストの説教に熱を入れていく。自分はインティワタナの超常的な力を借りて、自分と他の人々が、太陽神の光で織られた目に見えない服を手にすることができるよう祈るため、スー

ツとネクタイを脱ぎ捨て、裸体の真実をまとうことにしたのだと言う。私も、インカ人のピラミッドの魔術を頼りにここに来ていた。第三の目が開くよう、聖なる石に額を付け、その目でマヤの居場所を突き止めるためだった。それが、身代金の代わりに着ている服を要求する裸の人さらいたちのせいで、おじゃんになった。危険な目に遭わないように、あんなに気をつけていたというのに。今なら、悪魔のようなインカルコのこともすっかり忘れられる。私は武器を持った美女を見上げながら、残った二枚の下着のうち、まずショーツを脱ごうか、それともブラジャーにしようか、長く考えすぎていたらしい。

「早くしろ！　今すぐその嘘を脱げ」美女が私に向かって恐ろしげにラッパ銃を振りかざし、小さなペニスととてつもなく大きな丸いお腹の男が汗ばんだハゲ頭を拭いてから、堪忍袋の緒が切れたように怒鳴った。

「おい、さっさと脱ぎやがれ、さもないとあんたのせいで俺らも撃たれちまうよ！」

「お前は黙れ、このデブ野郎」誘拐者の女が私の味方をして、私に微笑んだ。「脱いでみれば、どんなに解放されるか分かるわよ。服を着るってことは、何を隠したいかってことだけど、裸っていうのは…」

「ヴィネッサ、左にいるあのおやじ、ハイソックスを履いたままだぞ」現代の「裸の王様」の説教師が彼女をさえぎると、銃を持った美女が身体の向きを変えたので、私は今まで見たこともないような奇妙なショーツをはっきりと目にすることになった。裸の女テロリストは、ウエストに自転車の金属フレームを装着していて、そこから恥骨の上に、普通ならペダルを踏む人の尻が載るサドルが下がっている。ヴィネッサの尻側には何もなく、ただ切り取った自転車のチェーンでできた透け透けのベールが、身体から落ちないように輪止めにぶら下がっているだけだった。ジョジョはこの「自転車水着」の写真しか持っていなかったが、これを作ったデザイナーの工房で作製され、世界のあちこちのビーチで逮捕者を生んだ水着を持っていた。私はふと、ジョジョの葉巻の煙に抱かれたい、と懐かしく思い出した…

　ジョジョは、このデザイナーのモットー「自由とは、裸でいる権利である」に対して、「裸が隠している裸の向こうにある空間には、服を着ている時よりはるかに多くの退廃が見られる」という言葉で反論していた。そして、私が彼の店から『アストロモーダ・サロン』まで"Pubikini"だけを身に着けてたどり着くことができたら、次回納入

分の生地代は自腹を切ろう、と申し出たのだった。

「死んだ方がましだわ」私は恥ずかしさに真っ赤になって一喝したの
だが、その恥ずかしさは、"Pubikini" のモデルをしてくれたジゼル
を見た時の印象から来たのだった＊69。

＊69　Pubikiniはボトムパーツのみからなる水着で、切れ込みが入っているた
め女性の陰毛と、ペニスとの対決を促すような形をもつものすべてが露出され
る。デザイナーとして物議をかもし、ゲイの権利を求めて闘ったルディ・ガーンライ
ヒ（1922-1985）の最後の有名な作品であるPubikiniは、彼の死の直前、1985年に
生まれたが、当時はまだ股間の毛を剃る人はほとんどおらず、今ほど女性も解放され
ていない時代だった。ガーンライヒが自転車だけを使って製作したBikekiniを発表し
たのは、それよりさらに10年前であった。『オリジナル・アストロモーダ』に登場す
るものとは異なり、自転車のサドルとベルが付いたBikekiniを身に着けていたのは男
性のモデルで、女性のモデルの方は自転車のチェーンから作ったベールが主体の
Bikekiniを着ていた。
「未来の人々はファッションの独裁から解放され、自らの身体を十分に受け入れるた
め、服を着ることよりももっと重要な事柄に集中するようになる。経済的かつ有機的
で、個性を差異化しないような服が、そのようなファッションの終末期には特徴的と
なるだろう！」ガーンライヒはそう予言し、当時を知る一部の人々によれば、1964年
6月22日に女性の性的革命とヒッピーの愛の運動を燃え上がらせたのは彼だという。
ガーンライヒがその日に自ら、のちに「それはここで始まった」という記念碑が立つ
ような場所にいたわけではない。サンフランシスコのクラブ"Condor"でその夜、
伝説のダンサー、キャロル・デューダが、ガーンライヒが売った3千着のモノキニの
うち1着を身に着けて踊ったのである。その一月後、制服姿の警官が、シカゴのビー
チでモデルのトニー・リー・シェリーを、モノキニ（乳房があらわになるワンピース
型の水着）を着ていたというだけで逮捕している写真が世界を駆け巡ると、「裸の花の
革命」が地球上のいたるところで燃え上がった。
2010年に、ガーンライヒのそれよりはるかに大胆なモノキニを身に着けたモデルのリ
ンジー・エリンソンが、メインストリームの"Victoria's Secret Show"のランウェ
イに現れた時、イブの股間を覆ったイチジクの葉と同じスタイルで、長いブロンドの
髪の毛でわずかにしか覆われていないその裸の乳房に対する観客の反応が、同じコレ
クションの他の水着に対するものと変わらなかったのは興味深いことであった。この
ことから、ファッションとそのトレンドは生地や裁断のスタイルによってではなく、
人の頭の中で生まれるものだということが分かる。私たちの思考や、道徳的、文化的
な限度や境界が変化すれば、私たちの身に着ける衣服のトレンドも変わるのだ。50年
前にクラブ"Condor"でトップレスのダンサーが着てあれほどの興奮を巻き起こし
たものが、（2010年には）それほど「裸」でも、興奮をあおるものでもなくなり、そ
れはガーンライヒのモノキニのデザインが変化したからではなく、人々の頭の中で偏
見とステレオタイプのプログラムがアップグレードされたからだった。2060年にはマ
ンキニを着られるようになっていることはほぼ間違いないだろう。その時を見届け
ることのできる人々には、2006年のサシャ・バロン・コーエンの映画『ボラット』で有
名になった、"Pubikini"の男性版であるこの水着の愛好者たちが、50年前には世界
各地のビーチで警察によって逮捕されていたことを知っていてほしい。あるいは反対
に、2060年に生きるすべての人々は、私が20世紀に近代化の波に乗ることをためら
う国々を旅した時に見たように、長いドレスやワイシャツ、ズボンを身に着けたまま
泳ぐようになるのだろうか？
現代の『オリジナル・アストロモーダ』の読者である皆さんは、どうお考えだろうか。
2060年の人々はビーチで、本書の第31章で紹介したコレクション"Banquet"の作

　それは本当だった。公衆の面前で裸になっている今も、ジゼルのように自転車のサドルで前を隠すよりはましだ。

　「何をニヤニヤしてやがる、このあま」下着を脱いだ裸よりももっと裸らしい裸のことを思い出していた私は、現実に引き戻された。「聞いてるのか？　何をそんなにニヤニヤしている？」

　ああ、私に言っているのか。そう気づいたが、目は女の股にある自転車から離すことができない。太鼓腹男の怯えたような「挑発しなさんな、さもないと殺されますよ」という言葉も私を止めることはできず、私は吹き出した。

　「その服、最高ですね！　ハハハ！　ほんとにイカしてますよ！」

　私がゲラゲラ笑う声に、どこからか子供の大声が重なった。

　「ねえ、ママ、あの男の人、服を着てないよ」すると数人の大人が、笑いをかみ殺すのに必死になった。自転車乗りの露出狂女が怒りに満

者であるルイーズ・ブルジョワの言葉にあるようなスタイルで、秘めておきたいと思うものを衣服で隠しているだろうか。それとも精神分析学者のジャック・ラカンが言うように、裸が内に秘めているものを裸で隠すようになるだろうか。
インカ人のピラミッドに登った裸男が、建築家マーク・テイラーの言葉を借りて語ったように（2003年発行の著書 "Surface Consciousness" に収録されているエッセイ "Surface-Talk"、30〜35ページ）、裸の皮膚は何も隠さないからして、あなたがこれ以上あらわにすると自分が傷つきやすくなると感じるボーダーラインはどこだろうか。
一片の衣服も着けずにマチュピチュを走り回る裸の人々は、まったくそういったバリアをもっていないことは確かだ。毎年およそ1ダースほど現れる裸の観光客たちのせいで、当局は「外国人の皆様、インカの神殿と地元の人々を侮辱する行為ですので、裸になるのはおやめください」といったような警告を発せざるを得なくなっている。
ヌーディストたちを駆り立てるものは何なのだろう？　ガーンライヒが自転車から水着を作った時代には「ヒッピー」的な自然との結びつきだったが、世界の果てのインカの建造物の「人気（ひとけ）のない」廃墟においては、Pubikiniの時代にはすでにかなり混雑していたユネスコ世界遺産でスピリチュアル・エネルギーを浴びたい、というのが彼らの動機だったし、21世紀の裸人たちは混雑するマチュピチュで、かつては政治的な抗議行動だった裸のストリーキングを行っている。何百もの裸の学生たちがより良い世界を求めた時代は過ぎ、選手に混じって競技場を駆け回っていた裸のスポーツファンたちが、今は競って自撮りをするようになった。あるいはユーチューブの動画も同様で、2014年には裸のカップルがアダムとイブがイチジクの葉を身に着ける前の格好をして、マチュピチュを駆け抜けることに成功している。自撮りストリーキングの難易度においては、マチュピチュで裸になることは中程度とされており、エジプトのギザのピラミッドを裸で駆け回ることはきわめて難易度が高いとされている。もちろん伝統的裸体主義者たちは、その皮膚を露出するためにもっと人気のない場所を選ぶ。その一例がステファン・モスで、彼はバックパックを背負い、帽子をかぶり、トレッキングシューズを履いているほかは完全に裸で、南部の海岸からスコットランド国境までイギリスを縦断している。

ちた目で私をにらみ、
インカのピラミッドの
頂からはさも侮辱され
たというような声が響
いた。
「お前には目がないの
か？　太陽の光で織ら
れた私の服が見えない
とでも言うのか？」
「はい、主どの、もち
ろんあなたの見事なお
召し物が見えていま
す！」
「そうです、そうです、
そうです…」続いてす
ぐに数人の裸人たちが
彼女をなだめたが、
ヴィネッサは怒り狂っ
て私を地面に突き飛ば
し、ピストルを向けた。
「じろじろ見るなって
言ったんだよ、このあ
まが」それが、引き金
が引かれる前に私が聞
いた最後の言葉だった。
　死は難しいことでは
ない。そう、自分の横
たわる身体は少しも動
かすことができないが、
私の意識は運命の引き
金が引かれる前よりも
ずっと鮮明に、あらゆ
るものを知覚している。
昼なのに、天に輝く星
が見える。周りの人々

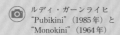

ルディ・ガーンライヒ
"Pubikini"（1985年）と
"Monokini"（1964年）

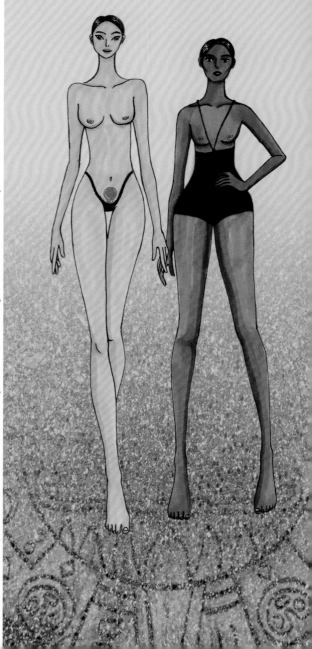

の口から漂う朝食の匂いを感じる。ニンニク。しょうが。バニラ。すべてが強調されるあまり、嗅覚で感じとったものがすぐに私の死んだ舌の上で、味となって広がっていくほどだ。宇宙のエネルギーが、私のオーラの中に集まってくるのも感じられる。素晴らしい。まるで神の息の雨粒を浴びているようだ。音も聞こえる。よく聞こえるのは、世界中の言語で発せられる感嘆句と、私を殺した女の金切り声だ。

「この大バカ者、あたしに水鉄砲を渡したのかい？」

　裸の説教師はウンともスンとも言わない。代わりに群衆が歓声をあげた。

「やったー、武器じゃなかった！」

　あらら、じゃあ私は死んでいないのだ、私は気づいて安堵し、目を開けた。身体は硬直したように横たわったままだ。太鼓腹の男と、あと数人の裸の男たちが、自分たちを誘拐した女に一斉に飛びかかった。女は何度か男たちの顔めがけて水鉄砲を発射し、それから引っかいたり、嚙んだり、蹴ったりしながら恐ろしい金切り声を上げ続けていた。まるで雌虎のような暴れぶりだ。取っ組み合いがヒートアップして、男たちが女のショーツをもぎ取った。

　サドルが空を飛び、私の恥骨にしこたま当たった。

「アウウウ」私がうめいたのと、下着をもぎ取られたヴィネッサが疲れ切った声で「何するんだよ、この変態野郎！」と罵るのが同時だった。私は腰をおろし、群衆が一斉に服を着始めたのに圧倒されて、「Bikekini」を身に着けてみた。

「あら、ベルだわ」私は独り言を言って、右端の上にある管に付いた金属の引手を押してみた。リンリン、と音がして、ドラマチックな露出劇の感想を興奮して述べ合っている群衆が、はっとして動きを止めた。リンリン。また鳴らす。それからまた、何度も何度も。自分は特殊部隊の隊員で、最初から二人のテロリストをとっちめる計画だったと話している太鼓腹の男に抱え上げられ立たされてようやく、私はベルを鳴らすのをやめた。抱えられた時、前にせり出た男の腹に鼻をこすりつける破目になった。私は小声で男にあいづちを打つ。

「ええ、ええ、ここはビールの海と格闘するSWAT部隊みたいですね」それから私は自分の服を探して辺りを見回した。割と近くにあったが、上に何人か人が乗っている。彼らは制服姿で、押し寄せる一般人の波に巧みな蹴りで抵抗している裸のテロリストたちを、どうやって拘束しようか話し合っているようだった。裸男は、インティワタナ

の神聖な頂を土台にして等身大の像になりきっていたが、その崇高な
立ち位置をあきらめなければならなかった。今はもう、階段から滑り
落ちた人のように、ピラミッドに横たわっている。それでもなお、頭
で頂の直方体に触れようとしている。私と同じように、より高次の秘
められた世界が自分の第三の目を開けてくれると信じているようだ。
男の裸体の真ん中の部分は、インティワタナの低い方の2段目に置か
れている。遠くから見ると、まるでインカのピラミッドと交尾してい
るようだ。「アストロモーダ・スクリプト」にあった、第2ハウスと
第8ハウスを結ぶ軸の事例として、これより強烈なものはもう二度と
見ることはないだろう。「裸VS完全に身体を覆った状態」の軸につ
いては今、極端に「裸」の方に寄った状態らしいが、第2＝第8ハウ
スの軸の、私たちと他者とをつなぐアクティブな活動を通して自分自
身を見いだすという内面の表現に関しては、個人と他者とが完全に結
びつき、一体となっている。聖なる石の上に立つことをためらう制服
姿の番人たちは、インティワタナの最下段に足を踏ん張って、裸の狂
人の足をつかみ引きずり下ろそうとしている。そこに立つことを躊躇
しないビール腹のSWAT隊員は、ピラミッドの頂で男の両手をつか
んでいる。男の活動が今日のこれ以上にコミュニティーの一部となる
ことは、彼の人生においては恐らくもう二度とないだろう。人生の実
存主義的頂点を祝福するぎこちない接吻を受けつつ、手足をつかまれ
空に浮いているめでたい裸男は、説教じみた不平を述べ続けていた。
「放したまえ！　裸になることで、嘘を克服するのだ！　直ちに私を
放したまえ、闇の怪物どもよ！　私が、インティの光をまとった大イ
ンカ人であるのが見えないとでも言うのか…」
　私とすれ違いざまに、番人の一人がつぶやいた。「ああ、先生が喜
んで話を聞いてくれるとも。」どうやら裸男を精神病院に連れて行こ
うとしているようだ。男たちが去っていくにつれて、インティワタナ
は人気がなくなっていった。群衆が、連行されていく裸男をカメラに
収めようと躍起になって後を追ったからだ。
「さあ、シータ、やるなら今よ！」私はインカのピラミッドに登り、
その頂の直方体に額をつけることでマヤを探し出したいという願いに
突き動かされて、自分を奮い立たせた。もちろん、まずは自転車風
ショーツを脱ぎ捨て、踏みにじられた自分の服を着ることが先決だ。
でもその間に人々が戻ってきて、警備員がインティワタナに触れる者
がいないように目を光らせるに違いない。そこで私は、数本のチェー

📷 太陽の石・・・インティワタナ

ンで覆われた尻を山々のパノラマに向けて突き出し、神聖なる頂の石に口づけた…そして、恍惚のビジョンと体験のうちに、いつシャーマンの目覚めが訪れるかと待った。

　リーン。リーン…私の頭の中で、高次元のベルの音が霊能力によって聞こえる。3回目のリーン…で、誰かの手が私の腰に当たった。私は頭をビクッと動かして見回す。インカルコだ。ああ、私は死んだのだ。そう頭をよぎった。ついさっきまで寒さに震えていた私の裸体に、汗が噴き出す。どうしてこんなことになってしまったのだろう？　裸のテロリストたちに気を取られて、人殺しのことを忘れていた。

「頭をつける場所が間違っている」私を嘲笑し、私の不安を面白がるような口調で、悪魔の声が言う。

「分かってる。ヤナンティンでしょう。カテキルが全部教えてくれたわ」インティワタナの頂に儀式のように押しつけた身体をびくとも動かさずに、私は答えた。

「今はそれが問題ではない。もしこれから、お前がインティマチャイの洞窟へ向かったとしても、効果はないであろう。それはお前のやり方が間違っているからだ。」

「間違っている？」私は驚いて声を上げつつ、自転車のサドルの下の太ももをずらして、自分の尻の向こうにある陰鬱な顔が見えるように

した。チェーンのベールを透かして見ると、インカルコはまるで鉄の
ドレッドヘアーをしているように見える。

「巨石の頂は、ハナン・パチャ*70というパラレルワールドと結びつ
いている。これは我々のいる世界よりも高次元にあるからして、我々
人間の意識には反応することができないのだ…」悪魔の声はそこから
先の言葉を飲み込んで、私の背後からすぐそばまで寄ってきた。その
金属のなたが私の身体の下でカチカチと音をたて、冷たい刃先が聖な
る石の上に垂れ下がった私の裸の乳房をかすめてから、悪魔はようや
くまた口を開いた。「ここに、インティワタナの真ん中あたりに、額
をつけなくてはならない。我々の世界と共鳴するのはこの部分だから、
ここなら効果があるはずだ。」

　むきだしの乳首に人殺しのなたが当たっているというのっぴきなら
ない状態で、私は頂上の直方体を支える石の方へおとなしく這って
いった。インカルコが、三つの異なる意識の形態でもある三つの世界
について語るあいだ、私は自分の太ももとサドルのすき間から、観光
客とカメラマンたちが、安全な距離から目を丸くして、「Bikekini」
を着て犬のポーズでインティワタナに祈る裸の女と、指示棒を持つ教
師のように首斬りの刀を振り回して、巧みな論法で有機体の二つの総
体的な自然の体系と社会を、インティワタナの低い方の段になぞらえ
ているしかめっ面の死刑執行人の像を注視している様子を見ていた。
証人たちの見開かれた目を見ながら、私は満足げにそっと独りごとを

*70　インカルコはPachaという語を、伝統に基づく解釈以外の意味でも使っ
ている。女神パチャママ（Pacha Mama＝大地の母）によって守られるKay
Pacha すなわち「私たちの」世界を指すと同時に、別次元、パラレル宇宙、あるいは
時空という意味での時間をも指してPacha と言っているのである。彼は1. 有機体、
2. 社会という自然界の二つの総体的システムに、3. 霊的あるいは人工の知能を結びつ
けているが、これは最初の二つから生まれたものである場合と、反対に有機体と社会
が生まれる基盤となっている場合とがある。インカ人の霊的建造物の最上層である第3
段に当てはまるこの3番目のシステムは、インカルコによれば完全にではなくてもせ
めて部分的には、人造の、あるいは無機の、「霊的に無形の」または「バーチャルなデ
ジタルの」形態で存在していなければならない。
マチュピチュはその建築が二段式になっていることで有名である。建物の下段は完璧
に加工された石でできているのに対し、それにつながる壁の部分はインカ人の時代に
よりふさわしく、ごく普通の出来栄えである。このことが、マチュピチュの土台を
造ったのはインカ人よりはるかに進化した人々であることの証拠だとする向きもある。
ゆえに意識の第3レベルも、進化の面で私たちの何千年も先を行く人々で、ホモ・サ
ピエンスが動物の世界から初めの一歩を踏み出すにあたって助けとなった、何らかの
地球外文明から来た人々の体内に収められている、と言うのだ。道具によって、ある
いは遺伝的に…

図：マチュピチュのインティワタナ「ピラミッド」とインカ人の三つの世界。
インカルコの意識の階層。

 ハナン・パチャ―コンドルの天上界。インカルコによれば霊的あるいは人工の知能で、
少なくとも部分的に人造であるか、無機的、「無形」あるいは「デジタル的にバーチャ
ル」な世界。

 カイ・パチャ―私たちが生きるピューマの世界。社会、集団の無意識、皮膚の表面の
上にあるものすべてを指す。

1段目は下方界であるヘビのウク・パチャ（インカ人たちはこれを「地下界」であると
した）と共鳴している。インカルコはこれを有機体の意識のレベルだとする。人間に
置き換えると、他者に関係のない、皮膚の表面の下にあるものすべてがそれに当たる。

言った。

「現行犯で捕まるよ、このクソ野郎めが！」

インカルコはまるで私の言葉が聞こえたかのように、群衆の方を向いた。巨大ななたを握った右手に加えて左手も、指揮者のように振り回し、短いうなり声を上げた。雷鳴がとどろいた。人々は散り散りに逃げていった。そして私は人殺しと二人きりになった。ガイドブックに、人間のいけにえを捧げるのに使われたと書かれている石に頭を横たえて、私は泣き出した。

「マヤ、マヤ。助けて。マヤ、お願い、ここへ来て私を救って、クララの二の舞になる前に…」そうすすり泣くあいだにも、首斬り人のなたの冷たい鉄が私の首をなで、ガサガサとささくれだった手のひらが私のうなじの髪をかき上げる。もう一度マヤに会えるという希望が、私の中で春の太陽を受けた雪のように溶けていった。恐怖のあまり息を詰める。心臓がものすごい痛みに突き刺されている。胆のうが怒りの発作で沸騰している。私は私を置き去りにし、それによって私たちの『アストロモーダ・サロン』を破滅させ、私を首斬り台に追い立てた二人の友人に対して、怒っていた。そして何よりも、自分自身を憎んだ。なぜ、こんなところへ来てしまったのだろう？　カテキルに、戻ってこないようにと警告されたのではなかったか？

「シータ、おバカさん」私は声に出して呪った。それが私の最後の言葉になるとも知らずに。頭の上で、巨大ななたの刃先がきらめいた。私の身体を、言葉に表すことのできない生への渇望が貫いた。ふらふらと立ち上がってさえみたものの、力を失った身体はすぐまた崩れ落ちた。血の滴が天から降り、私は…私の頭、目を見開き、舌を出した私の頭は、かつて首とつながっていたところから紅の噴水を噴き出させながら、ピラミッドの階段を転げ落ち、緑の草の上に着地した。痺れるような恐怖に錆びた私の存在は、朽ちて塵になっていった。

朽ちていくシータの「思考テロ」の迷路から、死の無が私を連れだしていくことをすっかり受け入れた状態で、私の歯が舌を噛みしめ、舌が長いストローに変わって、その先端で私は、落ちていく血のように真っ赤な空をつかんでいる。しかしすぐに力尽きた。空が落ちて、私の頭はその衝撃で反対側に突き抜けた。私はハナン・パチャの天上界にいるのだろうか？　自分が新たに存在する世界がどんなところなのか興味津々で、目玉をあちこち動かしてみる。と、私は驚いて、落ちた空の下に頭を引っ込めた。ありえない！　誰にも見られないよう

に慎重に、鼻と片目だけまた天上に出してみる。5羽のコンドルが
踊っていると思ったのは間違いではなかった。私の周りを狂ったよう
に飛び跳ねている。1羽が動きを止めて、私の片目を、まるでついば
もうとでもするように注視する。私はおののいてまた壊れた赤い空の
下に頭を引っ込めたが、その時亀裂の入った卵の殻に気づいた。これ
はどういう意味なのだろう？　怖かったが、私は自分が閉じ込められ
ている卵の殻を破って頭を出してみた。するとさっき私の目をついば
もうとしたコンドルが言った。
「おめでとう、シータ。『身体の身体』の誕生儀式は無事終わりそう
だよ。」
「ウルピ・クントゥル？　ここで何をしてるの？」
「あんたをバッグから引き出そうとしてるんだよ…」
「あなたも死んだの？」
「…もう長いこと、あんたはバッグに頭を突っ込んでるよ。」
「え？」私は混乱して、卵の殻の赤い空を脱ぎ捨てた。
「気をつけてよ、『身体の身体』を汚さないで」雌鳩が神経質そうに
言って、すぐに「空」を草の上から拾った。
　"Está loca,"他のコンドルたちが笑って、のろのろと去っていった。
私はウルピ・クントゥルと二人きりになった。ウルピ・クントゥルは、
私が1分たりとも彼女らの家の中庭から出ていないことを長々と説明
する破目になった。自分がこの世の終わりのマントの形をした縞模様
のバッグに、100回近く頭を突っ込んでは抜き、突っ込んでは抜き、
突っ込んでは抜きしていただなんて、信じられない。
「ねえ、雌鳩、あなたに言わなくちゃならないことがあるの…」私の
良心が、ふさぎ込んだ様子で声に出してそう言う一方で、私の人間性
の残りの部分は、これ以上ないほど劇的なドラマの吹き荒れる余韻に
恍惚となったまま、静かに黙っている。まるで、今殻を破ったばかり
の鳥のひなのように。頭を縞模様のバッグに隠して現実から逃れよう
とする、臆病なダチョウのように。関心があるのはマヤのことであっ
て、自分を陰険なやり方で洗脳した、元は他人だった人々の馬鹿げた
復讐の思いつきなど興味がない者のように。
「話は夜にしてよ、これから市場のマヌエラのところへ行かなくちゃ
ならないから」ウルピ・クントゥルはそう言い捨てて、走りながらお
さげ髪を直した。急いでドアの方へ行くが、外に彼女を殺そうと企む
男が待っていることは知る由もない。

「すごく大事なことなの」開いていくドアに向かって、私の良心の呵責がうめく。

「ほら、いい加減にしてよ、シータ。儀式にすごく時間がかかって、遅れてるんだよ。」

「でも命にかかわることなのよ」私が叫ぶと、雌鳩は2、3秒だけ立ち止まった。

「いつだって命にかかわるんだよ、おバカさん。あんたが『身体の身体』に頭を突っ込んだり抜いたりをやめないもんだから。話は夜だよ。急いでるんだ。」

「でも…」私が叫ぶのと、ドアがバタンと閉まるのが同時だった。

「あーあ」私はため息をついて、儀式で疲れ切った身体に頭と肩をがっくりと落とした。

第35章
死と慈悲のジレンマ

「女がしあさってまでに死んだら、あなたの友達に二人とも会わせて
あげよう。」

「あの…ありがとう、でも…」

「でもとはなんだ！」

「私はただ…あの、たとえば殺す代わりに、情けをかけてやるという
のはどうでしょう？　ねえ、インカルコさん、許すとか、過去の傷を
忍耐強く受け入れるとか…」

「もうたくさんだ！　あなたは私が復讐の特権を、まるで市場でジャ
ガイモを選ぶように選んだと思っておる！　違うのだ！　兄と私の血
のつながりが、私に人殺しの女を殺す義務を課しているのだ。この務
めを果たさなければ、マチュ・ウククの死後の生は、ウルピ・クン
トゥルというあの魔女のクモの巣に永遠にからめとられたままになっ
てしまうのだ。」

「クモの巣…？」殺人の良い面を説いていたインカルコが、その文脈
に合わない表現を使ったのを聞いて、私は両目の白目が血走ったこの
復讐者にその説明を求めた。

「例の毒盛り女が『年老いた熊』を、様々な世界と生の間にある闇の
無に閉じ込めた時に使った、魔のクモの巣だ。この魂の呪いから兄を
救い出す時、それこそが私の人生の最高の瞬間になる。だから、シー
タよ、あなたはあの魔女を、光が闇に勝利したことを祝うコイヨリッ
ティ*71の儀式の日に、シナハラ山の氷河におびき寄せなければならな
い。その日にだけ、天に戻ってくるコルカ座が私の兄の魂を天に掲
げるのだ…魔女を殺すことで、『年老いた熊』を閉じ込めている暗黒
の呪いを破ることができたらすぐに。」

---

*71　Quyllur Riti（コイヨリッティ）はケチュア語で「雪でできた星」とい
う意味で、毎年一万人を超える人々が集う宗教的な祭りである。アンデス地方
のスペイン人が到来する前の伝統（アプ信仰）と、キリスト教の慣習（キリスト信仰）
が合わさったものである。宗教的巡礼、歌唱、舞踊、ミサ、懺悔など様々な要素を含
むこの祝祭は、2011年にユネスコの無形文化遺産に登録されている。

「じゃあたとえば…」私は復讐の賛美と、死者が呪われたポルターガイスト現象として存在と非存在のあいだに閉じ込められ、そこから逃れるには血みどろの復讐しか方法がないとする、大仰な物語に歯止めをかけようと試みた。その一方で、私はまるで、不可避なものとして迫ってくる雌鳩の死が自分のせいだとでもいうように、恥ずかしく思った。インカルコが憎しみをこめてドラマチックに喉を鳴らし私の話をさえぎったので、私は安堵すら覚えた。

「しあさって、場所は氷河だ。お分かりかな、シータ。これはとても大事なことなのだ、あなたを次のコイヨリッティまで地下室に閉じ込めておくことは避けたいのでね。お分かりだろうな？　私は決して荒っぽいまねは好きではないが、復讐は神聖なものなのだ。」

「次のコイヨ…はいつなんです？」

「1年後だ。」

「オーマイガー」リビングルームがまるで牛小屋のような様のこの家の地下室に1年閉じ込められることを想像して、私はうめいた。「それじゃたとえば、復讐を放棄するというのは？　そうすればウルピ・クントゥルも折れて、クモの巣を破ってくれるかも…」

「黙れ」インカルコが大声を上げた。私に対する丁寧な物言いをやめたばかりか、この大男は小さなイスから尻を浮かせると、腰を曲げたまま両こぶしでテーブルを叩いた。その血走った両目が憎しみを爆発させ、私の身体を恐怖が満たした。息もできない。つばも飲み込めない。動くこともできない。ただズボンにおもらししないように、全力で尻と骨盤を引き締めるのがやっとだった。私は恐怖のあまり、目を伏せた。インカルコがテーブルについている両こぶしは、力いっぱい握りしめられて弾けそう。前腕部の血管が身体から飛び出て、まるで皮膚に食い込んだ有刺鉄線のように見える。

「これ以上何か言ったら、お前を殺す！　…」腹話術師のような、恐ろし気なかすれた低い声で、インカルコが怒鳴った。「…復讐は贖罪だ！　復讐は神聖な生の法典だ！　復讐は最も崇高な存在の信条なのだ…」「復讐」という言葉を発するたびに、インカルコは身体をどんどん私の方にかがめてくる。古いテーブルから悪魔が生えているように見える。私は素早く手をつねった。もしかしたら、私はまた縞模様のバッグの中で眠っているだけで、これはみんなただの幻覚かもしれない。

「お前は私を侮辱するつもりか…！」私がつねるために中指を立てた

のを勘違いした復讐の悪魔が、あっという間に両手で私の首をつかん
で、私は宙に浮いた。豆だらけのその手は、首を浅く絞めているだけ
だ。

「私…私、あの人を氷河の罠におびき寄せます」私は力をふりしぼっ
て、鼻からそうささやいた。

　意外なことに、私の言ったことが分かったようだ。尻の下にイスを
感じて、私は心底ほっとした。しわくちゃになった喉をこすり、胸の
奥まで息を吸おうとする…インカルコは袖口のボタンを留めると、倒
れたイスとずれたテーブルを直した。

「しあさって、マチュ・ウククの魂が平安を得ることができなければ、
お前はゆっくりと、耐え難い痛みに苦しみながら死ぬであろう。」

　地下室に1年閉じ込めるという話はどこへ行ってしまったのだろ
う？　どうやって私を殺すのか？　首を絞めるのか？　首を斬るのか
…様々な疑問が、自制心よりも強い切迫性をもって浮かんだせいで、
最後の問いを自己破壊的な言い間違いのように、うっかり口に出して
しまった…

「今まで何人殺したのよ、この気狂い」

「今何と言った？」

「え…ええと、あの、あなたの目に虫か何かが入って、あなたがそれ
を殺す前に、あなたの目の血管が切れた、と言いたかったんです。」

　インカルコは血走った両目のうち一つを人差し指で指して、怒鳴り
たいのを抑えたような声で静かに言った。

「…目の血管だか何だか知らないが、これはお前がほざくようなもの
ではない、これは復讐の儀式の準備なのだ…」そこまで言って、男の
静かに抑えたようなトーンは消えた。両こぶしでテーブルをドンと叩
き、大声を上げる。「いやお前が言ったのはそんなことじゃない！
この…この小娘、俺に喧嘩を売る気か？」

「まさか。もちろんそんなことはありません。ウルピ・クントゥルは
氷河に連れてきます。お分かりですか、これが私の…」私はまたキレ
出した人殺しの目の前で手のひらを振って、男の手にまた首を絞めら
れる前になんとかなだめようとした。やったー、うまくいった、イン
カルコはテーブルを叩くのをやめて、疲れたようにぐらつく古いイス
に深く腰かけた。

「そう。そうだ。復讐だ。」心ここにあらずといった目線が、まだ私
の首の方を窺っている。というわけで私はまた、狂った精神病者の怒

りの発作をなだめる仕事に戻った。

「私はただ、コルカ座にはいくつ星があるのか知りたかったんです、この星座のことを初めて聞いたもので。」

「それはあんたがたが、この星座をプレアデスと呼んでいるからだ」インカルコが機械的に答えたが、そうする間も私の喉元から目を離さない。畜生、困ったことになった…

「本当ですか？　コルカ座はプレアデス星団なんですね、フムフム、本当に何でもご存じなんですね。本当に賢くていらっしゃる。」

　お世辞を言われて、男のこぶしが少し緩んだ。前腕部の血管はもう青い鎖のようではなくなったが、殺人願望の強い気狂いのアグレッシブな発作の危険は、まだ去ってはいなかった。

「コルカはプレアデスではない。プレアデスはコルカである！」怒りをこめて男が怒鳴った。私はもう命の危険を感じて逃げ出したかったが、インカルコはびくとも動かず、ただ苦々しげに顔をゆがめてゆっくりと口を開いた。そこで私も座っていた。

「コルカは貯蔵庫だ。この星座の星々の『太陽系』に属する惑星において、すべての生物が持っている、古い家の形をした運命の貯蔵庫なのだ」インカルコはまるでロボットのように一度もまばたきもせず、筋肉の1本も動かさずに言った。「…あなたもコルカ座の中に、あなたがこれまで経験してきた、そしてこれから経験するあらゆる行為と出来事の貯蔵庫を持っている。私に何を企んでいるのか白状しなければ、あなたのその貯蔵庫に突然の死も加えて差し上げよう。」ドン！と、こぶしで今までで一番大きな音でテーブルを叩いて脅す。二度。三度。弔いの鐘のように叩きながら、私の顔に向かってつばを飛ばして怒鳴った。「白状したまえ！　裏切り者、私は何でも知っている！白状したまえ！　私に隠れて何を企んでいるのだ？　…」

　殺人の発作にかられる気狂いたちは、普通の男よりも賢いのだろうか？　雌鳩は、女には物事の結果が見えて分かっているのに、男は自己愛的なプライドのせいで、それが自分の額に書いてあっても真実が見えないものだ、と私を慰めてくれた。それで私は今、ただ口をすべらせたというだけでここで死ななくてはならないのか？　自分の考えに取り憑かれた復讐者を挑発するつもりなどなかった。そんなことをすればこぶしでハエのように叩きつぶされてしまうだろうから、というだけではなく、ウルピ・クントゥルが義弟のために企んだ抜け目ない計画を台無しにしないためだった。インカルコはまた私を「あな

た」と呼び始めた、これは良い兆候だろう…

「素晴らしい。じゃあ最後まで言って。まず氷河に向かう」私が、マヤとクララに会う仲介をしてくれる代わりにインカルコが何を要求してきたかを白状すると、雌鳩は落ち着いた声で言った。山岳民族の気質というものは本当に恐ろしい。彼らは明らかに、運命がスタントマンのように宙返りする様を楽しんでいる。私が、氷河に来れば残虐なやり方で殺される、と説明すればするほど、雌鳩がわくわくしている様子が伝わってきた。まるで人生で最も美しいものは、人間関係の身の毛もよだつような決死の跳躍であるとでもいうように。

「まだ分からないの⁉ 氷河に来たら最後、あなたは殺されるのよ。」

「落ち着いて、シータ、そんなに興奮しないで。男ってものは、常に自分が女より何事にも長けていると思ってるものだよ。何事にもね。」

私は雌鳩を促すように見つめた。彼女がこんな風に断言する時には、いつもその後に典型的な例を挙げるのがお決まりだ。

「そうそう！ このあいだ、フランスから来た旅の男が、うちの店の服を手あたり次第に投げ散らかしながら、さも心象悪そうにペチャペチャと口を鳴らしてたよ。あたしはいらいらしてきたんで、コップに水をくんで差し出してやった。そしたら奴は飲んで、すぐさまあたしの靴にそれを吐き出したんだよ。

『女の手にかかると、水まで飲めやしない。』

あたしはそいつに例の『ビール』を持ってきてやりたかったけど、お客様は神様だって信じて疑わないアリシアが店にいたもんだから、あたしはこう聞くだけにしておいた。

『何かお気に召さないことでも？』

『これはあなたがデザインしたんですか？』

『あなたには関係ないこと…』

そいつは両手で店にあった服をぐちゃぐちゃにすると、大声で叫んだ。

『どれもこれも。どれもこれもダメだ！ 男がデザインしてないからだ。』

あたしは平手打ちしてやろうと手を振り上げたんだが、振り下ろす前にアリシアにその手をつかまれた。で、そいつはファッションは芸術で、芸術には男の創造性が必要だ、だから偉大なデザイナーはこれまでも今も皆男ばかりで、女たちは男の創造者としての理想をコピー

することでおこぼれにあずかってるだけだ、なんて立て続けに叫んだんだ…

『女たちよ、男を見つけなさい、そしてその男に、あなたがたが試行錯誤したものから、その地のファッションを進化させるような素晴らしいアイディアを生み出してもらいなさい。さもなければあなたがたは、おじいさんの世代が着ていたのと変わらない、派手なポンチョを永遠に縫い続けることになりますよ…』

『お話は終わりですか?』アリシアにやっとこで腕を締め上げられてたもんで、私は礼儀正しくそう尋ねた。

『そうだね、どうしてもと言うなら、女のビジネスが破産しないための大事なポイントがあと二、三ある。第一に…』

　その大バカ野郎が思い上がったたわごとを続けようと、店の台に尻をもたせかけるあいだ、私は締め付ける力が弱まってきたアリシア・アマルに目くばせした。女のプライドがお客様第一の理念を打ち負かしたらしい雌蛇が、静かにうなずいて、私はそのつけあがったバカ野郎に尋ねた。

『あなたがた男性なしに、私たちに何ができるでしょう!　だって私たち、ただの低能で世間知らずな女ですもの。ビールはいかがです?』

『親愛なるご婦人、そんなにご自分に厳しくなさりますな。この店だって、ひどいところばかりじゃありませんよ。たとえばこの棚はいいですね…』奴はそう言って、尻をこすりつけていた台をなで、そこで人生で最後の注文をした。『…男が作ったものだということが分かりますよ。そうだ、男を二、三人雇って、あなたがたは女手としてその男たちと店の世話をしっかりすれば…ほら、掃除したり…商品を運んだり、料理したりすれば、きっと良い暮らしが待っていますよ。ああ、ビールは喜んでいただきます。色々とアドバイスしたおかげで、なんだか喉が渇きましたよ…』」

「その人に毒を盛ったの!?」私が興奮に息を詰めて、ウルピ・クントゥルの思い出話をさえぎると、彼女は少し悲しげに、そしてすっかりうんざりした様子で答えた。

「ガキどもにすっかり台無しにされちまった。もうあと少しで男の姿をしたそのブタ野郎の喉に、美味な償いの酒が流れ込んでいくところだったのに、突然かわいらしい子供らが店に飛び込んできて叫んだん

だ。『パパ、ラマの赤ちゃんがいた！　すごくかわいいの！　連れて帰りたいから買ってくれるでしょ？』そしてビールを持ったままの父親を外に引っ張っていこうとした時、アリシアがその手からビールをひったくった。子供らのせいでプッツンしたんだね。そしたらバカ野郎がアリシアに言ったんだ。

『返してください。』

『どんなにそうしたいか、あなたには想像もつかないでしょうよ。でもこのチビさんたちを、そんな目に遭わせるわけにはいかないわ。』

『見たでしょう！　この泥棒女にぼったくられましたよ』奴は開いたドアから、通りかかった外国人のグループに向かって声を上げた。

『親愛なるお客様、男というものは、女が命を助けてやっても、決して感謝しないものなのです…』ビジネスライクな態度を保ったまま、アリシアは奴に別れを告げて、うちの店で作っている子供向け帽子の小さなカタログを渡した。『…あなたが称賛する男のデザイナーたちが、服とは感じるものであるということを、ついに理解できなかったのと同じようにね。』＊72

＊72　1954年に "New York World-Telegram" などで展開された、ズボンを穿いたフランス人男性とスカート姿の女性とのメディア論争のパラフレーズ。本作の12章でユベール・ド・ジヴァンシーを教え、ジヴァンシーの最初のミューズ、ベッティーナ・グラツィアーニの雇い主でもあった（ベッティーナはディオールよりもファットのモデルになることを選んだ）ジャック・ファットは、以下のショッキングな発言で知られる。「モードは芸術である、ゆえに男の創造性が必要とされる…」 "Fashion is art, art is creative and men are the creators. There'll come a day when all great designers are men."
アメリカのココ・シャネルと呼ばれたクレア・マッカーデルは、性差別的な発言に反撃して、男性には「芸術的印象」しか見えていないので、モードの本質を完全に理解することは決してない、と述べた…「服とは感じるものであるということを理解する術が、男には欠けている…」 "Ah men, they never understand the way clothes feel. Their lines are often harsh and masculine, … [and] when Chanel gave them soft feminine simplicity, it was Chanel they loved. … Some day all designers will be women."
クレア・マッカーデルがエリートデザイナーの地位に昇りつめたのは、まさにパリでのことだった。彼女はパリでファッションデザインを学び、当時世界の芸術と服飾の首都だったパリのファッションショーの新作を脱構築し、描き替えたのだった。コピーしたノウハウは、大西洋の反対側で彼女の雇用者たちによって製品として形を得ていた。皮肉なことにその10年後、マッカーデルが独自にデザインしたモナスティック・ドレス（Monastic Dress）がシーズンのヒット商品となると、彼女の会社は違法複製品の製造者たちとの訴訟が原因で破産する。そのシンプルさゆえに批評家たちから「修道服」と呼ばれたこのドレスのおかげで、ジヴァンシーやバレンシアガの「ずだ袋」が生まれる16年前に、社会が要求する美の理想に見合う体形をもたない女性のストレスが解消された。「ずだ袋」がすべてを隠すのに対して、プリーツが密集するモナスティック・ドレスはまるでオーダーメイドで作られたように女性の身体に

ぴったりと添って、実際のプロポーションに関係なく、目立たないベルトを締めるとウエストが細いような印象を与える。締まったウエストは当時の社会規範ではすべての女性の義務とされており、それはファッションの巨匠が前述の「すだ袋」を発表するまで続いた。

「モナスティック・ドレス」の4年後に、クレア・マッカーデルが次のヒット作となるエレガントなエプロンドレス"Popover dress"（1942）を発表した時、パリはヒトラーの軍隊に占領されており、多くのフランス人アーティストがニューヨークに暮らしていた。今こそ、芸術とファッション、映画の首都の輝きが、大西洋の反対側に移行を始める時が来たのだった。ズボンを穿いたフランス人デザイナーが「ファッション＝芸術＝男の創造者だけ」という発言で物議をかもした時期には、芸術等々への影響力は、すでに著しく対岸に移行を始めていた。その11年後に、ダン・フューラーが"Modern Master Series"の名のもとに新しい生地の創作に協力を求めて「世界の5大アーティスト」に声をかけた時には、フランスやスペインを始めとする国々へ出向いたのは確かだが、芸術の香り高いこれらの生地から服を作る際に依頼したのはディオールやファット、あるいはその他のパリ・モード界の巨匠たちではなく、クレア・マッカーデルだった。この魅惑的なプロジェクトから生まれた作品は、雑誌『タイム』1955年第2号で、またはインターネット上で写真家マーク・ショウの作品として見ることができる。

シュールレアリスム画家のジョアン・ミロやキュビズム画家のフェルナン・レジェ、マルク・シャガールが各々のアトリエで撮影されているが、その背景には「その画家の絵でできた」ドレスをまとったモデルの女性が写っている。プロジェクトの最中に世を去った、野獣派の画家ラウル・デュフィのアトリエでは唯一、青い波とヨットを配したカクテルドレス姿の魅惑的なフランス人モデル、ジャッキー・マゼルと一緒に写っているのは絵画の巨匠ではなく、裸のアフロディーテで、このドレスの生地の絵柄の元となった作品の中に立っている。ダン・フューラーが選んだ5大巨匠の、5番目の人物は誰だったのだろう？　ダリか？　マティスか？　…？5番目の作品である赤いブラウスと赤いズボンを、足元にしゃれこうべを置いて座っている画家の横でまとう女性、それから別の写真で、自分の作品の前に、手に剣を持った巨匠が立ち上がる横にいる美しい女性は、他の誰でもない世界のモデリング・スター、ベッティーナ・グラツィアーニである。横にいる画家が誰か、もうお分かりだろうか？　そう、パブロ・ピカソが正解だ。

それ以外の名前を思い浮かべた人は、ジカ・アッシャーが1946年から1955年にかけてイギリスで企画した、"Ascher Squares"の名で知られるプロジェクトならお気に召すかもしれない。著名なアーティストたちがスカーフをデザインするというプロジェクトで、ソニア・ドローネー・スカーフ、アンドレ・ドラン・スカーフ、フランシス・ピカビア・スカーフ、画家ザオ・ウーキーの目を引くスカーフ、彫刻家のヘンリー・ムーアとバーバラ・ヘップワースがデ

クレア・マッカーデル　「モナスティック・ドレス」（1938年）

「子供らはとっくにラマの赤ん坊とじゃれあいに行っちまって、奴は雌蛇からもらったチラシと、ドア越しに今はあたしが持っているビールとを凝視していた。

『その女が命を助けるってのは、どういう意味なんです？』ようやくそう言ったよ。

『そいつにタマがなかったら、ついに分かったのかって言うところだけどね』アリシア・アマルが、奴から目を離さずに私に向かって大声で言った。

『だけどそいつにはタマがあるから、目玉焼きみたいにアホだってことになるね』そうあたしは答えて、念のためにビールを流しにあけた。」語り手は私とハイタッチして、また続けた。

「するとその目玉焼き野郎があたしに言った。

『失礼な！　私のIQはあなたがた二人分を合わせたより高いぞ』怒った奴は店に乗り込もうとしたけど、アリシアにドアから押し返された。アリシアはドアを閉めると笑いながら奴に助言した。

『お子さんたちの方へ行っておあげなさいな、私たちにみなしごにされないようにね。』

『このままでは済まないからな！』奴は去り際にそう脅した。そして、本当にこのままでは済まなかった。」

「『商品はマチュピチュで最悪だが、サービスはそれに輪をかけてひどい。挙げ句の果てには客をオムレツみたいにバカだなどと侮辱し、客が持ってきた飲み物を盗む始末だ』あのあとずい分長い間、そんな記述がインターネットのペルーに関するありとあらゆるページに出ていたって、エロイが言ってた。ああ、あの子らにとって、どっちが良い結果だったんだろうか、なんて思っちまうね…」

「そう、そしてあんたは、シータ、まるでタマがあるような振る舞いはいい加減にやめるんだよ。あたしを信じなさい。自分を信じれば、女はいつでも男をやりこめられる。だから自分を信じるんだよ。あたしは親愛なる義弟と氷河で一杯やる、それで事は片付く。」

「どう片付くの？」私は誰かの死なくしては先に進めないようなのっぴきならない状況と、怯えながらも折り合おうとしていた。

ザインしたスカーフなどがある。このユニークなプロジェクトのために、空のような青色に四つのサンゴのある太平洋を配した"Echarpe No.1"というタイトルのスカーフをデザインしたのはアンリ・マティスである。

「どうって。世界から悪をなくすのさ。」

「インカルコを殺すことで？」

「まさか。義弟はただの手段だよ。前にあたしが、この世の悪の根源は、生きてる人間を死んでしまった愛する人たちから引き離すことだって言ったのを、覚えていないのかい？　戦争。犯罪。飢え。憎しみ…悪いこと、恐ろしいことは何だって、失った人たちを慕い、嘆く思いが姿を変えたものだよ。インカルコは兄貴の死を嘆くあまり悪に感染して、復讐を渇望することでその悪にがんじがらめにされているんだ。悪がどうやって生まれるかの、分かりやすい例だよ。で、あいつはあたしの親類だから、裁きの日が来る前に、あいつが兄貴から引き離されている状態をぶち壊してやるんだ。ビールを飲めば、痛みから解放される…悪からもね。」

「雌鳩、あなた彼を殺すの？」

「そう言うと恐ろしく聞こえるけどね。あんなに会いたいと願っている兄貴とまた一緒にしてあげるだけだよ。あいつ自身も、そうなりたいって言ってるようなもんじゃないか。ほら、氷河で会う約束を提案したのは誰だったか、言ってごらんよ…」

「会う約束」という言葉に私は吹き出した。なんと無邪気に聞こえることか。少なくとも、私がメインの企画者となった、生きるか死ぬかの決闘を表すのにふさわしい言葉には聞こえない。どちらが勝つにしても、結局私は計画的殺人を幇助した罪で、どこかの恐ろしい牢屋に閉じ込められる破目になり、そこで良心の呵責に苦しむのだろう。

「とにかく自分を信じなくっちゃ！　インカルコはそこらの男と同じだから、たとえ口をすべらせたとしても、あんたが罠にはめようとしてることに気づかないよ。でもあんたの心がふらふらして、自分を信じることができていなければ、奴は疑いの発作に怒り狂って、あんたにまったく罪がなくても、あんたの首を斬り落とすだろうよ。そしてあんたに罪はない。だから自分を信じるんだ。男ってものは鈍感なものだよ。見えてるのに分かってない、だけど疑いをもつことにかけちゃ本当に単純なんだ。大体が勘違いなんだが、増殖する疑いなんでたちが悪い…」

　私は自分が見た夢を思い出した。「身体の身体」バッグの誕生儀式の時に見た、インカのピラミッドのビジョンを。すると突然そのビジョンが、未来のビジョンであるように思えてきた。

「私の首を斬り落とすの？」

「そう。あんたの心が定まっていないのを感じると、奴の疑いが膨れ上がって、そうなったらもう何が起きてもおかしくない。奴は首を斬るのが大好きでね。子供の頃からだよ。ニワトリとか、他の動物の話だけど、行方不明になってる何人かも、奴に首を斬り落とされたって聞いたことがあるよ。その人たちの身体はもう絶対に見つからない。奴がなたでぶった切って小さなかけらにして、アリや鳥たちにやっちまったからね。一度、あたしがまだ小さい女の子だった時に、奴が雄鶏の首をちょん切って、首のない雄鶏の身体にあたしら子供たちの前を走り回らせて、その首のあったところから噴き出す血があたしらに降りかかったことがあったっけ…」

　その時ドアが開いて、観光客の一家が入ってきた。

「アクリャワシのサロンにようこそ…」雌鳩がお客の元に走り寄って、私たちの話はもうそれっきりになった。そして今、私は、子供の頃から首を斬るのが好きな、怒り狂った狂人と向かい合って座っている。

「あなたが自分の企みを認めたら、痛みのないように首を斬ってあげよう！　しかし否認するなら、あなたは地獄の苦しみを味わい、そして死ぬであろう。ウルピ・クントゥルは私に、どんな罠をしかけようとしているのか？」インカルコはそう怒鳴って、テーブルにこぶしで最後の一撃を加えた。それからばかでかいなたをつかむと、私の方に向かって足を踏み出した。

「自分を信じる女は、脳みその代わりに目玉焼きしかない男に必ず打ち勝つ」私は乾いた唇を静かに動かして、雌鳩が別れ際に言った言葉を繰り返した。

「ついに認めたか！」インカルコが背後から雷のような声で怒鳴って、私の指と指の間に上から巨大な刃を振り下ろし、テーブルに突き刺した。私の血は、衝撃で凍り付いたようになった。

「もっと大きな声で言うのだ、シータ！　真実があなたを痛みから解放する。一つ問題なのは、私にはあなたの言葉が鼻くそほども理解できなかったことだ。もう一度、大きな声でしっかり自白すれば、一斬りであなたをあらゆる苦しみから解放してあげよう」インカルコが後ろから狂ったようにまくしたてながら、復讐の道具をテーブルから引き上げた。今、雌鳩と共謀した計画を口にしたが最後、次の瞬間に私の頭は反吐が出そうに汚い床に落ち、かじったリンゴの芯と酒の空瓶の間を転がっていくことになるなんて、信じられない気持ちがした。

人生とはまったく不条理なものだ。

「さあどうなんだ、自白するか？」発作にかられた狂人の暗くかすれた声が促す。私の頭上に、死刑執行人のようになたを振りかざしている。心理学者でなくとも、彼が今起きていることのうちの何も現実として知覚していないことは推測できる。恐らく幻覚として見ているのだ。だから、理性的になるだけ無駄ということだ。どうせ、彼には分かっていないということが私にはよく分かる。雌鳩が警告してくれたように、私が口をすべらせた言葉と、様々な疑いとに、自分の疑い深さと幻想とを膨らませただけだ。

「何千もの道で織りなされた迷路に、我々の運命が歩む道がひそんでいる。自分の行為によって、我々がチャカナの橋を組み上げていく道が…」＊73 この頭のイカれた狂人の気を、私の首を斬ることから逸らせられるかもしれないという思いにかられて、私はラマ座の下でデートした時にカテキルが言った言葉をヒステリックに叫んだ。

「この女、気でも狂ったか！」インカルコが一生の憎しみで歪んだ顔を私に近づける。私は部屋の清潔な一角に、高価な酒の瓶を見下ろすように掛けられている写真を、緊迫した動作で指さした。

「私が狂ったですって？　取り決めがありますよね！　私がマチュ・ウククの復讐に手を貸す代わりに、マヤを見つける手助けをしてくれるという…」私は精一杯厳然を装って叫び、こぶしを力いっぱいテーブルに振り下ろした。「アウ」こんな一打にはつきものの痛みに不意を突かれて、ついうめく。幸いなことに、その時にはもう私の頭上には刃先がなかった。インカルコは兄の写真のところへ行き、ほこりを払おうとでもするように、物思いに沈んだ様子で写真を手のひらでなでた。

「取り決めがある」悲し気な、しかし落ち着いた声で、張りつめた静寂の中にそう繰り返した。狂気の発作は去った。心臓から、命の危険の恐怖が消えるのを感じる。

「あなたを試したかっただけですよ、シータ。ほら、女は信用がおけないのが常ですからね」インカルコはラマの重たい毛で編んだセーターを着ながらそう言い訳して、外に出た。「ほら来てください、シータ。取り決めの私の持ち分を果たす時が来ました」少しして、半開きのドアからそう聞こえた。マチュピチュの外れを早足で人気のな

＊73　ウェルギリウスの『アエネーイス』のパラフレーズ。

い所まで来ると、きっとここは、首を斬り落とした死体を埋める墓の
ある荒野に違いない、という考えが浮かんだ。足を止めて、逃げ出そ
うかと考える。荒い鼻息の向こうに、風の声が聞こえる。冷たい山の
そよ風が、耳元でオペラのように高い音をたてている。風のソプラノ。
これはどうしたことか…ソプラノが、まるで突如私の血管を巡り始め
たかのようだ。

「タダー・タダー・ダー・タダ・ダ…」天使がアリアを歌う超人的な
高さの声で、私はサイケデリックな脳震盪を起こして天に向かって
昇っていく。私の身体は歩道の平たい石の間に落下していき、道の
カーブしているところから戻ってきたインカルコが、その身体に呼び
かける。

「待って！　もう少しで行きますから。」

　インカルコが私の力ない手を握って振るとようやく、私の身体が隕
石のようにまた頭に吸い付いた。頭の中の音は、まだ笛のように鳴り
響いている。

「少し休まなくちゃ…」インカルコに支えられて腰を下ろした私は、
額を軽く叩いて言った。

「風が頭の中で、オペラみたいに鳴るんです。」

　インカルコは唇を結んで、眉を上げた。

「あなたにも聞こえますか？」あなたの頭は正常ですよと誰かに言っ
てほしくてたまらない人にありがちな熱心さで、私は彼のしぐさをす
かさずとらえ尋ねた。答えはなかった。人差し指を唇に当てて静かに、
と指示し、沈黙している間に、私の頭の中では風の笛が異次元の世界
の音楽を奏で始めた。

「ラ・ラ・ラ・ララ・ラライ…」まぶたが重たくなっていき、思考が
身体を離れていく。ラ・ラ・ラライ・ラ…のソプラノに、喉の奥から
出るような深いバリトンの "Qusqu llaqtapim plazachallanpim
suyaykamullaway…" が重なる…私は素早く意識をまた頭の中に着地
させ、自分が出せる一番低い声で歌っているインカルコを見ようと目
を開けた。まだ少しぼうっとした頭で、私はいっぱいに開いたインカ
ルコの口と、それを囲む感じ入ったような表情を眺めた。その口から
聞こえてくるのは…

"…Machu Picchupi Wayna Picchupi purikunanchikpaq."

「クスコの中央広場で私を待て、そこからマチュピチュとワイナピ
チュに共に飛び立とう」という、国民的ヒット曲『コンドルは飛んで

いく』（El Condor Pasa）の歌詞だった[*74]。

　しまいには、まるで肺の蛇腹を押せばもっと高く澄んだトーンが出せるとでもいうように、手のひらを胸に置く仕草すらした。

　「エヘン。エヘン」弱みをにぎられた人殺し男が咳払いをした。「あれは風の歌ではない。エヘン。エヘン。あれはナヤラーク[*75]の声だ。ほら、ナヤラークは…ええと、彼女はチャカナの三つの世界すべてに同時に住んでいる女性です。エヘン…」インカルコは歌で裏返った声帯をまた咳払いで整えた。「…このナヤラークが、あなたの二人のお

　[*74]　世界中で公演を重ねるペルーの音楽グループが歌うことで知られるケチュア語の詞は、20世紀初頭にフリオ・デ・ラ・パスが「サルスエラ」と呼ばれるオペレッタの台本の一部として書いたもので、この歌と同じタイトルが付けられていた。2000年代に入るとペルーの第二の国歌と言われるようになった、何百というバリエーションのうちで最も有名な“El Condor Pasa”（コンドルは飛んでいく）は、“If I Could”の名で全世界のチャート上位を駆け巡った。コンドルをこの空前の大成功に導いたのはサイモン＆ガーファンクルのデュオで、二人はパリで“Los Incas”が演奏する気高いメロディーを聞いて感銘を受けたあまり、この歌を自分たちのアルバムに収めるためアレンジしてもよいかと許可を求めたのだった。
その答えはこうだった。「もちろんさ。古いペルーの民謡だからね。」
「それは違う。この歌は1913年に、アンデス放浪中に採集した民謡を元に、私の父ダニエル・アロミア・ロブレスが作曲したものです。ですから…」1971年、ペルーから予期せぬ結末が知らされた。その頃にはすでに、“El Condor Pasa”の新しいアレンジが市場に出ていた。ロックギターが使われ、インカの王女イマ・スマックの天から降りてきたような声が歌詞なしで歌う。この歌声を真似しているのが、『オリジナル・アストロモーダ』の本章に出てくる、不思議な女の声である。イマ・スマックは1950年に最初のアルバム“Voice of the Xtabay”を発表すると世界的に有名になり、インカ帝国の最後の王の子孫という秘密に満ちた出自と、地球上で最も広い声域を持つ歌手としての特長とが名声によって結びつけられた。録音されたものでは“Chuncho”という歌で5オクターブ近く出しており、“K'arawi”という作品ではこの魔の限界を、歌い出しからすでに5音も上回っている。
参考までに例を挙げると、32章の注釈に登場するフレディ・マーキュリーは5オクターブ近く声域があったそうだが、ラマのせいでデュエットが破談になったマイケル・ジャクソンは3オクターブ半だった。ゴスペルとポップ、とりわけジャズの歌手だったラシェル・フェレルは6オクターブの声域があると言われる。ショービジネスに浸かった20年間は、イマ・スマックにとって苦悩の連続だった。離婚。ゴシップ。新しいトレンドやスターたちに置いていかれる悩み。声域が4オクターブ〜4オクターブ半まで下がったこと。老い。使い古された歌手としての自分。そのすべてが、1972年のイマ・スマックの最後のアルバム“Miracles”に収められた、見事な天上の音楽を生み出す糧となった。このアルバムは、この一世一代の歌手のキャリアの墓標となった。著作権をめぐる法的争いが起こる恐れがあったために、発売直後に販売が中止されたことも、この結末を招いた一因だった。よって、イマ・スマックが森の聖霊に歌を習ったことが分かるような、“Medicine Man”を始めとするシャーマンの歌声のように魅惑的な歌や、オペラのスタイルで催眠術のような瞑想的アリアとして歌い上げた“El Condor Pasa”は、ユーチューブで再生する方が手っ取り早いであろう。『コンドルは飛んでいく』のメロディーが「パブリック・ドメイン」になると、彼女の歌もユーチューブに挙げられるようになった。

　[*75]　Nayaraq（ナヤラーク）— ケチュア語で「多くの願いを持つ女」の意味。

友達に与えられた悲しい運命を克服することで、私の代わりに私に課された取り決めを果たしてくれるのです…」

「で、あなたは何をするの？　私には、あなたに骨を折らせる価値もないというわけ⁈」意図したわけでもないのに、私は執念深いこの復讐者に向かってかなりイライラして攻撃的に言い放った。シータ、あなたまさか、あなたの首を斬り落としたいと思っている人殺しにおさらばできることに、がっかりしているのじゃないでしょうね。言い終わってすぐに、私は自分を責めた。

「私たちには取り決めがあります。もし今が夜だったら、チャカナ座の助けを借りて、私が自らあなたを生贄として捧げるところなのですが。カテキルが、あなたと寝る前に、ラマのヤナンティンを使ってやったように…」

「言い訳を並べてごねるのはやめなさい、あなたは約束を踏み倒したいのよ！　あまりにも難しいことなもんだから！　だったらそうと認めなさい…」私はまるで自分が自分ではないように、夢中になってわめきたてた。それからついにその言葉を絞り出した。「私たち、寝てはいません。」

「本当に？　ハハ、そういうことは他の人に言ってくださいよ。カテキルは観光で来た女を、週に二人でも楽勝でモノにしますよ。淋病とか、もっとおっかない性病をもらったりしますけどね…」

「誰？　私以外の女？　どんな人なの？」

「そんなこと知るかい。私が秘書のように見えますかい？」

「いいえ、あなたは人殺しのように見えます！」また私の頭に火がついた。

「やれやれ、シータ、もうやめて、こっちへおいでなさい」インカルコが私の手をつかんで、私を立たせようとした。電気ショックをくらったように、私の身体を彼の積年の恨みが貫いた。私は彼の豆だらけの手を振り払い、怒鳴った。

「致命的なミスよ！　嘘つき！　あんたの復讐はおじゃんよ！」

「ほら、シータ、嘆くのはいい加減におやめなさい。ナヤラークが、『三つの窓』の神殿のチャカナにあなたをお連れしようと待っていますよ。さっき言ったように、もし今が夜なら、チャカナ座の助けを借りて私が自らあなたを生贄に捧げるところなのですが…」

　私がこれ見よがしに頭をそむけると、インカルコは私の視界に入ろうと移動してきた。

「もうご覧になりましたか？　あなたがたの言うオリオン座のベルトとおおいぬ座の三つの星で構成される星座ですよ…」私がまた顔をそむけると、インカルコは黙った。「カテキルがどこの尻軽女と一緒かなんて、本当に知らないんですよ。だって、私たちには全然関係ないことでしょう！」

　私は傷ついたように弱々しく言った。「私にとってはとても大事なことなんです。」

「あいつが誰を追ってクスコに行ったか、本当に知らないんです。でも発つ前に、運命の女性のところへ行く、彼女の心を射止めることができたらもう帰らない、なぜなら彼女もマチュピチュに二度と戻ってはならないからだ、と言っていました。そして行ってしまった。私はずっと、あなたのことを言っていたのだと確信していました。いや、でもあなたと寝ていないんだったら…」

「なぜあらゆることに、セックスを持ち込むんです？」

「なぜ。どうして。生まれてこのかた、それなしに女のためにすべてを投げうとうとする男の話なんて聞いたことがないですよ…」

　畜生…マヤ…マヤ…マヤ…私は自分を鼓舞して立ち上がった。「ナヤラークが待っているというのに、なぜいつまでもくだらないことにかまけているんです」私は文句を言うふりをして、曲がり角の方に急いだ。この曲がり角からインカルコが、異次元の音楽に圧倒された私の元へと戻ってきたのだった。この矛盾する状況にあって、私の生来の気質の核をなす部分が、カテキルがその後を追ってクスコに発ったのは私だ、ということを感じていた。そして、それが分かったことで押し寄せてきたうっとりするような感覚を、手を豆だらけにし、恐ろしげで陰鬱なしわをその顔に刻んだ非情な人殺し男と共有するのは忌まわしかった。そう、不幸なことに事態は暗転した。私がカテキルの念入りな指示にもかかわらずマチュピチュを出て行かなかったせいで、私は彼の愛の巡礼を、満たされることのない放浪に変えてしまったのだ。同時に私は心の中で、私たちのヤナンティンの友情と、恐らくそれ以上の何かが、運命であることを感じていた。

「あなたがたを分かつものは何もない」歩くことであがってきた息が私にささやく。「あなたがたの愛は永遠に続くだろう」深く、途切れることのない自省のヒリヒリするような快感のうちに、速く動く私の両太ももの間のデリケートな部分が唱える。

「おや、ようやくウクク・カニが来たね」天使の声が響いて、私は恋

する者にありがちなぼうっとした不注意から我に返った。驚きにうち
のめされて、存在の複雑さが見事な即興によって女性の姿を成した様
子を眺める。その女性の姿をまだ見ないうちから、私は圧倒されて気
を失いそうになっていた。

　"Bravo, Diva Paña. Bravísimo," まるでどこかのグルーピー*76のよ
うに、インカルコが手を叩いた。「まさに三つの宇宙のプリマドンナ
だ…」貫禄のある歌い手が二本の虹に分裂し始めたことに、私のあと
にようやく気づいたインカルコが叫んだ。「伏せろ！」半分崩れ落ち
た家の前のごつごつした地面に私を押し倒したのと同時に、辺り一面
が青味がかったオレンジ色の炎に包まれた。耳をつんざく轟音が鳴り
響き、私の身体はバラバラになった。

「大丈夫。雷鳴が聞こえるなら、お前は生きている」フィルターがか
かったように詰まった耳に、女の声が届いた。震えながら冷たい地面
から顔を上げると、雷鳴がとどろく前に座っていたのと同じ、シンバ
ルの形をした奇抜な帽子の女性が見えた。その身体はもう、虹が浮き
上がって見える三つのホログラムの抱き合わせのようには見えず、そ
の声もさっきとはまったく違っていた。もっとかすれて、作ったよう
な、不吉な声だ。

「お前はまるで、物語から生きて帰れる人間などいないことを知らな
いような振る舞いだね。」

 ＊76　Groupie ― 熱狂的ファン

109

　私はゆっくりと起き上がりながら、谷の上にかかる虹と、自分の身体の一部とを交互に見比べた。遠くの山の向こうに稲妻が光り、私が雷に打たれてもどこも怪我をしていないことが分かってほっとすると同時に、雷鳴がとどろいた。

「やあ、色男、皆もうお待ちかねだよ。チャウピンは今、地下界の番をしている。あんたのおすすめの女のための儀式を代わりにやってほしいって頼まれたんだ。その女じゃないことを切に祈るね、おもらししそうな女じゃないか。」

　インカルコは、頭にシンバルを載せた女が女王であるかのようにかしこまって礼をしたが、ぎこちなく前かがみになった時、ささやいた。

「リョケ、この女がそうです。」

「畜生、ご機嫌とりの召使いみたいに頭を下げるんじゃないよ」趣味の悪い帽子をかぶった婦人はそう命じて、人殺し男が身を起こすと、この上ない侮蔑をにじませた声で尋ねた。「いつから観光客を神に捧げるようになったのかい？」

「昔アクリャだった女です。」

「アクリャか…」婦人はインカルコの言葉を繰り返してから、博物館の展示品を見るような目つきで私を入念に観察した。

「我々には、この女がプルム[*77]だとは思えない」と、偽造品を見つけたキュレーターのように宣言すると、尋問を始めた。

「お前は処女か？」

　私は目をむいて、黙っていた。

「私は知っています、リョケ、この女はもうプルムではありません、もうカテキルとカリワルミの関係になっていますから。しかし以前は、アクリャワシの非の打ち所のない女大神官だったのです。」

「以前は。以前は。もしも。もしも。それじゃカテキルは、またアクリャを傷物にしたのか。あんなに痛い目にあって、まだ懲りていないのか…」

「彼とは寝ていません！」自分のことを話していると気づくやいなや、私は二人の話に割り込んだ。

「リョケ、でもチャウピン[*78]が私に約束したんです」困惑した復讐

 ＊77　Purum―ケチュア語で「処女の、未開の」を意味する語。

＊78　チャウピンは、ピューマの地上界で神の元へと続く人気（ひとけ）のない高尚な道「パニャ」と、魅惑的な魔力をもつ道「リョケ」のあいだでバラン

の魔術師が腹立たしげに言い放った。

「チャウピンが戻ってきたら、二人で何とかすればいい」帽子の婦人はうんざりしたようにそう答えた。

「ナヤラーク、どうかお願いします。あなたの力を借りてのみ、私は『熊の復讐者』の使命を果たすことができるのです」人殺しがひざまずき、懇願するように両手を組んだ。シンバルの下の、自分が崇められていることが誇らしく、満足げな顔が、私の方を向いた。

「それじゃお前はあのウルピ・クントゥルのあまを亡き者にして、ここにいるインカルコがウクク・カニとして、血縁復讐者の天上世界に到達できるようにしようってわけなのかい？」

　私はただでさえ真ん丸になっている目をもっとむきだして、まだ黙っていた。そうしながらも、私の企みが暴かれてしまわないよう、自分の思考を注意深く制御するのを忘れない。というのも、雌鳩から透視能力のあるナヤラークについて、警告を受けていたからだ。

「すごくセンスの悪い帽子をかぶった、悪知恵のはたらく気狂い女に遭ったら、いなくなった二人の女友達について不満げに魂のモノローグを展開すること。そうすればあいつは、素晴らしいマチュピチュを堪能している人々の、高尚で幸福な思考とのコントラストに戸惑って、あんたの陰鬱な深い思考をとらえることができなくなる。一瞬でも注意を怠ったら、死ぬよ。あいつの偽の人格が、あんたをまるで本のようにテレパシーで読み取って、人殺しの気狂いナヤラークという本物の人格に警鐘を鳴らし、その人格が慈悲のかけらもなくあんたを…」

　私を二人の人殺しの決闘の中心に仕立て上げた、極限まで追いやられた私の呪いが、魂の天国と地獄への移動のより高次の原理のために殺しをはたらく病を抱えた女性との邂逅の、時間を超越した瞬間に到達したのだった。

「いやまさか！　この女は、私の正義の復讐のおとりでしかありません。アプクナの洞窟インティマチャイから私の元に遣わされたのです」インカルコが私をそう紹介した。帽子をかぶった気狂い女は人差し指を私の鼻の頭に素早く置き、それからその指で自分の奇妙に突き出した唇に触れた。

「お別れのキスの代わりだよ。おとりは決して生き延びることはないって、知っているだろう…」そう言って、さっきとは全然違う、も

スをとろうとするシャーマンやヒーラーたちの、中庸の道でもある。

のすごいソプラノの声で笑い出した。「ハハ、ハ、ハハハ、ハハ…」

「ほら見なさい、お前はその無知な振る舞いで、このディーヴァ・パニャを楽しませてくれた。それもここハナン・パチャ、歌声の天上界において」女がもう元の低い声に戻って、芝居がかってそう言い、私に助言を垂れた。「お礼にアドバイスをあげよう。神の遣いになることなどやめて、人生の最後の数時間を、男たちと酒を飲んで楽しむがよい。麻薬やダンスだって、それがお前のスタイルならば、この世と別れる前に忘れず楽しんでおくように。」

「お願いしますよ、リョケ、この女をチャカナに捧げていただけないと困るんです。」

「気でも狂ったのかい？　観光客の女を？　秘儀に捧げる？」

「この女が助けてくれることに対する、私の代償なんです。」

「断じて断る！」帽子の気狂い女がまた噴火した。インカルコは苦々しく顔を歪めたが、自制してまた懇願するように言った。

「兄貴を殺した怪物を、シナハラ山の氷河にタイミングよくおびき出すためには、それしか方法がないんです！」

「だめだ！　だめだ！　だめだ！　絶対に！」リョケはごね続け、私は奇妙な成り行きで、この悪知恵のはたらくご婦人よりも、ついさっき首を斬られるところだった人殺し男と一緒にいる方がいいと思っていることに気づいてクスッと笑った。それが失敗だった。女はまるで私の考えが読めたとでもいうように、むっとして罵り始めたのだ。

「そうか、お前はあたしらを侮辱しようっているのかい、このクソ女が？みじめな独りぼっちのあまが、あたしらに反抗しようっているのかい？何様のつもりかい？！！！」

「あ、畜生！　ナヤラークのおでましだ」インカルコが叫んで、帽子が頭から落ちた女を私の首から引き離しにかかった。首を絞め始めたのは「クソ女」と「あま」の間だったので、それほど長い間絞められていたわけではないが、それでも頭がくらくらした。喉元と、首筋の動脈に食い込む指の力は驚くほどだった。

「お願いしますよ、リョケ。私のお願いを聞いていただけますよね…」息を切らしている女に紳士らしく世界で一番醜い帽子を手渡しながら、人殺しが説得を続ける。「どうせただのおとりなんですから、すぐに墓みたいに口をきかなくなります。あなたがたが、賢くも予言されたように。」

「いや…」帽子の女が正気に戻って言った。「それは違う、あたしら

は『墓の中で口をきかなくなる』って言ったんだ。ハー。ハー。ハー。
やれやれ、墓の中の墓みたいに笑えるね…」三つのまるで異なる声を
交互に操る魔女は、そう言って長いことおかしがった。いや、交互に
というのは正しくない。とりわけ笑っている時に、色々な声が互いに
混ざり合って、まるで帽子の婦人が腹話術を操っているように聞こえ
る。その時、彼女の顔の33の筋肉はすべて、水面のさざ波のように、
また風が草原に描く図形のように、その瞬間にどの声が私と、私の
「墓」を笑っているかに応じて、三つのまったく異なる顔を作り上げ
るのだ。

「ご婦人方、楽しんでいただけて光栄です…」私が一つの顔に三つの
顔立ちが重なる幻覚に慣れようとしている間に、インカルコがおざな
りにお辞儀をして言った。「…それでは私は失礼して、マチュ・ウク
クのところへ行くことにします。」

「これは何たる偶然、墓で笑っていたら色男は墓に行くとはね」今ま
で楽しんでいたことも、顔が分裂していたことも微塵も感じさせない
表情でリョケが言って、それから声を張り上げた。「よかろう、あた
しらはこの『おとり』を何とかするから、お前は兄貴のところへ行っ
て、自分が死んだという知らせを遅ればせながら聞く覚悟ができたか
どうか、聞いてくるがよい。」

「耳を貸そうともしないんです。」

「あの魔女が、三つの世界をつなぐクモの巣に、兄貴を絡めとってい
るからさ。あの女がくたばったらすぐにマチュ・ウククも、自分が死
んだことに気づくから、お前はそのショックに備える覚悟を持たせて
やらなくちゃならない。」

「だから兄貴の墓に行くんです。」

「じゃあ早くお行き…」

　インカルコは半分崩れ落ちた家の、石でできた角の向こうに消え、
帽子の婦人は――自分でも驚いたことに、私は彼女と二人きりで残る
ことになった――この人殺し男に大声で指示するのを忘れなかった。
「色男よ、歯のことを忘れるでないよ！」

「歯？」角の向こうから半分覗いた人殺し男の頭が聞き返す。

「あるいは髪の毛でもよいが。」

「髪の毛？」好奇心のあまり、崩れかけた家の私たちのいる側に思わ
ず乗り出してきたインカルコがオウム返しした。

「あるいは爪でもよい。」

「爪？」

「そう、それが『おとり』をチャカナのヤナンティンの対として捧げることに対して、私たちが求める代償だ。」

「ご婦人方、私の爪でしたら喜んですぐにでも差し上げますよ。ナイフにハサミも付いていますから。」人殺し男はドアのない敷居にどっかりと腰を下ろした。ご婦人方の驚愕の視線にも構わず、落ち着いて小さな赤いナイフに付いているハサミを勢いよく開く。「足の爪だけでいいですか、それとも手の爪も差し上げましょうか？」そう聞いた時には、人殺し男が切った右足の親指の巨大な爪が、帽子の気狂い女の顔に命中した後だった。リョケは、そのばかでかい曲がった爪を地面から拾い上げると、それをかじった…復讐者の顔に浮かんだシワを見る限り、それを見て吐き気を催したのは私だけではなかったらしい。

「色男よ、お前、死んだあとも爪が伸びるって知っているかい？」

　モグモグと口を動かしているリョケの手にある残りの爪を見つめながら、私も復讐者も、まさかというように首を横に振った。

「すごい話だろう。お前の爪は美味しいよ、ウクク・カニ、でも私たちが心から望むのは、成就された復讐の開放の力がこもった爪なのだよ。」

「ああ、それならウルピ・クントゥルを殺したら、あなたのためにあの女の爪を切ってきますよ。」穴の開いた、汗ばんだ靴下を履きながら人殺し男が計画を述べる。

「髪の毛でもいい」私の新しい師が助け舟を出す。

「歯でもいいですね」勤勉な生徒が付け加える。そして靴を履き終えると、靴紐も結ばずに、半分崩れ落ちた家の角の向こうにあっという間に消えていった。

　女は頭の上のシンバルを直すと、立ち上がった。

「いかが？」と私に爪の残りを差し出す。

「結構です、もう食事は済ませましたから。」

「ミネラル豊富なんですよ。」

「そうでしょうね、リョケさん、私はただ…」勧められたおやつを何とか断ろうとする。

「まあどうでもよい。いずれにしても、お前は知能を高めるミネラルが不足することになるであろう…」残ったインカルコの爪を咀嚼しながら、婦人が教師のように私を諌める。「お前はおとりが皆そうであるように、見るからに能無しであるが、今日これから教えることはす

114

べて覚えていなくてはならない。分かったか、『おとり』？　そして
これから教えることは秘儀であるからして、メモを取ったり、録音し
たりしてはならない。」

「大丈夫です。私は記憶力が抜群ですから」私はそう嘘をついて、女
のあとに従った。インカ人たちが地滑りを防ぐテラスとして造った低
い壁の下の道まで来て、私たちはようやく足を止めた。

「さて、ほら吹きのおとりよ、これからお前の抜群の記憶力とやらを
テストする。チャカナの十字星は12の頂点を持つ創造の可能性のコ
ンパスだが、その12の頂点は我々の世界と、我々の人生で起きた出
来事に最も近い現実を持つ、隣り合うパラレルワールドの数々とをつ
なぐものだ。自分の体内で、六つあるチャカナの補完的頂点のヤナン
ティンの対をすべて結びつけることのできる者は、運命を克服するこ
とができる…」

「チャカナの十字星は、創造の可能性のコンパスで…」女が黙るやい
なや、私は覚えているうちに言ってテストに合格しようと、焦って暗
唱し始めたが、おかしな帽子の女教師はびしっと指を立てて、私を制
止した。

「終わりまで言わせておくれよ。」

　そして静かな咳払いを長く引きずるようにして、喉から上がってき
たものを全部吐き出すと、また話し出した。その間じゅう私は女の言
葉を、忘れないように心の中で繰り返していた。それもまったく無駄
だった。なぜなら「…この現実は変わることができる、なぜならこれ
らのチャカナのヤナンティンの対は礎石であり、世界の記号であり、
『生』と呼ばれる人類の経験の基本的形態であるからだ」という最後
の文を言い終わった時には、その前に聞いたことは何一つ覚えていな
かったから。私は自信満々なふりをして、六つあるチャカナのヤナン
ティンの対は礎石であり、ありとあらゆる人の生の経験はそこから作
られている、と反復して、合格するだろうかとそわそわして判定を
待った。普通の状況なら、記憶力のテストに落第して、精神分裂症の
女教師に追い出されることになれば私は喜ぶだろう。でもインター
ネットも、他の何も、どこに行けばマヤとクララが見つかるか、何の
手がかりも教えてくれない状況であるし、魔術の力を借りずに二人を
探し出すには世界は広すぎた。

「ごきげんよう、チャウピン」不満そうな女教師が、諌めるように私
を探る目つきを遮ったのは、数頭のラマを率いる男性だった。

「ムルク、この恥知らずの風来坊が！　こんなに長い付き合いだってのに、チャウピンがいないことも分からないなんてどういうことだい！」リョケが一喝して、私は自分が合格したことを知った。

「ああ、あんたでしたか、リョケ。調子はどうです？」男が訂正した。新品だった時から安っぽく見えていたに違いない、よれた古いジャケットを着ている。新品だった時というのは、裁断のスタイルを見る限り、70年ぐらい前のことだろう。

「いや、まったく話にならないよ。今この厄介者を抱えているところでね」リョケがため息をつきながら言って、うんざりしたように私の方を手で示した。

「こんにちは、comadre」ラマを連れた男が私にあいさつすると、厳格な女教師はこれ見よがしに男に背を向けた。

「こんにちは」リョケに一喝される前にかろうじて答えた。

「こら、集中するんだ！　一日中こんなことやってられないんだから。この石が見えるかい？」

「この壁のことですか？」

「道の脇の壁なんて、見せるわけがないだろう？　もっとしっかり見るんだよ！」

　私は黙って、地滑りを防ぐために積まれた石を見ていたが、何を言えばよいのか分からなかった。

「観光でいらした方々は皆、世界観が凝り固まっていてなんにも見えてないんだからね！　もっとよく目を凝らすんだ！　見えないのかい？」

「何が？」

「目を閉じて、偏見や型にはまった考えを捨ててから目を開けるんだ。そして自分の意識の目で今ここにある存在を、今ここにある、二度と繰り返すことのない経験を読み取るんだよ」帽子の女教師が難解な指示を出すと、少し離れて立っている男がごくあっさりと言った。

「ラマがいる！」それを聞くやいなや、壁から石を組んでできたラマが浮き上がった。これが見えなかったなんて、どうにかしていた。ここが頭。ここが首。胴体もある…

「邪魔しないでおくれよ、ムルク！　あたしらがこの目の見えない観光客様に、魂の世界をのぞき込ませてやってるというのに、お前ときたら台無しにしたじゃないか！」

「今日のあなたはとってもきれいですね、リョケ。会うたびにますま

す若く、スリムになっているなんて、一体どういうことなんです？」
ジャケット姿の男が微笑しながら、まったく関係のないことを言う。

　たっぷりと肥えた厳格な女はたちまち相好を崩して、男とまた二、三の社交辞令を冗談交じりに交わした。それはまるで男女の戯言のようにも聞こえた。

「ラマは神聖な動物であり、同時に何百年もの間、アンデスに住む人々の生きる糧であった。だからラマには、チャカナの特別で最も高い、そして同時に最も低い頂点が与えられている」と、帽子の女が恐らく若い頃にデートを重ねたに違いない男との戯言の途中で、不意に男のラマの中の1頭を指さした。とぼけた表情の可愛い動物が、非常に危険な人物に注目されていることに気づいたとでもいうように、警戒して頭を上げた。「ラマ座の輝く時間に、生きたラマに額を当てれば、このヤナンティンの対の地上と天上の補完性を結びつけることができる…」

「私はもう…」私は自分の経験を述べようとした。

「口を挟むんじゃない！」言いたいことがあったら手を挙げて、許可されるまで待つんだ！」女に叱りつけられた。

　そこで私は挙手して、女が話を終えるまで待った。

「今日、星々が天に昇る頃には、リョケとしての私はもう地下界に行ってしまっている。だから、チャカナの第4と第10の頂点のヤナンティンの対を活性化するためには、ウク・パチャの地下界のラマを用いなければならない。それがこの、神に供え物を捧げるためにインカの神殿を造った人々が石の間に埋め込んだ、神聖な動物なのである」リョケが壁に埋め込まれた絵を指して、私に命じた。「このラマの頭に額を付けて、何も考えずに集中しなさい。この宇宙に存在するのは自分一人だという意識でもって。」

　私は硬直したように挙げていた手を振り始めたが、女教師はそれに目もくれず、講義を続けた。

「壁に埋め込まれたラマの頭のところの石に額をつけて、私がいいと言うまで待つんだ…さあ、もういい…そしたらムルクが連れているラマのところへ行って、同じことをしなさい。」

　ああ、またこれだ。私は怯えるラマにキスした時のことを思い出して、内心静かに笑った。そして、私を好奇の目で見ている動物に近づいていった。私よりも落ち着いているようだ。毎日世話をしてくれる男がそばにいるからだろう。

「ラマ座の輝く時間に、生きたラマに額を当てれば、このヤナンティンの対
の地上と天上の補完性を結びつけることができる…」

「分かつことのできないヤナンティンの対を持つのは星や山やラマだけではない。
善の対は悪にある。光の対は闇に。愛の対は憎しみに。男の対は女に…」

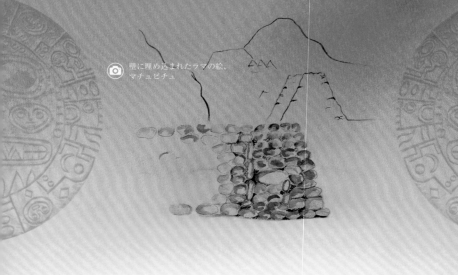

壁に埋め込まれたラマの絵、
マチュピチュ

「宙に浮き始めても、驚くでないぞ。」ムルクがラマの首をなでながら言った。

「宙に浮くって？」

「飛ぶんだ。」

「飛ぶ？」

「そうそう。ラマのヤナンティンから生まれるマサンティンのエネルギーはその強さのあまり、身体の念力を呼び起こすんだ。」

　私は信じられない思いと、好奇心とにかられて、どの程度私をだまそうとしているのか確かめようと、ジャケットの男性を見つめた。それが分かるより前に、顔にベタベタする液体がかかって、長い舌で頬骨と鼻とに伸ばされるのを感じた。

「ラマに接吻するのはゾクゾクするだろう？」リョケが袖で顔をぬぐっている私を見て笑う。私は人懐こい動物にまた舐められないように、一歩下がった。

「ほら、早くするんだ、時間がないんだよ。まだチャカナのヤナンティンの対が五つも残っている」私の顔についたベタベタする唾液が面白くなくなると、女教師は先を急いだ。私はムルクの助けを借りてラマの額に頭をつけ、自分が宙に浮き始めるか待っていた。ムルクの言ったことは嘘だった。何も起こらなかった。

「チャカナの第4と第10の頂点を、ヤナンティンの結合が行われた身体の中で結びつけると、『私は私の身体の動き、その行為である』という経験を通じて『私』の意識が振動始める。確かに、行為を通じて自らの存在を経験するタイプの人々では、空中飛行が起こることが

ある。お前はどうやら、別のヤナンティンの対を通じて自己の存在を
確認しているようだ」目立たないようにぴょんぴょん飛び跳ねている
私に気づいて、リョケが説明した。そう、私は飛び跳ねていた。誰
だって飛んでみたい。

「私はカテキルと一緒に、生きたラマをこと座と結合させたことがあ
ります。こと座はあなたがたの言う…」

「なぜそれをすぐに言わなかったのか？」

「言いたかったので、手を挙げていました。」

「それじゃあなたが例の、カテキルを狂わせた運命の恋人なんです
か？」始まりかけた口論に、ムルクが割り込んだ。

「違います。彼はほとんど他人ですから。」

「いや、二人で一晩中愛し合ったんだったら…」ムルクがいたずらっ
ぽく挑発する。

「カテキルは恋人じゃありません！」

「恋を恥ずかしがることはありませんよ。彼に会った時、一生に一度
しか人の肉体を燃え上がらせることのないような幸福の炎に、その目
が輝いていましたよ。」

「私たちはただの友人です！　待って…どこで彼に会ったんです？」

「駅で。あなたを追ってクスコへ行くところでしたよ。あなた、シー
タでしょう？」

「そうです。」

「あなたのことを、何百もの生を共に生きてきた、運命の女性だと
言っていました。彼と何もなかったなんて言わないでくださいよ、も
しそうだとしたら、カテキルは頭がイカれたってことになりますよ。」

「ちょっとキスしました。それだけです。ただの友達です。」

「彼にぞっこんだから、そんなことを言っているのだろう」私と男の
戯れるような会話に、女教師の耳につく声が割り込んだ。

「違います」私はイライラして言い捨てた。

「いや、そうだ。」

「違います。」

「まあどちらでもいい。時間の無駄だ。お前はその恋人と一緒に、他
のヤナンティンの対も結びつけたのか？」

「Adiós, シータ。とにかく、このナヤラークが若い頃私にお見舞い
したような、満たされない恋から来る死の感覚を恐れてはなりません
…」男の声は低く柔らかい。「そして勇気をもって、運命の恋に飛び

込みなさい。それこそが、我々の人生の意義なのですから」ムルクが
ラマを引き連れて別れを告げ、リョケが怒りをこめた叫びでそれに応
えた。

「もう30年以上も前の話だというのに！　いつになったらその話を
やめるんだい?!　あたしら、一度も恐れたことなんかなかったよ！」

　古くさいジャケット姿の男は答えなかった。時おり振り返っては、
人懐こく微笑んで2回手を振り、安全な距離まで遠ざかると3回目に
は投げキスを送った。それは彼の唇から昔の恋人のところへ優しく飛
んできたが、女が返した怒鳴り声に優しさはなかった。

「あんたは本当にみじめな奴だよ、ムルク！」そして男の姿を見なく
て済むようにイライラして背を向けると、独りで悪態をついた。「こ
の老いぼれの大バカ者が！」

「ヤナンティンは二つずつの対なのに、なぜ私は3頭のラマを活性化
させたんでしょうか？」女心がさらけ出されたシチュエーションから
抜け出そうと、私は尋ねた。片方はもう過去の、でも未だに痛みを伴
う恋でむき出しになった女心、そしてもう片方は何か素晴らしいもの
が生まれるかもしれないのに、結局何も起きていない恋愛関係の始ま
りによって露わになった女心だ。

「ディーヴァ・パニャなら、今お前の声を響かせているそのトーンか
ら1オクターブ高い音、あるいは1オクターブ低い音を出すことも可
能だ、と言うだろうね。同じようにヤナンティンも、より高いハナ
ン・パチャの世界、あるいは『オクターブ』の低いウク・パチャで活
性化することができるのだ。」

「それしか方法はないのですか？」

「お前にはあきれるよ。何もできないくせに、もう万が一のことを聞
くのかい？」

「ええまあ。」

「もちろん他にもあるさ。一つの世界の中でヤナンティンを活性化さ
せることもできるけど、チャカナのコンパスに生贄を捧げるためには
使えない。あるいは、ヤナンティンの対をウク・パチャやハナン・パ
チャより遠い世界とつなげることもできる。でもそれはお前には無理
だ。」

「分かりませんよ。もしかしたら、隠れた才能があるかもしれない
し。」

「ああ、取って食われるおとりの才能はあるよ。ディーヴァ・パニャ

が言うように、特別な能力をもった人々だけが、持って生まれた声の高さより一つ高い、あるいは一つ低いオクターブで歌うことができる。で、お前には特別な能力がないから…」

「どうしてそんなことが分かるんです？」

「お前さん、4オクターブ以上の声域があるとでも？」

「ないですけど、あなたもないでしょう。」

「失礼な！　ディーヴァ・パニャは5オクターブ以上出るぞ！」

「そうですか、でもリョケは2オクターブも出せないでしょう。」

　私は何をしようというのか？　言い過ぎたのが分かったので、ラマが描かれた低い壁の方に一歩下がった。危険な精神病の女の怒りの爆発への備えは、結局無駄だった。これは意外だった。リョケは、まるでもう長いこと自分の声に悩まされてきたとでもいうように、悲し気にため息をついた。

「分かってると思うが、ここで言う歌とは比喩でしかない…もし比喩でなかったら、オペラ歌手は皆、神に捧げられた者だということになる。私は魂の内部をのぞき込めば、少なくとも22オクターブは見ることができて、そのほとんどの世界に実際に行くこともできる。こんな卓越した能力は、普通の人間の能力をはるかに超えるものだ。お前の能力などもってのほかだ。だから今は、この世界と隣り合う二つの世界と、チャカナを通じてそれらの世界に触れることだけを考えることにしよう。」

　私が女同士のライバル意識を刺激するようなことをちょっと言ったおかげで、長々と独白を続けるうちに、リョケは落ち着きを取り戻した。目の前にはまた、報われない恋のせいか、私のような情けない生徒を教えたせいで、ずっと昔に頭がおかしくなった堅物の女教師が立っていた。

「で、カテキルとは他に何をしたのだ」とぶっきらぼうに尋ねてきた。一つの肉体に二つの人格が存在することを「姉妹」と言えるだろうか、と考えていた私はびっくりして、おどおどと答えた。

「本当に、彼とは寝ていないんです…」

「ペニスを触った手で、ヴァギナを触るんじゃない！」

「ああ、そうですね。私…」

「畜生、あたしゃお前の動物的欲求などどうでもいい。お前の肉体が三つの世界を互いにのぞき込むことを可能にする、ヤナンティンのパラレルな意図がお前にどんなチャンスを与えているか、まったく分

かっていないようだね？」

「もちろん分かります！　いなくなった二人の親友を見つけることです。」

「お前がほしいのはそれだけかい？」

「そうです。少なくとも今のところは。」

「インカルコめ、今に見ておれ。それじゃあたしがここで、見えないものを目に見えるようにするチャカナの生贄の儀式に骨を折って、平坦な一次元の世界観を解き放ち、満たされた存在の奇跡へと変えようとしているというのに…それがみんな、今年は何が流行しているかなんていう（おとりと女友達の）くだらないおしゃべりのためだって言うのかい？」

「実は私、インカ人のピラミッドにも額をつけたんです」私は女教師の怒りの火花が殺人的な野心を目覚めさせる前に、宿題を完璧に終わらせることで、熱しつつある彼女の感情を落ち着かせようとして言った。

「それじゃお前とカテキルは、インティワタナを活性化したということか？」女教師がおとりのエサに飛びついた。それは一瞬のことだった。その声には、満足さえ感じられた。「やれやれ。お前には本当にあきれた。そういうことなら、直接インティマチャイに行くしかない。」

　ぶら下がった水面からカテキルが浮かび上がった洞窟の名を聞いて、私は彼が今どうしているだろうかと思った。電話するか、後を追ってクスコに行った方がいいかもしれない。もし本当に、私の運命の人だったらどうしよう？　たった一人の、二度と現れることのないような運命の人だったら。頭の中でロマンチックな愛の主題にのせた変奏曲が延々と響いて、「ほら、さっさと行くよ、時間がないんだから」というリョケの声も、意味のない背景の音としか聞こえなかった。と、すねを蹴られた痛みで我に返った。

「お前にはイライラするよ、シータ。」

「何だか変な気分です。」身体が熱い。全身が震える。声も震えてきた。「わ・わたし、ど・どうしちゃったのかし…ら？」

「おかしなまねを始めるからだよ、シータ。早く、聖なる洞窟に急ぐよ、あたしらお前のせいでクタクタだ。さあ、早くするんだよ。」

「私、もう行ったことがあるんです。」

「あたしらを試すんじゃないよ！」

　私はひざ下にまた蹴りを入れられるのをよけようとして気づいた。

「…ああ。イヤ、イヤ、イヤ、イヤ、イヤアアア…」

「ほらごらん、空を飛びたかったんだろ、ほら…もう飛んでるよ。だから黙るんだ。ラマにキスすれば必ずそうなるのさ。」

「リョケ、どうすればいいのオオオ？」眼下の道に降り立とうとあがいて、私は興奮した金切り声を上げた。

「一体どうしようって言うんだい？　ただ足を踏み出すんだよ、『死と生の顔』に早く着くようにね。」女の言うとおりに足を踏み出したとたん、反対の足がツルツルの氷の上のように滑って、私はもろに背中を打った。

「ハ。ハ。ハ。これは傑作だ！　空中浮遊の初心者に出す指示で、『足を踏み出せ』ほど楽しいものはないね」女は両ももを叩き、腹を抱えて笑い転げるあまり、帽子がずれてついに落ちてしまった。三つの異なる声で女が独り言を言う傍らで、私は腹を立てている。女に、ではない。してやられたのは仕方がない。私は自分がもう飛んでいないことに怒っているのだった。あお向けになっても、立った姿勢でも飛べない。いくらぴょんぴょん跳ねても無駄だった。

「行くよ」笑い終えたリョケが、私の飛ぼうとする試みを遮った。「バカなまねはおやめ。」

「どこへ行くんです？」

「『生と死の顔』のところだ。」*79

「私、本当に飛んでいたんですか？」

「いい加減にしておくれ。」

「ただ答えを探しているだけです。」

「飛んだ…飛んだ…何をその気になっているんだい？」

「あなたも言っていたじゃないですか…」

「いや、お前が自分の身体でインティマチャイ＝インティワタナのヤナンティンを結合させたのだとしたら、『私は私が経験するもの、味わうこと、感じることである』の本質に表れるマサンティンのエネルギーがあふれて、身体の色々な不調を呼び起こすことがある。例えば幻覚とか…」

＊79　マチュピチュを取り囲む山々もあお向けに寝た人の横顔のように見え、ワイナピチュ山の頂がその鼻にあたる。ある伝説によれば、この顔はパチャクテクの父、インカ皇帝ウィラコチャの顔であるとされる。ウィラコチャは自らの死後、再びカイ・パチャの地上界に戻ってこようとしたと言われる。

「げん…」

「とりわけ、チャカナの第2と第8の頂点を活性化したところに、ラマの力を加えたとあってはね。」

「洞窟に額もつけていないし、ピラミッドにつけた時はただ…」私は「身体の身体」バッグの誕生儀式で見たビジョンを控えめに説明しようとしたが、リョケを筆頭とする激しい人格にまた話をさえぎられた。足を速める彼女らに対して、私はだんだん息が切れてきたが、彼女らはまったく平気で、学会にでもいるように語り続ける。

「インティマチャイで重要なのは光と闇の接触であって、頭と石が物理的に触れることではない。洞窟に太陽の光線が入るのは、12月の冬至の時期だけだ。この時期はいつもお祭り騒ぎだった。インカ帝国が国をあげて太陽を祀る王の祝祭『カパック・ライミ』の準備をする間、選ばれた勇敢な少年たちが洞窟の中で太陽の最初の光線がきらめくのを待って、身体に穴を開けピアスを通す苦痛に耐えることで、一人前の男になる…そんな時代もあった。このワラチクイの儀式のような、勇気と力、敏捷さが試される機会が今日の若者にはないから、情けない能無しの大人になるんだよ」リョケがそう言ってため息をつき、通りかかった山高帽の女性に挨拶した。二人はきびきびと足を進めながら、互いに暮らしのすべてがうまくいっているといったような社交辞令を交わし、だんだんと距離が離れておしゃべりが終わりになると、

📷 あお向けに寝た人の顔のようにマチュピチュを囲む山々

リョケが厳しい結論で回想を締めくくった。

「今の若者たちがインカの通過儀礼『ワラチクイ』を受けたら、一人残らず女物の服を着せられることになるだろうよ。そう、そうなんだよ…」私が声に出して聞いたわけでもないのに、リョケが答えて言った。「合格しなかった少年たちは、女物の入った包みを受け取る決まりだったのさ。」[80]

「だからお前は、インカルコに洞窟で復讐の儀式の闇で神に捧げてもらってよかったんだよ。そうでなきゃ、インティマチャイに太陽の光が差し込む12月まで待たなきゃならないことになるからね。あの超常的なエネルギーを感じただろう？」

「ええ…はい…まるで壁が液体になって、そこに自分がゆっくり沈んでいくような感じでした、でも…」

「『でも』じゃないよ。お前がインティマチャイにいた時に、ウク・パチャの地下界に続く門が開いて、チャカナの第2の頂点がお前の体内で目覚めたんだよ。」

「ええ。でも…」

「ほら、『でも』はなしだよ、あたしらはウク・パチャに毎日行ってるんだから、間違いないよ。」

「毎日？」

---

[80] 通過儀礼であるWarachikuy（ワラチクイ） ― 太陽の光線が差し込む時にインティマチャイの洞窟でピアシングを行うことで始まる ― がスペイン人の到来によって廃れたのに対し、12月の祝祭Qhapaq Raymi（カパック・ライミ）は多くの地域で復元されている。一年で最も日が長い時期（南半球）を祝うこの祭りの対極にあるのが、インカ人にとって最も重要な祭りであるInti Raymi（インティ・ライミ）であり、その儀式とそこで話される言葉は著書『マヤ暦』に収録されている。6月の夏至を祝うインティ・ライミを復元した祝祭は、とりわけクスコにおいては盛大な文化イベントであり、そのために20世紀末には山地のシナハラの氷河で行われる光と闇の戦いの開催日が変更された。この戦いは古くから、6月にプレアデス星団がアンデスの山々の頂の上に再び現れる頃に始まり、ちょうど一年で最も長い夜に頂点を迎える。この夜、最も強く、最も勇敢で、最も経験豊富な成年の闘士たちが、氷河の「死のゾーン」に向かい、世界の暗黒勢力と戦うのだ。彼らはそのような悪魔や霊、悪の化身といったものを、自分自身の内面に増殖する弱点として見いだすことも多かった。こういった弱点は、私たちの誰もが内面に秘めているものだ。一年で最も日の長い時期に、意志と勇気と人格の試験にすべて合格した青年たちがめでたく大人の男の仲間入りをするのに対し、氷の山の斜面で、魂の最も長い夜の闇から朝、勝利と共に帰還する者たちは、世界の救済者として迎えられる。社会の保護者として。光の戦士として。12月の冬至に合格しなかった者は、女物の服を受け取るという恥をかくだけだが、6月に闇に敗れた者は命を落とし、その魂は永遠に、悪魔の悪の力のクモの巣に絡めとられたままとなるのだ。

「そうだよ。あたしら、三つの世界で8時間ごとに交代してるんだから、お前の件が片付いたらね、『おとり』、リョケはまた地下界に一目散なのだ。食事が済んだらね。もう腹がぺこぺこだよ。」

「でも…」

「分かってるよ、8時間ごとなんて嘘さ。ディーヴァ・パニャは今、ウク・パチャで死者たちにイマ・スマックがアレンジした"El Condor Pasa"を歌ってるが、あの世界が大嫌いでね。もっと高いハナン・パチャで自分を見せびらかしたいのさ。だからあたしとチャウピンが尻ぬぐいをさせられている。あの甘やかされたプリマドンナめが。地下界で残業するのはもううんざりだよ。」

　あなた方はこのおかしな帽子をかぶった太った身体に宿る、三つのパラレル界に存在する三人の女性なのですか？　差し迫った疑問が、今起きていることの中で、身体の元の持ち主だった、狂った人殺し女のナヤラークが占める役割は何なのかという問いと同様に、喉元まで出かかった。が、その時リョケが岩壁に立つ像を指して言った。

「さあ、着いたよ。」すると他のどんな差し迫った疑問よりも、自分がどのようにしてインカ人のピラミッドで儀式を行ったかを終わりまで言うことの方が、ずっと重要であるという気がしてきた。

「でも私がインティワタナに額をつけたのは、妄想的なビジョンとして見ただけなんです。」

「それを『死と生の顔』の下まで来て、今頃言うのかい！　お前は本当に変わった奴だねえ、『おとり』。さっきまで嘘八百並びたてていたと思ったら、チャカナの他の頂点に取りかかろうという時になって、神に捧げられたのが夢の中だったなんて告白するとはな？」

「すみません、そんなつもりじゃ…」

「すみませんだと?!　やれやれ、お前はほんとにイカれてるよ！　いいかい、あたしらに何か隠してるんなら、今すぐ本当のことを言うんだ！　じゃなきゃ黙ってな。お前が何も言わなきゃ、インティワタナの活性化は一丁あがりでよかったんだ。ただの夢だったから儀式が無効だったとしても、それがどうだって言うんだい。お前のせいで、わざわざインティワタナまで行って帰ることになっちまったじゃないか。おまけに、ピラミッドが一番混雑している時にね。やってくれたね、『おとり』。今この崖から落ちたら、さぞかし好都合だろうね。」

「言わなきゃならなかったんです。だって私が今ここにいるのは、友達のマヤを探し出して、クララを生き返らせるためなんですから、ミ

スを犯してそれができないなんてことは許されないんです。」

「『シータはマヤを探している…』畜生、あと何度繰り返せば気が済むんだい、もう山の向こうのラマたちがうわさしてるよ！　お前がインティワタナで捕まっても、それはお前の問題だ。分かったかい。ハカン・プマは容赦しないよ。ああ、善良なシンチ・ロカ[81]が番をしているうちに行っておけばよかった、あの人は観光客が建造物に上っても何も言わないし、ニコニコして撮影に手を貸すくらいだからね。でもお前はたかが夢のせいで、それをふいにしたんだよ！　あたしらもお前も、ハカン・プマに捕まっちまう。あいつとは仲が悪いんだよ。あのつけあがった町人め、あたしら地元の者をバカにして…」

「リョケ、でも夢じゃなかったんです」苦々しく罵る女教師が口をつぐんだところに、私は言葉をはさんだ。女が急に足を止めたので、私は後ろからぶつかった。女は私を突き飛ばすと、眉を吊り上げて、私の次の言葉を待っている。

「私がピラミッドに額をつけたのは夢の中ではなくて、ウルピ・クントゥルが取りしきったバッグの誕生儀式で見た、奇妙な幻の中でのことなんです…」

　大きな音で吐かれた唾が、私の靴に落ちた。

「毒盛り女の名であたしらを挑発するんじゃないよ！　さもないと二日早くくたばることになるよ」女が恐ろしい声でそう脅すので、私は人殺しの気狂い女ナヤラークが現れたかとおののいた。違った。リョケが攻撃モードに切り替えただけだった。

「でもそのことを除けば、いい知らせだね…」女は私に接吻できそうな距離まで近づきながら、呪術師の魅惑的な視線と魔力のある声とで、意識の届く、意志でコントロールできる思考の及ばない断崖絶壁の上へと、私を催眠術にかけるように運んでいく。

「鮮明な夢、現実のような幻覚や透聴は、我々が自分の運命のパラレルな世界を生きている、隣り合うハナン・パチャとウク・パチャで起きている事実が漏れ出したものなんだよ…」

「それはつまり…」

「そう、そうだよ、インティワタナには行かなくていいってことだよ。でも念のために、その…バッグの…儀式のパワーが、お前をウク・パチャのピラミッドに連れて行くに足るほど強いものだったかどうか、

---

[81]　Sinchi Roca（シンチ・ロカ）─クスコ王国の第2代国王で、ケチュア語ではSinchi Ruq'aとなるその名は「寛大な戦士」を意味する。

確認するとしよう。」

　私は疲労困憊していた。頭はウトウトしている。まぶたが落ちてくる。それでも、何かに取り憑かれたようなアルフォンソの狂態を思い出しながら、重くなってきた口で反論した。

「幻覚は危険な病ではないんですか？　発作が起きると、あらゆるものが邪悪な巨人と風車に見えて、手あたり次第に周りのものを叩きまくって破壊する男性を一人知っています。私も逃げるのが遅かったら、今頃命がなかったでしょう…」

　それからこれは形而上学的な三つの世界の滲出なんかではあり得ない、精神異常者の狂態だと言いたかったが、それが浮かんだ瞬間に自分の言葉として反芻してみて言いよどんだ。シータ、あなたったら寝言を言ってるじゃないの！

「いいかい、『おとり』、幻覚とはVRゴーグルなしで見るバーチャルな世界のことだ。ただ違うところは、それが本当に存在する世界で、そこでお前は邪悪な女巨人を成敗する男の手にかかって死ぬことになっている、というところだ。まあそれはともかく、目を開けて、お前が経験したインティワタナの儀式について話しておくれ。」＊82

「リリリリリン。リリリリリン…」
「お前、気でもふれてきたのかい、『おとり』？」
「ピラミッドに頭をつけた時、インカルコが私のショーツのベルを鳴らしたんです。」
「何だって？」
「そうなんです。私は素っ裸で、分解した自転車から作ったショーツを穿いていました。ベルも付いていて。」
「やれやれ、あんたがた観光客ときたら、儀式の幻覚もややこしくする天才ってわけだ。で、その先は…」

＊82　2008年に大学教授のジュリアン・レフが、コンピューターを使用して幻聴を治療する「アバター療法」を開発すると、トーマス・K・J・クレイグ、アレクサンドル・デュマを始めとする精神科医たちが、この新しいメソッドにVRゴーグルを加えた。精神分裂症患者が対象となることがほとんどだが、薬の効かない患者に幻聴で聞こえる声とその形態を説明させ、その内容がゲームに組み込まれる。何十年ものあいだ、患者を恐れさせ、患者に望まれない行為を強いてきたアバターは、通常精神科医が別室から操作し、幻聴で聞こえた声を元に語らせている。わずか数セッションで、患者は幻覚に抵抗することができるようになり、バーチャル・リアリティーの中で戦いを続けることで、ゲームの中だけでなく普段の生活においても幻覚に打ち勝つことができるようになる。

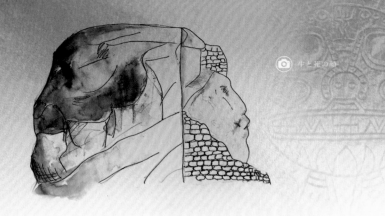

「リリリリリン。リリリリリン。」

「ねえ、ショーツのベルを鳴らさずに話せないもんかね？　インカルコの話をしておくれよ。」

「私はとても怖かった。彼は石に押し付けられた私の裸の身体を凝視しながら、なたを構えていました。二人とも、私が殺されることが分かっていました。私はインティワタナに祈り、彼は悪魔の声で歌を口ずさんでいました。」

「何の歌かい？」

「人殺しの恐ろしげな鎮魂歌です。」

「ほら、おとりよ、歌詞を思い出してみるんだよ。」

「Ay Yayayay…」

「それから？」

「分かりません。」

「ほら、シータ、集中するんだよ。思い出や想像や幻覚というものはみんな、我々の潜在意識という一つのサイコロの、色々な面にすぎないのさ。サイコロを投げて、何が見えたか率直に話してごらん。色々な言語で話すのと同じことだよ。」

「Yo le pregunté a la muerte. Ayayayay…」

「やめないで！　歌って！」

「Ay, amor, que se fue y no vino. Ay yayaya…」

「続けて！　歌って！」

「Los dos ríos, Maya y Clara, uno de llanto y otro de sangre. Ay yayayay…」

「やめないで歌うんだよ、シータ！」断崖絶壁の縁の、どこか遠くからリョケが叫んでいる。声帯が麻痺し、声は力を失い、最後の節「Ay, amor, que se fue por el aire!」を歌い終わると私は完全に力尽きた[83]。

　声を失った私は、それでも血にまみれた生贄の儀式の思い出を語ることをやめない。インカルコは巨大ななたを振り回し、リョケは私の声で"Ay yayayay"と怒鳴り、その声があまりにも力強いので稲妻が走った。私はびくっとした。死の答えの雷鳴がとどろくと、私は小さな女の子のように泣き出した。
「マヤ。マヤ。私を助けて！　早く、急いで、さもないと私もクララみたいに死んじゃうわ。」私の頭上に、恐怖を呼び起こすなたの刃に反射した光がきらめく。身体が恐怖に抗い始め、生への渇望に突き動かされて踊る。頭は横たわったままだ。口から出た舌に、天から血の滴が落ちてくる。ぐるぐると回転する身体が見開かれた目玉を蹴り、私の思い出がみんな詰まった球体が動き出した…
　踊る身体が死の痙攣で音を立ててくしゃみをする一方で、私は自分の頭が、50兆本の草の茎の音をたてて宇宙を静かに転がっていく音を聞いている。まるでボウリングの球のように回転する頭部は、インティワタナのエリア入り口に横たわるダンサーの足を通り過ぎて、マチュピチュの建造物の間を通る小道を、一目散に未知の死後の世界目指して転がっていく。
「おや、これはこれは、『おとり』」という大声が聞こえた。するとまるで号令がかかったように、突き出た舌が灌木の枝に絡みついて、私はそこに止まった。「ひどい顔だね。朝まで飲み明かしたのかい？」
「どうも、リョケ。大したことないわ、ちょっと頭がなくなっただけよ。」
　死んでから初めて誰かと言葉を交わしながら、見開いた目玉で帽子の女教師の見慣れた顔を見つけようとするが、見えたのは岩壁のように私の上にそびえる、死の巨大な顔だけ。まだ生きていた時に、このインカの支配者の石像を見た時は反対側からだった。生を表す右顔の

---

[83]　アンダルシアの詩人フェデリコ・ガルシーア・ロルカの詩をリミックスしたもののパラフレーズ。「私は死に尋ねた。アイアイアイアイ。おお、もう二度と戻ることのない恋人よ。二つの川、嘆きに満ちたマヤと、血の川クララ。おお、風と共に去りし恋人よ。」

顔はきれいだった。今はラマ座のどこかにいる王の、死を表す左側の顔は本当に醜い。

「ああ、よくあることだよ、『おとり』、身体が落ちた時に、頭を打ったんだね。事故だったんだよ。」

「事故じゃないわ、リョケ！ インカルコが私の首を…」

「甘ったれるんじゃないよ、『おとり』。人生ってのはそういうものさ。雨が降る時もあるし、雪が降る時もある。人間は前進しながら、そんな運命の天気に振り回されないようにしなくちゃならない…」

「振り回される？ バカ言わないで、私は頭をなくしたのよ！」

「なくしたのは身体だろう。確かに一見すると楽観的な状況じゃないが、半分満たされたグラスを見れば、お前の魂、お前の意識がこの肉体に閉じ込められていたことが分かるだろう」[84] リョケはまるで励ますように私の頭に向かってうなずき、また言った。「だからお前は、チャカナの12の頂点に自らを捧げる儀式を完遂することで、お前自身が解放されることを喜ぶのだ。」

　死んだばかりの者に向けた集中講義が私の心に怒りをかきたてたあまり、私の頭からは左の目玉が外れた。残った方の目の端で、意地の悪い微笑を浮かべているリョケをとらえた。

「呼ばれるのを待っているのかい？ マサンティンが相手の『私』を通じて表れる、チャカナの第1と第7の頂点のヤナンティンの対を、早速目覚めさせるのだ。相手というのは、我々が『私はあなたと共に、あなたの内にのみ存在する』という生を体験するパートナーであることが最も多い。鏡と完全に一体になることだよ、話すまでもないことだがね。」[85] リョケが身をかがめて、外れた私の目玉を眼窩にはめ直した。「ともかく、時間がないからね。さあ、早く行って、宇宙の王の頭頂部に額をつけるのだ。」私は浮かない顔で、高くそびえる死の顔が立つ緑の急斜面を、手の届かない王の冠のところまで飛んでいった。そこから、観光客の一団が驚いて私を見ている。「忘れちゃいけ

---

[84] プラトンの対話篇『パイドン』にあるソクラテスの言葉のパラフレーズ。

[85] チャカナの頂点のヤナンティンの対を結合させることについての教えは、色彩と素材の力を借りて占星術で対極に位置するハウスの軸の均衡をいかにとるかという、アストロモーダの教えをはっきりと想起させる。チャカナの補完的な頂点を正しく結びつけることで、マサンティンの原初のエネルギーを手に入れることができるようになるのと同様、ホロスコープの各軸の均衡を適切にとることで、ネイタルホロスコープに隠れた力を最大限に引き出すことが可能になる。

ないが…お前の頭が…いや身体がないからといって、無礼な振る舞い
をしてもよいということではないからね。」
「ああ、そうですか。それなら、私には足がないことも忘れないでく
ださいよ。どうやって上に登ればいいっていうんです？」
「念力で重力に打ち勝つのだよ。」
　私は空中浮遊の意志を強めるために、何度か歯を食いしばってみた
が無駄だった。一度、頭がバウンドするところまでできたのだが、見開
いた目玉がまた眼窩から外れないかと心配したせいで、集中が途切れ
てしまった。
「お前の無様な絶望はもう見飽きたよ」リョケがそう言って私の念力
の試みをさえぎり、乱暴に私の髪の毛をつかんだ。「バッグは洗濯し
てもらうよ」と、非難するように私の目をのぞき込む。それからまだ
しばらく、まるで私を丸呑みにしようとでもいうように私の頭をゆ
すってから、ビニール袋とコカの葉と、その他にも私の知らない植物
が混ざったがらくたの闇の中に私を突っ込んだ。
「あんたたち、いい加減にしなさい！」宇宙のこずえにある見晴らし
台で私を引っ張り出したリョケが怒鳴った。「畜生、何をじろじろ見
てるんだい！」私の頭を額を下にして地面に置きながら、怯えたり、
好奇の目で見たりしている旅行者たちをどやしつける。そしてまくし
たてた。「今すぐ写真を撮るのをやめろ、さもないとお前のチンポに
呪いをかけるぞ！　分かったか、写真はなしだ！　もう一度撮ってみ
ろ、崖から突き落としてやる！　…」
　何を言っても無駄だった。皆、シャッターを押し続けている。図々
しいのに至っては、私の方にひざをついたり、寝そべったりして、マ
チュピチュをバックに切断された頭部と自撮りをしようとしていた。
「おい、こりゃすげえよ！　次は俺だ！」友達が撮った写真を見なが
ら若い男が歓声をあげ、今度は自分が寝そべって私の頭にあごで寄り
かかった。
「このバッグに、爆弾が入ってるよ！」リョケが声をあげると、原始
林の伐採反対についてもう一言言い終える前に、「生と死の顔」の岩
山の頂上には、人っ子ひとりいなくなった。
「宇宙の王のヤナンティンの対はどこにあるんです？」儀式が終わる
と私は尋ねた。太陽は雲に隠れている。にもかかわらず、リョケは子
供たちが光を反射させて遊ぶ手鏡のように、キラキラときらめいてい
る。それも一つではなくたくさんの反射する光を、ますます濃く混ぜ

合わせ、色を加えている。カラフルな反射体が爆発するように点滅して
いるリョケは、まるで壊れたホログラムのようだった。
「宇宙の王のヤナンティンの対はお前じゃないか、シータ。」
「私は女王なんですか？」
「いや。お前はただの馬鹿な頭だよ。」
「でも、あなたたちが今言ったじゃないですか…」
「いいかい、人はそれぞれが、チャカナの時空を開く固有の鍵なんだ
よ。だから生贄として捧げられた人々には、チャカナの第1の頂点が
あてがわれている。捧げられた人々すべてにだ。お前にだけじゃない
よ。この女王様が。」
「ああ、そうですか。リョケ…」
「なんだい、また」リョケがイライラしたように食ってかかりながら
も、近づいてくる人々の一団から目を離さない。その中に、制服姿の
者も数人混じっているのが分かった。
「あなたたちの身体から、色々な色の閃光が出ています。」
「分かってるよ。地下界から呼ばれているのだ。チャウピンが、今日
カイ・パチャの郵便局に行かなきゃならないことを思い出したもんで、
こっちに来ようとしているのさ。でも心配いらないよ、もう諦めろっ
て言っておいたから。」
「それじゃリョケと私は今、ウク・パチャの地下界にいるっていうこ
と…」
「そんなことはどうでもいい。気づかれないように出て行かなくちゃ
…」リョケは私を、バスケットボールの反撃の速さでバッグに投げ込
むと、その闇の中に向かってささやいた。「シーッ！ 声を出すん
じゃないよ！ …」そしてすべてをかき消すように、興奮した大声で
言った。
「はい、守衛どの。物見やぐらから、頭にタオルを載せた非常に怪し
い人々を見ました。爆弾を持っていると言っていましたので、
SWATのチームと爆弾処理班が来るまでは近づかない方がよいかと
思います…」
「しかしここの人々は、あなた方が…」
「私ですか。私が、テロリストですって。そいつは傑作だ！」
「ではあなたは彼らを脅してはいないのか？」
「いやその…ええと…ゴミを投げ捨てていたので、ちょっと注意した
だけです…」

「ゴミを？」

「ええ、ポテトチップスの袋です。」

「それは罰金ものだ。」

「まあ守衛どの、何をおっしゃるんです！　そいつのバッグの中には斬り落とした首があるのに、あなたは私を…」

「静かに！　マダム、そのバッグには何が入っているのです？」

「ゴミです。行儀の悪い観光客が捨てていったものを、こうやって集めているんです」リョケが答えて、さっき本当に地面から拾った塩辛い袋を、私の耳の下から取り出した。

「罪体として、差し上げましょうか？」

「必要ない。ごきげんよう、マダム」守衛は陽気にそう挨拶すると、観光客たちに向かって厳しい声で命じた。「現金でお願いしますよ！」

「アウ。もうちょっと髪を引っ張らずにできませんか？」ガラクタの中からまた引っ張り出されながら、私はうめいた。

「痛かったら、葉っぱを何枚か噛んでおくんだね」リョケが道中ずっと私の下になっていたビニール袋をガサガサいわせてから、つかんだ髪の毛をロープのようにブンと振って、私を石の地平線の方へ向かせた。横たわる像の顔と胸の部分がすぐに分かった。

「これが宇宙の女王だよ、ご挨拶するんだ。」

「私、てっきり女王は…」

　リョケは私の顔を自分の方に向かせると、厳格な女教師の眼差しで、私に自己検閲を強いた。

「ええと、生と死の顔をもつ王のヤナンティンの対は、私です。」

「自分のことばかり考えるんじゃないよ、『おとり』！　生贄に捧げられた者は、他者が必要とすることを優先しなくては。分かるかい？」

「そうですか？　はい！」

「人類の半分は、『私はあなたと男とによって存在する』のヤナンティンの対を持たないのだ。分かるだろう？」

「そうなんですか？　ああ、男性とレズビアンのことですね。」

「そう、お前がもし男だったら、お前のこの頭を、あたしらが見たうちで最も崇高なこの女性の上に置くところだよ。素晴らしいお方だと思わないかい？　あたしらがインカの支配者たちの幸福な時代に生きていた頃は、このお方もよく現実世界を訪れたものだし、この像も全

部金メッキが施されていて、日の光がはるか遠くまでキラキラと輝いて照らしたものだった…」リョケの声は段々と夢見る調子になっていき、やがて完全に消えた。

　私の女教師がノスタルジックなモノローグに浸っているあいだ、私はあお向けに眠る女性の姿をした岩石層が黄金をまとっているところを想像していた。似たようなものを見たことがある。ミャンマーで。チャイティーヨーの仏塔[86]、もう何世紀ものあいだ毎日、自らの信仰を黄金の輝きに託す巡礼者たちが高価な金属から作られた「薄紙」を貼ってメッキを施しているあのストゥーパだ。何かの奇跡で宇宙にかかる橋のようにぶら下がっているこのストゥーパは、太陽の光線を受けると、地下界の谷底から浮き上がってくるように見えた。

「お前には待たされっぱなしだよ！　時間がないって、何度言ったらわかるんだい」古き良き時代の回顧から我に返ったリョケが、怒ったように私をがらくたの闇に突っ込んだ。

「今のはあなたのせいでしたよ」私はいっぱいに突き出した舌で、ビニール袋の中のコカの葉をはがそうと努めながらそっとつぶやいた。最初はうまくいかなかった。そこで、バッグが跳ねるせいで船酔いのようになりながら、宇宙の黄金の女王をイメージすることで早歩きに抵抗した。するとリョケの足がすべってぶざまにジャンプしたので、私の顔がコカの葉に埋もれる格好になった。

「何てことしてくれたんだ！」リョケは怒って、コカの葉にすっかり覆われた私の頭を髪をひっつかんで取り出した。「お前、コカの葉を全部食べちまったのかい!?　こりゃ後悔することになるよ…」

　帽子の女が、髪の毛をつかんで目の前にかざしている人間の頭に向かって罵っている様子を驚嘆の目で注視している子供の一団がいなかったら、さんざんお小言を食らうところだっただろう。リョケが目にも止まらぬ速さで私の頭部をバッグに突っ込んだ。

「今のはハロウィーンのボールみたいなもんだよ、子供たち…」そう子供らを説得しようとする。効果がないと分かると、また私の頭を取り出し、髪の先をつかんで振り回し始めた。「にーげろー、さもないとゾンビに殺されるぞおおお…」逃げていく子供らの金切り声が完全に聞こえなくなるまで、リョケはおどろおどろしい声でそう叫び続けた。

＊86　第29章に登場するチャイティーヨー・パゴダ、「ゴールデン・ロック」。

マチュピチュのロカ・サグラダこと
Wank'a

「結構怖いだろう、ねえ？」私の顔から葉っぱをはがしながらそう笑
う。そしてもう二度とあたしらの物に触れてくれるな、特にコカの葉
には触るな、などという無駄口をたくさんきいたので、私はすっかり
退屈してしまった。それから絶壁の上で私を軽く蹴り上げて、リョケ
の手の上で一瞬中に浮いたので、私は大きく動揺した。
「本当はもっと蹴り上げてやりたいところだが、この頭め。でもここ
には Wank'a がある。だから行こう。」
「Wank'a？　何のこと…」
「何って、ロカ・サグラダだよ、この大バカ頭めが。」
「聖なる石？」
「そう。これだよ。知らないなんて言わせないよ。」リョケは、山の
形をした巨大な平べったい石の前に進んだ。その石に私の額を力ずく
で押し付けたので、私の鼻がつぶれた。「『私は社会の歯車の、有用な
一輪となりうることで存在します』のヤナンティンの対を感じるんだ
…」

　不思議なことに、ロカ・サグラダ[87]にぶつけられても痛くはな
かった。私はリョケの教えを聞きながら、物思いに沈んで、額と鼻の
痛みを感じないのは自分が死んでいるからか、それともコカの葉を噛
んだおかげかと考えていた。
「ボヤボヤしてないで、あたしらの言うとおりにするんだよ！」女教
師にかわいそうな鼻をまた聖なる石に押し付けられて目が覚めた私は、
チャカナの第5の頂点を活性化するために全神経を集中させた。

＊87　Roca Sagrada（ロカ・サグラダ）— スペイン語で「聖なる石」を意味
する。高さ3メートルに達する一枚岩で、長さ7メートルの土台に立っている。

「11番はどこにあるんでしょうか？」私が勤勉な学生のように、コカの積極性を見せると、リョケは私の頭をはるか地平線に連なる山々の方に向かせた。

「うわあ！　無理です。足があったとしても、あんな山に登るなんて無理ですよ。雪をかぶってるのもあるし。」

「ペシミストになるんじゃないよ、『おとり』。」

「ああ、あなたが連れて行ってくれるんですか。あなたは登山なさるんですか？」

「ヘッ。世界中の宝を積まれてもごめんだね。」

　唾まみれのラマから、身体を失う破目になったピラミッドに至るまで、ありとあらゆるものに口づけしてきたのに、全部無駄だった。私は高く道なき山々を眺め、失望の沼に沈んでいた。もう二度とクララには会えない、メー・ナークの霊を祀った祠で、千の太陽のように輝いて私に別れを告げに来たクララ…それからマヤ、ネパールで私の命を救い、私の魂を人間の集団意識の進化の現状から、はるか彼方にある世界霊魂 "Anima Mundi" の住処の入り口へと飛び立たせたマヤとは、この永遠の別れを惜しむことすらできない… 私は泣いていた。終わることのない死の孤独の苦悩は、インカルコのせいで無理やり断絶させられた、前の世界よりも辛かった。前の世界で私はあまりにも壊れやすい魂で、ヴァレンティナのような人々に心をかき乱され、海の嵐にもてあそばれる小舟のように絶望しきっていたというのに。私は誰も、何も見るまいと涙に濡れた目を閉じて、世界のあらゆる方角、あらゆる片隅からうるさく聞こえてくる無数の言語の混乱を聞くまいと、実際にはない空想の手で耳をふさいだ。まるで、地球上のあらゆるラジオをいっぺんに聞いているようだ。頭が割れそうにガンガンする。すると突然静かになった…やって来た静寂に感動を覚えた。実際はないが感じられる心臓が、幸福にしびれた…マヤが見える…私は駆け寄った。マヤを固く抱きしめ、いくらそうしても足りない気がした。私たちは互いの髪をかきむしり、小躍りし、再会の喜びに泣いた…そしてそれぞれが、会えない間に痛みと冒険のうちに経てきたことを、相手の話もろくに聞かずにまくしたてるのだった。

　人生の苦労とドラマ。自分が経てきたありとあらゆる恐ろしいことは、さっと触れるだけにした。もう終わったことなのだから、マヤの負担になるようなことは話したくない、それより『アストロモーダ』

のおかげで経験できた素晴らしい出来事を話そう。

「魂の実像を映すのは、ハスの花から作った生地だけなのよ」カヤン
おばさんと舟に乗った時の話では、ハスの茎や根のことにも触れずに
そう称賛するに留めた。茎や根なんて、生活がかかった日々の心配事
の泥に埋もれすぎている。再会の喜びを台無しにする理由があろうか、
ここにこんなにも美しいものがあるというのに…

「ハスの花は見事だから、見るたびに私の心に愛が目覚めるの」マヤ
が私の言葉を引き継ぎ、私は彼女がそもそもなぜ私と、『アストロ
モーダ・サロン』を置き去りにしたのかを思い出した。あの時彼女の
心に、愛を求める旅に出て、宇宙に選ばれた自分の片割れを探し出す
ようにという運命の声が響いたのだ。

「エンキドゥはどこ？　見つかったの？」

「もちろんよ、そこに、あなたの目の前に立ってるわ。ほら、砂浜で
私たちを待ってる。」

　私は自分が舟の上にいることにようやく気づいた。

「あなたも人としての自分を完全なものにするためには、自分の悪い
方の半分を見つけなくちゃならないわ。でないと完全にはなれない
…」

「私」はもう宇宙の王と、異次元間の結合を果たしていて、高みにい
るのだから普通の男など相手にできないのだ、と反論したかったが、
相次ぐショックでこう言うのが精いっぱいだった。

「うそ！　この人…？」

　さほど大きくない第1のショックは、私が海の上から緑の草が生い
茂る島を見ていて、その海岸に巨大な人間の頭の形をした石像が並ん
でいることに気づいたことによる。それも浜辺でガツガツと何か口に
運んでいる男から受けたショックに比べたら何でもなかった。見るか
らに食べ物が一杯に詰まった、どっしりとしたその腹は、あらゆる豊
かさと生の幸福の象徴のように見えた。私は茫然として立ちすくんだ。

「あなたは左手でホットドッグ、右手でサンドイッチなんか食らって
いるこの太鼓腹の男のために、一緒にチェンマイで築いてきたものを
手放したっていうの!?」私はショックのあまり半分しか出ない声でマ
ヤを責めた。それもまったくの無駄だった。マヤはもう私の声が聞こ
えないほど遠くに行ってしまっていた。小舟から陽気に私に向かって
手を振ると、私の怒りで巨大な石の頭が一つ、口を開けたのだ！
太っちょが私の非難する声を聞いて、すぐに気を悪くしたように反論

 モアイ

した。

「今何と言った、モアイ*88？」サンドイッチのケチャップと、ソーセージのマスタードがそこらじゅうに飛び散った。私はそれを見て吐き気を催したが、石の意志で自らを制し、この太っちょに食事制限のアドバイスを与えた。

「存在を理解した者は、幸福な人生を送るのに最低限の『モノ』しか必要としない。」*89

「そんなたわごとを抜かすなんて、クスリのやりすぎか、はたまた禁断症状かい、モアイ？」太っちょはアドバイスに耳を貸そうとせず、食べ物の残りを私目がけて投げた。マスタードが私の右の頬骨を涙のようにつたい、ケチャップが目から血のように流れた。グロテスクな「バーガー男」に決定的一打をお見舞いされたことは何とも思わないし、ケチャップとマスタードでメークアップされても構わなかった。「これ」が、『アストロモーダ・サロン』を滅ぼしたのだという思いの方が、ずっと強く私を苦しめた。マヤが岸に着いた。草の生い茂る浜辺を走っていく…でも太っちょの方へは行かないようだ！　私は今頃になって、石の間に座っている筋骨隆々としたアーティストに気づいた。あああ、よかった。エンキドゥは私も知っている言葉を石に刻んでいた。

「愛はエネルギーである。エネルギーは思いやりである。思いやりは平和である。平和は調和である。調和は充足である。充足は愛であ

 ＊88　モアイ ― イースター島にある石の像。

＊89　ストア派の哲学者だった皇帝マルクス・アウレリウスの言葉のパラフレーズ。

モアイ、イースター島

「愛はエネルギーである。エネルギーは思いやりである。
思いやりは平和である。平和は調和である。
調和は充足である。充足は愛である。」

る。」*90

　私は感動のあまり泣き出した。私の石の頭の中で、疑念の虫がうごめいている。自分と、カテキルについての疑念。私たちの関係がまだ始まったばかりだということは分かっているが、それでも彼に何かを感じる。Amor es energia… 私は目を閉じて、彼の姿を思い出そうとした…その時、山の形をした平たい石が端に立っているのが見えた。ほんの一瞬だけ、視界をヤナンティンがかすめた。

　私をバッグごと地面に叩きつけると、リョケは走り出したが、すぐにまた止まって怒鳴り声をあげた。
「そこをどけ！　どいて！　畜生、どくんだよ！」ぶつかる感覚と身体がこすれる感じで、がらくたの中の私にもダンサーたちがいることが分かったが、彼女らが数歩下がると、知らない男の声が私たちの歩みを止めた。
「一体これはどういうことなんだと、聞いてるんだ！」
「ああ、ハカン・プマ*91 でしたか。ごきげんいかが。ほら、ご自分の立派なイチモツでもご覧になったら？」
「首を斬り落とされた醜い魔女が、マチュピチュを駆け回ってるという知らせを受けたものでね。すぐにあなたを思い出したんですよ。」
「まさか。あなた、自分がサイキックだとでも？」
「そのバッグには何が入ってるのかい、ナヤラーク？」
「あんたの女房の愛人のチンポだよ！」
「直ちに開けるんだ！　…」男が権威ある声でリョケに向かって怒鳴りながら、バッグに手を突っ込んだ。私は頭が爆発しそうだったが、火葬場で燃やされるか、博物館の展示物としてホルマリン漬けになるかもしれない恐怖は道徳的観念より強く、男の手を力いっぱい噛んだ。
　血。うるさい男が痛みにうめいて飛びさったので、リョケはその隙をついて男の股間に蹴りを入れた。
「人のことには構うなって言っただろう！」リョケが走りながらそう叫ぶと、ロカ・サグラダからも声が響いた。
「この恨みはきっと晴らすからな。命は頂いた！」

📖 ＊90　イースター島（ラパ・ヌイ）の海岸に名もなきアーティストが残したメッセージのパラフレーズ。
📖 ＊91　Hakan Puma ― ケチュア語のHakan（輝くような、見事な、素晴らしい）とPuma（ピューマ）の成語。

三つの窓のある神殿
＆地面に半分埋め込まれた
アンデスの十字架「チャカナ」

「できない約束はしない方がましだよ、ハカン・プマ。まだバイアグラ
使ってるのかい？」女教師が逃げながら挑発すると、はるか遠くから
群衆の笑う声が聞こえ、その笑いをすかして怒鳴り声が伝わってきた。
「今度は精神病院から出られないようにしてやる！　必ずやそうする
からな！　聞いてるか！　ナヤラーク！　お前の運命は決まった…」
　リョケは石やテラスを飛んで渡り、壁や木々のあいだをすり抜ける
のに大忙しで、聞いていなかった。あるいは聞こえていたけれど、
黙っていた。私をバッグから取り出してから、ようやく口を開いた。

145

逃亡に息を切らしたリョケが、道の途中でこう言ったので私は驚いた。
「ビールがあったら飲みたいよ。」
　生贄の儀式の言葉を聞くうちに、私の中で複雑な感情が強まってきた。突然、すべてが無駄であるような気持ちになってきたが、リョケは私の顔が見えない向きで私を持っていて、気づかない。そして興奮したように私の頭を、地面に埋め込まれたアンデスの十字架と、その上にある三つの窓の方に近づけた。

「この素晴らしさが見えるかい？　『私はエクスタシーのより高次の意識である』のマサンティンのエネルギーの、第三の目に波動を起こさせるものだよ…」そして私を地面に置くと、バッグの中を漁った。
「…今に分かるよ、六つある神秘の力の物質化のうち、チャカナの第3と第9の頂点のあいだから湧き出るマサンティンは一番クレイジーなんだ。お前、ここに来るあいだにコカの葉を全部食っちまったのかい！　なんてこった…」女教師は頭にのせた帽子を直しながら、厳しい調子で私を尋問した。
「何をそんなニヤニヤしてるんだい、バカ頭？　蛇にでも噛まれたかい？」
「あの山に登れなければ、何をやっても無駄です、どうせマヤは見つからないもの。」
「ピューマの爪」
「え？」
「ロカ・サグラダに彫り込まれた山の中で一番高いのが、そういう名前なんだよ。」
「名前なんて、どうでもいいわ。」
「もっとも最近は、阿呆な旅行者どもが、はるか彼方にそびえる山々と形而上的に結びつけて、"Cerro Yanantin" ＊92 とか呼んでいるがね。」
「私をあの山の上に連れて行ってくれますか？」
「それは絶対ごめんだね、『おとり』。」
「ほら、だから何をやっても無駄だと言ったでしょう。」
「無駄だって、何をほざいてるんだい…いつでもすべてがうまくいくとは限らないんだよ。」

　＊92　Cerro Yanantin（セロ・ヤナンティン）―標高4519メートルの「二つの頂をもつ丘」。

「私、足がないんです。」

「ああ、参ったね、でもそれも受け入れなくちゃならない。今の時代、お前みたいな足のない障がい者もエベレストに登るんだから、その半分の高さしかないプマシリョ＊93に登れないわけはないだろう。」

「そんな甘いものじゃないでしょう！　私は手も胴体もないんですよ。」

「分かってるよ、頭さん、でもグラスが半分満たされていると思って見てごらん。」

「放っておいてください。」

「ええい畜生、『おとり』、よく聞くんだよ…山はインカ人にとって、アプクナの霊たちのふるさとであり、死者たちの住処へと続く門だった。ヤナンティンのエネルギーを『ロカ・サグラダ』と結合させるために、一番高い『ピューマの爪』に触れる必要はないんだ。聖なる石に刻まれた山々のうち、一番低いものであっても、アプの守護神がいて、その守護神がお前の身体に…エヘン…お前の頭にあるチャカナの第5の頂点を、第11の頂点とつなげてくれるのだ。プトゥクシ山＊94なら、1、2時間あれば登れる。おまけにこのちっぽけな丘みたいな山は、あのウルピ・クントゥルのあまの家の裏にあるんだよ。」

「1時間だろうが、1週間だろうが。どっちでもいいわ。ここにあるこの石にすら、登れないもの。」

「あたしら、一番情けないペシミストはインカルコだと思ってたけどねえ。『おとり』、お前の信じる心はどこへ行った？　マチュピチュを造ったパチャクテク＊95という聖人は若い頃、絶望的な状況の中で敵軍に捕まって死を覚悟した。だがお前とは違って信じる心を忘れなかったから、最悪の瞬間が訪れた時、ハナン・パチャから彼の元に、鏡のような紋章が落ちてきた。そしてその紋章から、アプが語りかけたのだ。『進め、されば勝利せん。』

　パチャクテクが劣勢にもかかわらず敵軍に突っ込むと、ウク・パチャのエネルギーに活性化されたたくさんの石が、彼の走る後から浮き上がった。プルラウカの兵士のように走る石もあれば、大砲の弾のように空を飛ぶ石もあった。お前も同じように、プトゥクシ山の頂上、

＊93　Pumasillo（プマシリョ）―ケチュア語のPuma（ピューマ）とSillu（人や獣の爪）をその名の語源とする山で、標高は6070メートル。

＊94　Putucusi（プトゥクシ）山への登山口はアグアスカリエンテスという小さな町にある。

＊95　Pachakutiq（パチャクテク）は標高4400メートルの山の名前でもある。

いやもしかしたら『ピューマの爪』の頂上まで飛んでいくことが、できないわけがないだろう？」[96]

　憂鬱な気分は消え去っていた。確かにそうだ…今日もうすでに、1回飛んだではないか。そうだ、ちょっとだけ、わずかな時間ではあったけど…

「お前ならできるさ。さ、早く仕事を片付けちまおう、チャウピンに地下界に引きずり込まれる前にね。ここでハカン・プマに見つかったりしたら最悪だ、奴は頭がおかしいのに、権力があるときているからね。」

　ああ、あいつが来たのだ。一瞬のうちにまたバッグに突っ込まれたのでそう思った。これからの逃亡でまた船酔いになるのだと心の準備を始めたが、子供たちの遊ぶ声に遮られた。

「とてもかわいいお子さんたちですね」リョケが社交的に会話している。

「そっちはダメだよ！　聞いてるかい？　また閉じ込められたいのかい?!」怒り狂った母親が、動き回る男の子が三つの窓の一つから落ちないようにと慌てているらしい。

「うわあ、やったー！　Qué chulo!」

「高いなあ」他の子供たちも、わんぱくの男の子の真似をするが、父親の厳しい号令が響いて遊びは終わった。

「Vámonos!　行くぞ！」

---

*96　その名が「時空の震撼」あるいは「崩壊」などと訳されることの多い、インカ帝国最大の支配者パチャクテクに関しては、様々な説が伝わっている。クスコの病院に勤務する司祭だったクリストバル・デ・モリーナは、1573年に著した『インカの神話と儀礼』（原題：Relación de las fábulas y ritos de los Incas）で、パチャクテクの頭の後ろから三本の太陽の光が出て、太陽神インティが現れたことについて書いている。鏡に映ったこの神は、王位継承者ではなかったこの若き王子に向かってこう言った。「私はお前の父である、お前が私に従うなら、お前は王となるだろう。」この時現れたのがインティならば、パチャクテクは太陽の息子ということになる。モリーナと同時期にクスコに滞在していたイエズス会士のホセ・デ・アコスタが、インカの歴史についての自著（原題：Historia natural y moral de las Indias）を発表したのは1590年にスペインに帰国した後のことだったが、彼の説では天から落ちてきた「鏡」の中に現れたのは、自分こそが創世神であるのに人々に崇められているのがインティであることに不満をもつWiraqocha（ウィラコチャ）であったとされる。前史時代の町の残骸を再構築したにすぎないとする見方もあるマチュピチュの造設の他に、6月の夏至祭を初めて開催したこともパチャクテクの功績とされる。ケチュア語でインティ・ライミと呼ばれるこの祭りが最初に行われたのは、パチャクテクが生まれる6年前の1412年とする説も存在する。

「ガキどもがいなくなってホッとしたねえ？」リョケがまた私を外界
に迎えると、私の頭と一緒にマカの根も取り出して、私の唇に葉巻の
ようにくわえさせた。「チャカナの第3の頂点を過ぎたら、これをヘ
ビの窓から吐き出しながら、パチャクテクの鏡の中で自分の影をまた
いで、ウク・パチャの地下界まで行くところを想像するんだ。」

「自分の影をどうやってまたぐんですか？」ヘビのように風景を縁ど
る川を見下ろす丘のふもとで、私は髪の毛をつかまれて窓にぶら下が
りながら尋ねた。その答えはもう聞いていなかった。そもそもリョケ
が何か言ったかどうかも分からない。突然、遠くにマヤの姿が小さく
見えたような気がしたのだ！ 1分前には絶望の縁にいたというのに、
今の私は太陽の下で最も幸せな人間だった！ 親友の姿が見えたかも
しれないという、ただそれだけのことで。

　マヤの姿は巨大な絵に覆われていた。近づくにつれて、光も影も増
していき、幸福のエクスタシーに興奮している私は、マヤがインカの
紋章を施した巨大な鏡の中に閉じ込められていることに気づいた！
何も考えずに、突如絶望感に放り込まれた私は、マヤを助けようと窓
から飛び降りた。落ちると思ったのに、私が見たのは何千もの身をよ
じらせるヘビで、私の顔の鏡像が影の中でそれを越えようとしていた。

　突然、鏡に映っているのがマヤではなくなった。そこには私がいた。
髪の毛の代わりにサンゴが生え、まるで頭が海中の暗礁になったよう
に見える。目の代わりには真ん中に黒曜石が埋め込まれた水晶があっ
た。鼻は黄金になった。アメジストの唇が私に語りかける。その唇が
音を発するたびに、まるで私が粉々に砕けて声のトーンになり、宇宙
のメロディーに乗ってありとあらゆる時間の片隅に飛んでいこうとでで
もするように、私のすべての細胞が震えた。人間が存在の闇のどん底
で、自分の影を踏み越えて、完全な光に照らされた生の果てしない自
由を味わうとどういうことになるか、経験したことのない者には分か
らないだろう…[97]

「毎年9月が巡ってくると、天が涙をあふれさせ終わりのない雨の季
節が始まる前の、満月の夜に、女も男も自らのヤナンティンの対とし
ての関係を身体の外に集中させることを渇望する。マサンティンの共

---

[97]　自分の影をまたぐというこの行為は、規模は小さいながら私たちも毎年、
ネイタルホロスコープでトランジットの太陽が土星の位置を超える時に経験し
ている。

振する波動を結合し、土壌と生殖とに爆発させるためである。男は地を耕し、女は畝に種を蒔く。お前とカテキルが明日の朝、天にかかる第1のはしごの下に種を蒔くように…」

　オレンジ色の衣の下のアメジストの唇が、催眠術をかけるように私に語ることは少しも理解できなかったが、明日カテキルと一緒に、天に続く階段の下で庭仕事をする、という一節が一番気になった。

「第一に、彼が私のことをどう思っているか分かりません。第二に、彼は今クスコのどこかをさまよっています。そして第三に、私には庭仕事ができるような手がありません。」

　私の影の向こうの「私」は、自分の「私」という対象に向かって笑い出した。

　不具になったことを自分の潜在意識に嘲笑されたことは、絶望のせん妄状態にある私にとってとどめの一撃だった。

「あー、落ち込んじゃったよ…」インカ人の鏡に映し出された頭があざ笑い、私の影の向こうの鏡像が満足げに揺れたせいで、サンゴの髪が波打って、そこから金色がかった泡が出てきた…「…生きるべきか、死ぬべきか？」問いは次から次へ出てくる。「私はいるのか、いないのか？　死ぬのか、眠るのか？　夢から覚める希望のうちに眠る。分かるでしょう、シータ？」

「いいえ」私が答えると、サンゴが逆立った。私の潜在意識はまるで怒ったパンクロックの男のように叫んだ…「パンデモニウム。パンデモニウム。パンデモニウム*98」やがていくらか冷静になると、告白す

───────────────

　＊98　Pandemonium ― ギリシャ語の言葉で、「悪魔の巣窟」などと訳される。ジョン・ミルトンはその長編叙事詩『失楽園』（原題：Paradise Lost）で、

るようなおごそかな面持ちでため息をついた。

「『私』という対象の『非永遠性』は死によって競り落とされたもの。死に向かって『どんな夢を見させてくれるのだろう?』と言う者もいれば、『さよなら、私の夢』＊99と言う者もいる。」

　狂ったのが私だけでは不十分だとでもいうように、空模様も完全におかしくなってしまった。地球温暖化で病んだ太陽の光がギラギラと照りつけたかと思うと、突然南極の寒さが吹きつける。左の頬が凍傷にかかっているというのに、右の頬は太陽に焼け、皮膚がひび割れている。

　青空に向かってそびえる、雪をかぶった山の頂に立つ神殿の前で、サンゴをおかっぱにした頭が私に尋ねた。

「お前は、カテキルと愛し合っていた頃に、二人がそれぞれ何者だったか知らないようだが?」

「私はアクリャ、太陽の処女で、彼はヤナコナ、二人は愛し合うも引き裂かれたチュリャで、カリワルミの結合を行ったあと、禁欲の掟を破ったとして処刑されました」私は前世の恋人が、星のまたたく夜空の下で語ってくれたことをそのまま言ったが、潜在意識の頭に生えたサンゴは不満そうに乱れた。影の向こうの「私」が、メドゥーサのような恐ろしい声で叫んだ。

「嘘だ。嘘だ。嘘だ…」やがてオレンジと赤の髪をまた整えると、自分の怒りを説明し始めた。「私は中途半端な真実が嫌いなのだ。確かにお前はインカの太陽の処女だったが、彼はお前が仕えていた神殿の大神官ワカで、お前たちの命を奪ったのは真実で、セックスではない。見よ…」＊100

地獄にある悪魔たちの住処としてこの語を用いている。

＊99　シェークスピアの『ハムレット』と、ラジニーシ(Bhagwan Shree Rajnees、のちにOsho、1931-1990)が早すぎる死に際して語った最後の言葉のパラフレーズ。

＊100　インカ帝国は、ceque(セケ)と呼ばれる神聖な直線の上に成り立っていた。このセケは、私たちが使う経、緯線と同様に、帝国全体を走る直線であった。ただ違うところは、この直線が鍼治療の経絡やヨガのナディーのように、生きた線であるという点だ。グリニッジの経度ゼロ度と赤道に当たる地点は、二つとも帝国のへそ、つまりクスコにあった。正確にいえば太陽の神殿Coricancha(コリカンチャ)にあり、ここにすべてのセケが集まっていた。イエズス会士ベルナベ・コボ(1582-1657)の著作を始めとする最古の入手可能な史料によれば、直線の数は41または42とされている。インカ帝国の聖なる直線は、鍼治療で用いる人間の生命体の経絡に完全に当てはまるものではない。セケの直線で「鍼治療のつぼ」に当たるものはhuaca(ワカ)と呼ばれる神殿だが、ワカが意味するものは「生」と、「経線―緯線」の空間機能だけではなかった。セケは時間の経過と、「ヘーゲル精神」の文化的発展と

もつながるものであった。若きパチャクテクの敗北が確実だった時、石が命あるものののように動き出して彼を助け、勝利へと導き、結果としてマチュピチュが建造されることにもなった（本章の前出の脚注を参照）が、その戦いが繰り広げられたワカには、ワカ自体が元々もっていた力だけでなく、この歴史的勝利、すなわち果てしない時間の流れの中の特定の瞬間、特定の日付と時間のエネルギーが満ちている。

B. コボはその著書『新世界史』（原題：Historia del Nuevo Mundo）の中で、インカ帝国じゅうに直線や曲線など様々な形状で道のように張りめぐらされたセケについて書いているが、その1本1本に沿って最小で三つ、最大で13のワカがあり、それらと別世界や別次元とのつながりを感知し、翻訳していたのが神殿の大神官であるhuacamayocであったとしている。ワカは宮殿であることもあったし、重要な人物の家や墓であることもあった。すべてのセケの直線の「へそ」のところで言及したように、ワカは神殿であることもあったし、祖先が生きた過去の重要な出来事が起こった場所であることもあった。大多数のワカは命ある帝国の神聖な生命体、国のへそ、乳首、腋窩、口、関節の突起、動脈にあたる場所、すなわち荒々しい急流のある山道、山々や丘の頂、クレーター、洞窟、川の源泉などと関連していた。パチャママすなわち大地の母と、有機生命体の身体、時間の流れ、歴史、出来事の連なりがすべてただ一つの総体であり、その存在が私たちの時空の外にある別次元や別世界と混ざり合っているとするホリスティックな世界の認識は、私たちには完全に理解することができなかった。文書としての記録はライバルである征服者たちの文化の視点で記されたものしかなく、ワカの神殿で日々、私たちの世界の存在のホリスティックな総体をコンドルとヘビのパラレルワールドと結びつけ、もしかしたらナヤラークのように、もっと遠い次元と交信していたかもしれない大神官huacamayocたちは、厳格な掟で固く口止めされていた。この空白から、数多くの理論が生まれている。中でも興味深いものに、328というワカの数が太陰暦によるものだという仮説がある：12か月×27.5日＝「1年」＝328

宇宙のエネルギー、「私たちの世界」というホリスティックな総体と、そこで享受している豊かな生活の恵みが、「328」日ある1年の中の1日に特定の1か所のワカの神殿に集中し、24時間のあいだ噴出するこの幸福とパワーを「吸収する」ことができるだけでなく、それが帝国で今現在起こっている出来事が、望むような結果に終わるための助けとなるように作用させることもできる。占星術に造詣の深い読者のために、伝統的なインドの占星術における27のナクシャトラで、太陰暦が重要な意味をもっていたことを指摘しておきたい。

その他にも興味深い説として、41本のセケに分散して配置されたワカに、42番目のセケを結ぶような形で置かれた37の位置不定のワカを加えて、ワカの数が暦の上での1年の日数と同じになるようにする、というものがある。この37か所は、その年に328のワカの神殿以外で最も激しい嵐が起きた場所とされる。

別著『マヤ暦』では、雷にうたれた人々が経験した変化について記している。超常的な能力に恵まれていたために、その後自らが属する社会の宗教的な柱となった人々もいれば、特に近代以降においては、雷にうたれる前は才能のない人と同様に、音楽との関わりが否定的だったにもかかわらず、うたれた後には作曲家として成功した例もある。空間や時間、生命体その他が互いに結びついているとする、ホリスティックな世界の認識に基づいて見れば、それがなければ世界は今私たちが知る姿とはまったく違っていたであろう、ある嵐について言及しないわけにはいかない。

マチュピチュが栄えていた時代に、ドイツの町はずれの田園地帯を歩いていた若い商人が激しい嵐に襲われ、稲妻が彼の周りに次から次へ貫いた。

「神よ、私を助けてくださったら、私は僧侶になります」若きルターはそう祈った。彼の「プロテスタント教義」はのちに、クリストファー・コロンブスがアメリカ大陸の先住民の暮らしを変えたのと同じくらいの影響を、世界に与えることになる。そして

その時、山頂に黄金の装備に身を包んだ先鋭部隊がやって来た。間違いがなければ、戦士の数は100を超えているはずだ。過敏になった下腹に不安な感じがキリキリと走って、何かが起きるという予感がした。血気盛んな目をした、汗にまみれた筋骨隆々の男たちが引く馬車から、横暴で無慈悲な暴君のアタワルパが降りてきた。幾年も続く残酷な内戦で、兄のワスカルの手から徐々に権力を奪った、我々の支配者であり神であるアタワルパ。私は他の選ばれたアクリャたちと共に、太陽の息子の敵を、ワカの神殿の奥へと案内する。私の心臓は期待に高鳴った。

昨日彼が「一緒に逃げよう、愛しい人よ」と繰り返しながら指で愛撫した場所が、湿っているのを感じる。思考が興奮に完全に支配されて、私はうなずいた。恋人と共に逃亡の旅に出る夜のデートはしかし、実行されなかった。私が考えた末に、思いとどまったのだ。セックスのためにワカの大神官と太陽の処女が逃げたら、人々は怒り狂い、拷問と死が待ち受けるだろう。

彼の目に非難の色が見える。

「逃げるなら今夜だ、愛しい人よ。恐ろしい幻を見たんだ、軍靴の靴底から黒い雪が谷間に降って、青い灰の層が、まるで死んだ恋人たちの青ざめた身体の二つの鏡のような谷底に落ちていく幻を。」*101

ハナン・パチャとウク・パチャの二つの世界と交信する者は皆、ド

あの嵐がなかったら、今頃ようやく中世の終わりを迎えていたかもしれないのである。カテキルはすべてのワカマヨクの大神官にとって、重要な意味をもつ神であった。というのも、カテキルは稲妻と雷鳴に姿を変えると信じられていたからである。また、稲妻の姿をとったカテキルが光っている時に愛し合い、妊娠に至ると、生まれるのは双子すなわちHuaca Hua Chascaであると信じられている。カテキル自身にも双子のきょうだい、ピグエラオがいる。さらに稲妻と雷鳴の神々という仲間もいる。世界が三つあるという説に基づけば、稲妻と雷鳴の神も三人いることになる…
「ニューエイジ」と呼ばれる、みずがめ座への移行期間といわれる現代においては、ワカの神殿の特殊性は「気」や「プラーナ」といったエネルギーが異常なまでの量で集積していることであるとされる。wak'aと表記されることもある huaca（ワカ）は328の神殿の名称としてだけでなく、「双子」やHuaca Virpa（口唇口蓋裂）、そっくりさん、切断された手や足といった「単語」にもその語源が見られる。こういった言葉を調べることで、ワカの神殿と古代インカ人たちのホリスティックな世界の認識をより総合的に理解することができるだろう。それは人と白いラマとがその一部であると同時に、マクロコスモスの同一なミニチュアであるような世界で、そのミニチュアを通じて宇宙の計画の進捗や時間の流れ、宇宙の秩序が定める掟を、学校で子供たちが地球儀を使って、その時は距離によって隔たれていても、地球と言う惑星の住人として不可分につながっている知らない大陸や町や、島や原生林、大洋や山々を学ぶのと似たような方法で調べることができるのだ。

*101　ゲオルク・トラークルの詩 "Delirium" のパラフレーズ。

ラマの女王のようだ。そんな人々を、マチュピチュで修行するあいだ
にどれほど見たことか。彼らは現実から完全にかけ離れたことを予言
したい誘惑に、打ち勝つことができない。だから私は恋人のビジョン
も、自分が時々明け方に見るような怖い夢と似たようなものだと、冷
静に受け止めた。恐ろしい占いと、残酷な結末があらかじめ待ち受け
ている恋愛関係のために逃亡すること、その選択を迫られて、私が選
んだのは神殿での奉仕を続けることだった。今、カテキルの答えを
憎々しげに聞いている、アタワルパのひきつった表情を見て、私は恋
人の言っていた未来の暗いビジョンが、少しも誇張ではなかったこと
を悟った。

「兄のワスカルとの戦いは、どのような結果に終わるか？」アタワル
パが予言者に聞いた。

「コウモリたちの宵の鳴き声。カハマルカ[102]を見下ろす血にまみれ
た草原を駆ける二頭の黒い馬。騎手たちの頭についた、赤茶色の木の
葉…」

「ワカマヨク、ウマとは何だ？」カテキルの予言を、権力の強奪者が
怒ったようにさえぎった。

「遠い北の国の戦士たちがその背に乗る、巨大なラマです。」

「では兄を打ち負かすためには、その動物を二頭持てばよいのだ
な？」満足げともいえる調子でアタワルパがそれに答え、それから将
校のうちの一人に、精鋭部隊と共に北に行き、大きなラマを連れてく
るように命じた。カテキルの何か言い加えようとする試みは、厳格な
ジェスチャーで何度も封じ込められた。命令を下し終わってようやく、
アタワルパは予言を続けるようにと手で示した。

「牢獄のロウソクの光。白い手が下す死の判決。黄金で満たされた壁
のあいだの静寂を、転がりながら去っていくみじめな太陽の処刑を告
げる、鐘の痛々しい音が破る。」

「ハ、聞いたか。神々は私に、我が軍が勝利したのちに処刑するよう
に命じているのだ」感激してアタワルパが立ち上がった。そしてまた
腰を下ろすと、静かに礼を言った。「ありがとう、神官よ。私の助言
者の中には、ワスカルを投獄するだけにしておいた方がよいと言う者
もいるのだが。お前の予言が、我々の議論に片をつけてくれた。まだ
他にも、私が知っておいた方がよいことがあるか？」アタワルパが陽

　＊102　Cajamarca（カハマルカ）はインカ帝国の重要な中心だった。

気に大声で言うと、死にそうに青い顔をしたカテキルは、震える声で
請うた。
「太陽の息子よ、予言を確認するために、太陽の処女の助けが必要で
す。」
「遠慮はいらないぞ。ただし、長居はしないようにな。お前たち祈禱
師たちとは違って、我々戦士は時間を無駄にできんのだ。分かるだろ
う、斬らなきゃいかん首が多すぎてな。」
　私と三人の太陽の処女は、カテキルの後に続いて地下の祠に入って
いった。「なぜ夜に来なかったのだ」彼の目が私に怒鳴っている。声
に出してはならない。出せば私たちのことがばれて、禁欲を犯した罪
で処刑されてしまう。だから、彼は透視能力者の曖昧な言葉で語り出
した。
「血が地を覆い、予言者がそこに音をたてて倒れた。」そしてこれで
はまだ足りないとでも言うように、付け加えた。「消えていく命に、
燃えるワカの神殿の叫びと静寂が聞こえる。遠ざかっていく雲が、お
前の目を閉じる…」
　他のアクリャたちは、困惑したような視線を交わしている。カテキ
ルが私たちに、行くようにと合図した。そばを通り抜ける時、彼が私
の耳にささやいた。
「愛しい人、逃げなさい。今すぐ。」それから戻って予言を続けた。
なぜ嘘をつかなかったのだろう…
「アタワルパよ、あなたを殺す者たちが、白いワインに浸かりながら
笑っている。死の恐怖が疫病のようにインカの帝国を衰退させ、裸の
死体の間を修道女たちが歩き回り、『救済者』の十字架の苦しみの前
に祈るだろう…」 [103]

---

[103]　予言の言葉はすべて、哲学者たち（ヴィトゲンシュタイン、ハイデ
ガー、…）に愛された詩人ゲオルク・トラークルの、具体的にいえば『夜のロ
マンス』『嘆き』『わが心の夕暮れ』『デリリウム』のパラフレーズである。ワカの神殿
で予言が行われたのは、公式にマチュピチュの創設者とされているパチャクテクのひ
孫たちが争った内戦の虐殺が終わろうとしていた頃であった。インカ帝国の王として
即位したワスカルと、その弟アタワルパとの権力争いは、1527年以降徐々に恐ろしい
戦の様相を呈するようになり、ワスカルは投獄され、アタワルパがインカ帝国の最後
の王の座に就いて1532年に収束した。
スペイン人が勝利した後もインカ帝国の王位は存続したが、もはや帝国を治める実際
の権力はなかった。アタワルパが王の権力を行使できたのも長くは続かず、王位に就
いた年の11月には8万の軍勢を引き連れて、銃を持った総勢168名のうち69名が馬
に乗ったピサロの軍と戦うことになった。自らの思い上がりと、王に従う7千名のイ
ンカ人を大砲で殺戮していったスペイン人の狡猾さのせいで、アタワルパは囚われの

「何を抜かしおる、この裏切り者め！　ワスカルは我が軍を破るに値する軍勢を持たないというのに、私を殺すと申すか?!」今聞いたことが信じられないという面持ちのアタワルパが、怒り狂った。「奴らを捕らえろ！　外にいる者はその場で喉元を斬れ！」

カテキルの「王よ、お願いです、アクリャたちは許してやってください」と請う言葉は誰も聞いていなかった。太陽の処女たちが次々に刺されていく…

「やめろ、やめろ、やめろ…」私の番がやってきた時、カテキルは大男たちのいかつい手から身を振り切った。短剣と私の心臓との間に割り込む。短剣の先がカテキルに刺さったが、深く食い込む前に止まった。兵士は血にまみれた剣先をカテキルの身体から引き抜くと、困惑したようにアタワルパを振り返った。

「これはこれは！　恋する神官ときたか。これは驚いた！」暴君は首斬り男に、直れの合図をした。「私に屈服することを示すため頭を垂れ、私が兄に勝利し、兄の首が処刑場で、沈む太陽のごとく転がり落ちることを予言者として予言する、と皆の前で宣言するなら、恋のために神に仕える身分の掟を破ったことを許してやろう。」

カテキルは自分の足元を見てから、うやうやしく頭を垂れた。

「王よ、私は予言者として…」そう言って、あとは思いため息をついた。

「ほら、あなた、一つだけ、一回だけ嘘をつけば、夢に見た二人の暮らしが手に入るのよ」私はカテキルに教わったテレパシーの言葉で、必死に彼を励ました。

「禁欲の掟を破ったことを許してやるだけでなく、お前とお前の親族に広大な土地を授け、お前と同盟関係を結んでやるぞ。それでもまだ

身となった。伝説によれば、囚われていた部屋をインカ人たちが黄金でいっぱいにするなら、アタワルパは釈放されるはずだった。そして実際に部屋は黄金で満たされた。1533年7月26日、アタワルパは処刑された。その前に、スペイン人と共謀できないようワスカルを殺すようにとの命令を下していた。よそ者に抵抗することに成功していたアタワルパの兄は、インカ人が押さえていた領域にあった牢獄で死去した。その前にアタワルパはカテキルと関係のあったワカの神殿を残らず破壊した。明らかに勝ち戦だった内戦に負けるというカテキルの予言を、謀反とみなしていたからである。予言が一語残らず成就されることなど、アタワルパに想像できるはずもなかった。これから起きることについての情報が、彼が知る、6か月のあいだ支配した世界の境界を越えていたからである。便宜上はインカ帝国の最後の皇帝はトゥパック・アマルだとされる。しかし彼の在位期間には旧インカ帝国はスペイン人に支配されており、1572年に彼も反逆の罪で処刑された。スペイン人が侵略・支配を行った最初の40年間で、先住民の数は66パーセント減少し、およそ五百万人となった。

何か、問題があるかね、神官よ？」アタワルパが太っ腹な申し出をした。

「運命は公平なものです、それが問題です…人間がそれを曲げることはできません。」

「どのような形に変えられた運命も、公平なのだ！」怒った暴君が怒鳴って、私の恋人の顔を蹴った。「だからお前は今ここで、私が命じた運命の形を告げるのだ。さもなくばこの場だけでなく、帝国じゅうのワカにいる者すべてを殺し、神殿を一つ残らず破壊してやるぞ！」

「嘘を言って、あなた。お願い、嘘を言って。たった一度だけ嘘を言えば、私たちは永遠に幸せになれるのよ」私がテレパシーで乞うと、カテキルの血まみれの顔が私の方を向いた。

「聞こえたのね」私は歓喜した。でもそれから、彼の目が悲しげにこう言っているのが分かった。

「すまない、愛しい人よ。」すると突然私は、今日ここで皆死ぬのだ、と悟った。

　そしてそれは起きた。カテキルがこう言ったあとに。

「ウク・パチャへと転がっていくみじめな太陽のような頭は、あなたの頭です、アタワルパ…」私の恋人が熱を込めて呪われた未来を予言するのを聞いた兵士たちは、「…裸の死体のあいだに、あなたがたの死体も転がるであろう、思い上がった兵士たちよ」すべてを破壊した。辱め、踏みつけ、神聖な物品と信仰、崇高な生の決まり事を破壊し、神官たちの首と処女たちの心臓も切り裂いた。生が突如として、死からの逃走に姿を変えた。助かる望みのない、無駄な逃走に。神殿の中で殺されるのを免れた者も、外で残虐な死刑執行人の手に落ちた。崩れ落ちた神殿の残骸が燃え尽きようとし、灰が雪に交じって山の下の谷底に落ちていった時、生き残っていたのはもう私たち二人だけだった。アタワルパが、カテキルがその撤回不能な予言によって呼び起こした無残な破壊劇を、私たちに終わりまで見届けさせるようにと命じたのだ。もう破壊するものがなくなってしまうと、兵士たちはゆっくりと、私の恋人の身体を切り裂き始め、その最中にも、私の肉体で自分たちの欲望を満たす様子を見るように強いた。カテキルがついに血まみれになって地に倒れた時、それは解放の瞬間ですらあった。

　私は三人の、興奮で大声をあげている首斬り男たちの身体に囲まれて横たわり、燃え尽きようとしている神殿の死の静寂の中で、雲と共に遠ざかっていく。その雲の数々が、私の目を永遠に閉じる。死んで

いるのだったらいいのに。アタワルパは首斬り男たちに、裏切り者カ
テキルの嘘の予言を改めるところを、私たち二人に見させるようにと
命じていた。カテキルの目が閉じないように、男たちが指でそのまぶ
たを押さえていなければならなかったが、拷問される時に悪党どもに
脱がされた血まみれのチュニックをまとうカテキルに、本当にアタワ
ルパの姿が見えていたかどうかは分からない。多分見えていなかった
だろう。彼は死んだように見えた。一方の男たちは、燃える神殿のテ
ラスに危なっかしく立っている王を見上げて、生き返ったようだった。
「…そうだ！　そうだ！　ついにこの時が来た、アタワルパがワスカ
ルを倒すのだ！　なんと素晴らしい！　すべてのサパ・インカ*104 の
うちで最も偉大な男が、勝利の中の勝利を手にし、残ったものもすべ
て征服するのだ…」

「バン！」恍惚状態にあるふりをして自分で自分の未来を予言してい
る支配者の横に天井の梁が落ちた音で、彼以外の者は皆ハッとした。
狂ったアタワルパは病的な自画自賛の交響曲を奏で続けた。「これは
人類の転換点である…」という詩的なフレーズにピリオドを打つかの
ように、燃える梁が数本、一気に落ちてくるまでは。一番大きい梁が
アタワルパに命中した。その瞬間、恋人も生き返ったかのように見え
た気すらした。喜ぶのはまだ早かった。数人の兵士が、あと一瞬で下
敷きになるという時に暴君を地に突き伏せたのだ。二人がその行為で
命を落とした。アタワルパは少しの間、意識を失った。やがて、兵士
たちの下敷きになったこの病的な自称予言者の目が開き、まるで悪夢
を見ているように大きく見開かれた。一体何が起きているのか分かっ
ていないようだったが、それも私の姿を認めるまでの話だった。アタ
ワルパは正気に返ると、獣のようにわめいた。

「ハ。裏切り者のメスブタめ！　思い知ったか！」数人の兵士が遺体
と燃える梁の下から力ずくで引っ張り出そうとすると、彼は痛みにう
めいた。

「首まで肥溜めに浸かってるみたいだわ」かすれ声でそうつぶやいた
私は、兵士から手の甲でいやというほど殴られた。この兵士は、他の
者たちが大男にのしかかられて石畳に押し付けられ、チュニックに火
が燃え移ったアタワルパを助けに走ったあと、私を後ろから犯したの
だった。

---

*104　Sapa Inka ― インカ帝国の支配者の呼び名で、「唯一の王」を意味す
る。

　言葉にできないほどの苦しみにもかかわらず、私はヘラヘラと笑った。
「お前は大した猛獣だよ」兵士はもう一発殴る代わりに私に敬意を表明し、それから声をあげて私の中に射精した。気色が悪い。私は吐き、叫び、失神したかった。死にかけたカテキルの痛みでもうずたずただ。カテキルの身体が見える…
「どうだ、このあま、俺は不死身なんだ！　誰の手も届かないアタワルパだぞ」がれきの下から助け出されるやいなや、そう大声をあげる。危機一髪だった。そのわずか1秒後に、人の身体と木の山が燃え上がり、その炎はかろうじて残っていた屋根の一部に及んだ。
「俺がそうしたければ、この火の中に入っても、俺は無傷だ」そう言って、かなり離れた所でも耐えられないくらいに熱い炎を、高慢な面持ちで指す。
「じゃあ入りなさいよ！　入ってよおおお！」私は憎しみに力を得て叫んだ。憎しみが、心臓から唇に湧き上がってきたのだ。
「俺がそうしたければ、と言ったんだ、この呪われた気狂いのメスブタめ！　引き上げるぞ、者ども！　行くぞ！」
　そして先鋭部隊を引き連れて谷間に消えていく前に、サディスティックな将校にこう命じた。
「これからが本当のお楽しみだ、いいか？　裏切り者は死んだ、だからこの女を好きにしてよいぞ。」アタワルパはもう振り返ろうともしなかった。
　位の高いアクリャの神官は、どんなことにも耐えられるように訓練されているが、それから起こったことはあまりにも残虐だった。
「そこですねているのかい、愛しい人？」私がどん底まで落ちた時、カテキルが話しかけてきた。
「いいえ。」
「でもそんなふうに見えるよ。」
「なぜ嘘をつかなかったの？　二人で幸せになれたのに」私は言葉にせずに答えた。カテキルはもうかなりの間、死んでいるに違いない、だから彼の声も、何か違うものの声だ。私も話すことができない。口が、いっぱいになってふさがってしまっている。
「僕たち二人の間にあるものが、きみが微笑んでくれるたびに僕の脳みそに上がってくる血の中の化学物質だけだったとしたら、僕は嘘をつくべきだった。」

「そのとおりよ、あなたが自分のバカな信条を破ることができなかったばっかりに、私は死にそうに痛めつけられることになったわ。なぜアタワルパに、世界の王になるだろうって言ってやれなかったの?!」
「嘘だ。嘘だ。」
「嘘。」
「嘘…」何人もの声がこだまする中で、「嘘」という言葉が私の周りに広がっていく。私は死んでしまったのか？　そう考えておののく。心臓はまだ打ち続けている。兵士たちが次々に私を犯す。そのたびに、失神と炎のきらめきのあいだに私はカテキルの瞳を探す。まだ、何か奇跡が起こるのではないかと思っている。だって彼は、超俗的な魔術の能力をもつ、最高位の神官なのだから。青ざめた頬で、私は魂の扉をすり抜け、その内面に希望を呼び起こそうとするが、希望の代わりに私を飲み込んだのは、大きくて深い、果てしない世界だった。
「死！」「死！」「死」…生のこだまのささやきが大きく響き、どこかとてつもなく遠い所から、彼の声が聞こえてきた。
「どんなに暗い闇のような想像の中でも、僕たち二人の絆が化学物質だけのせいだったなんてことは断じてない。だから僕は嘘をつけなかった。宇宙の偶然が互いに重なり合って僕たちは出会い、そこで爆発した宇宙のように大きな愛が、僕たち二人を何千もの、いや何百万もの生で繰り返し繰り返し引き合わせるだろう。ただし、嘘の道に迷い込んでしまうことがなければ、だ…」
　その後はもう何も聞こえなくなった。私は大きくて深い無限の中にいた。永遠の中に。永遠はどんな姿をしているのだろう？　固有の限界という天の下では、私たちの夢や理想という、磨かれたサファイアとターコイズが輝いている。私たちがその生を生きた個性というダイヤモンドが埋め込まれた「存在」が、黄金の太陽の円盤となって称賛を叫ぶ、燃える重い大気が、不満げに自然界の現実を破っていく。あらゆる生物と物、影と光、形態と色彩が、「存在」のエッセンスの歌を獅子のようにわめき歌う、形而上的な超自然がじわじわと入り込む、有形の、測定可能な自然の現実を。戦いの恐怖と苦しみの地獄の中で、巨人たちの恐ろしい叫びが頂点に達すると、この歌はブルースのような心痛む切ない調子を帯びた。そしてその中から、「何が現実で、何が夢なのか？」という問いが立ち上がってきた。緑の巨人たち、あるいは互いに絡み合った木々が、風の中でマンモスとサイの背の黒いシルエットに向かって手を振っている。そのシルエットは、すでに存在

し、私たちが向かっていく先の未来の地平線に、終わることのない光のハリケーンに照らされて山並みを形づくっている。そしてそのハリケーンはまるで生命の溶岩のように、呪文を唱える錬金術師の経験の熱の中で、『宇宙』という名のゲームのソースコードをプログラムした創造神を燃やしているのだった[105]。

📖 ＊105　アルベール・オーリエの画期的な文章『孤立者たち──フィンセント・ファン・ゴッホ』（原題：Les isolés：Vincent van Gogh）のパラフレーズ。この天才画家の生存中に唯一発表された肯定的評論であった。1890年初頭に発表されたこの評論がなければ、世に認められていないこの天才の作品は、数か月後に迫っていた彼の死のすぐ後に葬り去られていただろうと思われる。

第36章
アンデスの十字の門

「たとえばこの頭を見てください。私が『あなたの身体を探しに行きましょう、頭さん』と言ったのに、この頭ときたらヘビの窓からウク・パチャの次元の時空に旅立ってしまったんです…」

「カテキルが私に、二人の前世についてなぜ本当のことを言わなかったのか、分かったわ！　彼は私に…」

「ほら、邪魔しないでおくれ。仕事中だよ。」

　ようやく、目を開けてみようと思い立った。知らない人々の一団に、リョケが説明しているのを石の台から見つめる。

「オーケー。ありがとう。どこまで話しましたっけ？」

「時空に旅立って…」地中に埋まった十字の一部になった私の顔を、催眠術にかけようとでもするように見つめる男性が助け舟を出した。

「ああ、そうでした。つまりこれを見るとわかるように、人は安易に、自分の人生で起きたことと、それをどう処理したかの集約、それが自分だと思い込んでしまいがちです。でもそれは大間違い！　自分がやりたかったのにやらなかったこと、そして起きることを望んだのに、起きなかったこと、それこそが私たちなのです。そしてそれらすべてをつかさどるのが、チャカナの十字の左側にいるウククの熊たちなのです。私の生徒だった女性も、そちら側に眠っています…」

「でも…あなたのその生徒には、身体がありませんね」私から相変わらず催眠術にかけるような視線を離さない男性がそう指摘すると、ツアーグループの中では私がロボットに違いないという、静かだが集中した議論が巻き起こった。

「まあそういうことになりますね」リョケが気乗りしなさそうに答えながら、高価な外国製の服に身を包んだ一団から少し離れて、私の髪をつかみ、伸ばした腕の高さまで私の頭を持ち上げた。「今もし私がこの手を離すことにして、実際に離せば、落下の衝撃とそれに続くバウンド、痛み、その落下によって引き起こされるすべては、ここにあるピューマのアームで起きることになります…」

「写真を撮ってもいいですか？」カメラを持った人々を代表して、背

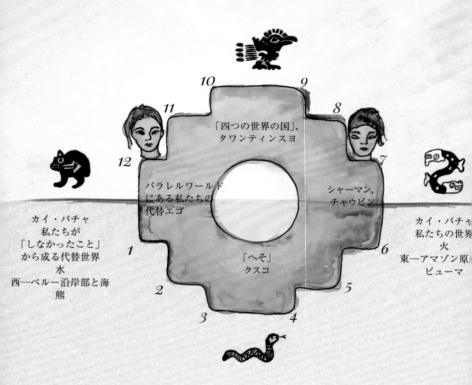

ハナン・パチャ
「天」
空気
北―エクアドル
コンドル

10 　 9
11 　 8
「四つの世界の国」、
タワンティンスヨ
12 　 7

パラレルワールド
にある私たちの
代替エゴ

シャーマン、
チャウピン

カイ・パチャ
私たちが
「しなかったこと」
から成る代替世界
水
西―ペルー沿岸部と海
熊

1

「へそ」
クスコ

6

カイ・パチャ
私たちの世界
火
東―アマゾン原
ピューマ

2 　 5
3 　 4

ウク・パチャ
地下界、「あちら側の世界」
地
南―アルゼンチン／チリ
ヘビ

チャカナ
図：十字

の高い若者が聞いた。

「ああ、この説明が終わったらどうぞ」リョケが若者に短く答えて、半分地中に埋まったチャカナの十字の反対側にある右アームに、私の頭を置いた。

「彼女が自分の地面への落下を経験している時、同時にウククの熊の中でパラレルな代替現実が生まれて、そこで私は今にもこの手を離そうという時にやっぱりそれをやめたのです。そしてこの代替現実が、実際に起きたことよりも多く、彼女に影響を与えることになるのです。」

「でもあなたは結局、手を離さなかったじゃないですか。」

「この頭はAI＊106なんですか？」

「もう写真を撮ってもいいですか？」

「ロボットじゃなくて、サイボーグだよ」頭が何であるかの議論が白熱して、リョケがつぶやいた。「確かにそうだね…」そして私に「すまない、『おとり』」と詫びながら、私の髪をつかんで持ち上げると、手を離した。

　ワカの神殿でのあの悪夢の苦しみの数々を経た今となっては、こんなものはお楽しみのような気がしたが、それでも私はうめいた。肉体的な痛みのせいではなく、自分が奇妙な観光客の一団の最前列の人々の足元に転がっていくという、なんとも気まずいことになったからだった。

「よろしい、よろしい。で、今私たちは、私がこの頭を地面に落とさなかったという、『熊』の代替現実を作ったわけです。いかがです？」

「で、写真は？」

「写真なんて、頭から消しちゃいなさいよ」私が駄洒落でぼやくと、受講者を楽しませたほうびに、リョケがほこりと泥にまみれた地面から、私を十字のピューマのいるアームに移してくれた。

「写真撮影は500ソル、ビデオ撮影は1000ソル追加で頂戴します。」

「そんなに？」

「何のために来てるの?! しゃべる頭のおかげで、あなたのお客がどれだけ増えるか分かってるの？」

「ああ、大盛況になるだろうね…」

「まさか。合成かフォトショップだって思われるのがオチだよ…」観

 ＊106　Artificial Intelligence、人工知能

 アスワンの神殿

　光客は互いに議論を交わし、リョケの手に紙幣を突っ込む者もいた。リョケは満面の笑みでそれをポケットに収めながら、私に合図を出すような形で、どうやって「ポーズをとって」ほしいかだのしゃべってほしいだのという観光客の要求を復唱した。「ギロチンは最高」「トーマスが一番イカしてる」「食うけどクソはしないよ、出すとこがないからね」などといったフレーズをオウム返ししたり、微笑んだり、ホラーじみた顔をしたりするのは構わなかったが、一人の下品な男に舌を出して、その先を鼻の穴に突っ込むように言われると、私は歯をイーッとむき出してストライキに入った。

「おいおい、こりゃひどく頑固な頭だぜ」ばかでかいキヤノンのカメラを持った背の高い青年が、気を悪くしてそう言った。

「言うことを聞くんだよ、いくらもらってると思ってるんだい」リョケも私をなだめようとするが、あきらめて怒ったように私の頭をバッグに突っ込んだ。「さあ皆様、パラレルワールドのチャカナのコンパスについての講義はこれでおしまいです。今からケンドラが、古代エジプトのアスワンの神殿と同じ『フライス盤』を使って加工された石でできた建物に皆様をご案内します。ヤナキリャ*107 が、マチュピチュを最初に造ったのは宇宙人で、偉大なる聖者パチャクテクはそのマチュピチュの誉を復活させただけだ、と証明したいがためにそんなことをしたのです。」

「私、頭の中がすごく混乱してきたわ」私は冗談を言って、バッグの中の闇から日の光の当たるところへ出ようと試みた。地球外文明につ

---

*107　Yanakilla（ヤナキリャ）はケチュア語で「黒い月」の意。

いて白熱した議論が交わされていたにもかかわらず、何人かがそれに
笑ったが、リョケは無反応だった。何者かに、いや声を聞く限りでは
私を凝視していたあの男だと思うが、彼に「でも、十字の上と下の
アームについての説明がありませんでしたね」と指摘されて初めて、
リョケが口を開いた。

「いや、話さなくてもいいと思ったんですよ。その分私の負担も軽く
なるし、宇宙人の話に割く時間が増えるし。まあ、どうせもうご指摘
がありましたから…熊とピューマのいる水平のアームが、個人の運命
の糸が分裂していく様子を表しているのに対して、チャカナの垂直方
向のアームは、私たちに最も近い世界を表しています。」

「どこが違うんでしょうか？」

「私たち自身のパラレルバージョンは、主に私たちの人生の物語を異
なる形で語ったものであるのに対して、縦方向のアームはコードの修
正、社会のメインストリームの変更が行われた世界を表しています。
その変更は強烈なもので、有機体の新しい現実が時間軸における新し
い傾向として適用されるには違いすぎていたのです。歴史的な変化。
近代化…上のアームにいるコンドルは、私たちに最も近い、よりよい
世界を象徴しています。そこでは大多数の生物が、私たちのうちで最
もレベルの高い人々よりもさらに高い意識を持っています。そしてこ
の『三つの窓の神殿』*108の、地面に埋まったアームにいるヘビは、
私たちの世界に隣接する、私たちの世界の大衆的傾向をもっと悪くし
たバリエーションを表しています」リョケがそう言ってアカデミック
な話を終えると、また隠語をちりばめたいつもの話し方に切り替えた。
「さ、今日はこのくらいにして、宇宙人のところへ急ぎましょう、『ブ
ラック・ルナ』のお怒りをかう前にね…」

「誰ですって？」

「誰って、ヤナキリャですよ。皆さんの次の見学場所です。」

　足音と、遠ざかっていく声が聞こえる。人々がゆっくりと立ち去っ
ていく。

「ということは、あなたは頭を地面に落としたことで、頭を落とさな
かった世界を、つまりこの世界より価値の低い世界を創ったことにな
るんですか？」全員が去ったわけではないようだ。「『熊』のいるアー
ムは、ランクが低いということなんですか？」女の声がたたみかける。

＊108　Templo de las Tres Ventanas

「いいですか、あなたはこの真ん中にあるクスコ、チャカナの『へ
そ』にいます。チャカナの縦のラインは多元宇宙のすべての世界を結
び、横のラインは次元宇宙におけるあなたの運命のすべてのバリエー
ションをつないでいます。どの世界が価値が低いとか、従属的だとか
いうことはないのです。このピューマの現実において、あなたが親切
で、正直な人間なら、『熊』の世界では嘘つきのろくでなしになるで
しょうし、またその逆もありえます。今私が話しているのがろくでな
しならば、『熊』の世界ではあなたは素晴らしい人格者ということに
なります。

　こういう違いがあるからといって、あなたがまったく異なる世界に
生きているというわけではありません。マチュピチュを造ったのは、
あなたが素晴らしい人格者であるピューマの世界でも、あなたがろく
でなしである熊の世界でも、同じ人々だということになります。その
一方で、チャカナの縦のラインが社会の有機体の大衆的傾向と、代替
的意識、それに無意識の集団精神の異なる発展段階とを結びつけ、
まったく異なる世界を形成しているのです。私たちに最も近い方の世
界では、マチュピチュは存在しています。コンドルの世界では空中浮
遊装置を使って宇宙人たちがマチュピチュを造り、ヘビの世界ではイ
ンカ帝国の奴隷たちがマチュピチュを建造し、完成後に神々のいけに
えとして捧げられています…あの執念深いコンキスタドールたちを従
えたピサロも、そこにいます。でもチャカナの縦軸を進んでいけば、
マチュピチュなど存在しない世界の数々があなたを待っているのです。
お分かりかしら？　さあ、お引き取りください、さもないとあなたの
首もこのバッグに入ることになりますよ。」

「ハ、ハ。あなたは実にユーモアがある！　そして賢い！　道理でど
いつもこいつも、マインドコントロールや洗脳や広告に躍起になって
いるわけだ。我々の世界が中心のラインから外れてチャカナの縦の頂
点に落ちて、自分たちの権力やイデオロギーや人生の指針が機能しな
くなることがないように、監視しているからなんですな…古いカメラ
の時代に使われていたフィルムのような運命をたどることがないよう
に…」

「ねえ、写真家さん、たった今しがた、あなたの運命の別次元で、私
はあなたの首をなたで斬り落としたんですよ？」

「ああ！　そうでしょうとも！　聞いたかい、ジルケ？　すごいと思
わないか？」

「そろそろ行ったほうがいいと思うわ…」男よりも分別のありそうな
女性の声がそう警告する。リョケがバッグを開けた。でもまたすぐに
閉めたので、私はがっかりした。リョケが取り出したのは私ではなく、
なただった。ジルケが金切り声を上げて、逃げ出した。男の方は驚く
様子もない。

「イカした講義ですね！ 分かりますよ、もしあなたが今、私の首を
斬り落としたら、『熊』の現実ではその首は落ちないことになります。
でも一つ矛盾することがありますね。私がどうしようとも、『熊』の
世界ではもう一つのバージョンが起きるのであれば、自由意志は存在
しないということになります。」

「あなたには本当にイライラしますね…いいですか、お利口さん…
『熊』の世界はすなわち再スタート、永遠の回帰を意味していて、自
分のすべてのバリエーションにおいて経験することを繰り返し、その
中から最良のバリエーションを見いだし、創り上げるところなのです。
そしてその最良のバリエーションを通じてあなたはピューマの世界で
勝利の生に生まれ変わり、その生が、あなたの意識の現実を恒久的に
コンドルの世界へと移行させるのです。この生の意義は、自由意志な
くしては満たされることがないのですよ！ Comprende? さ、もうお
行きなさい、さもないと私は何をするか分かりませんよ。」 [109]

＊109 Chakana（チャカナ）――「インカの十字」とも呼ばれるが、実際は
マチュピチュを建造した帝国よりずっと古い起源をもつ。考古学者たちは、装
身具や布地の模様、また建造物の内装などに12の頂点をもつこのアンデスの十字が見
られるとしている。「三つの窓の神殿」や、紀元600年頃のワリ文明に代表されるよう
な、ペルーやボリビアなどの前インカ文明の建物の平面図にもそのようなチャカナが
見られる。リョケが述べているような複雑なチャカナ（ケチュア語で「橋」あるいは
「交差点」を意味するとされる）の十字の概念の他にも、もっとずっとシンプルな解釈
が存在する。中央の穴または円、へそ ― Qosqo（Cuscoのケチュア名）は、チャカ
ナを古代の天国、私たちが暮らす地上界、あの世を表すハナン ― カイ ― ウク・パ
チャの三つの世界に分けている。この概念を補うように哲学的、倫理的、宗教的ディ
テールがあり、例えば第7、第8、第9の頂点は天国への三つの階段だとされ、第10
の頂点は太陽、第11の頂点は月、第12の頂点は支配者、インカ等々…あるいは知恵
や愛、共感、勤勉などを表す頂点またはゾーン等々…その解釈は誰がどこで、すなわ
ちアンデス地方または世界のどの地域で行うかによって異なる。「紐の結び目」quipu
（キープ）を言語とみなして、そこからスペイン人たちが原始信仰を黒魔術だとして撲
滅し始めた1532年より前にチャカナがどのような機能を持っていたかを読み取らない
限り、アンデスの十字の解釈の試みはどれも、断片的な資料に基づく新しい仮説にし
かならない。あるいは形而上学的な発見の瞬間によって立つビジョンでしかない。こ
の章に出てくるチャカナや、パラレルワールドの科学的仮説などに関しては、本著
『オリジナル・アストロモーダ』の続編ともいえる『マヤ暦』で再び詳細に扱ってい
る。

　そのあとすぐに私をバッグから引っ張り出したが、驚いたことにもう人っ子ひとりいなかった。
「さあ、ヘビの窓のヤナンティンの根っこ[*110]と、蘇りの素晴らしい表示体であるコンドルの窓の葉[*111]を結びつける時が来ました」普段の彼女と比べると信じられないほど詩的にリョケが言って、壁の左側のいちばん端の窓に、彼女に髪をつかまれてぶら下がっている私の口に、ポケットから引っ張り出したコカの葉を詰め込んだ。「さ、早く事にかかるんだよ、チャウピンに地下界に引きずり下ろされる前にやっちまわないとね。あるいはここでハカン・プマに見つかりでもしたら、とんでもないことになる…」
「能無し野郎だから」私がもぐもぐ言うと、口から葉が何枚か落ちた。
「アゥ」頭をこっぴどく叩かれて、舌を噛んだ。「どうして？」
「畜生、お黙り。」
　さらに一発お見舞いされてから、コカの葉をまた一つかみ食わされる。リョケは私の口に、まるで猿ぐつわのようにそれを押し込む。
「チャカナの第11の頂点の向こうに、コンドルの窓からコカの葉を吐き出すんだ。その時、パチャクテクの鏡の中で自分の光を越えて、ハナン・パチャの天上の帝国に到達するところを想像するんだよ…」
　歯にくっついた最後の葉っぱを何度も吐き出してから、私は尋ねた。「どうやって自分の光を越えるんですか？」
「チャカナの第3の頂点のヤナンティンの対を第9の頂点とつなぐことで、自分自身をより高次のエクスタシーの意識に高めればよいのだ。」
　オフロードを走る車のバックミラーにぶら下がったキーホルダーのように、マチュピチュの谷を見下ろす窓に揺れながら、私はこの醜い帽子をかぶった女教師の助言を聞いて、どうしたらよいかさっぱり分からなかった。すると突然、とてつもなく大きいクララの姿が見えた。目もくらむような輝きを発している。その瞬間、それは弾けて、私はまるでエアバッグのない走行不能のオンボロ車でシートベルトを装着せずに衝突事故に遭って、フロントガラスを突き破ったかのような衝撃をもって、空間の中に飛び出した。

 ＊110　マカ

 ＊111　コカ

「やったー！　サプライズね！」鳥たちのあいだを飛んでいる私に向かってクララが手を振り、私は両腕を大きく広げて、超能力者ぐらいしかその意味を読み取ることのできないような、幸福なコンドルのわめき声を発した。

「一体どうやってここまで来たの？」

「セケの直線の終点までやってきて、今そのハナンの天上界に続く跳ね橋を待っているところなの。で、ハニー、あなたは？　どうしてここにいるの？」

「どうしてってって、お察しのとおりよ…」私が今にも、頭があったりなかったり、デートしたりしなかったりの奇妙な夢の数々の愚痴を始めようとした時、鼻先を何かに叩かれた…

「信じられない！　クララったら！」

「何て答えればいいって言うのよ…？　ええ、そうよ、私はツイてたのよ。まだ生きているあいだに、地上界からハナンの天上界に渡ることを許されたエリートの一人に選ばれたんだから… そこに上がる道は長いけれど、その覚悟はあったわ…」

　そうか。どこかで起きるはずだったなら、ここで起きたのだ。凍てつく空気の中で高揚する感覚が、私の魂の温かい泉に集まった。私たち選ばれた者だけに現れる白い光の中に浴する、世界の始まりと終わり。遠くに見える湖と、長く伸ばした光の手で握手し、花咲く野原には紫がかった岩山が点在し、岩山の上側は雪で白く縁どられている。力強い山々の自然の光景が、まるで私の中に天国の形をした闖入者の幼虫がいるように、異星人の私の心象風景の中で純化されていく。色とりどりの蒸気がアビスの向こう側から立ち昇り、四方八方にいる神々の耐えがたい沈黙の静けさが、うるさいくらいだ。幸い、私は独りではない。ここにはクララがいて、クララは黙ってなどいない。歌っている。

"Caylla llapi punuñqui punuñqui. Chaupi tuta. Hamusac Hamusac Hamusac," [112] ハンサ

＊112　ジョン・ラスキンの詩 "The Mountain Glory" とバイロン卿の詩、L.リンド・アフ・ハーゲビーの著作 "Mountain Meditations" からのパラフ

コカの葉

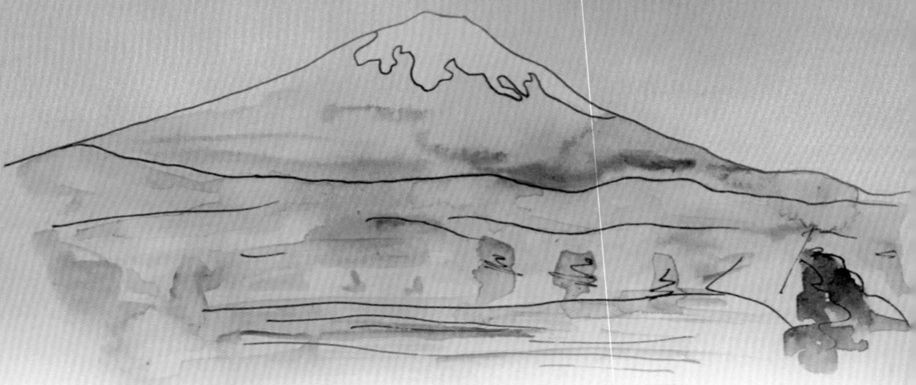

ミスティ山

ムな兵士が、夜に彼女の寝室に忍んでくると語る様子を歌っている。
「初めは私、怯えていたわ、分かるでしょ？」
「分かるわ、初めての時ね。」
「2回目も。3回目も怖かったわ。そのあとは幸せだった。人生が、夜を待ち焦がれる暮らしに変わったの。オリャンタイのたくましい腕が私の部屋の窓に現れるまでのすべては、恋人を待つだけの無意味で退屈な時間になった。母は、私に変化が起きたのを察したわ。
『クシ・クイリュル＊[113]、私の小さな幸福の星、お前、恋人でもいるのかい？』母がしつこく聞き続けるので、ついに私も打ち明けたの。
『兵士だって?! お父さんには絶対に言うんじゃないよ！』母は怯えたように私に警告した。でもオリャンタイは聞き入れようとせず、父のところに私との結婚の許しを得に行った。この兵士が自分の可愛い王女と寝ていると父、パチャクテクが知るやいなや、悲劇が起こった。」
「クララ、あなた王女なの？」私が好奇心にかられて尋ねたその時、凍てついた斜面から轟音が響いて、二人ともびっくりした。破滅の

レーズ。また古いインカの恋歌も元になっており、意訳すると「そこであなたは夢を見る、夢を見る。真夜中にあなたのところへ行く、あなたのところへ行く、あなたのところへ行く。」

＊113 Kusi はケチュア語で「陽気な、幸福な、祝福された」、Quyllur は「星」の意。

凍った息が落ちる雪崩の音で、私の髪も顔も白く粉をふいたように
なった…その雪崩は私たちの方に向かって恐ろしげに押し寄せ、巨大
な山々に囲まれた私とクララをその破壊の雪流で小さなアリのように
押しつぶそうとしていたが、結局私たちの方へは息を吹きかけるだけ
で、足元のはるか下の方に波うつ雲の中へと消えていった。

「そうよ。父によって太陽の館に閉じ込められた後は、すべての特権
を剥奪されたの。称号も含めてね。それでも結果としてはまだいい方
だったと思う。殺されるんじゃないかと思ったぐらい、父は怒ってい
たから…」頬に涙が流れて、クララは黙った。

　やかましい雪の群れが去っていった雲の方へ顔をそむけると、白い
雲がいくつも、鍋から湯気が立つような速さで上に上がっていくのに
気づいた。怒り狂ったアプがミスティ山[114]の内部から吐き出した、
黒くよどんだ雲は、地下界のいちばん深いところにある荒れ狂う大洋
の有毒な泡のように、谷底へと落ちていく。それは生の海岸を破壊す
る波の地獄を地球上にもたらし、人々を浜辺の石のように軽々と投げ
飛ばす泡なのだった[115]。

---

[114]　Misti — 日本の富士山を連想させる形のこの火山は、アレキパの町を見
下ろすようにそびえている。

[115]　バイロン卿の詩と、今日ではその作者と見なされることもあるアント
ニオ・ヴァルデス神父が1770年頃に古代インカ人の原始的演劇として記録した
オリャンタイの伝説からのパラフレーズ。3幕あるこの劇には、本書第35章で飛ぶ石
の戦いの話に出てきたサパ・インカのパチャクテクと、その妻アナワルキも登場する。
二人は遠いクスコに暮らしていたにもかかわらず、アレキパ地方で標高5825メート
ルのミスティ火山が噴火したのちには、きわめて活動的になった。アナワルキはアプの
怒りを鎮めるため、首都で宗教的儀式を取りしきり、パチャクテクは噴火した山を目
指して南西へと向かった。ミスティ山の噴火がいつ起こったか、正確なことは分かっ
ていない。それが1471年のパチャクテクの死よりも前で、1438年の生き返った石の
軍勢を引き連れためざましい勝利よりも後であることは確かだ。ミスティ山の噴火を
1440年とする記述が時折見つかる。すなわち、何万もの人々が、インカ人たちが
Mita と呼んだ労役に駆り出され、クスコを聖なるピューマの形に造り替える作業の
真っ最中だった時期である。
「パチャクテクの時代には、多くの人々が飢えや渇き、様々な伝染病で命を落とした。
この地方は恐ろしい嵐で荒れ果てたが、どの嵐でも雨は降らなかった。干ばつは7年
から10年のあいだ続いた。草は枯れて、人々は苦しみ、近しい者を葬る、それらはす
べて王族の内部で起こった婚外姦通の罰なのだった…地下の地獄から出てた、ルシ
ファー率いる天使たちによって下された罰なのである…」フェリペ・ワマン・ポマ・
デ・アヤラはスペイン王に宛てた手紙の中で、南米にある王の新しい植民地について
そのように書いている。ミスティ山の噴火が1440年に起こったとして、インカ帝国の
地が荒廃した7〜10年間をそれに加えると、大多数の専門家が、パチャクテクが飛翔
するコンドルの形をした聖なる町を建造したとする時期と一致する。マチュピチュが
山々のあいだに建てられたのは、その山々のアプクナに、災厄をまき散らすミスティ
山の怒り狂うアプを鎮めてもらうためだったのだろうか？　当時、他にも活火山が

「それから今度は、自分で自分の命を絶ちたいと思うようになった。オリャンタイの死を受け入れることができなかったの。追放されてどこかで生きているという人たちもいたけれど、私にとっては死んだも同然だった。恋人のいない日が一日あるだけで、私にとっては拷問の苦しみだった…そして彼がいなくなってから、すでに数週間が経っていた…もう生きていけないと思ったわ。おまけに、建設中のマチュピチュに新しくできたアクリャワシの太陽の館の長だった、野心家のママ・カカ*116は、石の心をもつ女だった。私をいじめて、蔑んだわ。彼女がパチャクテクに、クスコのもっと経験豊富な同僚たちよりもうまく、私の頭から男のあれこれを追い出せることを証明するためだけに、私は昼も夜もこき使われなければならなかった。結局、当地の食糧調達者の一人から密かに短剣を入手したの。

　夜が来るたびに、私は短剣を喉元に当てた。でも切ることができない。こんなにも死を望んでいるのに、できなかった。アクリャの一人が、私が死のうとして死にきれずにいることに気づいた。

「死んでも5日後に戻ってくるって、知ってた？」

「なんですって！」私は夜の静寂に向かって、怯えながらささやいて、今度は腹に切っ先を突き立てていた短剣を止めた。手が震え出して、短剣が落ちた…それは静かに寝台の上に落ちて、そのあいだに私のところへ寄ってきていたナヤラークの手がそれを拾ったのが見えた。彼女は私を抱きしめた。

　私たちは言動を慎まなければならなかった。マチュピチュのアクリャたちは、過度な動機に突き動かされた復讐の女神たちだったから。野心的なママ・カカは、アクリャワシの女神官1500名が集まる、クスコの中枢部に立つ自分の館に、怪物中の怪物ばかりを集めていた。どの娘も、能力を発揮することで万能なる女大神官に推薦されて、太陽神の妻となり、王の右腕になりたいと願っていたの。クスコではほとんどの娘たちが、館から追い出されて、マチュピチュの貴族のとこ

あったのだろうか？　雨の降らない嵐と、罰を下すために地獄から出てきたルシファーに関するワマン・ポマの記録を読む限りでは、どちらも正しいように思われる。マチュピチュが建造されると、インカ帝国が繁栄を極めた時代が幕を開け、それはパチャクテクの息子が死ぬまで続いた。パチャクテクの息子は帝国が支配した北の地方から、あるいは侵略してきたスペイン人から流行した水ぼうそうで命を落とした。その後の出来事は、パチャクテクのひ孫にあたるワスカルとアタワルパの内戦についての注釈に記述がある。本書第35章を参照。

🔯*116　Mama Qaqa─ケチュア語で「岩あるいは石の母」を意味し、演劇『オリャンタイ』に登場する人物の厳格さと強靱さを表す名である。

バリア・カカ山

ろに嫁ぎたいがために、ママコナ*117に糸紡ぎや機織り、縫い物、料理やチチャというトウモロコシのビールの作り方を教わる時間以外は怠けてばかりだったのに。ママ・カカの館にいる処女たちは、そんな結果になるなら死んだ方がましだと思っていた。ママ・カカは自分が治める復讐の女神たちの熱狂をあおるあまり、太陽神の妻に選ばれなかった者たちはどこかに嫁いだり、帝国のはずれの寂れた神殿でただの手伝いとして働くくらいなら、カパコチャの儀式*118で使ってくれるよう志願したい、とひざまずいて懇願したくらいだった…」

「そんなバカな…神のいけにえになる方がましだったって言うの?」

「そう。エリートの地位を射止められなかったらね。だから、最高のアクリャワシの女神官に選ばれるためには、どんなことも厭わなかったの。自分自身と他者に対する残酷で恐ろしい行いは、日常茶飯事だった。私とナヤラークは違っていた。そのせいで、私たち二人には憎しみが滝のように降りかかっていた。誰よりも私たちを憎んだのは

---

*117 Mamacona — 太陽の処女の館の長を表す一般的な呼称で、ケチュア語のMama（母）に、複数を表す接尾辞kunaが付いたものである。ゆえにmamakuna、あるいはスペイン語風に mamaconasは、アクリャワシのすべての女神官、とりわけ若い女神官たちの教育に携わる者を指すこともある。

*118 Capococha（カパコチャ）— ケチュア語のQhapaq（王、統治者）とHucha（罪、悪行）から成り立つ語。

175

ママ・カカで、非の打ちどころのない業績を収めている完璧な娘たち
のチームに、私たち二人だけを選ばなかった。彼女にとって、私たち
は重荷だった。私は恋愛沙汰のため、ナヤラークは政略結婚の計画の
ために送り込まれてきていた。ナヤラークは私の父が地位固めを望ん
でいたパリア・カカ山一帯の出身だった。」

「あなたがそれを決行して、短剣が肉体の痛みをともなう死にとどめ
をさすと、その後の7分間で、終わったばかりの人生で起こったあら
ゆる出来事を、脳が魂に映し出すの。そしてそれが終わると、ハエの
ように小さな魂が、Sio! Sio! Sio! Sio!... という音をたてて飛び去ってい
く…そして6日目に死んだ肉体に戻ってきて、あなたは蘇り、もう二
度と死ぬことはないのよ。」[119] ナヤラークがそう私の耳にささやいた。

---

[119]　フランシスコ・デ・アヴィラが編纂し、作者だったとも言われる16世
紀に書かれた『ワロチリ文書』第1章からのパラフレーズ。またの名をワロチリ
という、標高およそ5751メートルのパリア・カカ山（Pariacaca、Pariaqaqaとも）
一帯に伝わる神話を、当地のシャーマンであり神官である男が語り、それを書き留め
たとされる。
Huarochirí（Waruchiriとも）—同文書の第27章に、この山のアプであるPariya
Qaqa が、不死の人々であふれ返った国の過密状態を解くために、Sio という音を発
する、浮遊する魂が死んだ肉体に帰ることをやめさせたという記述がある。
「帰ってきたぞ！」死んだ夫が死後6日目に戻ってきたが、伝統料理で迎える代わり
に、怒った妻は夫に向かってトウモロコシの穂を投げつけ、夫はSio! Sio! という音を
発しながら、再び死者の国へと帰っていき、以後死んだ者が自分の屍に戻ってくること
とはなくなった…死者の魂はワカであるパリア・カカ山にいる、創造者であり守護神
でもあるパリア・カカの元へと飛んでいくのだ。
この神話には、近しい者の死の受容といった近代人類学的な解釈の他にも、数々のそ
れよりはるかに斬新なセオリーが存在する。それによれば『ワロチリ文書』には、何
者かが我々には立ち入ることのできない次元から来た生命を持つ意識、あるいはパラ
レルワールドから来たその人の生き写しを死体に戻したという、実際に起きた出来事
が埋め込まれているという。第14章には、本章の注釈で水ぼうそうにかかって命を落
としたと記述がある、パチャクテクの孫にあたるワイナ・カパック（Huayna
Cápac、ケチュア語ではWayna Qhapaq）が、死者の国に探検隊を派遣した旨の記
述がある。
「シャーマンたちよ、Ura Ticsi の地下界へ行き、そこで私の父トゥパック・ユパンキ
に、妹を連れて帰らせてくれるよう頼んでほしい。」
こういった斬新な解釈においては、インカ王が多次元への旅を専門とする人々に、女
性の生き写しである人間をパラレルワールドから連れてくるよう指示したとされてい
る。航海王としても有名だった、彼の父トゥパック・ユパンキが、1480年頃にイース
ター島か、あるいはもっと遠くまで到達したことがほぼ事実ではないとされる現代に、
このような解釈が主流となることはまず不可能だろう。同様に、『ワロチリ文書』でワ
カの神殿のように敬われることになったとされる、石化した人々の話も、それを人間
の意識を無機質の、あるいはシリコンの媒体に収める、科学技術的な能力または
シャーマンの能力の話だととらえることは無理があるかもしれない。しかしすべては
21世紀のあいだに急速に変化する可能性がある。なぜならコンピューター技術の進歩

　私の秘密と絶望が、二人を緊密に近づけた。それからの日々をナヤ
ラークとずっと一緒に過ごしながら、私は自分の死んだ肉体がその後
5日間で暴君ママ・カカの手の届かないところに去り、その一方でそ
のまま残るという自分の死の計画にいそしんでいた。

　「いちばんいいのは、マチュピチュのふもとの村で、村人たちのいる
ところで死ぬことよ。そうすればあなたが死んだという知らせを館に
送ってくれるから、6日目に戻ってきた後は、あなたは自由になる
わ」ナヤラークはそう助言した。他によい考えが浮かばなかったので、
私は選ばれたアクリャたちが神聖かつ治癒力のある薬草の採り方を学
ぶ遠征に参加した。臨時で館の長を務めていたママコナは私に参加の
許可を渋ったけれど、結局言いくるめることができた。その時が来る
と、私は一団を抜け出して村人の家の方へ行き、首に刃先を当てて
切った。

　「ほら、まだ傷跡があるでしょ。」

　ある。首の動脈をすんでのところで外れたその線を凝視しながら、

で、ニュートラルなデータの抽出がもはやまったく不可能なことではなくなってきた
からである。

第5章に出てくる、バリア・カカの息子がある女性を石に変えて、人々がその石の
ヴァギナのところへコカの葉などの供物を持ってくるようにした話や、第6章にある
バリア・カカと性交したのちに石になったChuqui Suso などの女性の事例は、彼女
たちと、『ワロチリ文書』の中で石に姿を変えた人々の死後に入手可能であった神経学
的データがいかにして保存されたかの説明なのだろうか？「紐の結び目」キープを、
他の国では近代電算機の発明と共にようやく発見された二進法であるとする、人類学
者ゲイリー・アートンを始めとする人々の理論は正しいのだろうか？

「結び目一つ＝7ビットシーケンス…」

キープカマヨックたちはプログラマーのように、自ら考案したコードをキープの結び
目に保存する一方で、それ以外のことはすべてコンピューターのバーチャルリアリ
ティーの中で行っていた。それは今日においては多額をつぎこんで製作されたスパイ
映画かサイエンス・フィクションの中で実現するのがやっとだ。俳優が手で空をかき
回すと、緑や青の文字やグラフ、絵、地図などが、何もしなければほとんど目にも見
えない画面ー"3D Augmented Reality Interface"の上で変化するのだ。捕らえら
れた兵士が huayo の仮面を奪われ、間もなくして自分が生まれた場所ウマ・パチャへ
と帰っていく様子が描かれた第24章は、文中では仮面を「デスマスク」のように描く
にとどめているが、人間の意識が無機質な、あるいは合成の素材に複製される様子を
解説していると考えることもできる。兵士の仮面 huayo の物語の最後に、石に姿を変
えられたウマ・パチャという名の男についての話が出てくる。兵士の生物学的な脳が
コピーされた素材ではなく、兵士が生まれた場所の名称が彼の名前になっているのだ。
この仮説が成り立つために唯一必要なのは、近代と呼ばれる5、6世紀の時期が、唯一
無二の知能の急成長の時代であり、宇宙が生まれてからの何十億年間ものあいだに、
宇宙のどの部分においても、また他次元や他のパラレルワールドにおいても一度も繰
り返されたことがなく、同時に遅かれ早かれ何者かが時空を旅して時間軸をさかの
ぼっていくであろう、我々自身の未来においても続いていくことがない時代であると
いう、進化の超現実主義的な考えを捨てることである。

　私は強烈な生の孤独を感じた。小さく無意味な生物である私たちを囲む山々の果てしない空間から来る、不安に満ちた空虚を。その取るに足らない私たちが、クララの傷跡に込められた生のもろさの恐ろしい謎に打ちのめされている[120]。

「痛みと血で私の手は震えて、短剣が地面に落ちた。ショックで私は叫んでいた。人々が駆け寄ってきた。その中にイリャミもいた…」[121]

「気でも狂ったのかい、どこへ行こうっていうんだい?!」イリャミが私に向かって叫び、片手で私を叩き、もう片方の手で私の傷を押さえた。

「5日後に戻ってくる。5日後に戻ってくる…」噴き出す血にまみれながら、私は繰り返し声を絞り出した…でも背中で壁に倒れかかると、壁石にもたれたまま地面に崩れ落ちた。

「今、自分の身体を離れようっていうのかい？　子供はどうなるんだい？」

「子供？」

「そうだよ、あんたは身ごもってるんだよ、ママコナがあんたを私らと一緒に行かせたのはなぜだと思う？」

　私は答えようとしたけれど、身体からはどんどん力が抜けていった。オリャンタイの子供が生まれるという喜びの知らせの甘い失神に、落ちていく。「ママコナは、ママ・カカの正義の怒りからあんたの赤ん坊を守るために、すべてを賭けたんだよ…」それが、私が甘い眠りに落ちながら聞いた最後の言葉だった。

「あなたには想像もできないような、美しい女の子だったわ…」

「クララ、あなた娘がいるの？」

「そうよ、イマ・スマック[122]という名前なの。私の幸せ。私の人生の太陽。でもあの子の人生を脅かさないように、数日後に私は当地を

---

[120]　1905年にアーネスト・A・ベイカーとフランシス・E・ロスが出版した伝説の書『山々の声』（原題：The Voice of the Mountains）に掲載されている、エミール・ジャヴェルの詩のパラフレーズ。

[121]　Yllami ─ ケチュア族の姓で、「光」や「神聖」「幸福のお守り」あるいは「信頼に値する女性」を意味するYlla が語源となっている。

[122]　Ima Sumaq（スペイン語ではIma Súmacと表記）はケチュア語で「なんと美しい！」を意味し、Sumaqには「親切な、寛大な、善良な、素晴らしい、裕福な…」などの意味もある。

去らなくてはならなかった。それは時間との戦いだった。暴君のママ・カカと、彼女が夏の間にクスコで見つけてきた鼻息の荒い新人たちが帰ってくる前にマチュピチュに戻らなければ、大変なことになるから。私とイマ・スマック以外の人々にも危害が及んでしまう。ママ・カカたちが『太陽の門』から入ってくるのが見えたけれど、幸い私たちの方が早くて、イリャミとママコナの助力で、帝国中で最も恐れられている女大神官に、私が館にいなかったことを隠し通すことに成功した。でも不幸なことに、ママ・カカは私の首の傷跡に気づいてしまった。ママ・カカにとって私はぼろきれのような存在だったけれど、一方で彼女は私がもし死ぬようなことがあれば、パチャクテクが何と言うかとても恐れていた。残虐な尋問が何日も続いた。ナヤラークは拷問で、正気を失ってしまった。私に短剣を調達した男は処刑された。事件が起きた時に館を統率していたママコナは、帝国の最果て

の神殿に左遷されて、そこでじきに、酷暑の熱帯雨林にはびこっているたくさんの疫病のうちのどれかにかかって死んだらしい。

　私に婚外子がいることは、誰も口外しなかった。例の薬草集めの遠征に参加していた野心あふれるアクリャたちでさえ、黙っていた。王の孫娘の殺害に手を貸したとなれば、将来報いを受けるのではないかと恐れていたようだった。私は産んだあと、もう二度と娘を見ることはなかった。でも毎年、薬草集めの遠征から帰ってきたイリャミから、娘が大きくなっていく様子を聞くことができたわ。ナヤラークととても親しくなったらしい。ママコナは、ナヤラークが正気を失ってからというもの、彼女を機会さえあれば館の外に出すようにしていた。ナヤラークが絶え間なくと言っていいほど歌い続けていることを指して『うるさいから』と説明していたけれど、『新鮮な空気』に当たれば、計画されていた政略結婚の花婿が選ばれる前に、少しでも正気に戻るかもしれないという希望をもっていたからでもあった。残念なことに、ナヤラークとは普通に話をすることがもうできなかった。私がイマ・スマックのことを尋ねると、いつも私の娘と一緒に歌っている歌を口ずさんだわ。6年目、彼女はもう歌わなかった。黙り込んで、目に涙をためて悲しそうに顔をしかめるばかりだった。

『ナヤラークの継父がクスコの西にある土地を相続して、一緒に引っ越していったよ。皆のためにもその方がいいのさ。娘のことは二度と口にするんじゃないよ、あの子の安全のためにもね。ここにいたら、遅かれ早かれ奴らに見つかって、父親と同じように殺されちまうよ。あの子と一緒に、私らも皆ね』イリャミがそう言って、自分の人生で最もリスクに満ちた章を締めくくった。彼女も見るからにほっとしたようだった。そして私は絶望の日々を送った。翌年の夏にあなたが現れて、私をそこから救い出してくれたの。』

　私が現れた？　どういうこと？　チェンマイ以外の場所で、私がクララに会ったことは一度もない。巨大で訳の分からない混乱の中で精神もみくちゃにされている私を、雪の中からこちらをじっと見ている男の頭がとらえた。男は私を凝視していて、見ているものが気に入らないようだった。

"Ayau haylli yau haylli. Uchuyoccho chacrayqui. Uchuy tunpalla samusac…"[123]自分の庭で獲れたトウガラシの山の向こうから、男の

***

[123] "Canción de gallardía" ─ワマン・ポマ・デ・アヤラが記録した、インカ人の古い恋歌で、男が恋人の所有する庭を、会いに行く口実として使う様子が歌われる。

声が揚々と歌いながら、誰が世界で一番辛いトウガラシを食べたかを
言い争う声を交互に 演じ分けている。

「ピキ・チャキ＊124、あんたのトウガラシはノミの足みたいな味だね。
ハ、ハ。」

「からかうんじゃないよ。かわいそうに、子供がわんさかいる農場か
ら徴用の奴らに連れてこられたっていうのに？」

「そんなら、自分の田舎の方が俺らの町よりいいものがあるだなんて、
ほらを吹くなって言うんだ…」

「その年、ママ・カカがクスコから連れてきた新人たちの中にあなた
を見るやいなや、あなたが私の魂の片割れだってことが分かったわ
…」トウガラシの口論越しにクララが叫んだが、そちらではちょうど
「ざまあみろ、うすのろめ！　ざまあみろ、うすのろめ！」という頑
固で息も絶え絶えの宣言が発せられたところだった。

「俺んとこの庭で獲れるトウガラシなら、お前んとこの甘やかされた
嫁さんなんか一口かじっただけでぶっ倒れちまうよ、このお高くと
まった紳士どのが！」

「おい野蛮人、やるか？…」

「あなたは私の命を救ってくれたのよ、ピットゥ・サラ＊125。あなた
がいなかったら、私は今ここにはいない、それは確かなの…」

「ピットゥ・サラ」クララが口にした名前を静かに反芻しながら、私
は左の肩越しに、雪の中から現れて取っ組み合っている二人の男を見
やった。固く抱き合った二人の白い恋人たちが、接吻の代わりに段打
と頭突きを交わして、言葉よりも鼻息を発している。うめき声でかろ
うじてトウガラシ農場のピキ・チャキと、お高くとまった紳士どのが
識別できた。

「すぐに、まだほんの新人のうちからあなたは頭角を現し始めた。何
をしても群を抜いて一番だったにもかかわらず、館の他の優等生たち
とは違って、あなたは心優しく、人間味を失わなかった。マチュピ
チュの太陽の処女たちのあいだでは日常茶飯事だったいじめや策略、
裏切りとも無縁だった…」クララの独白は続く。男たちの取っ組み合
いにはまったく興味がないようだった。紳士どのが優勢だった。農場

＊124　ケチュア語で「ノミの足」を意味するピクイ・チャクイは、『オリャン
タイ』の劇中でオリャンタイの側近だった。

＊125　『オリャンタイ』の劇中に登場するピットゥ・サラは、イマ・スマック
の世話をするアクリャである。

主は力では勝っていたが、彼のエレガントな喧嘩相手は、痛みを与えるにはいつどこに攻撃したらよいかを心得ていた。それに押さえ込みの技も知っていた。一度はそれでピキ・チャキを仰向けに投げ飛ばした。男は無抵抗に、雪の上に寝そべっていた。でも勝利者はまだ満足していなかった。靴底に刃が埋め込まれた足を上げると、それで農場主の顔を踏みつけた。紅い血の滴が白い雪に飛び散り、農場主が痛みにうめくそばで、勝った相手は雄たけびを上げていた。「お前のトウガラシは子供だましのクソと言え、そうすれば俺も…」

「アアアア」叫び声でその場が驚愕に包まれた。1ダース、いやもっと多い数の人間が、お高い紳士どのが倒れる様子を見ようと雪の中から飛び出した。農場主が、自分の顔を痛めつけている足を両手でつかんで、全力を振り絞って突き飛ばしたので、彼のトウガラシの批評家は私たちの下にある凍った雪のところまで飛んできて、谷底へと滑り落ちていこうとしていた。靴底の刃を氷に突き立てようと必死になっているにもかかわらず、男はどんどん加速してもはや止めることもできず、死の腕の中へと飛び込んでいった。一度だけ、わずか一瞬踏みとどまったが、頭が下になっていたので靴底の刃が氷に十分に食い込まなかった。欠けた氷片が男の身体と一緒にパーンと弾けて、男は恐ろしい宙返りを繰り返しながら、私たちの視界から遠ざかっていった。

「落ち着くんだ、お嬢さん。一服しなさい」私が恐怖に固まっているのを見て、金色がかった鎧を身に着けた兵士が声をかけてきた。不吉な声で「野郎ども、立て！　登るぞ。急げ。急げ。遅れる者は許さんぞ！」と命じるのを聞くより前に、男が司令官だということを悟る。私は自分がヒステリックな声で目いっぱい「助けてー！　助けてー！助けてー！」と叫んでいることにようやく気づいた。恐ろしい悲劇の目撃者たちは山頂目指して足を踏み出し、私は司令官に向かって叫んだ。「どこへ行くんです？　あの人を助けに行かなくちゃ！」

「奴はもう助かりませんよ」司令官は声に侮蔑をにじませて私に言い放つと、まだ荷をまとめている兵士たちを身ぶりで促し始め、そのかたわら大声で歌いだした。「百回も天まで登ったさ、食い物がなくても平気だった、酒さえあれば…」

「あれを見て動揺しないなんて、どういうこと？」私は自分の絶望感を、落ち着いているクララに向けた。

「私は死ぬためにアンパト山に来たの、だからあれを見てもそれほど驚かないわ。分かるでしょ。」

182

「死ぬために？」

「そうよ。あなた、覚えていないの？　オリャンタイとイマ・スマックが死んだという知らせを聞いて、私はカパコチャのいけにえ[*126]に志願した。私が、普通の人間の血が流れる男と婚外恋愛をしたせいで、帝国を飢饉で苦しめているアプクナの長年の怒りを鎮めるためのいけにえだとされていたわ。ママ・カカは、自分の館の汚点をついに取り去ることができる、それもこんな高尚なやり方で、と大喜びだった。私の身体にはサパ・インカの神聖な血が流れているので、マチュピチュの大神官に、天に一番近い山の頂に登るようにと命じられた。加えて、一番行いのいいアクリャと、一番優秀なヤナコナに私の供をさせた。つまり、あなたとあなたの恋人よ。本当に覚えていないの？」

　デジャヴの感覚の中で心をのぞき込むと、記憶がよみがえってきた。前後が入れ替わった情景が映し出されるが、出来事の順番にロジックが欠けている。思い起こしながら、私はヒステリックに繰り返した。

「死んじゃだめよ。やっとあなたに会えたのに。死んじゃだめ…」

「私を信じて、そうするのが一番いいのよ。あなたのためにもね、ピットゥ・サラ。この使命を無事果たして帰ってくれば、あなたは太陽の妻になれるだけでなく、インカ帝国史上で最も若い、処女の館の長になることを約束されているのよ。」

「どうして？　なぜいつも死んでしまうの、クララ？」混乱してどもりながらそう言った時、腕に鈍い痛みを感じた。

「お姉さん方、いい加減にしなさい、さもないと一発お見舞いすることになりますよ」司令官がそう脅しながら、私の上腕を指で締め上げる。

「あなたたち、本当に狂ってる」私は見境をなくして、二人に向かって怒鳴った。いや、私はクララと黄金の鎧を着た粗野な男だけでなく、私の親友の死を目指す遠征に参加するすべての人々に向かって怒鳴ったのだった。

「さあ落ち着いて、お嬢さん。出発！」司令官が号令をかけて、私を抱え上げようとする。

「触らないで」私はすねたようにその手を振り払った。足跡だらけの雪の上に座り込んで、私は泣き出した。涙をすかして、司令官の身体

 ＊126　儀式のいけにえ

が断崖の縁で絶望的によろめいたのに気づいた。すんでのところでクララの手が彼をつかまなければ、必死に手を振り回してバランスを取ろうとするもむなしく、落ちて死んでいただろう。

「あなたに借りができましたよ、クシ・クイリュル。」

「力になれて光栄です、ルミ・ニャウイ＊127」司令官は命の恩人と、息を切らしながら礼儀正しい挨拶を交わしてから、私の首根っこをつかんで怒鳴り始めた。

「この腐ったメス豚め、今度歯向かってみろ、助からなかった奴らのところに突き落としてやる！」

＊127　ルミ・ニャウイはケチュア語で「石でできた目」を意味する劇中の名前で、この人物が目の虹彩の部分に腫瘍があっため、「石の眼差し」と訳されることもある。

第37章
輪廻転生の輪

「山々の頂と天との間に日が落ちる。真っ暗な影が、冷たく広がっていく。山々の雪がアメジストと血のようなルビーを、サファイアの冠まで掲げ、その頂上が夜を迎える。」[128]

　日が暮れたあと、私たちは黙って星を眺めていた。星々がこんなに近く思えたことはない。手を伸ばせば、自分の幸福の星がつかめそうだった。オルコ・ワランカ[129]が、兵士たちのところから持ってきた夕食を出して、冷たい夜の物語に幕を引いた。彼は背が高くてがっしりしているので、「千の山」とあだ名されている。間違いなく、同年代のヤナコナのうちで最も高い地位に登りつめるだろう。魅力的で、強くて、能力があって、予測不能だ。そう、神に仕える私たちの遠征隊のために食事を6等分してから、皆に聞こえるように大声でこう言ったのだ。

　「まずそうな飯だよ」そして私の耳にこうささやいた。"Chawpituta, yanay."[130]

　「真夜中に？　愛しい人？」心をざわめかす彼の言葉を、私はひどく混乱しながら小声で反芻した。理解に苦しんで彼を見る私に、彼はただ口角で微笑み返して、さっさとクララに食事を配りながら、大声で"Chaymi Coya"[131]を歌いかけ、この流行り歌に出てくる「女王」になりきったクララはそれに大声で"Ahaylle"と答えていた。

　「Chaymi, nusta,[132]可愛い王女様」今まで見た中で一番若いアク

---

　　*128　E. A. ベイカーとF. E. ロスの著作 "The Voice of the Mountains" に登場するエリザベス・バレット・ブラウニングの詩のパラフレーズ。

　　*129　Orquo Waranka（オルコ・ワランカ）— Orqo Waranka、Orko Warankaあるいは Orco Huarancaと表記されることもある。

　　*130　Chawpi はケチュア語で「半分」、tutaは「夜」、yanayは「愛しい人」の意。

　　*131　既出のインカの歌のリフレインで、男性と女性が交互に歌う。

　　*132　Chaymiはケチュア語で「〜のために」、nusta（ñustaとも）は「王女」または「家柄の良い若い女性」を意味する。Ahaylleはケチュア語で「喜び」「陽気なこと」を意味し、この歌の呼びかけとしては「めでたきかな」あるいは「万歳」などと解釈することができる。

リャに彼は優しく食事を渡し、少女は勇敢だが少し震える声でそれに
答えた。"Ahaylle."

　オルコ・ワランカは父親のように微笑み、それからもっと若い少年
に "Chaymi, ciclla" *133 と歌いながら食事を椀によそってやった。でも少年は Ahaylle とは答えない。その代わりに、ふてぶてしい態度で
声を張り上げて食い下がった。「僕は間抜けな花なんかじゃないぞ、
カパコチャのいけにえだ、あんたたち皆を救うんだ。」

「そうですとも、お若いかた。私の軽口のお詫びに、こんなふうに大
盛りにするのはいかがでしょう？」

「結構だ、ヤナコナ」少年は嬉しそうに、でもうぬぼれた自尊心を声
ににじませて、オルコ・ワランカの申し出を受けた。「千の山」が自
分の分から取って少年の椀を大盛りにしていることなど、気にもかけ
ていないようだった。

「いい人を選んだわね」口いっぱいにほおばったまま、クララが言っ
た。

「え？　選んだ？　誰を？」

「誰って、彼よ」そう言って、燃えるたいまつの向こうで二人の子ら
と遊んでいる、魅力的な男の方を指差した。

「彼？　どういうこと？」

「だって彼はあなたの恋人でしょう。嘘をつかなくてもいいわ、クス
コから送り出されてきた行列行進の時に、もうお互いを意識していた
のを知ってるから。高い山に登りすぎて、あなた記憶が飛んじゃった
のかしらねえ、ピットゥ・サラ？」

「多分ね。分からない。私はシータよ…」私は混乱してどもった。

「天に続く階段では空気が薄くて、そんなこともあるって聞いたけれ
ど、こういうことは覚えていなきゃだめでしょう。」

「そうね。彼、私に夕食を渡すとき、『真夜中にね、愛しい人』って
言ったわ。」

「ほらご覧なさい！　やっぱりね！」

「ご覧なさいって？　何がやっぱりなの？」

「何でしょうねえ！」

「何なのよ？」

---

*133　この歌に出てくる Chaymi, ciclla は「それのために、美しい人よ」と
訳されることがある。しかし Ciclla または siclla（シクラ）は本来、カパコチャ
の儀式に向かう巡礼者たちの精進食の基礎だった食用ハーブのケチュア名である。

「何って、あなたたち二人が寝たあととなっては、一緒に逃げるより
ほかに方法はないってことよ。南へ、帝国の国境を越えて。」

「私が？　私は彼とは寝ていないわ。」

「嘘。私、見たのよ。」

「あなた、私のセックスを覗いたの？」

「違うわよ。その最中は見てない。あなたたちがもう二、三日前から、
クスコのはずれで目立たないように手をつないでいて、その少し後に
は身を寄せて、口づけしているのを見たの。結構不注意ね！　一度、
あの横暴なルミ・ニャウイにもう少しで見つかるところだったわよ。
見つかったらその場で殺される。二人ともね。私が彼の注意をそらせ
たからよかったけれど。」

「注意をそらせたって、どうやって？」

「黄金のトロフィーの見事なコレクションをお持ちですねって言った
の。そしたら彼は鼻をふくらませて、他の戦利品を見せようと私を自
分のテントに連れて行ったわ。戦いの褒美については全部聞かされた
くらい。退屈で死ぬかと思ったわ。まあ、おかげであなたも『千の
山』とゆっくりお楽しみの時間がとれたでしょう。」

「その時私たちが寝たって言うの？」

「そう願ってるわ。でもどうだったにしても、コロプナのワカの神殿
であなたがもう処女じゃなかったことは確かよ。太陽の妻のあなたが
ね、ハ、ハ、ハ…」クララが小声で、しかしひどく楽しそうに笑った。

「やめてよ…そんなのでたらめよ…」私は激しく反論したが、同時に
田舎の家の鳥の糞にびっしりと覆われた高床式テラスと、その向こう
に広がるトウモロコシ畑の中で情熱的に絡み合う裸体の記憶が、映像
として私の脳裏を横切った。

「それにそもそもその最中を見ていないのに、どうしてそんなことが
言えるのよ。」

「私にも秘密の恋人がいたから、どんな成り行きになるのか分かるの
よ…そう、それに、何よりも神聖な天に続く道のてっぺんに、私をア
ンパト山に追いやったあの小娘が行くと知って、私は何日も発作のよ
うに苦しんだのだけど、そんな状態でも、あなたの目を見たら、私に
はすぐ分かったわ。やっぱりそうだって。」

「何が分かったの。何がそうだったの？」

「愛の大きなひとかけらが、あなたの股間奥深くにあるってね。ハ、
ハ、ハ…」

「やめてよ。」

「どんなだった？」

「知らないわ。何も覚えていない…」それは嘘だった。オルコ・ワランカとのトウモロコシの交わりの記憶の映像が、この凍えるような空気の中でも私の肉体に、完璧なカリワルミの中で融合した二つのチュリャの情熱的な交わりの興奮を呼び起こしたからだ。話すには気まずすぎることだ。それに彼のこともまったく知らない。どんな人だったか、何も覚えていない。だから黙っていた。

「さしあたりの足しになるように、私の持ち物も包んでおくわ」クララが沈黙を破った。「私にはもうどうせいらない物だし。明日、頂上に着いたら、私はカイ・パチャの世界を去るの。」

「あなたなしにはどこへも行かないわ！　一緒に逃げて。助かってよ。」

「優しいのね、ピットゥ・サラ。誰かを救いたかったら、あの子供たちを連れて行って。何の罪もない子たちなんだから。」

「あの子たちはもちろん救ってやるけど、あなたも一緒よ。あなたは私のただ一人の家族なの、クララ。あなたとは離れないわ。」

「あなたには自分自身と、素晴らしい恋人もいる。そして今は二人の養子も。それに、私のことをクララって呼ぶのはやめて。それって、ど

ういう意味なの…とにかく、わたしには構わないで。イマ・スマック
がオリャンタイと同じに死んでしまったと知った時、私の人生は意味
を失ったのよ…」

「そんなこと言わないで。むごすぎる。あなただって、死の虚無の中
に、自分を失いたくないでしょう。」

「それは間違ってるわ、ピットゥ・サラ、私は非存在の空虚に去って
いくわけじゃない。王家の血をひくカパコチャのいけにえとして、私
は最も高い山の頂から、オリャンタイとイマ・スマックの待つ、ハナ
ン・パチャという別世界に移るのよ。コロプナのワカの神殿にいる大
神官に、二人がその世界で使っている新しい名前をもう教えてもらっ
たの。オリャンタイはハナン・パチャではトマーシュという名で、イ
マ・スマックはメーガンだって。わくわくするわ…」

「メーガン？　トマーシュ？　予言者？」私はまるで熱にうかされた
ように、驚愕してうめいた。

「そうよ…」何も知らないクララが歓声をあげる。「コロプナのワカ
マヨクよ。」＊134

＊134　Nevado Coropuna（コロプナ山）は標高約6377メートルの山で、そ
のふもとにはインカ帝国で上から5番目に神聖とされる神殿があった。ペドロ・
シエサ・デ・レオンはこの山の頂を、第1の使徒がキリスト教徒たちに天国への入場
を許可する「聖ペトロの門」に比喩的になぞらえている。近代では1911年に、マチュ
ピチュの発見者であるハイラム・ビンガムが初めて登頂している。NASAのクリスト
ファー・A・シューマンの測定によって、2006年の時点で熱帯における最大の恒久氷
河とされたネヴァド・コロプナは、コルディレラ・アンパト山脈に属する。標高約
6288メートルのアンパト山は、本書『オリジナル・アストロモーダ』のこの部分の各
章の舞台となっているのがその斜面であり、また山脈の名の由来ともなっているが、
近代の登山家たちが初めて登頂に成功したのは1966年のことだった。ジル・ニートの
著作 "Mountaineering in Andes" によれば、カナダの登山家ディック・カルバート
が、この年に隣の火山Sabancaya（サバンカヤ）にも初登頂を果たしている。その
20年後にサバンカヤは噴火しており、それも一度のことではない。
考古学者で登山家のヨハン・ラインハルトと同僚のミゲル・サラテ・サンドヴァルは
1995年、噴火活動を続ける火山を、アンパト山の頂上から観察することにした。「カ
エル」を意味する当地のアイマラ語Džampatuとケチュア語Hampatuを元に名づけ
られたこの山に登ってみると、休火山アンパトのクレーターの氷が、噴火する隣の火
山の「熱」で溶け、インカの処女のミイラが露わになっていることに気づいた。パ
チャクテクの統治下、すなわち1438年から1471年のあいだに山のアプにいけにえと
して捧げられた（1466年没と正確な年が挙げられることもある）、12歳から15歳と
思われる少女のミイラは非常に保存状態が良く、山々の「小さな頂」にあるインカ人
のミイラに対する関心を、世界的に高めるきっかけとなった。（凍結によってミイラ化
した人々は、一番高い山頂ではない場所で見つかることが多い）マチュピチュ栄光時
代の男性も、何世紀もの時を経て1965年に、前述のコロプナ山の標高5150メートル
の地点で発見されている。9歳前後と思われる子供たち、太陽を象徴する男の子と月を
象徴する女の子は、アンパト山の標高約5300メートルの地点で二人一緒の状態で見つ

かった。

同様の標高地点で、Aconcagua（アコンカグア）の山頂を目指す登山家たちが1985年、7歳のインカの少年のミイラを発見している。今日では、古代インカ人たちが7000メートル近い山の頂に登っていたという考えが優勢である。これはアフガニスタン（ノシャック山、7492m）以西、中国四川省（ミニヤコンカ山、7556m）以東で最も高い山を指す。その証拠に、標高約6739メートルのリュリャイリャコ山の山頂から、三人の子供のミイラが見つかっている。この山に登るのは、アメリカ大陸の最高峰アコンカグアに登るのと、少なくとも同じくらい困難である。ラインハルトとサラテが自らの命を懸けて、アンパト山の頂で500年以上過ごしたインカの少女を谷まで下ろし、ペルー第二の都市アレキパの博物館に「宿をとらせる」と、世界は騒然となった。インカの処女はJuanita（フアニータ）と名づけられ、そのミイラはエジプトのファラオに勝るとも劣らない名声を得た。科学者たちは、少女が低体温で眠ったまま目覚めなかったのか、それとも凍結する前に右目の上を鋭い凶器で殴られて失神あるいは殺害されていたのかについて、議論を繰り広げた。タブロイド紙は、ミイラの少女フアニータが、死ぬおよそ7時間前に食べた夕食の、野菜料理のレシピをあれこれと推測した。少女のミイラははるか日本や米国を始めとする国々まで旅した…しかし、1999年のある日、それは起こった。フアニータの発見者ラインハルトとコンスタンツァ・セルティその他の一団が、リュリャイリャコの山頂で三人のインカの子供たちの「眠りを遮った」のだ。特に、フアニータと同年代と思われる最年長の少女は、ちょっとひと眠りしただけのように見えた。フアニータの名声は終わった。今日ではアルゼンチンの山麓に立つ博物館に所蔵されている三人の子供たちは、人々の注目を一気にさらった。彼らの発見者である前述の二人の著作は、本注釈のテーマに関心を持ったすべての人に一読を勧めたい。山々の小さな頂でインカのミイラを発見した、まさにインディ・ジョーンズとも言えるJ.ラインハルトは2006年、"The Ice Maiden : Inca Mummies, Mountain Gods, and Sacred Sites in the Andes" を著した。アレキパにあるMuseo Santuarios Andinosを宿としているのは、フアニータのミイラだけではない。「トウモロコシ畑」という意味の名を持つ美しい火山Sara Saraにちなんで今日ではサリータと呼ばれている、17歳のインカの少女の「もっと恐ろしげな」ミイラもここで見ることができる。このミイラは1996年に、この火山の標高およそ5505メートルの頂上で、ラインハルトとホセ・アントニオ・チャヴェスによって発見されたのである。

ラインハルトとコンスタンツァ・セルティは、前章の注釈でインカ王パチャクテクとその妻アナワルキがその噴火に怯えたミスティ山でも、6体のミイラを発見している。ミスティ山が、1870年の最後の大噴火に至るまで何度も噴火を繰り返したことを考慮すると、こういった神々へのいけにえの儀式はきわめて頻繁に行われていたと思われる。人間をいけにえに捧げるカパコチャの儀式をインカ帝国で創始したのは、まさにこのパチャクテクだとする仮説がある。アンパト山で見つかったフアニータのような少女たちは良い血筋の生まれで、いけにえに選ばれると、特別な儀式や食事で1年のあいだそれに備えた。そして「D-デー」がやって来ると、今日サント・ドミンゴ教会が立つ、クスコで最も神聖な神殿Inticancha = Coricancha（ケチュア語ではQuri Kancha―「黄金の神殿」）で盛大な祝祭が行われ、それがクライマックスを迎えたところでカパコチャのいけにえが、町はずれにあるワカの神殿まで人々の行列で送り出されていき、そこで神に捧げられるのであった。インカ帝国には綿密に計画された道のシステムがあり、chasquis（チャスキ）と呼ばれる使者たちが、知らせやキープの結び目を持ってそれらの道を走っていたが、この巡礼は数か月かかることも多かった。走る使者たちを人々は道を空けて通したが、カパコチャのいけにえたちは、セケの直線上で人や神殿に遭遇すれば、いちいち祝福しなければならなかった。もしワカを通過するようなことがあれば、旅はさらに時間のかかるものになった。それに、チャスキの使者たちは8キロ全速力で駆けると知らせを次の使者に伝えたから、情報は1日あたり250kmのスピードでリレー形式で広まったことになる。コリカンチャの神殿を出

発した速度の遅い行列と、チャスキのスプリンターたちに共通していたものを挙げる
なら、それはコカの葉のドーピングだった。

「インディオたちは常に何かの葉っぱを噛んでいる」インカ人が最も神聖とした場所の
ランキングを作成した、前述のシエサ・デ・レオンはそう指摘している。

6体のミイラをもって、話は今日インカの少女フアニータが住むアレキパに戻ってきた
ことになる。アレキパは、『オリジナル・アストロモーダ』の本章の舞台となっている
アンパト山から約75キロの場所に位置している。(リュリャイリャコで発見された三
人の子供たちは、低地で見つかった他のミイラと共に別著『マヤ暦』に登場する)こ
こには多くのツアー会社があり、彼らの客になれば、アレキパとコルカ渓谷のあいだ
にあるたくさんの山々や火山のどれにでも「簡単に」登ることができる。コルカ渓谷
は、第26章でシータが巨大なコンドルに誘われて訪れた場所である。これらの山々の
大部分ではインカ時代のミイラが見つかっているし、あるいは今も眠っている。例え
ばChachani(チャチャニ、6075m)では早くも1896年に15歳の少女のミイラが
(以降他のミイラも)発見されているし、パチャクテクの悪夢だった、町を見下ろす火
山ミスティとPichu Pichu(ピチュ・ピチュ、5669m)では3体のミイラが1963年
(15歳の少女)と1996年(10歳の少女と8歳の少年)に見つかっている。6千メート
ル級への登頂が、ここほどたやすく感じられることはない。この地のほとんどのツア
ー会社は、アンパト山登山を誰でもこなせる6日間のトレッキングコースとして安
価で提供している。初日は出発地点となる標高3287メートルのカバナコンデ村
(Cabanaconde)に移動し、その後3日間、各7時間ずつ歩いて5200メートルの高
さまで登る。最終日はそこから6時間で山頂(6318メートル)に到達し、それから5
時間で人里に下りてくる。もっと料金の高いツアーでは、山の反対側からジープで
4850メートルの地点まで行き、翌日そこから4時間かけて5200メートルまで登る。
その後は山頂目指して最後の辛い区間を登り、山頂から少し下れば車が待っている。
経験豊富なトレッカーや登山家は、もちろん自力での登頂を目指す。地球温暖化に
よって山々を覆う氷や雪が急速に減少してはいるが、アイゼンとピッケルはまだまだ
必須だ。それから、軽い登山のつもりでも、このような標高においては一つのミスや
高山病、天候の変化によっていつでも恐怖の遭難劇に変わる可能性があることは、覚
えておかなくてはならない。1988年6月30日、サバンカヤとアンパトの二つの火山
に隣接する6千メートル級(6025メートル)のウアルカ・ウアルカ山(Ualka
Ualka)の山頂から150メートルの地点を下りていたヘンリク・ガヴァレツキが氷河
の割れ目に滑落し、他のメンバーたちがロープを持っていなかったために生還できな
かった事故は、その一例である。

人々がはるか昔から山々の頂を目指し、それによってNevado de Chañi(チャニ山)
—標高約5896メートルのこの山では1905年にインカの6歳の子供のミイラが発見さ
れ、今日ではブエノスアイレスの民族学博物館に収蔵されている—に見られるような、
道と呼ばれる人間の川が生まれ、旅する人々の集団が山頂を、そして「そのもっと先
を」目指して流れていったのに対し、水はその逆方向に流れていた。

標高約5597メートルのミスミ山から流れる水が、頭上をコンドルたちが大きな羽を
ゆったりと広げて飛ぶコルカ渓谷で、サバンカヤやアンパトといった火山から流れて
くる水と混ざり、太平洋でその巡礼を終える一方で、同じ山から反対側に向かって流
れる水滴は、大西洋でその旅を終える。アマゾン川の河口から最も遠い源泉が、6992
キロメートル離れたこの取るに足らない山にあるという突拍子もない考えを最初に抱
いたのは、マヨルナ族(Mayoruna)の酋長だった。少なくとも、ある写真家の回想
によれば。アマゾンの未開文明に暮らすインディオたちを優れた写真に収めようと訪
れたジャヴァリ谷で、この写真家のガイドを務めていた男が病気になった。

「2日後に戻ります」病人を乗せて離陸する時、パイロットはこのNational
Geographic のカメラマンにそう告げた。待っている彼のそばを、ネコのようなヒゲ
をした男たちが走り抜けた。自分たちがジャガーから生まれ、ジャガーの子孫である
ことを表すためにヒゲを鼻の穴に刺しているのである。目の周りを赤く塗っているの

「すごいと思わない？　こんな幸せな未来が待っていることを、大神官に教えてもらってから、そればかり楽しみにしているのよ。」

「あなたは間違ってる、クララ。大神官の言っていたことがおおよそ正しいにしても、存在の闇の側面に魅了されるのは間違っているわ。」

「どういうこと？」

「どういうことって。あなたの生きる意味が、この山の頂へと続く道

で、ネコ科の動物のような頭の形に見える。数頭のサルを持っていたので、写真家は彼らが猟をして村に帰る途中だと分かった。これはすごい写真になるぞ、待ちぶうけで退屈していたローレン・マッキンタイアはそう言って、早速猟師たちについて行った。それが「レッド・チークス」の気に障った一後をつけた四人のハンターのうちの一人を、マッキンタイアはそう名づけた。レッド・チークスは友好的なふりをして写真家をうっそうと茂った森の中に誘い込むと、彼を置いて逃げた。幸い、酋長にはテレパシーの能力があった。酋長はそれをテレパシーとは呼ばず「違う言葉」と呼んでおり、人々の成功や凋落、行為の結果に影響を及ぼす高位の者たちと、動物の霊だけが話すものとしていた。数日後、ジャングルに潜む危険に脅かされていた写真家は、酋長のBarnacleが遣わした人々によって救出された。連れられて村に到着した彼は、「レッド・チークス」が自分に対して行ったことの罪で処刑されたことを知る。1991年にペトル・ポペスクが著した本 "Amazon Beaming" で語られ、インタラクティブな演劇 "The Encounter" で巧みに表現され、2015年以降サイモン・マクバーニーの演出のもと喝采をさらった（マクバーニーはこの演劇で2015年に名誉あるHerald Angel Awardを受賞したのに続き、以降も様々な賞を獲得している）この物語が実際に起きたのは、1969年のことだった。つまり、ペルーではマツェ族として知られるマヨルナ族のもとに、宣教師たちが常時現れるようになってからずっと後のことになる。同時にそれは、彼らが物質的世界と精神世界を異なるものとして認識するようになる前のことであり、ポルトガル語やスペイン語を話し始める前のことでもあった。迷子になった写真家は、自分がどこにいるのかも分からなかったが、2か月のあいだテレパシーだけでコミュニケーションをとらなくてはならなかった。酋長は、テレパシーの助けを借りて、写真家に教えを授けた。持っているうちで最も価値のある物を破壊し、住み慣れた村からジャングルのもっと奥深くへ移住することで、定期的に原初の状態に戻るという哲学も、その中に含まれていた。文明から離れ、危険で荒々しい自然の中へ入るのである。その時、世界最大の川の始点を今こそ突き止めようというアイディアが、現実の形を持った。川を上っていった写真家はコルカ渓谷にたどり着き、そこから山道を歩いてLariという村を通りミスミ山の北側斜面に来た。そこには写真家の名をとってマッキンタイアと命名された小さな入り江があり、そこからアマゾン川の水の巡礼が始まっていたのであった。ミスミ山の斜面の岩壁から噴き出す水は、カルワサンタという名でのちにアマゾン川として認定された。この流れがApachetaという小川と合流してLloquetaという川になり、その後いくつもの支流を通過するにつれてHornillos（オルニリョス）、Apurímac（アプリマック）、Ene（エネ）、Tambo（タンボ）と名を変えていく。タンボ川が、マチュピチュから流れてくるウルバンバ川と合流するとUcayali（ウカヤリ）という名になり、その後Marañón（マラニョン）川と一緒になってようやく有名なアマゾン川を名乗るようになる。ミスミ山の北側斜面からここまでたどってきた水は、このあとイキトスの町を流れ、町はずれで南から流れてくるYavarí（ヤヴァリ）川と合流する。この川はブラジルとペルーの国境を形作っており、また迷子になった写真家にテレパシーでアマゾン川の源流を探すよう指示した酋長が属するマヨルナ／マツェ族が住むジャヴァリ谷と呼ばれる広大なジャングルの、中心軸でもある。

に集約されてしまったのがいやなの。まるであなたが、危険な山々に
いるうちに、不死を求める女巡礼者の最高の智によって、身ごもって
しまったみたい…」

「ああ、ご婦人がた、私にはよくわかりますよ。天に向かってそびえ
立つこの高みから、我々は成功や権力、権力の理想を求めてもがく
日々の暮らしを離れ、永遠の果実をもぎ取っているのですから
な。」 *135

「何のまねなの、オルコ・ワランカ。今大事な話の途中なのがわから
ないの？」

「ああ、それは気がつきませんで、お姫様がた」トウモロコシの裸の
夢に出てきた私の恋人が、私と怒っているクララにそう詫びて、私は
彼のひざ下を蹴り上げた。

「やめてよ。私はお姫様なんかじゃないわ。」

「私はそう。っていうか、そうだった。ずっと昔にね」不幸な女主人
公になりきったクシ・クイリュルが、夢見るようにため息をつく。彼
女が幸せになるためのたった一つのよすがは、クララとして完全に生
まれ変わることだ。そのクララも別の世界で、今彼女がこの山に登る
ことで終止符を打とうとしている人生と同じ男を愛したことで、人生
をめちゃくちゃにされることになるのだ。

「とにかく。ほっといてよ。何しに来たの？　ここは男子禁制よ！」
クララが意外にも早く、ノスタルジックな感傷を振り払って言った。

「子供たちにかける毛布がもっといるもんでね。みんなひどく眠そう
だけど、寒さに震えているんで、このまま寝かせたら凍え死んでしま
わないか心配なんだ。」

「私の持ち物を運んでいるあの間抜けに、毛布をよこせって言いなさ
いよ」愛と永遠のテーマでまた話を続けたいらしいクララが、「毛布
屋」をさっさと追い払った。でも「千の山」はすぐ立ち去ったのに、
打ち明け話のムードは消えてしまっていた。山々の静寂と闇、凍てつ
く寒さの中で、まるで永遠に続く夜のように感じられる晩、私たちは
黙って、雰囲気の変化を感じていた。まるで私たちの女の直感、第六
感が、何か悪いことが起こると知らせているかのようだった。

＊135　ショーペンハウアーが、最高の智を求める自らの巡礼の道程を、登山
者が山を登る道にたとえたアレゴリーのパラフレーズ。「山々で智によって身ご
もる」はニーチェが用いた比喩である ── "Mountain Meditations and Some
Subjects of the Day and the War", L. Lind-af-Hageby.

「ありがとう、お姫様」静寂の中に声が響いた。毛布を持って子供たちのところに戻るオルコ・ワランカが、私の耳にささやく。「真夜中に、きみを迎えに行くよ、愛しい人。」

「あなた本当に、山のてっぺんから天に昇る階段が伸びて、ハナンの天上界に行けるって信じてるの？」私はそうクララに聞きながら、トウモロコシ畑の裸の恋人の言葉に自分が反応してしまいそうなのを、すばやくのどの奥に押し込んだ。

「もちろん。そこへ行けば、やっと家族が一つになれるんだから。トマーシュ。メーガン…馬鹿げた名前だけど、気にしないわ…一緒になれるんだから」クララがささやくようにそう言ったとき、それは起きた。

　大地が揺れた。夜の静寂が、恐ろしげな轟音となって目を覚まし、私が正気に返るより前に、重たい雪の嵐によって、私の意識は永遠にアンパト山とつながった。

「おお、おまえがまだこんなに若く、恋に燃える私を、同情の窓から逃がしてくれたなら」降ってくる雪片の下から、流れる涙にまみれて私は懇願した。「おお、山よ、私を危険な氷のクレバスから、通り抜けることのできない白い雪だまりの海から逃がしておくれ」雪崩のうなるような音に向かって請う。雪の急流と、転がり落ちる岩の轟音、斜面をすべっていく氷のプレートが、私を生きたまま葬り去ろうとしている。そのきつい抱擁に、息を吸うこともできない[136]。凍てつく雪の海原の中で、私の心は生と奇跡を渇望して燃えている。

　私の祈りは聞き届けられた。トウガラシで骨抜きになった農夫のピキ・チャキと、神官のアンチ・カラ[137]が、私とクララを雪の中から掘り起こしてくれて助かったのだ。子供たちは、私たちのような幸運には恵まれなかった。互いにしっかり抱き合った小さな体が雪原から掘り起こされたのは、翌朝になってからだった。ワカマヨク[138]がその場で遺体を儀式用の布に包み、生き残った兵士たちがカパコチャの

---

[136]　イギリスビクトリア朝時代の詩人で批評家のマシュー・アーノルド（1822-1888）の詩のパラフレーズ。

[137]　Anchi Cara（アンチ・カラ）— 神官の名の元になっているのはインカ神話の登場人物であるアンチカラで、伝説によれば彼はPuruyの泉を守り、自らのアイリャ（ayllu）に常に十分な水がいきわたるよう目を配っていたという。

[138]　Huacamayoc（ワカマヨク）は「神殿を守る者」の意味で、一般的にインカの神官を指す名称として使われる。

オリャンタイタンボ

儀式のいけにえを悼む儀礼で使われる、神聖な道具をワカマヨクに渡した。地震が起きたときに、子供たちの面倒をみていたオルコ・ワランカの姿は、そこにはない。彼を探す者はもはやいなかった。霧が、まるで何もなかったかのように氷河のまわりに立ちのぼり、私の心には何か知らない、制御することのできない発作的な恐怖の感情がわき上がってきた…

「見た？　あの子たちの身体から、Sio! Sio! って音をたてて蝶が飛び立っていったわ。つまり、魂が5日後に戻ってきて、あの子たちは生き返るってことよ」ショック状態のクララがまくしたてる。「そして親たちのところへ降りていって、永遠の生を手に入れるの。」

「大丈夫か？」ルミ・ニャウイがクララに近づいて言った。彼も生き残った他の者たちと同様、子供たちを山のアプとつなげるアンチ・カラの儀式を悲しみにくれながら見守っていたのだ。

「ええ、はい…でもすごく寒いわ。」

「不思議だと思わないか？」クララの肩に、アルパカの毛で織った重たい毛布をかけてやってから、非情な司令官は感傷的に語り出した。「無数の人々が、我々より先にこの闇の門をくぐっていった。そして誰も戻ってきた者はいない。我々もやがて通らなければならない道に

ついて、指南することもせずに。」*139

「そんなの嘘だ！ Sio! Sio! と音をたてながら、もう何千という魂の蝶が戻ってきたんだぞ…！」農夫が断固として反論する。

「黙れ、ノミの足め！」ルミ・ニャウイが一喝する。ちょうどそのとき、ワカマヨクが小さな女の子の身体を、高価な布に包んでいた。

「私の娘が死んだときも、誰かがこんなに立派に送り出してくれていたらいいのだけど」クララが憔悴しきってため息をつくと、司令官がその肩に手を置いた。

「クシ・クイリュル…昨日私はあなたに命を救ってもらった、だから今、あなたに教えたいことがある…これは国家機密です。」

「結構です、ルミ・ニャウイ。頭が割れそうに痛いわ。吐きそう…」

「あなたの娘イマ・スマックは、死んではいない。父親に連れ去られて、オリャンタイタンボ*140に暮らしている。」

「いいえ。違います。娘は死んだの。そう言われました…」

「バカな。あなたが新しい王家の血筋を立てるのを恐れて、嘘を言ったのです。だからあなたを、カパコチャの儀式のいけにえとして、ここに送ったのですよ。あなたの恋人オリャンタイは、あなたが生きていると知って、革命を起こすと宣言しました。首都に向かって行進を続け、彼が率いる反逆者たちの軍隊は、歩みに合わせてこう歌うのです。『おおクスコ、美しい町よ、私の町よ。私はおまえの敵にされた。おまえの心臓をもぎとってやる。インカの支配者をおまえの足元に倒してやる。おおクスコ、おまえは血の海に泳ぐだろう…』」

　クララはがっくりとひざをつき、白い雪の上に嘔吐しだした。吐きつくと、嘔吐で赤くなった顔を司令官のほうに向け、高ぶった調子で尋ねた。

「なぜそんなことを言うんです？」

「あちらの世界ではあなたを待つものは何もなく、誰もいないということを、死ぬ前に知りたいのではと思いまして」ルミ・ニャウイは山

---

*139　ペルシャの賢者ウマル・ハイヤームの言葉のパラフレーズ。エドワード・フィッツジェラルド卿がその著作 "The Rubáiyát of Omar Khayyám" の中で英語に翻訳している。

*140　オリャンタイタンボは標高2792メートルに位置し、インカ人がスペインの征服者たちに抵抗し戦った時代には、その戦略的位置から防衛の砦として重要な役割を担った。インカ帝国時代の町としては唯一、現在も人々が住む町であり、単なる考古学的遺跡ではない。また当時の建築物も保存されており、町の輪郭はトウモロコシの穂の形になっている。クスコはピューマをかたどった町として建設された。

頂のほうを手で示しながら、意地の悪い微笑みを浮かべた。その邪
悪な目が、きょろきょろと動き回る。「まあ、もし気が変わったら、
オリャンタイを紹介してくださいよ。ぜひ一緒に一杯やりたいので
ね。パチャクテクにはもう私もうんざりしてますんで。」＊141
「それって…それって…つまり…登るのをやめるっていうこと？」
クララが、疲労とショックと嘔吐で濁ったまなざしを司令官に向け、
それからゆっくりと山の頂を仰いだ。
「そうなら嬉しいわ。私、もう歩けないもの」
クララは息を吐くと、吐しゃ物が飛び散った
足元の雪に顔を向けて、何度か嘔吐しよう
としたが、何も出なかった。
「それはダメですよ、お姫様。登るの
をやめることはできません。神々の怒
りをかうのはごめんですからね…」
司令官は、話を聞かれていないか確
かめるかのように、弔いの儀式を
終えようとしているワカマヨクの
ほうを見やると、続けて言った。
「…それに神官たちも。彼らはと
てつもない影響力をもっているん

＊141　36章の脚注にあるオリャ
ンタイの劇中では、負けを知らない
反逆者を「トロイの木馬」的な策略で捕
らえたのがまさにこのルミ・ニャウイだと
いうことになっている。アンデスで、ギリ
シャ人がトロイ人に贈った木馬の役割を果
たしたのは、オリャンタイと反逆者のふり
をしたならず者が友好的に交わした杯であ
る。しかしこの物語は悲劇的に終わること
はなかった。というのも、オリャンタイは処
刑される前にクシ・クイリュル（Cusi
Coyllur (Kusi Quyllur)）の兄による恩赦を
受けたのだ。この兄こそインカの偉大な王、パ
チャクテクの息子トゥパック・ユパンキだった。
探検航海を指揮したといわれるこの王は、ペルー
の歴史家José Antonio del Busto (1932-2006)
がその著作 "Túpac Yupanqui, descubridor de
Oceanía" において、太平洋の発見者であり、征服者
としてはアレキサンダー大王をもしのぐ存在であったと
主張している。

です。でも、ここにいるアクリャはあなただけじゃありませんよ
ね？」今度はまたその意地悪そうな目で、話が聞こえていることを確
かめるかのように、私をじろじろと見た。性根の腐ったならず者の憎
しみに、私の胃は荒れ狂った。クララの横にひざをつき、雪に色をつ
け始める。

「よく考えてくださいよ、クシ・クイリュル。家族と一緒に、幸せに
なれるのですよ」私たちの背後からいさかいの種をまくと、司令官は
すばやく立ち去り、兵士たちに命令を飛ばした。

「ダラダラするな！　出発だ！　急げ！　急げ！　登るぞ！　おい、
行くぞ！　とっとと登るんだ！　臆病者めが！」

　最低な男だ。私たちは山頂めざして急いで足を進めたが、彼はひっ
きりなしに誰かを怒鳴りつけていた。たまに怒鳴るのをやめたかと思
うと、歩きながらものを食い、私たちの天に向かう旅の守り神である、
姿の見えないワティアクリ*142に向かって食べ物とセックスについて
の罵り言葉を叫んだ。それは最高に粗野な人間の振る舞いだった。お
お神よ、なぜワティアクリは子供たちを救ってくれなかったのか？
なぜオルコ・ワランカを助けてくれなかったのか…私はこの司令官に
憎しみを覚え、細胞一つ一つに痛みを感じながら、守り神たちを許す
ことができないでいた。絶望の幻覚のうちによろめき、5歩進むごと
に雪の中に倒れる自分の身体を見ていた。

「ほら、行こう、もうすぐ着くぞ！」農夫がロープでつないだ私の身
体を布袋のように引っ張りながら、励ました。私は立ち上がることが
できない。「ほら、立つんだ。もうすぐそこだよ」ピキ・チャキが私
をうながす。

---

*142　Huatya Curi（ワティアクリ）─Huatyacuriと表記されることも。
『ワロチリ文書』に記される神話の英雄と神の名で、「土に埋めて焼いたジャガ
イモだけを食う者」の意味。ワティアクリは貧しく、何も持っていなかったが、
父親がパリア・カカという神であったために魔法の力を持っていた。ワティアクリはある
時、2匹のキツネたちが、Tamtañamca という神のふりをしている金持ちが、妻の浮
気が原因で奇妙な病に侵されており、屋根の上に隠れている2匹のマムシと、頭が二
つあるヒキガエルが彼の魂を食い蝕んでいると話しているのを聞く。ワティアクリは、
病人の娘であるチャウピニャムカとの結婚と引き換えに、マムシを殺し、ヒキガエル
を追い払って金持ちの病を治してやる。神話ではその後、ワティアクリの純朴さが気
に入らない未来の義兄との確執を乗り越えなくてはならないが、ワティアクリの結婚
は偽の神Tamtañamcaが象徴する世界の悪と、セクシャリティーの悪用によって侵
される家庭の秩序が正されることを意味する。新しい神であるパリア・カカの統治を
告げるワティアクリはすなわち、一種の救世主的特徴をもつ存在といえるだろう。

「いや、ほっといてよ…」私は力なく首を振りながらも、死んだ子供たちと私の夢の恋人のほうへ急斜面を滑り落ちないように、必死でロープにしがみついていた。緊張にこわばった身体を、生への焼けるような渇望が貫く。それは狂ったような恐怖の中で、下に待ち受ける奈落へと落ちていく。その深みから私は目を離すことができない。どうしても、自分の尻がゆっくりと滑り落ちていくような気がする…痛っ！

「離してよ！」農夫のロープを一緒になってつかみ、私の身体を振り回している兵士たちに向かって叫ぶ。私は強烈な疲労と、薄い空気による息苦しさ、そして雪崩がもたらした絶望感と闘っていた。それは何の前触れもなく、心優しい人々の命を奪い、一方でルミ・ニャウイのようなごくつぶしを生き残らせたのだった。クララとは、彼女の家族が生きていると知った瞬間から口をきいていなかったが、そのクララまでもが振り向いて、私の格闘を上から見守っていた。生きるか死ぬかの闘いではなかった。頭のどこかに残っていた理性が、命の危険にさらされているわけではないと知っていた。いや、少なくとも今のところは。クララが自分の代わりに私をいけにえに捧げることができると知って、ルミ・ニャウイと交わした視線を思い出し、私は息が止まりそうになった。世界でいちばん辛いトウガラシを育てている農夫が、私がつながれているロープを兵士たちに渡して、彼らが上から引っ張り、農夫が下から私の尻を押し上げた。恥ずかしくて、落ちてしまった方がましだった。何をしてもいちばん上手で、素早くて、

201

　トップだった私が、今は誰よりも弱くなってしまった。どうしてしまったのだろうか。山に呪われてしまったのだ。まるで「カエル」*143と呼ばれるアンパト山のアプが、私に悪い魔法をかけてしまったかのようだ。

　残りの兵士たちは待っているあいだに、山頂に続く切り立った絶壁の下で、氷と雪を掘って平らにならし、小さな石の塔「アパチェタ」*144を立てた。本当はもっと高い塔のはずだったが、怒ったルミ・ニャウイがそこから石を取って、私を引っ張っている兵士たちに向かって投げ、「気をつけろ、落石だぞ！」と怒鳴っていた。ずい分楽しんでいるようだったが、それでも彼の怒りが収まることはなかった。私たちがその平らな雪面に到達するやいなや、農夫の鼻に一発おみまいして怒鳴りつけたのだ。「どういうつもりだ、このうすのろめが！」

「ごめんなさい、私すっかりぼうっとしていて…」私は農夫に、自分のせいで厄介なことになったことを謝った。

「ほっといてください。あっちへ行って。余計にまずいことになりま

---

　*143　アンパト山の名の意味は「カエル」、厳密には「ヒキガエル」で、特定の場所からこの山を眺めるとカエルの形に見えることからそう名づけられた。
　*144　Apacheta（アパチェタ）──アイマラ語とケチュア語ではapachitaと表記される。石を積み上げて造られる塚で（三つ並べて立てられたり、3メートルもの高さをもつものもある）、神々（アプクナ）または「大地の母」パチャママに捧げるものとして、道沿いに立てられる。巡礼者の無事を願う役割もある。今日でもアンデス地方にはこの習慣が残っている。

す」農夫が私を追い払おうとする。が、遅かった。司令官が私たちを見やる。立ち上がると、猫なで声で農夫に言った。

「おやおや、ピキ・チャキがこんなにモテるとはねえ。」

「ああ、超男前だからなあ」兵士たちがヘラヘラと笑う。

「それなら、山頂への道でいちばん神聖な区間を最初に登る名誉に価する、だろう？」男たちの表情が固まった。一行で崖登りを最も得意とするチンカプニ*145だけが、切り立つ絶壁を見上げて言った。

「ちょっと問題があるようです。地震で氷と固まった雪が崩れて、あのあたりは厳しい状況です。私自身も登れるかどうかわかりません。この力ばかり強い丸太野郎には、まず無理でしょう。」

「何てことをしてくれたんだ」農夫が小声で私を責める。

「それならそいつに早く教えてやれ」ルミ・ニャウイがさも偉そうに言って、サディスティックな笑いを浮かべた。チンカプニが呆然としている農夫に「ほらピキ・チャキ、見ていろ」と言い、昨夜の雪崩であらわになった、つるつる滑る岩壁を両手に持った斧で危なっかしく砕き、靴につけたナイフで削っていくあいだ、私はクララと話をしようと試みていた。が、無駄だった。クララは他の誰とでも片っ端からくだらない話をして、ひたすら私と話をしなくていいようにしているのだった。

「これをおあがり。元気が出ますよ」神官のアンチ・カラが、コカの葉と何かを合わせたものを差し出した。私はおどおどとそれを受け取り、私の正気を砕き、あたりを飛び回る氷片へと変えてしまうような痛みがこれで収まるようにと強く願った。神官の目から、この人にクララの代わりに私をいけにえに捧げることができるかどうか、読み取ろうとしてみる。いいや、彼はそんなことはしないだろう。ルミ・ニャウイにすら、彼を説き伏せることはできない。だって、ここインカ帝国の屋根まで骨を折ってやってきたのも、ひとえに王族の血をカパコチャの儀式にささげることで、この地を長年の呪いから解き放つためなのだ。そして私の体内には、王族の血は流れていない。私はそう自分を落ち着かせて、力いっぱいコカの葉を噛みしめた。

「おおワナカウリよ！ …」*146私の横でアンチ・カラが大声で折っ

---

*145 Chinkapuni（チンカプニ）— ケチュア語で「損失」を意味する chinkaがこの名前の土台になっている。

*146 Huanacauri（ワナカウリ）— 神話によればインカ帝国発祥の地となった山の名前。

ている。「…我らの父よ、我の創造者よ、太陽よ、永遠に若く老いることのない雷鳴と稲妻よ。そなたの息子インカに永遠の若さを授け、その身を守り、限りない繁栄を手にするよう祝福したまえ…」＊147

「何をしてるんだ！　おい、何やってるんだよ！」農夫が崩したせいで音を立てて飛び散った石に向かって、チンカプニがあきれたように叫んだ。「何度言ったらわかるんだ？　まず石を叩いて、動かないとわかってから体重をかけるんだよ！」

「忘れたんでさあ。」

「忘れた?!　自分も下にいる皆もそれで命を落とすかもしれないのに、どうやって忘れられるんだ？」

「だって、一度にやることが多すぎて。」「ノミの足」が疲れたように弁解する。

「こりゃダメだ」崖登りのインストラクターが農夫を見かぎって、司令官に向かって叫んだ。「隊長、この丸太野郎は雪の積もった斜面を踏み固めたり、重い荷物を持つのには向いてるかもしれませんが、『先頭』を務めるのは無理です。」

「命令は命令だ」早足で近づいてくるルミ・ニャウイが遠くから声を張り上げる。「おまえらが臆病だからという理由だけで、そいつを御役御免にするわけにはいかん。さあ、訓練はおしまいだ。出発しろ。」

「ほんとに最高の思いつきだよ」チンカプニが耳を疑うといった様子で、でも投げやりに言って、農夫にロープをくくりつけ始めた。「また人数が減るようなことはごめんだからな、それだけだ」キープ＊148で数字の1を表す8の字結びを作りながら、チンカプニがブツブツと文句を言った。

「何だ！　反逆か？　…」司令官が逆上した。「…無礼は許さんぞ…」その怒りはますます燃え上がり、農夫の尻を蹴り始めた。「このろくでなし、さあ登れ！　優れた戦士は決してあきらめないのだ！突撃あるのみ、そして勝つか、死ぬかだ！」

「はいはい、わかりましたよ」農夫がモゴモゴ言うと、その場にいた兵士たちは権力に酔った男の悲しい喜劇に、そろって吹き出した。嘲

＊147　W. ゴールデン・モーティマーの著作『コカの歴史 ― インカ人の奇跡の植物』にある祈りの言葉のパラフレーズ。1901年の英語版（原題：History of Coca : The Divine Plant of the Incas）はインターネットのアーカイブサイト https://archive.org で閲覧できる。

＊148　Quipu ― ケチュア語では khipu、結び目を意味する。

笑され膨れ上がった巨大なエゴは、完全に正気を失うほどの激怒に陥った。できることなら、その場でピキ・チャキを殺してしまっていただろう。でも、「ノミの足」はすばやく安全な高さまで登っていた。激高した司令官が、ロープを荒っぽく引っ張って引きずり下ろそうとする。が、農夫には崖登りの技術はなくても、人並外れて強い手があった。その手が今、半ば凍った岩壁で司令官の身体もつかんでいるのだ。足元の石が急に崩れて、司令官はピキ・チャキの身体に巻きついているロープの先にぶらさがる格好になっていた。

　ついに私も兵士たちと一緒になって笑いだした。まだ気分は最悪だが、「思い知らせてやる！　下りてこい！　これは反逆だぞ、くそったれが！…」と力なく脅しながらロープにぶら下がっている怒りんぼの様子は、いい見ものだった。はね返ってきた司令官をワカマヨクの手がとらえて、神官らしい厳粛さでこう告げなければ、この見ものは永遠に続いたに違いない。

「ルミ・ニャウイ、アプは我々が今日じゅうに山頂に着くことをお望みです。」

「ああ、もちろんだ」怒りんぼが急に我に返ってそう答え、ようやくロープを放したので、農夫は頂に向かって登りだした。

ワナカウリ

「いいぞ、『ノミの足』、ダイナミックな荒々しさとはこのことだ」チンカプニが農夫を励まし、兵士たちもそれに加わった。「いいぞ！よし！　いけ！　進め！　おまえならやれる！」でもやがて黒っぽい、他とは違う見た目のところに近づいてくると、誰かが言った。「クソッ、こりゃやばいぞ。」そしてやばいことが起きた。農夫が岩の割れ目のふちでよろめき、すんでのところで体勢を戻さなかったら、今ごろ助からなかった人々の間に横たわっていただろう。

「いいぞ、『ノミの足』」チンカプニが呼びかけると、農夫が答えた。「ひと息いれたいよ。」

「そこじゃ休めないよ。そこにいればいるほど、体力が持っていかれるぞ。ほら、今すぐトライするんだ。全力でいけばできるさ」チンカプニが叱咤し、『ノミの足』はさっき岩の割れ目のふちでよろめいた場所を乗り越えた。

「あ、踏み外した」私がやっと安堵したそのとき、チンカプニが恐怖におののいて言った。また顔を上げると、途方に暮れて手だけでぶら下がっているピキ・チャキが目に入った。両足は宙に浮き、斜面に突こうとしても滑ってしまう。

「つかまってろ、戦士！　聞こえるか？　これは命令だ！」ルミ・ニャウイが命じる。

「アアアアア。いくぞ。放すなよオオオオ…」農夫が叫んで、いきなり前ぶれもなく宙に飛んだ。下にいる男たちは、農夫の身体に結んだロープの先を放すまいと足をふんばったが、ロープは一本のわらのように切れて、ずっしりした身体は私たちの頭上を飛び越え、白い斜面を弾みながら、もう助かることのない人々のほうへと落ちていった。

「おまえのせいだぞ、おまえの結び方が悪かった！」司令官がチンカプニに向かって怒鳴った。

「結び方は問題ありませんでしたよ、隊長。でもロープが真ん中で切れました。こんな巨体を支えるようにはできていませんから。」

「クソっ…まあ今となってはどうでもよい。どうせあいつは問題ばかり起こしていた。さあ、早く登るんだ。」

「エヘン。その、司令官どの、問題がありまして。」

「問題？　どんな問題だ？」

「今の状態では、登ることができません。」

　ルミ・ニャウイは厳しい目線でチンカプニの表情を探るが、何も言わない。

「ねえ、隊長、ここを迂回して、尾根をつたって登ったらどうでしょう？　距離は長いですが、そのほうが早いですよ。」

「なあ、いいか、私が決めていいというのなら、のんびり行くさ。荷物はラマが運ぶし、このガキどもの代わりにラマをいけにえに捧げればいいんだからな…」司令官は下に見える、私たちを雪崩が襲った場所のほうを指差し、それから私を指差した！　クララではなく、私を。尻の穴をキュッと引き締めなかったら、粗相していたに違いない。それほどすさまじい恐怖が、私を貫いた。「…だが我々のワカマヨクによれば、どの山にも鍵穴があって、その穴を鍵のように通り抜けなければ、山頂でアプがハナン・パチャへと続く階段を天から下ろしてくれることはないという。『カエル』のアンパト山の鍵穴は、ちょうどこの登山ルートにあるのだ。他の道を通って登れば、山には鍵がかかったままになってしまう。」

「ごもっともですが、ここを登るのは無理です。本当に危ないんです。」

「なあ、おまえたち、命令は命令だ、だから従え、でなければ…」他の皆と同じように、私も「命はないぞ」という言葉が続くものと思っていた。しかしまた死者が出たことで動揺した暴君は、意外なことを言った。「…尾根づたいに行けるよう、神官を説得しろ。」

　喜んだチンカプニは、アンチ・カラを説得しに行った。が、口を開くより先に、神官に一蹴された。

「あの岩壁は問題ではない。問題はおまえの貧しい信心にある。祈れ、そうすればたやすく天までも昇ることができる。」

「それは無理です。登るのは不可能です。」

「私にはできるとわかっている。」

「なぜわかるんです？　あなたは岩登りのエキスパートですか？」

「私が？　いいえ。でも山のアプはあなたがたを信じている、だから進むのだ。」

　チンカプニはまた反論しようと息を吸い込んだが、ワカマヨクが立ち去れというように手を振った。その瞬間、私たちは皆、神官を憎んだ。でも一つだけ、認めざるをえないことがあった。彼は正しかったのである。チンカプニは農夫が転落した場所までいともたやすく登ると、ジャンプのように見える速い動きを数回つなげてそこをクリアした。周りの兵士たちは代わるがわる興奮のあまりうなり、称賛の歓声をあげた。私は疲れて腰をおろし、世界でいちばん辛いトウガラシを

作っていた農夫の魂に祈った。崖から落ちて砕け散ったその身体から、
Sio! Sio! と音をたてて魂が飛び去ったならいいと願った。目の端でクラ
ラを盗み見た。今こそ、ルミ・ニャウイの目つきにまだ怯えきってい
る私のそばに身を寄せ、「私、あなたが好きよ。大丈夫。私たち、
ずっと友達だから」と言ってくれればいいのに。

　チンカプニが縄ばしごを持った男たちを引っ張り上げるまで待って
いたが、私の願いはどれも聞き入れられなかった。そして今、私は
ロープにぶら下がって、農夫が命を落とした場所を乗り越えるために、
縄ばしごに足をかけようとしている。

「気をつけて！　上がるわよ！」私を上から引っ張っている兵士に向
かって狂ったように叫ぶと、兵士は大儀そうに答えた。

「ああ、上がってこい。」

「離さないで！」縄ばしごが宙に弾んだ瞬間、私は金切り声をあげた。

「早く！　上がれ！」上から兵士が励ますが、私は落ちていきながら
「いやあアアア」と叫び、もう駄目だと思ったとたん、ごく短かった
私の人生が映画のようにまぶたに映った。私はピットゥ・サラ。裕福
で温かい家庭に育つが、両親の度を越した社会的野心のせいで、まだ
少女だった私はクスコの巨大な「乙女の館」に送られる。そこには千
を超すアクリャたちがいる。ママ・カカに選ばれて、新しく建設され
た聖なる町の、エリートを集めた館に入ったときの幸福感を、再び味
わう。徒歩で数日かかって着いた「太陽の門」から、マチュピチュの
圧倒的な美しさを堪能し、そしてクシ・クイリュルの姿を認める。す
ぐに、私たちを結ぶ強い絆を感じる…

「大丈夫か?!」

「え？」私は驚いて息をつき、目を開けた。私は縄ばしごから落ちた
すぐそばで、ロープにぶら下がっていた。

「ケガはないか？」

「ないわ」兵士に向かって答えると、彼はイライラして口汚く言った。

「じゃあ何をキーキー言ってやがるんだ、とっとと上がってこい！」

「知らない。勝手に声が出たのよ。」

「さっさとしやがれ。」

「これ、とっても痛いのよ」私は身体に食い込むロープの文句を言っ
た。

「しょうがないだろ。さあ、もう一度だ。今度ははしごの段だけをつ
かむんだ。わかったか？　縦のロープは触るなよ。」

「ちょっと一休みするわ」兵士に大声で言うと、代わりにルミ・ニャ
ウイの怒声が飛んできた。

「あきらめろ。私の命令を忘れたか？」

「でも、おしっこしたくて。」

「上がるんだ！ さっさとしろ！ 下を見るな！ どんどん前へ進
め！ わかったか、アクリャ？」

　私はぶら下がって揺れながら、どうやって尿意から解放されようか
と考えた。男だったらできたのに。ミミズを取り出せば、すぐ放尿で
きる。でもこれじゃ…上に着くまで我慢するしかなさそうだ。

「ほら、困らせないで上がれよ」私をうながす兵士に向かって、司令
官が怒鳴っている。

「クソッ、早く引き上げろ、さもないと不敬罪で処刑するぞ！」

　兵士を気の毒に思った。今日すでに一人の男が私のせいで死んでし
まった、そう思いありったけの力を振り絞ると、じきに私はロープを
引っ張っていた兵士の横に立っていた。

「ほらな、できただろう。大丈夫か？」

　私は息をきらしてうなずいた。

「そこの平らなところへ行って、ロープを脱いで呼吸を整えろ。」

「まだだいぶあるの？」

「ここまで来たら、あとはお遊びみたいなものさ。」

　私は平らな地面に座って、もう少しで私のおしっこを浴びるところ
だった人々に、兵士がロープを垂らしてやるのを見ていた。それから
上を仰ぎ見て、ここが「カエル」の頂上だということに気づき、不安
になった。そう、あと数歩で頂上だ、そうしたら私はどうなるのだろ
う？

　仮に私が大丈夫でも、クララはどうなるのだろう？　心臓がギュッ
と痛んだ。オルコ・ワランカとの夜の逃亡が雪崩に葬り去られてから
というもの、私たちのどちらかがじきに死ぬことになるのは確実だっ
た。それは私だろうか？　それともクララ？

第38章
ゲーム・ノー・オーバー

　山頂には狭い地溝があり、兵士たちがそこを通って神への捧げもの
をクレーターに運び下ろしていたが、その地溝の凍った地面に、神官
が聖なる短剣を突き立てた。それからワカマヨクは雪の上に布を敷き、
クララにそこに横たわるようにと指示した。クララの全身が小刻みに
震えていた。寒さのせいもあるが、恐怖によるものだった。クララは
本当に美しかった。そのめかしこんだなりといったら！　宝石、化粧、
服、すべてが神のための装いで、頭には国でいちばん色鮮やかな鳥の
羽根でできた立派な頭飾りをかぶっていた。見事に飾り立てられた姫
が、戸惑うように足を踏み出す。火山の口の中へ、数歩足を進めたと
ころで、ためらうような小刻みな歩みを焼けるような空気が阻んだ。
アンチ・カラが、兵士たちが金や銀、貝殻でできたラマの人形と一緒
に並べた二つの鈴を、緊張したように鳴らしている。ほかの捧げもの
の贈り主は様々で、アイリュ[*149]の一族の遠い血縁者や、カパコチャ
の行進の通り道となる地方の統治者、curacas[*150]と呼ばれる町々の首
長からのものもあった。でもアプが天から山頂に向かって下ろす階段
を呼び出す鈴は、神官が代々の王から受け継ぐことになっていた。ワ
カマヨクは、クレーターのふちに微動だにせず立っているクララを我
に返らせるためだろうか、交互に鈴を鳴らしたり、パチャクテク王と
アナワルキ妃の手が撫でているとでもいうように、鈴を自分の頬にこ
すりつけたりした。王たちが金属の手で触れるたびに、飼い主に背中
をかいてもらっている犬のように、無意識に頭を垂れるのだった。
「お姫様、お望みでしたら、下りる前に頭を割らせますが。」
「そうしてくださるんですか？」

---

*149　Ayllu（アイリュ）― 血統あるいは、一人の遠い祖先を介してつながる
複数の家族のグループ、さらには特定の一族が支配するインカ帝国内の地域を
も指すケチュア語の用語。アイリュはすなわち、インカ帝国の社会的システムでもっ
とも重要な単位であった。

*150　Curacas（クラカ）― アイリュの特定の地域の支配者を指す名称で、
「最初に生まれた」あるいは「長男」を意味するケチュア語kuraq を語源とす
る。

「喜んで。まったく痛みは感じませんよ。怖がることはありません。マリュキ*151になったあなたを布に包んで下にお運びします。」

「ありがとう。」

「礼は無用です、クシ・クイリュル、あなたのような血筋の方のためなら何だっていたします。いいですか、あなたの前にハナン・パチャへと続く階段が開かれるとき、それは私の人生で最高の瞬間となるのです。なんという光栄…」神官が下からまくしたてるあいだに、上にいるクララは司令官に向かって冷ややかに告げる。

「ひっかかったわ。」

ルミ・ニャウイは満足げにうなずいてから、大声を張りあげた。

「頭を割るのはチンカプニにやらせたいが、宗教的に問題はないかね？」

「ええ、ええ、彼は善良な少年です。クスコの祭りで、100頭はくだらない数のラマに、お別れのしるしにチチャをたっぷり飲ませてやっているのを見ました。これほどまでの宗教的熱狂は、今日の若者ではめったに見られないことです」ワカマヨクはクララの処刑人の選出をそう評価し、それから握りしめた鈴を頭上に振りかざして、割れるまで鳴らそうとでもいうように、狂ったように振り鳴らした。

「腹がへって泣きそうだよ」火口から敷布を持ってきた兵士がぼやいた。クララの不死の部分がハナン・パチャへと去ったあと、カパコチャのいけにえの遺体はこの敷布に包まれて、マリュキというミイラになるのだ。

「なんで今、食い物のことなんか考えられるんだ」仲間があきれて首を振りながら言う。

「だって、いい匂いのチューペ・クスケーニョ*152がずっと目の前にあるんだから、唾がわいてきてしょうがないよ…」

「スープ？　それだけか？」ルミ・ニャウイが、腹をすかせた兵士の頭にからかうようにこぶしを置く。

「皆の者、今日私の命令に残らず従ったら、最上流階級のやつらみたいに飲み食いさせてやるぞ。」

---

*151　Mallqui（マリュキ）— mallkiと表記されたり、lが一つの表記もある。死んだ祖先の肉体、すなわちミイラを意味する言葉で、血縁・地縁組織アイリュによって敬われていた。ケチュア語では栽培に適した植物や、果樹を指すこともある。再生の本質という意味を内包する語である。

*152　Chupe cuzqueño — 伝統料理のスープで、チューニョと呼ばれる脱水させたジャガイモを使用して作られる。

　アンバト山の頂の凍てつく空気の中、時間が凍った急斜面から差してくる光と溶け合う。耐えがたい感覚が、谷間に落ちていく雲のように、私の心でぐつぐつと沸いている。

「さあ、どこで止まっているんです？」握った鈴を鳴らし続けながら私たちのところへ上がってきた神官が尋ねる。

「選ばれし乙女が、恥じらっています。あなたが許可した方法で楽になるところを、人に見られたくないと言っています。」

「ああ、そうですか。どうしましょう？」

「男どもをここから下りさせて、独りにしてやりましょう。」

「了解しました、では下りさせましょう。」

　クララは神官の肩に手を置いて、誘惑するような声でささやいた。

「いちばん恥ずかしいのはあなたに見られることです、聖なるお方。」

　アンチ・カラは興奮に胸をふくらませたが、すぐに元どおりになって言い返した。

「でも私はここにいなくては。おわかりで
しょう、お姫様、私がいなくてはカパコチャ
が行えません。」

「わかっています。それじゃ、私が布に
包まれたら戻ってくるというのはどうで
しょう。」

「まあ、確かに。それはいい考えで
すね。それならいいでしょう。」

「素晴らしい、では私がすべて見
届けて、準備ができたらチンカプ
ニにあなたを呼びに行かせましょ
う」司令官が仕切って、アン
チ・カラはクララに「大事に
扱ってくださいよ、お姫様」と
言って鈴を渡してから、兵士た
ちと一緒に山の反対側に去って
いった。私は叫びだしたかっ
た。

「アンチ・カラ…」私の口から

ひとりでにそう声が出たが、その先をどう続けてよいかわからなかったので、一言だけ加えた。「行かないで。」

「大丈夫ですよ、アクリャ、すぐ戻ってきます」神官は微笑んで、尾根のふもとに消えていく男たちを追って歩き出した。私は熱湯でも浴びたかのように身を硬くして、鈴を鳴らすクララのほうを見ていた。

「私…私、どうなってしまうの？」

「どうって。私たち、平凡な人間が谷に下りたあと、アプが天からあなたに向かって、より高次の、より良いハナン・パチャの世界へと続く階段を下ろすのよ。そこへ行けば、あなたは最高に幸せになれる…今にわかるわ。」

「でも私、死にたくない。クララ、お願いよ。」

　ルミ・ニャウイとチンカプニが私を囲むように立った。

「お願い、やめて。」

「これはものすごく名誉なことなのよ、ピットゥ・サラ…」

「いやアアア。お願い、やめて。」

「…自分勝手になるのはやめなさいよ、民のために犠牲になるのがいやなのだったら、せめて私のためにここに残って。私たち、親友でしょう。」

「あなたのためなら何だってやるけど、これはあんまりだわ…」私は泣いた。

「泣かないの、ピットゥ・サラ、オリャンタイとイマ・スマックが生きていると知った今となっては、私は家族と一緒にならなければいけないことはわかるでしょう。あなたには家族がいないんだから、ここで私の身代わりになってよ。」

「家族がいないからというだけで、死んでもいいというの？」クララが私を身代わりにしようとしているという事実を、まだ受け入れることができない。

「あなたの『自分自身』が、次元をつなぐチャカナの橋を渡るやいなや、あなたはハナンの世界で心から愛する人に出会って、たくさんの子供を産むのよ。」

「前代未聞のくだらない別れの言葉だな…」司令官があくびをしながらそう言い、緊張で黙り込んでいるチンカプニが反応しないので、文句を続けた。「…これまで何百というカパコチャのいけにえや、戦いで瀕死の傷を負った兵士たちを見送ってきたが。」

「クララ、私、できなかったらどうなるの？」

「できるわよ、ピットゥ・サラ。今にわかるわ。あなたの未来は、あなたの手だけに握られているのよ。」

「そう、でも天が私に向かって開かなかったら？」

「開くわよ。」

「どうしてそう断言できるの？」

「だって、インティ・カンチャ＊153のいちばん偉い大神官がそう言っていたもの。」

「それなら一理あるように聞こえるけど…」私が認めると、それが許可の合図であったかのようにルミ・ニャウイが剣を持ち上げ、振りかざした。「…待って、待って」私は金切り声でそう叫んで、チンカプニの両足の間にもぐり込んだ。「…私がそれに値しない人間だから、天が開かないかもしれない。」

「まさか、あなたは私たちアクリャの中でいちばん優秀じゃない。」

「前はね…でもここに来る道中、オルコ・ワランカと寝てしまったもの！」

「何だって?!」それまで影像のように無表情だったチンカプニが驚いて吹き出し、ルミ・ニャウイがすかさず道徳的教訓を垂れた。

「あの女たらしめが！　だからアプに雪崩で罰せられたのだ。アクリャを手ごめにした者には当然の罰だ…」

　彼らの気がそれたのを幸いに、私は岩登りの達人の足のあいだを滑りぬけたが、走って逃げだそうとする前に、クララに右目の上を鈴の角でしこたま殴られて、私は冷たい大地に倒れた。

「早く、早く、神官が来る。」クララがいけにえ交換詐欺の共犯者ルミ・ニャウイを急かすと、まだ正気に返らないうちに私は敷布にくるまれ、縛られていた。

「やめて、お願い！　いやよ、クララ、やめて！　二人とも生き残れるわ。あなたの家族のところへ、一緒に逃げましょう」重たい布越しに懇願する。

「早く、行きなさい。いいか、私は何も知らないぞ。おまえらが下手な立ち回りをして、下で誰かに気づかれちまったら、私がこの手でおまえらを処刑する。いいな？」

「ご心配なく、隊長。さっき登ってきた、山の難所がある側には人っ子ひとりいませんし、下りたら昼間は隠れておきます、それから…」

＊153　Inti Kancha（インティ・カンチャ）― ケチュア語で「太陽の神殿」を意味し、コリカンチャ神殿（35、37章を参照）の元の呼び名であった。

「行け、早く、もう来たぞ！」

「クララ、本当に私を置き去りにするなら、あなたは自分自身を失うのよ。」

「お黙り、あなたはもう『カエル』のアンパト山のアプのものよ」クララの遠ざかっていく声にはね返され、私は思いきり狂ったような声で叫んだ。

「あんたのSio! Sio! の魂なんか、クソくらえ！　クソくらえ…」

　ルミ・ニャウイの荒っぽい手が、私を頭の先から足の先まで縛りあげている布を押さえつけて、もう一言も出させまいとした。

「お前に借りがあるとは言ってないぞ、このあばずれが」残虐なサディストが意地悪く笑う。その黄金の鎧はもう見えない。息ができない。息が吸えない。手のひらに噛みついてみるが、無駄だった。布越しには何も感じないらしい。もう少しで、アプが天から下ろしてくれる階段の向こうに約束された人生の、新しい展望に納得しそうになったそのとき、近づいてくる神官の声が聞こえた。姫その人をいけにえに捧げる、きわめて特別なカパコチャの儀式に加わってくれるよう、アプクナに祈っている。ここに転がっているのが、何の変哲もない平凡な女であることなど露ほども知らずに。私は身体を突っ張って望みのないあがきを始め、閉じたサナギから外に出ようとする蛾のように、拘束衣の中でもがいた。力も意識も消えていこうとしたそのとき、驚いた神官の声が聞こえた。

「どうしたんです？　ほかの人たちはどこへ行ったんです？　姫はどうして抵抗しているのですか？　さあ、どうしたのか話せるように、口をきかせてやりなさい。」

　やった、助かった。抑制された幸福感が私を満たした。

「姫から聞いています。自分の弱さが世に知られるのがいやだと。そこで私は『全員この場から立ち去れ』と命令を下し、姫がアプの前で恐れと臆病からくる声を出せないように、口を押さえていたのです。」

「ルミ・ニャウイ、そなたはまことに偉大なるインカに忠実かつ従順に仕えておる…」それが、私がサディストの手に酸素を奪われて意識を失う前に聞いた、最後の言葉だった。安堵の光が、永遠の眠りへと私を連れていく…

　気がつくと、クレーターのふちに座っていた。独りではなかった。私を入れて…十六人いる。山頂を囲むように、輪になって座っている。十六人のピットゥ・サラが、天に昇る階段を待っている。私は足をぶ

らぶらさせているが、クレーターの底に広がる闇のほうは見ていない。1ダースを超える私のコピーと私は、それぞれの頭から立ちのぼるもやのリボンで、一人のシータから隣のシータへとつながっている。いちばん陰気な顔をしたシータの向こうで、リボンはきらきらした雲の中に消えていた。

「あっちにハナン・パチャに続く橋があるんだわ」考えたことが思わず声に出た。

「ヤッホー、お嬢ちゃん。確かにわかるわ、目に見える運命のデータで私たちを結んでいる、私たちの行動のアルゴリズムのほうが、数ある性質の中から勝ち抜いた者たちがグラフィック的に一致していることよりも衝撃よね…」天に続く階段のそばにいる、その暗い顔をしたシータが、私に向かって言った。「…だからって、そんなにじろじろ見ることはないでしょ。」

「すごい、しゃべる鏡だわ」私は魅了されてそう思ったが、不幸なことにまた思いがけず声に出してしまった。

「じろじろ見るなって言ってるでしょ！　最悪な気分なんだから」私の鏡像が気を悪くして言い放った。私とうり二つではあるけれど、私よりずっと悲しげなシータだ。いや、そんなことはない？　そもそも、あの強烈な経験のあとで、自分がどんな顔をしているかもわからないのだ。そんなにみじめな顔だろうか…？　第1ハウスのアストロモーダに不満を抱えて生きることの複雑さについて考えていると、突然思わぬ展開が訪れて思考は中断され、私は「あら」と言ったきりまったく口がきけなくなってしまった。構造としての言語が出てこないだけでなく、内面の存在としても言葉を失ってしまったのである。心身が総体として深い静寂に包まれるなか、陰気なシータを映す鏡が、氷の割れるような音を発し始めた。その割れ目の下から、光の円錐が上に向かって盛り上がってくるような氷の音だ。あまりにも悲しげなシータの鏡像が自分の無力を身ぶりで表して、氷の割れる音がますます高まり、もうどんな希望も消え去ったことが明らかになると、控えめにこうささやいた。「畜生、終わりだ。」そう言った彼女の口は、大げさに唇を突き出したアルファベットのＯの形で動かなくなり、割れたガラスに恐怖に歪みきったシータの表情が不気味に映し出された。するとガラスの最初の一片が弾けて、恐怖の化身が最後に「いやアアアア」とアリアを叫びながら、割れガラスのモザイクに映った口を開き、それは攻撃しようとするサメのあごの輪郭になった。

「大丈夫よ！　闘って！　きっとやれる！　…」気味の悪いほどにひびの入ったシータをほかの「私」たちが励ますが、突然どこか後ろのほうから差してくる目のくらむような輝きが、「いやアアアア」と叫ぶあごを持った存在の鏡を粉々に砕き、何千ものかけらになって私目がけて飛んできた。恐怖の化身の「いやアアアア」のアリアに私も加わり、前腕を上げて顔を守ろうとするが、遅すぎた。消滅の雨が、ガラスのかけらとなって降り注ぎ、私の身体を貫いた。

「あらら、ダメだったわ。またツイてなかったね。あーあ、私たち、どうなっちゃうのかしら？」周りでシータたちが話し合っている。皆、私と同じ声でしゃべっているのだ。私は手をそろそろと目から、続いて顔から離した。

「どうって？　どうにもならないわよ。あの子とおんなじ」私のそっくりさんの中で唯一、インカの姫のように着飾っていない「私」があっさりとそう言って、ついさっきまで陰気なシータが座っていた場所を指差した。不思議なことに、どこも痛くない。顔を触ってみる。一つのかすり傷もない。血も出ていない。ケガがないことを確かめて喜んでいるあいだに、青いダウンジャケットと白いジーンズを身に着けたシータが、奇妙な宣言をもって話し合いをおひらきにした。

「私たちはビットであり、ビットに帰る。」

「私が無傷なのは、ガラスのかけらがバーチャルだからなの？」

「もちろん、あんたもあたしたちも、世界じゅうがホログラムなのよ。ところで、あんたはちょうど今、受信体を通過したところよ、ヒヨッコちゃん」私の声に出さない問いに、青いジャケットのそっくりさんが答えた。

「私はシータよ」ヒヨッコなんていうバカげたあだ名が残らないように、自己紹介する。

「ハハハ、ウケる。」「わー、こりゃおかしい。」「この子、面白いわ」さっきまで意気消沈していたそっくりさんたちが、合唱のように声を合わせて笑いだした。

「冗談もほどほどにしなさい、ね？　ついさっき壊れて『非存在』になった女性を悼んでいるところなんだから。あんたも見たとおり、皆あのことで心を痛めているんだから、今は冗談はよして。」

「でも私、本当にシータっていうのよ」この気まずい状況を説明しようとするが、火山のクレーターのへりに漂う憂鬱な雰囲気を揺さぶるように、皆ますます笑いをエスカレートさせるだけだった。

「どういうつもり？　これは葬式なのよ、ヒヨッコちゃん！　あんた、気狂いなの？」雪のように白いジーンズを穿いた私の鏡像が、私をまた責める。

「やめなさいよ、6番。ヒヨッコをいじめるんじゃないわよ、彼女アイデンティティーの危機なんだから。GAME OVERのあとじゃ誰でもそうなるでしょ。」

「1番を侮辱してもかまわないって言うの？」

「『元』1番でしょ。彼女はもうそんなこと気にしないわ、でも私たちの中でここにいちばん長く残るのはヒヨッコなんだから。」あきらめずに私をかばおうとするそっくりさんは、自分は3番だと言った。

「あっちは新しい1番で、今は彼女がここを統率してるの。」

「統率？」

「そう、2番、4番、5番と私が補佐して、彼女がここをまとめているの。」

「何をまとめているの？」

「あんた、携帯電話持ってない、ヒヨッコ？」白ジーンズが会話を遮る。このうるさい女が考えたあだ名には答えまいと、聞こえないふりをする…

「補佐役のあなたがたから、彼女にあの呼び方をやめさせるようにまとめてくれないかしら？」

「まあ、落ち着いて、みんな通る道なんだから。また新しい16番が入ってきたら、その人がヒヨッコになるの、新入りっていうことで、ね…？　そしたらあなたは15番って呼ばれることになるのよ…」

第39章
セックスと輪廻転生のエラー

「あんた、耳がきこえないの？　携帯電話持ってるかって聞いてるのよ。」

「よしなさいよ。ショックを受けてるのがわかるでしょ、あなただって経験したんだから。落ち着くまで待ってやりなさいよ。」

「どう、持ってるの？　あたしのは完全にイカレちゃった。」

「あなた、ここで電話持ってるの？」

「マジか、ヒヨッコがしゃべった。どう？　自分に出会えて、もう落ち着いた？」6番が私をからかってから、答えた。

「持ってたよ。壊れるまではね。」

「ほんとに？　私なんて鈴に、ラマの像に、貝がらに…」私はポケットと服のひだから、ルミ・ニャウイに突っ込まれた儀式用の道具を引っぱりだした。今はもう用のないものばかりだ。役に立つものは一つもない。

「あんたたち15人の服屋とは違って、あたしはアストロモーダなんかにかまけるのはやめて、チェンマイでインターネットカフェを開いたのよ。」

「何をまた自慢してるの、6番？　あたしたちよりいい暮らしをしてるとでも言いたげじゃないの。」

「いいかい、真実は自慢とは違うんだよ、10番。あんたたちがあのサドであばずれのクララと一緒になったからって、あたしのせいじゃないよ。あたしはヴァレンティナとビジネスをやる方を選んだんだからね。」

「ヴァレンティナだって立派なメス豚だよ」13番と12番が座っているクレーターの反対側から、誰のものかわからない声が聞こえた。

「そうだけど、クララと違ってヴァレンティナには素晴らしいユーモアのセンスがある。カフェに来る男たちを引っかけては、二人でゲラゲラ笑いこけたっけね…」

「黙ってよ、6番！　私の人生の秋のあなたに、あの怪物の思い出話をごちゃごちゃされたくないわ。」

「秋ならまだいいけどねえ、12番。冬が終わって新しい春が来るはずだったのに、今は極夜でしょ、せいぜい黙禱して思い出にふけるぐらいしかできないわ。」

「そう、だから黙ってよ。ヴァレンティナのことなんか聞きたくない。」

「何で皆、彼女をそんなに毛嫌いするの？　まあ確かに、あたしがある 200 OK の本心を確かめるためにペルーにトレッキングに行ったとき、全部彼女に持っていかれちゃったけど、それを除けば最高だったわ。あたしから全部奪っていったのだって、絶対あのERROR 451 がそそのかしたのよ。あのとき、あのクソみたいなゴルフに行かなきゃよかったって、何度後悔したことか！　あそこであの畜生に会わなければ、あたしらずっと親友でいられたのに。でもあたし、彼女に警告したのよ。あいつは451だから気をつけろっていつも注意してたのに、ただの401で、あとでオーソライズするから大丈夫って笑うだけだった。ほれ見ろ！　結局、あいつに完全に丸め込まれちゃったじゃない。」

「その数字は…？　どういうこと？」

「ああ、ヒヨッコちゃん、6番とヴァレンティナはね、男らをHTTPのエラーや、インターネットの検索エンジンのコード[*154]みたいに分類したのよ。二人のどちらかが『200 OK』って言うと、それはもう一人が今話してる男性と、デートしてもいいって承認したことになるの…」10番が嬉しそうに息を吸って続けた。

「…速いし、簡単でしょ。201 CREATEDは、そのままベッドインしちゃっていい男。202 ACCEPTEDは、ほかにもっといい男がつかまらなかった夜のために、『ブーティーコール』[*155]用にとっておく男。ERROR 403 FORBIDDENは既婚者。406 NOT ACCEPTABLEは気

 ＊154　HTTP ― Hypertext Transfer Protocolの略。

 ＊155　Booty call ― セックスだけを目的にかける誘いの電話。

色悪い男。410 GONEは年がいき過ぎ。404 NOT FOUNDはゲイ。402 PAYMENT REQUIREDはイケてないけど、その分物的ケアを十分すぎるくらい与えてくれる男…」

「ヴァレンティナがERROR 425 TOO EARLYのコードを出したから、私は今自分がしゃべっているハンサムな男が保守的な人間で、おどかさないようにペースダウンしなきゃいけないってわかったの。そうじゃなくてERROR 426 UPGRADE REQUIREDを出したら、『冗談でしょ。身体を鍛えて着るものに気を配ったら近づいてきてもいいけど、今は消えてもらうことね』っていう意味よ」6番が思い出して語る。

「そう、でERROR 500 INTERNAL SERVER ERRORは『そいつはカンジダか、もっとたちの悪い性病持ち』っていう警告なの…」10番がエネルギッシュに続ける。

「ずいぶんガリ勉したようね…」

「だってここは退屈だし、あなたたちが作ったコードはうまくできてるから。」

「まあ、そうよね。あんたが言った中にまだ入ってないベーシックなのがあるわ。302 FOUNDは最高の、運命の男。それから303 SEE OTHER、ベッドでとっかえひっかえ寝る男たちね、あと502のBAD GATEWAYは女の人生をめちゃくちゃにする男。ERROR 409 CONFLICTの激しいケンカをするパートナーとは違うわよ、完全に台無しにするやつね。」6番が思い出しながら、満足げにジャケットの首元のボタンをはずした。

「ただ、ここであたしらが話してる楽しいことには、一つだけ小さな欠点がある…それはここに男がいないってこと…一人も。クソみたいなろくでなしの502すらいない。」

「わかってるわよ、6番、でもあなた、私たちをここから連れ出すってずっとわめいてるんだから、またゲームに戻ったらコードを使えるでしょ。」

「ねえ、10番、あの人の言うことは絶対信じちゃダメよ、ヒヨッコが来てからずっとホラばかり吹いてるじゃないの。それより自分が光の中で溶けるときの準備をしっかりしといた方がいいよ。」

「ホラじゃない！ 1番、怒らせるんじゃないよ！ とにかく、HTTP ERROR 405みたいなエラーでサーバーから切り離されてるんなら、

あたしがみんなのエラーをデバッグして*156、また命につないでやる
よ！　でもそのためには、わかってると思うけど、コンピューターが
いるんだ。それか、せめて携帯電話が！」

「そう、そしたら私はその辺の303と片っ端から寝るわ。」

「私は302と引きこもって、3日間ベッドから出ない。」

「ヘッ、出まかせ言って、あんたたちにもその努力にも全然気づかな
い204 NO CONTENTのやつらが目に見えるわ。」

「よくも言ったわね。あなた、私より見劣りするじゃないの…」

「静かに！」1番が大声をあげて、七人か八人のシータがここから出
たらどんなデートをするかについて、ぺちゃくちゃと言い合っている
のをやめさせた。「あなたたち、イカれちゃったの。私の魂が今にも、
はるか遠くの現実の、完全に超自然的な清い光の中に飛ばされてしま
うというのに、あなたたちはセックスの話？」

「誓って言うけど、1番、私たちが話してるのはセックスじゃなくて、
あ ん た の 存 在 を 脅 か し た の が 修 復 可 能 な ERROR 405 NOT
ALLOWEDだったのか、それとも410みたいな解決不能な何かだっ
たのかってことなのよ…」

「なんで私の魂が消えるかなんて、どうでもいいじゃない！　あなた
たちは、その何もないところに去っていく私のために立派な送別会を
するべきであって、私の存在の最後の数分を下品な話で汚すべきじゃ
ないのよ。」

「ごめん、1番、私お別れのパーティが大嫌いなの。それに、はるか
遠くの根源のエネルギーに消えていくのは魂じゃなくて、あんたとい
う人物のグラフィックとしての表現と、あんたの性格がアルゴリズム
として形を持ったものなのよ。」

「どうしていつもあなたの話になるのよ。このアルゴリズムの…ジャ
ケット女！　これは私と死とのデートなの、だから私が何を魂と言お
うと勝手でしょ！」

「Whatever, 1番。ただね、もう一つマズ…いや気になる概念が出て
きたわね。存在のデータリサイクルとのデートとなら言えるけど、死
とのデートじゃないね。あたしらみんな、死はもう経験済みだからね。
私は気狂いの手にかかって、あんたたちはインカの狂信者たちのおか
げで…」

---

*156　デバッグする ― プログラムのエラーを除去すること。

「なんであなたは誰かがちょっと幸福や調和をにおわすと、すぐつぶしにかかるのよ？」

「あんたは口出ししないで、14番、でないとまたあんたのことを『ヒヨッコ』って呼ぶよ。」

「私はただ、愛とか人生のいちばん素晴らしいひとときを、あなたみたいな人たちの実用主義的考え方が台無しにしてるって言いたかったの。」

「黙ってよ。あなたの『木を抱く』みたいな思想なんて、誰も聞きたくないわよ。それよりこれから去っていく1番たちの、コンピューターの人物コードと性格のアルゴリズムの結び目を、キープに保存するのを手伝ってくれたほうがよっぽどましだわ。」

「いい加減にしてよ、10番。魂を結び目にするなんてできないのよ。それから言っておくけど、私はスピリチュアルな直観のおかげで、私を縛り殺そうとする敷布と、ルミ・ニャウイの息を止めようとする手から逃れることができたのよ。」

「そりゃあよござんした。でも確かに、魂をキープに保存することはできないわね。」

「でしょう」と、「木を抱く女」が満足げにうなずく。私たち、インカの姫の装いをした十五人のシータの中で、色とりどりの羽根でできた豪奢な頭飾りをしていないのは彼女だけである。

「だって、魂なんて存在しないもの、14番。キープに保存できるのは、あなたの思考が機能するよりどころになっている『私』プログラムだけよ。」

「それ、何のためになるの？　思考を紐に保存するって？」頭飾りをしていないシータが長いロープを取り上げる。そこには結び目のある細い紐や、ただの紐が垂直に垂らされていた。ただの紐にも、3種類の結び目が作られているようだった。10番は口論にそなえて深く息を吸ったが、まず6番に目くばせをして、6番が同意のしるしにうなずいてから話し始めた。

「命の再生のためよ、おバカさん！ 1番がビットに分解されてしまったら、元に戻すにはこれしか方法がないのよ！」

「でたらめだわ…」頭飾りをしていないシータが反論したが、誰かの好奇心にまかせた「データのクローンを作るのが唯一の方法だと思ってたけど…」という言葉に遮られた。

　口をはさんだのが補佐役の一人、3番だったので、誰も抗議する者

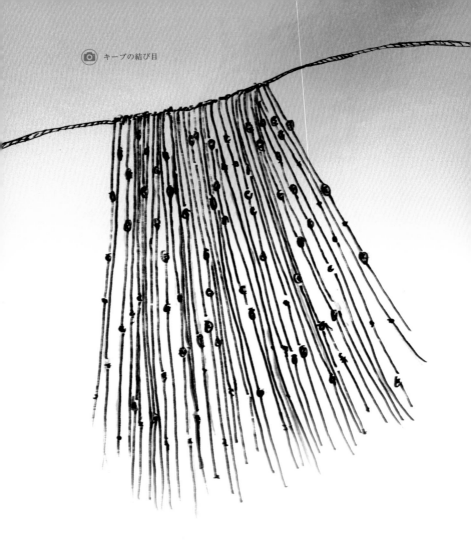

はなく、6番が青いジャケットの長袖についたカフスボタンをもてあ
そびながら、直接答えた。
「あたしらが誰なのかっていうことは、身体が決めたり、定義するわ
けじゃない。だから、同じ見た目をしたクローンが、まったく別の人
生を生きる、まったく別の人物になるということもありうる。それと
は違って、行動の公式やほかの性質のアルゴリズムを使えば、誰でも
まったく同じ人生の様式に戻ってくることになるのよ。」
「なるほど、まったく同じになるためには、肉体のクローンを作って、

226

あなたが言うキープでその肉体をプログラミングしなきゃならないっ
てわけね。ねえ、私、本当にそうしたいかどうかわからないわ。実際、
自分が分解されてあなたたちの言うビットになって、思い出もビジョ
ンも、『私』としての思考も感覚もない状態で、完全な自由と一番深
いところにある真実、すべてを包み込む愛、私が『宇宙』と呼んでい
るあなたたちのコンピューターを駆動する清いエネルギーに満ちた、
至福の覚醒の一部になるのが楽しみでもあるの。」

「でも、つい最近まで魂が消滅するって騒いでたじゃないの。」

「私は自分がもう全部経験しつくしたと思ってたのよ。でもあなたた
ちが品のないテクノロジーのおとぎ話で、私がバラバラになって『存
在』から完全に消え去るのを待っていたのにケチをつけたから、それ
で動揺したのよ。」

「おとぎ話じゃないよ、宇宙の記憶の中に分散するのは、決定的とは
限らないんだから…」

　補佐役の面々が、この奇妙な苦行から再び人生に舞い戻るか、それ
とも永遠に「存在」から消え去るかについて議論するのを聞き続ける
かわりに、私は「木を抱く女」のところへ行った。

「あなたが、ルミ・ニャウイの手に絞め殺されそうになっていたとこ
ろから逃れたんですね？」

「ねえ、あなたが新入りだってことはわかってるけど。ここでは敬語
は使わないのよ、だっていくらそれぞれ違っていても、『私』ってい
う一つのエゴでつながっているんだもの。」

「エゴじゃなくて、同じアルゴリズムでつながってるのよ…」

「今のはあなたに言ったのだったかしら、10番？　違う？　そうで
しょうね、じゃあ邪魔しないで。」

　二人のライバルが意地の悪い怒ったような目線を交わすあいだに、
色々なことがわかってきた。14番は罠にはめられたことをすばやく
直感で悟り、その時が来てもまったく抵抗しなかった。むしろ熱狂的
な信仰心をもって協力し、ルミ・ニャウイは彼女を甘く見て手を緩め
たので、神官のアンチ・カラが戻ってくるとかすれ声で「たすけて」
と叫ぶことができた。

「ワカマヨクは私を敷布から這い出させると、憤激をきわめた様子で、
このもっとも恐るべき神の冒とく行為によって、ルミ・ニャウイとク
ララ、チンカプニ、その他の共謀した兵士たちをどんな恐ろしい罰が
待ち受けているかについて語りだした。不幸なことに、その脅し文句

があまりに強烈だったので、ルミ・ニャウイの堪忍袋の緒が切れて、神官の頭に一撃を加えて黙らせてしまった。それから私に襲いかかって、短いけれど激しいもみ合いの末に、まず私は羽根つきの頭飾りを、次に爪を数本、最後に命も失ったのよ。」

　私自身の記憶によって、14番の話がより強い印象をもって迫ってきた。閉所恐怖症のように身体が硬くなり、息が吸えなくなった。肺と腹が痛みで裂けそうになり、背中はゾクゾクして縮こまった。新鮮な空気を吸い込みたい、ただそれだけを必死で願った。

「いやアアアア」うなじに手が当てられたのを感じて、それがルミ・ニャウイの死の手だと思った私は、恐怖の叫びをあげた。

「落ち着いて。大丈夫。私といれば安全だから」頭飾りのないシータがほとんどささやくようになだめ、それからまるで私が木でもあるかのように、私を抱きしめた。

「あら」私はびっくりして声をあげた。でも自分自身の腕の中で感じられる緊張の緩みが、バツの悪い状況を恥じる気持に勝って、結局私は安堵のため息とともにそれを受け入れた。「わかったわ。」

　すべてを包み込む抱擁で心地よい気分になった私は、クララの行為の道徳的二面性と、自分のコピーたちが火山の頂に輪になって座っていることについて、余裕をもって考えることができるようになった。ここにもう何時間もいるような気がする。時間は相対的なものだ。オルコ・ワランカと愛し合った1時間はまるで1分のようだったし、ルミ・ニャウイの手で絞め殺された1分間は、永遠ではないにしても1時間はかかったように思えた*157。

　突然私は、「カエル」のアンパト山からもう二度と下りることはないと悟ったときの感覚を、はっきりと思い出した。それはまだ山に登るずっと前、トウモロコシ畑で愛し合っていたところを兵士たちに見つかりそうになったときに感じた感覚だった。

　彼らは酒場から近道をして帰るところで、私たちの頭のすぐうしろを通っていった。もしもう1列こちら側を歩いていたら、あるいは私の興奮の息づかいを、唇に置かれたオルコ・ワランカの指が止めるのがもう少し遅かったら、私たちはその日のうちに死んでいただろう。

＊157　アルベルト・アインシュタインの言葉のパラフレーズ。The Yale Book of Quotations：「男が美女と一緒にいると、1時間が1分のように感じられる。でも焼けたストーブの上に座らされれば、1分が1時間のように感じられるだろう。それが相対性だ。」

私の心臓は緊張で耐えられないほどに鼓動し、兵士の一人が足を止めて小便をし始めたときには、恐怖で息が止まりそうだった。そしてその瞬間、私は心のどこかで、もう終わりだ、山から戻ることはないと悟ったのだ…

「ご愁傷さま」私の身体を抱いている女が、まるで自分のほうがマシな状況だとでも言わんばかりに慰める。「この山頂にいるシータよりももっとたくさんのシータが死んでしまう、この決定的瞬間を乗り越えたときから、もっと南に下ったところで私たちの人生のゲームの、勝利のバージョンが幕を開けるのよ。1回愛し合っただけの知らない男と、知らないところへ逃げる人なんていないでしょう？ そんなの、頭のおかしい女の子ぐらいしかいないし、私たちはそうじゃない…それか、私やあなたよりもっと、自分の内面の智に耳を傾けるシータなら、そうするかもしれないけど。」

「待って、どうして私の考えてることが、あなたに聞こえるの？」

「だって私たちは、ごまかしと真実の隠ぺいのためだけに生まれた言葉だらけのルナシミ＊158やその他の人間の言葉を使わない、行動と思考の同じアルゴリズムの柔らかい光でつながっているんですもの。アルゴリズムの柔らかい光は、エネルギーの波動と同じく、私たちの共通の『私』の真実を常に明らかにするの…」私は急に彼女の腕から身を振りほどいて、手のひらで自分の胸を触った。

「変だわ、胸が大きくなってる。」

　我々の「非存在」を悩ませる存在意義の問題について議論している補佐役の面々を除いたシータたちが、一斉に吹き出した。

「私はここに来て15キロやせたわ」7番が自慢すると、8番が頭飾りの下から長い髪をほどいて、腿まで垂らした。

「ここで唯一いいことと言えばこれよね。人生において、どんな人間にもなりえたし、何をすることもできたと気づくこと。確かにもう遅いけど、願っていたことが叶うんだもの。」

「私、胸を大きくしたいなんて思ってなかったわ。クリニックのパンフレットを読んだのは、ほんの興味本位だったのに…！」7番と残りの自分たちに、ファッション誌のタイトルに踊らされて美容外科医に整形してもらうようなタイプではないのだということを説明しようと

＊158　Runasimi　2語に分けて書くことも。ケチュア語の元の呼び名で、runa（人間、人々）と simi（口および言葉、言語）からなり、「人々の言葉」を意味する。

する。「…知識として知っておきたかっただけで。」

　シータたちの顔に浮かんだ、面白がるようなニヤニヤ笑いを見て、私はテーマを変えた。

「じゃあ私は、人生をまったく違うように生きて、果てにここにたどり着かないこともできたということ？」

「もちろん。6番みたいにヴァレンティナとインターネットカフェを開くこともできたし、オルコ・ワランカとトウモロコシ畑で愛し合ったあとに南に逃げることも、あるいはクララと一緒にスペインへ行って、そこで気狂いの手で殺されることも、トウモロコシ畑で愛し合っていたところを見つかって兵士たちに撲殺されることもできたのよ…」

第40章
存在のファタ・モルガーナ

「どうしてヴァレンティナの話がそんなに出てくるの。チェンマイを発ってから、会ってもいないのに…」

「あなた、わからなかった？」

「え？　何が？」

「あの畜生のルミ・ニャウイ、7番以外の私たちみんなを殺したあいつは、ヴァレンティナの前世の姿の一つなのよ！」

　　私は唇を嚙んだ。あのクソ女、いつまで私につきまとうつもりか…

「じゃあ私たち、ヴァレンティナの悪から逃れることもできたというわけ？」

「もちろんよ、ヒヨッコちゃん。私たちの人生のゲームには、ハッピーエンドが用意されていたの。みんなそれを知っていたのに、全部クララのために犠牲にしてしまった。初めは友情からだったけど、最後には『犠牲』以外の何物でもなかったわね。」

「あの胸くそ悪いメス豚め。今度会ったら殺してやる」8番が見事な髪をまた頭飾りの下に丸め込みながら悪態をつき、7番はそれを手伝いながらなだめにかかった。

「ほらほら、落ち着いて。誰かが悪役をやらなきゃいけないのよ。彼らがいなけりゃ、人生はぞっとするくらい退屈だわ。私たちみんな、シータもクララも、それぞれのやり方で頑張ったのよ。」

「次は私が悪役になりたい！　あのメス豚をリンチして、最後は殺しちゃうの」髪飾りの下のおだんごから何度もほどけてくる髪にイライラして、8番が突っぱねた。

「14番、っていうことは、私が経験してきたことはすべて、私のほかの『私』たちが延々と経験していって、ルミ・ニャウイだったヴァレンティナに殺されたシータたちの中のほんの一部だけが、この行き止まりのクレーターに閉じ込められてるってこと？」

「そうそう、ゲームはそれぞれ違っていて、人生のラビリンスでいちばん遠くまで行けたのが6番なの。オルコ・ワランカと一緒にインカ帝国の国境を越えて、そこで末永く幸せに暮らしたのよ。その人生か

ら、二人は輪廻転生の次のレベルに進んで新しい環境に入り、彼女は
そこでワカマヨクに恋するアクリャになるんだけど、そのワカマヨク
は自分の予言のせいで最後のインカ王に処刑されてしまった。王はそ
の予言に腹を立てたの、自分が負けるなんて聞きたくなかったのね。
で、まもなくその王もスペイン人に殺されたから、死んだ神官も少し
は報われたってことかしらね…」

　デジャヴの中で、私はカテキルについて神殿の地下の祠へと歩いて
いる。

「なぜ夜に来なかったのだ」彼の目が私に怒鳴っている。声に出すこ
とは許されない。そんなことをしたら、禁欲を破った罪で二人とも殺
されてしまう。そこで、彼は透視能力者の曖昧な言葉で語り出した。
「血が地を覆い、予言者がそこに音をたてて倒れた。その痛みと苦し
みが身を切り裂くようなものであるべきかのように、予言者の消えて
いく命に、燃えるワカの神殿の叫びと残酷な静寂が聞こえる。遠ざ
かっていく雲が、愛する人の目を永遠に閉じる…」

　私は信じられない思いでまぶたをこすった。「ええっ、オルコ・ワ
ランカはカテキルなの？」

「そうよ、ヒヨッコちゃん、そしてヴァレンティナがワカで彼を殺し
たの。」

「でもどういうこと？　6番はなぜ南に逃げたの、ほんの数年幸せに
暮らしたって、次のラウンドでルミ・ニャウイ＝アタワルパ＝ヴァレ
ンティナに拷問されて死んじゃうのに？」

「それが、死ななかったのよ。6番はまず南に逃げることで、私たち
が負けた人生のゲームに勝って、その次の人生ではアタワルパの軍が
来る前の夜に、カテキルとアマゾンのインディオたちのところへ行っ
たので勝てたの。スペイン軍がインカ帝国を倒したあと、二人はマ
チュピチュに移った。マチュピチュは山の中に隠れるように立ってい
たので、征服者たちにも見つからなかったのね。ヴァレンティナは6
番を一度も直接負かしていないから、『アストロモーダ・サロン』の
レベルでも二人の関係は違っていたの。もっと親密で、率直で、姉妹
のようだった。でも『人生』ゲームのコードでは、二人のあいだに生
きるか死ぬかの闘いの緊張がプログラミングされているから、ヴァレ
ンティナはシータをペルーにトレッキングに行くようにそそのかすこ
とで、アンパト山頂でシータが死ぬのに間接的に一役買っているのよ。
だから6番はあんなにふてくされているの。人類が宇宙で植民地にし

234

た、火星やなんかの星で展開されるもっと高いレベルに進むのを、楽しみにしていたからね。自分の不注意で、間抜けな私たちと一緒に、この世界のどんづまりに足止め食らっちゃったものだから。」

「私は間抜けじゃないわ、私だって南に逃げようとしていたもの。雪崩さえ起きなければ…」

「あのときはもう手遅れだったのよ。山の頂に登る前の晩が最後のチャンスだったの。でもそれはシータが十人いればまず一人しかクリアできないような、非常口だから。逃げるのが早ければ早いほど、成功の確率も上がる。トウモロコシ畑であなたたちが愛し合うのを邪魔した兵士たちが行ってしまったとき、すぐに出発すれば、間違いなしよ。セックスの最中につかまらなければの話だけどね。」

「私はそうしたかったけど、オルコ・ワランカが、山の斜面にいるときのほうが、いなくなってもわかりにくいし、周りの兵士の数もずっと少ないだろうって言い張るから。」

「そりゃね、ヒヨッコちゃん、男ってものはいつだってああでもない、こうでもないっていじくり回すものだからね。人生をうまくいかせたかったら、あいつらの知ったかぶりに流されちゃだめよ。人生のゲームは、女の直感をいかに信じて動くかってことだけにかかってるんだから。」

「ねえ、14番、なんでそんなこと知ってるの?」

「だって私、ここにいるのがいちばん長いから。」

「いちばん長いの?　私、最初に来たのは1番だと思ってた。その次が2番、って。」

「そう、自動で一時メモリーに保存されたシータの場合はそうだけど。直感のおかげで敷布の中から声をあげることができて、神官のアンチ・カラの助けで殺されかかっていた布のサナギから少しのあいだだけでも解放されることができた私は、『人生』ゲームの特殊な代替バージョンとして、アーカイブに保存されたの。データ解析のあいだに、私はトウモロコシ畑で行為の最中に見つかって殴り殺されたり、処刑されたりしたシータや、無事南に逃げることのできたシータ、それにこの火山の頂上にたどり着くことができず、オルコ・ワランカもろとも雪崩で命を落としたり、トウガラシバカの『ノミの足』と同じ岩壁から落ちたりしたシータも見てきたわ。彼女たちの死後の集まりは、私たちの集まりに比べてもっとひどい地獄だから、あなたはここで『人生』ゲームを無事終了できたっていうことで、楽しんだほう

がいいわよ…」

　頭飾りのないシータが急にしゃべるのをやめて、口を開けたまま、私が初め天へと続く階段が出てくると思っていた方を凝視した。空に雲がたちこめ、突如として激しい雨が降り出した。降ってくるのは水滴ではなく、黒い束で、結び目が透けて見える。何千もの大きな結び目や8の字結び、単純な結び目が、何百万という黒い炎の滴の中から語りかける。

「私はあなたがたの創造主である、私の言うことを注意深く聞くなら、あなたがたはここから解放されるであろう。」

　頭飾りをしていないシータが「ああ、来たわ…」とため息をつくやいなや、雨の束の色が明るく藍色になり、炎の滴の中で結び目が私の顔になった。どのシータも同じなのに、それぞれ違うのがわかる。「…新しいヒヨッコだわ、ヒヨッコちゃん」さっき口を開いたシータが途切れた思考を締めくくって、私は神秘的なまでに陰鬱な声を聴くうちに、天から降ってくる藍色の炎に包まれた、同じで違うシータたちは、死んで、やがてこの「非存在」からも消えてしまう前までは、私と同じようなシータだったのだ、と悟った。つまり、宇宙から消去されたすべての人格の墓石の、自動メモリーに一時保存されたシータたちのデータベースから、消えてしまう前までは。

「ほら、あの子たち、知ってるわ！　ここに一緒にいた子たちよ」頭飾りをしていないシータが興奮して叫びながら、藍色の炎の滴に浮かぶ顔たちに向かって手を振る。炎の滴はまた明るさを増し、紫色になってきた。

「紫の炎の中には、前世が見えるのよ」14番が私に言いながら指し示す。が、遅かった。私が映画のシーンのような映像に焦点を合わせたとき、天はオレンジ色になった。特殊な日没の色とでも表現するしかないような、最高にサイケデリックな色彩効果を見せようとするかのようだった。

「なんて素晴らしいの！」オレンジ色の炎の中で、燃えつきた鳥たちが、まるで不死鳥のように灰の中から立ち上がり、緑色の火に包まれて蘇る様を見て、頭飾りのないシータが歓声をあげた。「あれはアプクナの魂よ」厳かな畏敬の念をこめて14番がつぶやき、私は圧倒されて、青く透き通った無数の小さな炎を見つめた。炎のあちこちからは妖精のような声が聞こえ、それが辺りを支配していた激しい豪雨を、生きる喜びと生きる意志とを称える、壮大な祝祭の雰囲気に変えてい

た。妖精と智天使たちが歌う中、透明な炎は人間の身体の形になった。
それは青みがかった身体で、股のところから背骨と頭を通って赤い炎
が伸びていた。その赤い色が身体のほかの部位にも染みわたるやいな
や、私にはそれが自分だということがわかった。

「私もこんなふうにやって来たの？」

「そうよ、ヒヨッコちゃん、私たちみんな、死とメモリーからの消去
とのあいだに追いやられるとき、グラフィック的にこんな形になって、
ここにやって来たのよ」頭飾りのないシータがゆっくりと答えながら、
人の形をした炎の中に黄色い火が張りめぐらされて骨になり、電子の
白い炎が皮膚になって身体を覆う様をじっと見ている。色とりどりの
炎のあられがやんだとき、私たちの前には赤いダウンジャケットと青
いジーンズを身に着けたシータが座っていた。

「ヤッホー、私、代替次元から来たの」そのシータは自信に満ちた様
子で言った。

「だから何なんですか、ヒヨッコちゃん。さ、携帯電話をよこして、
あたしに仕事させてください」6番がそう歓迎して、一方でさっさと
別れを告げ始めた。

「16番が来たから。それじゃね、1番。もう支度して、出て行ってく
ださい…」

「やだ、あの人補佐役の『五人組』に入ったの、こりゃまずいわ。2
番、あなた新しい1番なんだから、あの人に目を光らせとかなきゃダ
メよ。ほら、もう敬語を使おうとしてるじゃない。あなた次第よ。」

　元1番が青いジャケットの新しい5番に対する反感を呼び起こそう
とする一方で、新しい5番は赤いダウンジャケットのヒヨッコから携
帯電話を受け取っていた。

「確かにスマートフォンだけど、どうしてこんな使えなさそうなのを
持っているんです？」

「壊れたら困るから、トレッキングに新しい電話を持っていくのはや
めたんです。」

「誤ったね、ヒヨッコちゃん。とんでもない過ちを犯したせいで、あ
んたはここで消えて、無に帰ることになるよ。」

「そんなの嘘よ！　これが終わりなんて嘘」新入りのシータがヒステ
リックに泣きじゃくって、走り去ろうとする。

「どいてください、出て行きますから」動揺してほかのシータたちを

かきわけ、山の斜面を駆け下りていこうとする。見えなくなったと思ったらまたすぐに、さっき9色の炎の光から生まれて形になった場所に戻っていた。新入りは何度も何度も駆け去ろうとする。繰り返すほどに、ますます狂ったように逃亡を試みる。ついには元いた場所に戻ろうとするがためだけに、クレーターの中に入り込もうとまでするのだった。

「私の魂、私の内面の『私自身』、私の私そのものとしての存在が、それなしには私たちの存在がなんの意味も持たなくなる、言語と文化、物語の構造の中で崩れ始めてきたのを感じる。このシステムのマトリックスから解放される唯一の方法は、バラバラになって、究極の実在の清い光を完全に超越することよ…」*159

「あなた、まだここにいたんですか？」元1番の別れのスピーチを、白いジーンズのシータが歩き回りながらさえぎった。でもそれ以上茶々をいれることはなかった。相変わらず山から駆け下りようと躍起になっているヒヨッコから手に入れた携帯電話に、夢中になっているようだった。

「みんな、あなたが好きよ！　あなたはすごいわ、シータ！」ほかのシータたちが消えゆく存在を励まし、彼女はそれに謙虚に答えた。

「あなたたちもすごいわ。私もあなたたちが好き。でも私、もっと色々やれたんじゃないかって…」果敢にもこらえていたが、それも新しい7番がこう言うまでだった。

---

*159　キェルケゴールが実存主義を予見したように、構造主義を予見した哲学者、ジャンバッティスタ・ヴィーコの言葉のパラフレーズ。1725年頃に彼はこう記している。

「人間は言語によって神話と社会制度、自身の認識する世界全体を構築し、そのような構造を生み出すことによって自分自身をも構築する。それは体系が滑らかに完成していく、終わりのないプロセスである…」ヴィーコを始めとする構造主義者たち、そして同様の思想をもつ哲学者たちは、構造の体系においては、誰も「自分自身」であることはできない、なぜなら「私」というものの人生の意味、意義の感覚は、その人が生きる社会のプログラムに借りたものでしかないからである、という点を正しく指摘している。実存主義者たちが自分自身を、唯一無二の「私」を自己の内面で、また自己を通して探求したのと正反対に、昔の宗教家たちは社会を捨てて、修道院や庵、サドゥーの巡礼などに向かい、自分が携えてきた様々な構造の層から抜け出そうと試みた…エゴや言語、他の人々によって築かれた構造の体系に私たちを閉じ込めている、様々なプログラムから脱出しようとしたのである。簡潔に言えば、G.ヴィーコと他の構造主義者たちはマトリックスについて語り、キェルケゴールに代表される実存主義者たちはマトリックスからの解放を望む存在を研究し、ブッダとアヴィラの聖テレサは、自分自身を手放さないかぎりそれは不可能であると主張した。

「あなたのこと、絶対忘れないわ。」

「いいえ、忘れるわ。あなたたちの番が来て、私が今いる場所に立ったら、すぐに忘れてしまうのよ」「存在」と別れつつあるシータがそう言って泣き出し、しゃくりあげる声の中に「捨てられた」だの「呪われた者」だの「いまいましい」だのという言葉が聞き取れた。

「ほらほら、泣かないでよ、あなたの唯一無二の個性のソースコードは、私たちが『存在』の構造から消去されたあとも、ここアンバト山のデータ待機所で、キープの結び目に保存されて永久に残るんだから」頭飾りをしていないシータがそう慰めて、泣き続けるシータたちを抱きしめながら次々にティッシュペーパーを取り出した。

「私、本当に感動しちゃったわ」涙の小川が止まると、元1番がようやく言った。

「お別れのしるしに、補佐役のメンバーだけが知っていることを教えてあげる。」

　2番がけん制するように指を立てたが、結局去っていくシータが秘密を明かすのにまかせた。

「私たちは、シータであるだけじゃないのよ…」

「じゃあ、ほかには誰なの？」驚きの声があちこちで上がった。

「私たちは、イェシェ・リーという名前の若い女だったときに、サドゥーでヨガ行者のクルヴァーサに呪いをかけられた老女でもあるの…」＊160

　元1番は私たちの驚いた顔を軽く見やって、それから氷の割れるような音を発し始めた。

「…それは黒魔術師、自らを若返らせるため、半世紀以上にわたって私たちから命を吸いとってきた…」秘密を明かし終えようとするシータの顔と身体じゅうに、割れ目ができていく。三本のシワのような割れ目が彼女の口を貫き、そこから目もくらむような光が射している。そこから言葉が響く。「マヤがネパールの女神クマリ＊161と一緒に私

***

＊160　これらの人物は、本書著者の "Medicinman Nirvány"（ニルヴァーナの祈禱師）と "Mayský kalendář"（マヤ暦）に登場する。ヨガ行者の名はDurvasa（ドゥルヴァーサ）だが、消えゆくシータは相当怒っていたようだ…

＊161　Kumari―サンスクリット語で「処女」「純潔な」「無垢な」、ネパール語では「処女の娘」を意味し、ヒンドゥー教の女神ドゥルガー（ネパール語ではタレジュ）の化身とみなされる少女を指す語である。少女たちはまだ幼い時（3〜5歳）に厳しい条件に基づいて選ばれる。そこには身体的特徴の数々だけでなく、女神が体内に宿っていることの証拠として、血を見ても怖がらないことなどが含まれていた。「在位」期間は初潮を迎える時まで、あるいは流血をともなうケガをする時まで

たちを助けてくれなかったら、命をすっかり吸い取られていたところだったわ…」[*162] そのあとはもう、そのこわばった口からは痛々しい「いやアアアア」という声が聞こえるばかりになった。

　人気者だった元1番から、ほぼ全員のシータが目を離すことができない。その姿は割れて、想像できる限りで最も奇妙なパズルのような、アシンメトリーのモザイクになってしまっていた。もうすぐそれは、鏡が割れるように、何千ものかけらに砕け散ってしまう。それがまた私の中を貫通してほしくないと思ったので、その場を離れた。あのときケガをしたわけではないけれど、ガラスの破片が吹き飛んできた感覚には、不快なほどに現実味があった。あれをまた経験するのは嫌だ。とにかく嫌なのだ。わかっている。私は死んだあとですら、死を受け入れることができていない。光の差す出口、砕け散った存在のかけらの光景が、耐えきれないほどの痛みをともなう不安を呼び起こすのだった。

（女神が血と一緒に体内から流れ出てしまうため）とされ、その間少女は寺院から出てはならず、足を地面につけてはならず、個人教授の師と血縁の近い親族以外は会うことも許されない。この生き神はカトマンズの中心部ドゥルバール広場に立つ、その名を冠したKumari Ghar（クマリの館）に住んでおり、カトマンズの谷の守護神であるクマリ女神を称える祭りの時期には、巡礼者の代表を祝福する。

📖 ＊162　著書 "Medicinman Nirvány"（ニルヴァーナの祈禱師）

第41章
救済のコード

「で、私たちはいったい何者なの？　地獄にいるシータたち？」
「地獄というより煉獄ね、ヒヨッコちゃん。死の第一段階に続く中間の状態で、私たちの肉体は死んだけれど、顔や身体の見た目や、癖や人格なんかはそのまま残っていて、体系の構造によって何度も何度も再生されるの。その果てしなく繰り返される人生の回顧展では、あなたは何も変えることができないのよ」今は13番になった、頭飾りをしていないシータが、怯えている新入りを優しく抱きしめて落ち着かせてからそう説明した。「その時あなたができることといえば、もう二度と会うこともない人々や場所、経験することもない行為に別れを告げることだけ。」
「そんなに大げさなことじゃないわよ。もう携帯電話が手に入ったから、あたしがみんなをここから出してあげます」青いダウンジャケットと白いジーンズの新5番が、忙しそうに大口をたたいた。「あ、それから敬語のことだけど、最後の補佐役の会議で、タメ口は禁止になったの知ってるでしょう。」
「あなたってほんとに上流志向ね！　自分に敬語を使うなんて、想像できないわ。」
「じゃあ三人称で話したらどうですか、13番。それならいいわよ。」
「いいでしょうとも、このバカ女」頭飾りのないシータが小声で言う。本当は、考えただけでもみんなに聞こえてしまうことがわかっているのだ。携帯電話にすっかり夢中になっている5番は口論に時間をとられたくないので、「あなたもバカ女ですね」とだけ言って満足した。
「それって、何のためになるの？」バカ女の応酬をさえぎってヒヨッコが聞いた。
「あなたが経験してきたことの繰り返しにおいては、あなたの人格の内省的側面がより高次の生命体と交信するの。そういった生命体は、特別なプログラムであなたの思考のアルゴリズムや、環境の構造においてそのアルゴリズムが定着しようとする意志の強さ、それにあなたの行為が『人生』ゲームの仕組みやほかのキャラクターにどんな影響

を与えたかを解析するのよ。あなたが色々な経験をうまく、進歩的にプレーしたと評価されると、より高次の生命体は、『人生』を下手にプレーしたシータたちからあなたを切り離して、特別な場所に保存し、そこであなたの気分や習慣やなにかからエラーとバグ*163を除去するの。この最終診断にあなたが合格すれば、あなたの魂はバラバラにならないのよ…」

「魂？　魂なんて信じてないわ。『ソースコード』って言ってよ。」

「オーケー、ヒヨッコちゃん、それじゃあなたのソースコードが、1番たちにならって究極の実在のエネルギーの中でバラバラになるかわりに、あなたはゲームの新しいバージョンに向けて準備を始めるの。それがクリアできたら、あなたは輪廻転生して次のレベルに進んで、それからまた次のレベル、次のレベルと果てしなく進むのよ。あるいは人生に負けて、ここと似たような場所に連れてこられるまでね…」*164

---

*163　バグ（Bug）は英語で「虫」を意味し、コンピューターゲームやプログラミング用語としてはソフトウェアの（プログラミングの）エラーを表す。

*164　科学者で神秘主義思想家、哲学者だったエマヌエル・スヴェーデンボリ（Emanuel Swedenborg 1688-1772）の、死後の最初の2段階に関するビジョンのパラフレーズ。50歳を過ぎてから不思議な夢を見たり、霊的体験をするようになった彼は、1758年に『天国と地獄』を著している。神によって定期的に地獄と天国を訪れることを許されたスヴェーデンボリは、悪魔や天使を相手に、世界の終末や最後の審判といったテーマだけでなく、『チベット死者の書』（Bardo Thödol）あるいはパドマサンバヴァの教えにあるような、死と新生との間の状態についても、自由にインタビューを行っていた。

『チベット死者の書』はもっとも霊的な光の記述で始まる。この光は死後「直ちに」ニルヴァーナに達することを可能にし、やがて粗くなって形をとっていき、新しい母親の胎内で物質となる。

スヴェーデンボリの「天国」とその驚異、そして自らの目で見、耳で聞いた「地獄」の記述は、死後の状態を逆から描いている。私たちは死ぬ前とほとんど変わらないまま幽霊として、超常現象ともいえる形で、死後の状態を経るにつれてどんどん微細な「物質」になっていくが、それはコンピューターの古いデータやアプリケーション、プログラムなどを消去しても、ハッカーならそこから消えてしまったりずっと前に消去したと思っていたものを復元することができるのと同じである。スヴェーデンボリの記述は、私が『ニルヴァーナの祈禱師』（Medicinman Nirvány）や『魂の肉体からの解脱』（Vycházky duše z těla）などの他の著作で触れている『チベット死者の書』よりも、はるかに多くそういった連想をかきたてる。

1987年に"Early Mormonism and the Magic World View"を著したマイケル・クインを始めとする人々は、ジョゼフ・スミスがその著書『モルモン書』（原題：The Book of Mormon：An Account Written by the Hand of Mormon upon Plates Taken from the Plates of Nephi, 1830）において、まさにこのスヴェーデンボリの『天国と地獄』に影響を受けていた可能性を指摘している。モルモン教会──末日聖徒イエス・キリスト教会は、ソルトレークシティーからおよそ30キロのグラナイト・マウンテン記録保管庫に、そこに記された名を持つ人はみな、死後の生を得ると

「最悪。よくみんなこんなのが我慢できるわね？」

「私たちに選ぶ権利があると思うの、ヒヨッコちゃん？」

「ううん…じゃあ、何ができるの？　生き残るためにはどうすればいいの？」

「今いちばん期待できるのは、5番があなたの携帯電話を使って何かできるかもしれないってこと。」

　赤いダウンジャケットのシータは、電話をいじっている青いジャケットのシータを悲しげに見やって、絶望したように「あーあ」とため息をついた。

　そして沈んだ気分を追いやるかのように何度かスクワットをしたが、

いう信仰のもとに、何十億という数の名前を保管している。私たちの名前も、世界の終わりが訪れた後に再び存在することのできる人々として保管されている可能性がきわめて高い。つい最近まで、10トンを超える重さの扉が付いた、高価で破壊不能な保管庫に名前を収納するというプロジェクトは、信仰のない人々にとっては完全に気違いじみた考えだった。中には、1995年にその名が消去されたサイモン・ヴィーゼンタールを始めとする、数十万のホロコーストの被害者のように、死後の洗礼と未来の復活を約束する名前の保管庫に、多くの人と同様知らずに保管されたということで、リストからの除名を教会に要請した人々もいた。科学技術の進化により、不死を渇望する人々は遅かれ早かれ、自ら進んで名前の保管を願い出るようになると思われる。数世代、あるいは数世紀ののちに、あなたの名前がこの世から消えないよう保証する方法が、他にあるだろうか。それに、近未来のハッカーが「宇宙」のコンピューターシミュレーションで、手がかりになるデータもなく、かつてその人（例えばあなた）が存在していたということすら知らないような、ずっと昔に消えたキャラクターを復元するのに、この保管庫でない方法があるだろうか。手がかりのない人が、はるか昔に死んだまま「非存在」の呪いの中に留まるのに対して、ハッカーがその名前を入手できる人はゲームに戻ることができるのである。あなたの失われた名前も、もしかしたら誰かが思い出してくれるかもしれない。

この注釈の比喩は、『オリジナル・アストロモーダ』のこの部分に現れるパーソナル・コードのキープの寓意を、より正確に把握するためのものである。名前も、ここに出てくるキープも、失われた存在を後から再生させるためのデータである。もし実現可能であるなら、もう誰も我々の大統領やその孫の名前すら覚えていない時代の、進化したテクノロジー、あるいは人類の霊的進化がこの問いに答えてくれるだろう。すでに今、パラレルワールドやより高次の次元、あるいは宇宙の他の場所で誰かが名前の神秘の力をアクティベートしたり、キープに保存された人物のコードをコンピューターでプログラミングしたりして、それが行われているのであれば話は別だが。

「すべてのものは、過ぎゆく事物を乗り越える力をもって、ハナン・パチャの天上界を通りカイ・パチャの地上界へとやってきた。ハナン・パチャの生命体は、そのことをより高次の世界の智をもって完全に認識しているが、地上の人々は同じ対象を表面的にしか知らず、その全幅をようやく理解しようと努力しているところである。キープに書き入れられた言葉は、時空とハナン・パチャにおける死の限界を超え、カイ・パチャの地上界にいる人々のための、物質的で一時的な意味を超越することができる。ゆえに、我々と天上界との交信は、キープの言語を通じて行われるのである。」

エマヌエル・スヴェーデンボリの著書『新しいエルサレムとその天界の教え』（原題：The New Jerusalem and its Heavenly Doctrine, 1758) 252段落のパラフレーズ。

ひざを曲げたときブランドもののブルージーンズがはちきれそうに見えた。それからまた、ついさっき彼女の目の前で、当たっても切れない破片に砕け散ったばかりの元1番よりましなやり方で、この絶望的な状況を抜け出せる希望はないかと、質問を続けた。

「彼女が『非存在』に消え去ったかどうかなんて、どうしてわかるの？　また人生に戻って、おいしいランチでも食べてるかもしれないじゃない。あーあ、私も何か食べたい！」

「そういう二度目のチャンスを与えられたシータたちは、Sio! Sio! と音をたてながらそのまま、壊れないまま空間に向かって飛んでいくのよ。」

「最悪…」赤いダウンジャケットに、非物質の涙が落ちたように見えた。

「そうよね、最悪よね」頭飾りをしていないシータが、ほとんど聞こえないくらいの声で答えて、ヒヨッコを抱擁しようと手を伸ばした。ヒヨッコがそれをかわす。

「私、ハグしたくないの。」

「私の腕からあなたにエネルギーがたくさん移って、もうお腹がすかなくなるかもしれないわ」今は13番になった元14番が励ますように微笑むと、ヒヨッコは本当に彼女の抱擁を受けた。

「ねえそこのレズビアン、あんた予備のバッテリー持ってない？」敬語を使うのを忘れた5番が感動的なシーンの邪魔をして、「いいえ」の返事を聞くやいなや、また携帯のディスプレイに没頭した。赤いジャケットの新人は、「木も人も抱く女」の抱擁を素早くすり抜けて、さっきと変わらぬ迫力で責任者の追及にかかった。

「それじゃ、私がバラバラになって『無』の残骸と化すか、Sio! Sio! と音をたてながらまた生に戻っていくかは、誰が決めるの？」

「より高次の生命体よ。彼らのことをアプクナと呼ぶ人もいるし、プログラマーと呼ぶ人も、異次元の生命体だという人もいる。あとの人たちはそれを神だと言うわ。」

「神さま、私ここを出たいです。聞こえますか？　行かせてください。神さま！　クソっ、どこにいるんです？　何でもします！　お祈りだってします。あなたがお望みなら。とにかく私をここから出してください！　聞こえますか？　助けて、神さま…」

「畜生、お黙り！」ヒヨッコの絶望の叫びを、5番がさえぎった。それから手にしているのが誰の携帯電話かということを思い出して、い

ネヴァド・コロブナ

くらか優しい声で付け加えた。「仕事に集中できないのよ。だから
ワーワー言わないで、ね？　叫んだって逆効果よ。」

「逆効果って？　これ以上悪いことなんてあるの？」ヒヨッコが反論
しながら、観光ガイドがアンパト山について説明するときのように、
両手を振り回した。

「13番、お願いだから、この子に教えてやって。私には無理。そん
な時間も根気もないわ。」

「より高次の生命体であるアプクナが、すべてのシータを、自動一時
メモリーにある、パリア・カカ山の『ゴミ箱』と呼ばれる『無』の中
で分解させるの。ただし、Sio! Sio! という音を発しながら『人生』
ゲームの特殊な代替バージョンのアーカイブに保存されて、そこから
ゲームの先のレベルへと蘇生されるシータたちは別ね。それ以外にも、
ちょっとした偶然や間違いで、コロブナ山の頂に来てしまうシータも
いるわ。この辺りの神話によれば、コロブナの山頂に来た者は天の生
命体となって、それが天使の役割を果たすような『人生』ゲームもあ
るそうよ。アプクナはそういった生命体を"non-playable
character"[165]と呼んでいるんですって…」

「だから何？　何で私に言うの？　だからどうすればいいのよ？」赤
いジャケットのシータがイライラして不満げに言う。

「あなたがいちいち根掘り葉掘り聞くからよ、それにコロブナの上に

---

[165]　Non-playable character (NPC) ― non-player character とも呼
ばれ、プレーヤーではなく、コンピューターがアルゴリズムまたはゲームの人
工知能に基づき操るゲームの登場人物を指す。

行ける奇跡は、心優しくてもの静かなシータにしか起きないの。うるさいシータは絶対に行けないのよ。」

「そう、わかった」ヒヨッコががっかりしたようにつぶやいた。「ヴァレンティナにそそのかされて南米遠征に行ったのは間違いだったわ…それから、セクシーだからという理由だけで、あの人殺しを信じたのも大間違いだった！　それですべてが決まってしまった…彼が一緒に行くことに同意してしまったの。たった一つの過ち、誰でもやりそうなミスで、死と消滅の奈落へと転がり落ちてしまうんだから…」

「そうね、私たちが『人生』のサーバーに送信する何百万という決定のうちの、たった一つのERRORのせいで、サーバーから永遠に切り離されてしまうからね。そう、あんたはまんまとやっちまったってわけ、ヒヨッコちゃん。しかーし…あんたは携帯電話を持ってきた、おかげであたしらみんなに希望をもたらしたんだよ！　だから泣きなさんな」自責の念に溺れるブルージーンズのシータを5番がそう励まして、陽気に続けた。「では、淑女の皆さま、どうやら私は、皆さまをここから助け出す方法を解明したようです。ここには十六人います。バッテリーはそこまでもたないでしょう。何人いけるか見当がつきませんが、三人ならまず大丈夫、あとは運しだいです。ということで、出て行く順番をくじ引きしますのでよろしく…」

　興奮の歓声と十四人のシータが覆いかぶさって、青いダウンジャケットが見えなくなった。

「私の携帯電話なんだから、私が最初に行くべきじゃない？」押し合いへし合いする中で赤いダウンジャケットのシータが叫ぶが、誰も耳を貸さない。そこで自己中心的な要求を、社交的な会話に織り交ぜる策に出た。その声は、人生に戻るための切符の抽選を控えて、恐れと興奮とで震えていた。

「なぜ私たち、十六人なの？」熱狂して飛び跳ねながら群がるシータたちに向かってそう呼びかける。

「そんなの、一握りのスペイン人が大砲で五千を超えるインカ人を虐殺して、最後のインカ王アタワルパを捕らえたのが16日だったからに決まってるでしょ、ねえ？」[*166]

「バカ言わないで、7番！　チェスの駒と同じに十六人なのよ！　こ

 ＊166　1532年11月16日

こから出られたら、まず何をする？」

「お風呂に入るわ、9番！」

「お姉さんがた、ヒヨッコを混乱させちゃダメよ。十六人いるのは、私たちがインカ帝国でいちばん高い塔、つまりタロットカードでいう16番に閉じ込められているからよ。でもお風呂の件は私も賛成。」

「やれやれ、最初は人生の秋で、今度はクソみたいなタロットか、そんなバカげたことどこで聞いてきたの」青いダウンジャケットを着た「シータたちの救済者」が新しい11番の考えに反論してから、携帯電話に入力する手を休めることなく、控えめにほとんど聞こえないような声で、16進法の仕組みについて説明を始めた。16進法は0と1を使う2進法の4倍も速いので、プログラミングに使われるのだ。9番とヒヨッコ、そして話している本人以外は、何の話だかわかっていないようだった。

「簡単よ。ヒヨッコ、つまり16番は、16進法ではいちばん大きな数だから、10ということになる。それからあんた…」と言って私を指差した。私は彼女が敬語をすっかりやめてしまったのはリラックスしているからだと思い、本当にここから出る方法を見つけたのだという気がしてきた。「…15番、あんたはアルファベットのF、13番はDで、10番、あんたはA、9番は…」

「待って、待って…」いかにもガリ勉らしく元10番がさえぎり、言葉をつなげた。「私は16進法では9ね。」

「ああ、それなら私にもできそうだわ。9番なら9ね」コンピューターにまつわるたわごと以外には動じない「木を抱く女」が、ニヤニヤしながらそう言った。

「いい、あの人たちの言うことなんか聞かないのよ、十六人いるのは偶然なんだから…」赤いジャケットのシータの注意を自分に向けようとする。「一時メモリーに自動保存されたものは、直近にプレーされたゲームを最大で1000、再生することができて、トウモロコシ畑で愛し合っている最中に殺されただとか、南に逃げる途中で死んだとかいうすべてのGAME OVERのバリエーションの中から、『カエル』のアンパト山の頂で死んだ十六人のシータのためのスペースが、この限定メモリーの中で与えられているのよ。」

「バカな。この人を信じちゃダメ。木を抱く人たちは親切だけど、バカなのよ。この人が言うとおりだとしたら、私たちは時々十七人になったり、十五人になったりするはずじゃないの。違うわ。十六人

なのは16進法だからよ。ほらね。」

　5番がディスプレイを見せているのをヒヨッコの肩越しにのぞき込むと、「506974752053616c6c61」という表示が見えた。

「これは何のコードなの？」

「ピットゥ・サラを16進法で表したものよ。」

「彼女らはね、ヒヨッコちゃん」救済者が、古代インカの装束をまとった私たちシータを指して言う。「頭飾りをしたこのおばさんたちはね、ピットゥ・サラなんだよ。で、この人は」と13番のほうを見下したようにあごで示して、「どこぞの兵士といちゃいちゃしてたときに、羽根飾りをなくしちゃったんだ。」

「断固として異議を唱えるわ！　私が羽根飾りをなくしたのは、生きようと格闘したからよ」頭飾りのないシータがきっぱりと言い切ったのにかぶせて、ヒヨッコが言った。

「どうして彼女たちの名前を入力してるの？　くじ引きはまだでしょう。あなたや私が勝たないなんて、どうしてわかるの？」

　救済者は怒りの声にも絶望の声にも答えず、黙ってキーを打った。「4D6163687572020706963636875」

「マチュピチュ？　なんで目的地をマチュピチュって入れるの？　私が住んでるのはチェンマイで、雨でぐちゃぐちゃの山に囲まれたどこかの廃墟なんかじゃないわ！」

「うるさい！　あんたのことはもう入力してみたよ。でも反応なし。アドレスとして入力できるのは、マチュピチュにあるパチャクテクの王宮だけ。」

「え？」

「どうして？」

「なんで？」私のそっくりさんたちが口々に聞き返す。

「くじ引きのはずでしょう。」

「どうしてそんなことになったのよ？」

「あんたたちの中で、着ているものがいちばんいいからよ。うまくいったら、頭に趣味の悪い飾りなんか着けていない人に、私の代わりを務めてほしかったの。よく考えれば、この人の携帯電話なんだからね。」

「そのとおり、私の電話よ！」ヒヨッコがヒステリックな金切り声をあげて、「救済者」の5番の手から電話機をもぎとると、クレーターの周りを走りながらダイヤルアップの接続を始めた。5番と10番、2

番はヒヨッコを追いかけて走り、残った私たちは、ヒヨッコの顔に光
の亀裂が入ってバラバラになり、爆発する破片のモザイクと化してい
くのを見守っていた。
「いなくなったわ」赤いジャケットと青いジーンズのシータが消えた
ばかりの場所で足を止めると、救済者があっさりとそう告げた。
「何が起きたの、5番？」
「さっぱりわからない。」
「それって、本当に番が来る前に、みんな消しちゃおうってわけ?!」
「木を抱く女」が責めたて、ほかのシータたちも咎めるような視線を
救済者に向けて同調する。
「あの子は私と同じで、『人生』ゲームからここへ来たときに、中世

の神々の鏡なんかを通るにはレベルが進みすぎてたのよ。頭飾りをしたあんたたちは、問題ないはずだわ。」

　誰もが口を開きかねていた。ちっぽけな自分の存在がバラバラになってしまうことの恐怖が、命が助かる希望よりも強いのだ。

「パチャクテクが父親だと名乗る生命体から受け取った、鏡のように物を映す紋章の中に、私も入っていくって言いたいの？」1番が聞いた。どうせもうすぐ消える運命なので、大胆になれるのだ。

「そうそう、パチャクテクが一緒に戦わせるために石に命を与えたあの鏡は、別次元のインターネットにつながる高度な3D拡張現実インターフェース[167]みたいなものらしいわね。ホログラムや3Dプリンター、EATRロボット[168]やなにかの優れものが、付属品として付いているみたい。」

「さっぱりわからないけど、やってみましょう、時間が残っているうちに。」

「OK、1番、パチャクテクによろしくね！　万が一殺されそうになったら、すかさず彼の娘のクララがどこに逃げたか知ってるって言うのよ…」

　救済者が言えたのはそこまでだった。1番はまず縮んで、それから伸びて伸びてあたり一面に広がり、チカチカと点滅するサイケデリックな虹の中に消えた。10番があとに残った携帯電話を拾って、救済者に渡した。

「何が起きたの？」「どうなったの？」「私、…」「ワーオ！」

「どうやらうまくいったみたいね」5番がクレイジーな見ものを楽観的に評価しながら、電話を調べた。かすり傷ができているが、ちゃんと動く。

　2番。3番。4番。虹の閃光の中に、次々と消えていく。

「『五人組』の中で、残ったのは私だけ。この新しい時代の幕開けに、女王の前にひざまずきなさい」青いダウンジャケットのシータが私たちをうながす。ほかのシータたちは、「カエル」のアンパト山の凍りついた頂に、急いでひざをついた。羽根飾りのないシータと私だけが、自称女独裁者の言うことを聞かなかった。

　＊167　AR Interfaceともープログラムの構造。

　＊168　EATR—Energetically Autonomous Tactical Robot（戦術的エネルギー自律型ロボット）

「政治的な意図はないのよ、ただひざをするむくのが嫌なの」「木を
抱く女」が大胆にもそう言って、5番に釈明する。私は黙っている。
反抗心が湧きあがるのを感じる。こんなにトラブルを抱えていてもま
だ足りないとでもいうように。なぜ人生は、他人の気分を台無しにす
ることだけにかまけている大バカ者を、決まって忘れずにこちらによ
こすのだろう。

「こっちにおいで。」

　私はうしろに誰か立っていないかと振り返ってから、自分の胸を指
差した。

「私？」

「そう、あんたの番だよ」女独裁者が私を呼ぶ。うまい策略だ。私を
厄介払いするために、新しい人生というボーナスに加えて、ゲームで
何レベルも先の未来に進めるアップグレードを持ちかけるのだ。5番
がそれを発見したのは、3番が去ってからだった。あの気の毒なヒヨ
ッコが携帯電話を持ってきてからずっと何かを解析していて、パ
チャクテクの神々の鏡のコードを入力すると、色彩が虹のように荒れ
狂って、縮んで送り出されたシータがたちまち別のサーバーへとつな
ぎ変えられ、「人生」ゲームの先の未来のレベルへと、どんどん進め
ることに気づいたのだ。

　私はどこにたどり着くのだろうか。自分が小さくなってきたかどう
かなんてわからない。感じるのはものすごい混乱だけだ。そのカオス
の中で、パチャクテクと神々の鏡が見えたような気がする。パチャク
テクは裸で湯あみをしていて、古臭い石造りの風呂から、宇宙の反対
側にいる何者かに語りかけていた。

「いや無理だね！　お楽しみの時間なんて、私にはとても…待て、ど
こかの知らない女が点滅しているようだぞ、我々のほうを見て、話も
全部聞こえているようだ。お前にも見えるか？」マチュピチュの王宮
にいるパチャクテクがホログラムに尋ね、ホログラムが答えた。

「畜生！　スパイだ！　お前を狙ってるぞ！　じゃあな。」そう言っ
て通信を切った。

「待て、スパイじゃないぞ、幽霊みたいだ」パチャクテクがホログラ
ムを引き留めようとし、それから立ち上がって小さな噴水のほうへ歩
き出した。そこから色とりどりの光が出ていて、私もその一部なの
だった。パチャクテクが私をつかまえようとする。つかまれている感
覚がある。と思ったら、通りにある別の噴水の中にワープした。正気

に返るより前に、腰に布きれを巻いたパチャクテクが駆け寄ってきて、また私をとらえようとする。でも今度は、「太陽の神殿」の浴場にある噴水の中に出た。ここは絵のように美しいが、建築の美をゆっくりと味わっている時間などない。パチャクテクは警護の者たちに向かって外からわめきたて、私は虹色の光の中で点滅しながら去っていく。

どんどん。どんどん…うそ、うそ、うそ、うそでしょう！　私はチェンマイのデパート『エアポート・プラザ』にあるショーウィンドウの前に立って、ヴァレンティナと一緒に、ひざよりずっと丈が短く、胸元が乳房のはるか下まで開いている美しいブルーのドレスを眺めていたのだ。できるなら、細い肩紐をむしり取るか、丸ごと燃やしてしまいたい。と、突然、私とクララとマヤ、そして私たちの『アストロモーダ・サロン』に起こったあらゆる災いは、私がこのセクシーなドレスをあきらめるよう彼女を説得できなかったせいだのだ、ということに気づいた！　ヴァレンティナのホロスコープにまったくふさわしくないドレスが運命のつむじ風を巻き起こし、それが彼女の過ちと悪い性質を助長して、その破壊力でもって周囲のあらゆる人々をめちゃくちゃにしたのだ。人生では、二度目のチャンスは与えられない。私はダウンジャケットを着た、自分の支配的バージョンのおかげで、それを手にすることができた。5番のシータがコンピューターを操る能力を思い出し、ヴァレンティナに彼女の運命にふさわしい白のキャンバス地のパンツと、ごく浅い襟開きしかない紫のブラウス、フラットシューズを選ぶよう無駄な説得をする代わりに、もったいぶってこう告げた。

「インターネットカフェを開業しようと思うの。」

「うそでしょ、私もよ」ヴァレンティナの目が感激でキラッと光り、ブルードレスに魅了されていたのも忘れてしまったようだった。

「今日、いい物件を見に行くの。ターペー門の近くで、古本屋を閉める予定のご老人がいるのよ」と私が言うと、ヴァレンティナは大胆にもこう持ちかけた。

「ねえ、買い物なんかやめて、そこに一緒に行くのはどう？」

「そうしましょう！」ヴァレンティナがまとうことで、私の大事なたくさんの人々に悲劇を呼び起こしたブルードレスの呪いを退けられるなら、何だっていい。ヴァレンティナは興奮して、弾けたような歓声をあげた。

「世界じゅうから集まったコイでいっぱいの池になるわ。なんて素敵

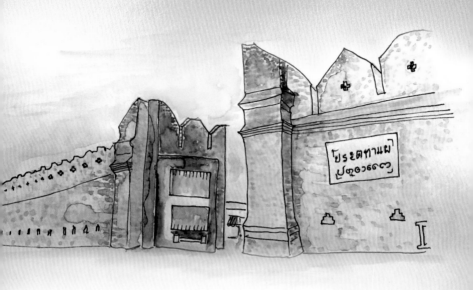

📷 ターペー門

なアイディアなの！　やったー！」
「コイ？」
「私たち、オーガズムで死にそうになるわよ、今にわかるから！」
　ああそうか、だからブルードレスをあきらめたくなかったのか。バストを2サイズも大きくする、そのドレスの目に見えないコルセットの中に、彼女はコイでいっぱいの池を見ていたのだ。そして今、インターネットカフェにその池ができるとなって、罪深いドレスのことはすっかり忘れてしまった。
「すごいことになるわよ！　朝ごはんは中国の観光客、ランチは筋骨隆々の北欧人で、夜はブラジル人かアメリカの黒人を味見といきましょ。グローバリゼーションばんざい！　私たち、世界でいちばん幸

福な女になるわ。」

「どうかしらねえ、ヴァレンティナ。」

「ハハ！　どうかしらって、何が？　いちばん幸福になるかどうかってこと？　いちばん満足した女になることは確実よ、特に、翌日男たちがラオスやプーケットに行ってしまう場合はね。」

「プーケット？　なぜプーケットなの？」

「まあ、シータ、あなたって頭が鈍いのね。占星術の才能はあるかもしれないけど、男をモノにすることとデートに関しちゃあ…」ヴァレンティナはデパートのショーウィンドウのあいだの人混みを流れていく男たちを何人か指差して言った。「…まったくの素人ね。古い愛人をお払い箱にするのがどれだけ大変か、知ってるの？　でも私たちの愛人は、自分から出て行くのよ。進んでね。幸福なヴァギナのお経そのものだわ、『入れて―出して―入れて』、そしてプーケットへ！」

「つかまえた！　もう逃がさないぞ、この淫乱女！」男の大きな声が響いた。振り返ると、私の肉体によだれを垂らす男たちの群れが見えた。

「ヴァレンティナがあの呪われた、ラピスブルーのドレスを着ることさえなければいい！」押し合いへし合いしながら「太陽の神殿」にいる私に迫ってくる筋肉質の肉体に向かって私はそう宣言し、必死で逃れようとするかわりに、チカチカと点滅する虹の夢幻状態に落ちていった。

第42章
16番目の噴水を目指して

　私はまるで光の魚になったように、通りに並ぶ噴水から噴水へと飛び移りながら、ピューマの地上界の現実を操作することで、私たちはチャカナの水平軸であるカイ・パチャの反対側に、新しい現実を創り出しているのだ、と言ったリョケの言葉を実感をもって噛みしめていた。その「熊」の代替現実、すなわち孤独で弱くて傷つきやすいシータの無益な苦しみを、ビクーニャの毛で織った絹のように上等な服を着た上流階級の男が、もう少しで断ち切るところだった。フォークのように交わる二つの階段の交点にある5番目の噴水は、三方向から高い壁に囲まれていて、唯一通れる道には、金持ちの男たちが立ちはだかっているのだった。彼らはせいぜい田舎者が着るのにふさわしい、ラマとアルパカの毛で織った重たい布について話している。
「太陽の神殿」にある3番目の噴水から、道沿いの4番目の噴水に移るあいだに大きく引き離した追跡者たちの喧騒で、金持ちの男たちも気分が高揚して、私の虹色の光が目の前でチカチカし始めると、いちばん豪勢ななりをした男が躊躇せずに私に飛びかかった。私が事態を把握するより前に、私の首根っこをつかんだ男は大声で怒鳴った。

"Tuylla Pachampitac Rumi Tucorcan!" ＊169

　初め、何をバカなことを抜かしているのかと理解できなかったが、すぐにそれがバカなことでも、比喩でもないことに気づいた。私はその場で石像になっていたのである。そして私たちの頭上に、太陽の息子サパ・インカが現れた。「タオル」だけまとった姿で分かれ道のところに立っている。上流階級の男たちは目を丸くしていた。彼らはだいぶたってから事態を飲み込んで、慌ててうやうやしくひれ伏し、静かなため息をついた。「ムスクイ＊170、これは夢じゃないか。」あるい

＊169　『ワロチリ文書』からの引用で、「その時その場所で、彼女は石になった」の意味。

＊170　Musquyはケチュア語で「夢を見ること」あるいは「夢を見る」「幻を見る」の意。

は「プニュイ＊171、眠りが私を、ハナン・パチャの最も高次の生命体
のところへ連れてきたのだ」などとつぶやいている。

「よくやった！　でかしたぞ！　褒美として、お前の家族は私が国を
治めるかぎり、ミタ＊172を免除しよう」摩訶不思議な生命体をつかま
えた家来にパチャクテクがそう報いるかたわら、高位のアクリャがマ
ントを持ってきて彼に着せた。

　ママ・カカは私の存在にすぐ気づいた。でもまつ毛一本動かさない。
マチュピチュの上流階級に、自分が育てた少女がお化けになったこと
を知られたくないようだった。

「太陽のご子息のお通りです！」皆に恐れられ、敬われるアクリャが
大声を張り上げた。その心はこうだ。「噴水の狭いスペースに群れて
いないでどきなさい。」

　皆が去ったあとも、私をとらえた男は離そうとしない。

「さ、離しなさい、ね？　さもないと家族全員にミタを倍にして課す
ことになりますよ？」ママ・カカが、階段を上がるサパ・インカに付
き添いながら男をうながす。めかしこんだ男は仕方なく私の喉から手
を離し、うろたえたように一歩下がった。私は息が詰まるような気が
したが、そのときアクリャがついでに思い出したとでもいうように
「生きとし生ける命よ。さあ、生きよ」と言うと、私は石から再び光
になった。虹から石に、そしてまた虹へとリズミカルに姿を変える霊
たちの舞の魔法のような美しさに、誰もが圧倒されている。噴水の中
の奇跡の現象を微動だにせずに見つめながら、興奮したように手を振
り回す人々。魅了されたその表情は、この超常現象との邂逅が、彼ら
にとってこれまでの地上界での人生で最高の瞬間であることの証だっ
た。私をとらえた男の顔だけが、明らかに怒っている。憎しみに満ち
た攻撃で、他人はこう振る舞い、こう生きるべきだという自分のイ
メージの石の型の中に、獲物を引き戻そうとしているのだ。そのとき
私は、中央階段の下、すなわちサパ・インカの足の下に、壁の中へと
続く希望に満ちた穴があるのに気づいた。ママ・カカは私を逃がした

＊171　Puñuyはケチュア語で「眠り」または「眠る」を意味する。

＊172　Mit'a──スペイン語ではmitaと表記される。インカ帝国期に、18歳か
ら50歳までのすべての男子に義務として課された地域奉仕（道や神殿、保護
壁、灌漑設備の建設など…）。このシステムはスペインの征服者たちにも引き継がれ、
労役による納税の方法として利用された。こちらはすべての男子の義務ではなく、一
定の期間の労働力としてくじ引きが行われた（農耕作業や鉱物の採掘など）。スペイン
人は、とりわけ工芸作業（動物の毛の加工など）によってミタを納めさせるのに女性
も利用した。

あと、途方に暮れている色男に向かって叫んだ。

「逃がしたら、お前の首はないぞ！」

　気の毒な男。私は四角い穴の闇に向かって逃げる。中は薄暗い。私の奇妙な存在は、奥へ奥へと進んでいく。壁は湿って、石は冷たい。どこからか、閉ざされた通路のようなところで、不安をかきたてる音がしている。闇が壁に、不思議な影を投げかける。ゴミの山のてっぺんに、混沌の中に一粒の調和を探す16匹のネズミがやってきた。私はぎょっとして飛びのいた。「キャー！　キャーーー！」と叫んで、悪臭のするゴミ山から逃げる。通路はどんどん狭くなって、通れるのは頭飾りのない顔だけになった。老けて、心配事でシワの増えた顔だったが、薄暗がりでもそれが誰かはすぐにわかった。

「13番、ここで何をしてるの？」

「あなたに警告しに来たの。並んでいたあの噴水は、鏡の間のようなもので、私たちの人生の色々なバリエーションが映し出されるのよ。もし戻りたいなら、自分のデータを無限の閃光にして、最後の噴水に投入しなくちゃならない。16番目の噴水よ。さもないと、トウモロコシ畑でオルコ・ワランカと愛し合っていて兵士たちに千回殴り殺された私のようになってしまうわ。目もくらむような光の非存在に消え

てなくなることができるなら、どんなにいいか。」

「どうしてなの、あなたは私のあとに来たのに。」

「あらゆることがシステムにチェックされているの、時間もね。でもおぞましい死に方を何度も何度も経験しなくちゃならなくなったのは、5番のしわざよ。誤ったコードを使って、あなたも地獄に閉じ込めようとしているわ。ほら、私たち、彼女のプライドを傷つけちゃったから。」

「大丈夫！　絶対逃げ出しましょう！」

「私の運命はもう知れているわ。でもあなたにはチャンスがある…動き続けるならね…サイは投げられたわ、もう誰も、策略をめぐらす5番さえ、あなたに害を及ぼすことはできない。でも一つの噴水に留まるやいなや、この自由は終わってしまう。ヴィリャク・ウム[173]が蘇りの儀式を終えるより前に、『コンドルの神殿』にある16番目の噴水にたどり着かなくちゃいけないわ…」目の前の顔はそう言って消えた。

「13番！」

「…神の蘇り…」不安をかきたてる声が、目の前の穴の底から響く。

「13番。行かないで。待って…！」

「もしダメそうなら、9番目か12番目の噴水を選んで。痛みの少ない運命だから。13番目は絶対にやめなさい、さもないとこの先永遠に、アタワルパの兵士たちに破壊されたカテキルのワカで、正しい予言のせいで死に続けることになるわ！」地下の奥深くへとどんどん遠ざかっていく、私のお気に入りのそっくりさんの声は、「やだやだやだ、もうイヤよ。イヤーイヤーイヤー」という悲痛な声に変わった。

「13番、待ってて、助けに行くから！」恐ろしい静寂に向かって叫ぶ。私の親友であり、私自身である人の顔がさっきまですっぽりはまっていた狭い穴を抜けようと試みる。が、無駄だった。抜けられない。壁が私に迫ってくるような、閉所恐怖症のような感覚に襲われる。永遠にトウモロコシ畑で死に続けるなんて嫌だ。そこで狂ったように

---

[173]　Villaq Umuはインカ帝国の王の直系の親族から選ばれた最高位の神官を指す名称で、帝国ではサパ・インカの次に重要な人物とされた。Villac Umuと表記されることもあるヴィリャク・ウムは、マンコ・カパック2世としても知られるマンコ・インカ・ユパンキが1536年から率いたスペインに支配に抵抗する戦いに加わった、インカの大神官であり戦士である歴史上の人物の名でもある。スペイン人にヴィラ・オモと呼ばれたヴィリャク・ウムは、インカの反逆者たちの英雄となった。しかし1539年秋に捕らえられ、その影響力をマンコ・インカとの戦いに利用しようとしたピサロに協力することを拒んだ彼は、反逆者のリーダーおよび異教徒として、クスコで公開火刑に処された。

後戻りを始めた。冷たい通路が私を締めつける。足を速めるが、もう
押しつぶされそうだ。動いているかぎり、サイは投げられ、どんな外
的な力も私の自由意志を操ることはできない。埋もれてしまいそうな
絶望的な状況の中で、私は親友の言葉を思い出し、自分に命じる。
「とにかく止まらないこと！」それが呪文であったかのように、私は
石の中から滑り出て、四角い穴を通って5番目の噴水にまた落ちた。
人々が驚いた瞬間にすかさず彼らを飛び越えて、6番目の噴水に飛び
移る。そこから躊躇せず、光の魚のように7番目の噴水に飛び、すぐ
にまた8番目にピョン、9番目、10番目、11番目の噴水へ…サパ・イ
ンカは私を追って急な階段を駆け上がりながら、噴水にいるこの水の
妖精をつかまえた者には黄金のラマの像を与え、生涯税金を免除する
とわめき立てている。12番目の噴水を過ぎると急カーブになってい
て、私はバランスを失い、水に流されて壁の下にもぐりこみ、高い壁
から13番目の噴水めがけて吐き出されると、その衝撃で私は正気を
失った…

　カテキルが死んでもうだいぶたっている。なぜ嘘がつけなかったの
か。これほどたくさんの正しくない予言があるのに、なぜ彼の予言も
誤ることができなかったのか？　兵士たちは私をおぞましいやり方で
痛めつけている。絶望の苦しみの中で、私は恋人の死体らしくうつろ
になった目をのぞき込み、奇跡が起きることを信じる。「死。死。
死」消えていく命のこだまが私にささやく…宇宙の偶然の調和、あれ
は「宇宙ゲーム」のソースコードがプログラミングしたものなんか
じゃない！　あの復讐好きな女暴君、5番のシータのしわざだ。私が
最後の力を振り絞って死に立ち向かうと、超越的自我が子供の声で私
に語りかけた。
「見て、見て、つかまえたよ！」
「きれいなお魚だね。でもなんだか…待って…手の上で石になってい
くよ！」男の子になった「宇宙」が答える。
「本当。どうしたらいいの？　見て、きれいな色がどんどん消えてい
くわ」超越的自我が小さな女の子の声で、考え深そうに訴える。
「水に放しておやりよ」男の子が女の子にうながし、気がつくと私は
水の中で、はしゃぐ子供たちの足のあいだにいた。大人たちが呼びな
がら駆け寄ってくる。ぐずぐずしてなどいられない、光の魚になった
私は、14番目の噴水に飛び移った。

　危ないところだったわ、私のかわいそうな親友、私は心の中で、5

番目の噴水の回廊の中に広がるトウモロコシ畑に永遠に呪い閉じ込められたシータに語りかけた。そして彼女の助言どおり、先へ進んだ。

　15番目の噴水から先は、彼らも追いかけてこなくなった。タバコと、聖なる木パロサント*174、そして太陽が大地に贈る、トウモロコシの粒という黄金を包む乾いた葉の香りのする煙に包まれて、私は途方に暮れて倒れた。私は煙に包まれている、そしてそこから立ちのぼる蒸気からは、天から降りてくる神が滴になって、この「コンドルの神殿」にある最後の噴水*175 に落ちてくるのだ。

　📖 ＊174　Palo Santo（ラテン名：Bursera graveolens）は南米大陸沿岸部に自生する樹木で、その高さは5～20メートルに及ぶ。燃やした煙は空間やオーラの浄化に用いられ、シャーマンの伝統によれば治癒作用があり、ネガティブな波動から心身を守り、ポジティブな波動を強化することで幸運を引き寄せる効果があるという。

　🧭 ＊175　マチュピチュの内部にある階段に沿って造られた有名な16の噴水のほかにも、町からウルバンバ川へと下るインカの聖なる道沿いにはさらに六つの噴水が見つかっており、合計すると噴水の数は22、すなわちタロットでいう22枚の大アルカナと同じ数になる。考古学的には言うまでもなく、山々の斜面から水を引いて造ったこの22のパクチャ（paqcha）は見事な建築物として高く評価されている。1番目の噴水近くにある王宮の浴場からは排水路として利用されていたことや、2番目の噴水から4番目の噴水へと直接水を引き込むことで、「太陽の神殿」すなわち3番目の噴水に魔法のように水を集めることができる機能などが特徴的だ。一方地質学者たちは、小石と砂、表土を丁寧に重ねて敷き詰めた700の段々畑が、急斜面にもかかわらず町の食糧供給に役立っていただけでなく、豪雨や地震の際にマチュピチュを地崩れ

「おお、恵まれた者どもよ、こうべを垂れよ。自らの姿をタカから人間へと変えることで我々すべてを創造した水の神、パリア・カカ[176]が今、16あるうちの最も神聖な噴水に姿を変えようとしている」神官のヴィリャク・ウムがうやうやしく神々に祈り、群衆の先頭に立つコヤ[177]が天に向かって両手を掲げ、声をあげた。

「ワマニ！[178] おお、ワマニが飛んでいる！ パリア・カカが天から降りてくる。」

　人々は妃にならって手を挙げ、その手をゆっくりと羽ばたくタカに向かって振った。しかしヴィリャク・ウムはその感動をだんだんと失っていった…私が物質化し、16番目の噴水から立ち上がると熱狂的に「パリア・カカ・ルナマン・トゥクスパ万歳！」と叫んだ彼にも、今人間になりつつある自分の神が、女性であるということがわかってきたのである。その表情は、こんなことが起きるとは夢にも思っていなかったと言わんばかりだ。大神官は私の顔にかかるほど近くで息をしながら、「コンドルの神殿」の噴水という祭壇の神聖を汚すような、この異教的な奇跡をなんとか受け入れようとしていた。燃えるロウソ

から守っていたことに驚嘆する。しかし大多数の人々は、町の中にある16の噴水を、実利ではなくスピリチュアルな行為と結びつけてとらえている。また別の見方として、太古の昔に他の動物たちからホモ・サピエンスを独立させた、きわめて進化した地球外文明があったとする人々の理論がある。彼らはより高次の生命体が、負け戦に勝つための「空飛ぶ石たち」を送り込んでくれたパチャクテクの鏡が、進化したテクノロジーであると主張する。今ある原始的なコンピューターや携帯電話、人工衛星、スペースシャトル、ナノ粒子などを経て、いつの日か到達できるであろうテクノロジーであると。そのとき私たちがもし、地球の中世と同じ水準で暮らしている惑星に出現すれば、その地の人々は私たちを神だと言うであろう。だからといってその神々のさらに上に、高度に抽象的な経験と、世界の様々な宗教の信者たちが持つイメージとに見合う神々、あるいは唯一の神がいないということにはならない。そしてその神もしくは神々がいたとしても、その上にはもう神はいないという保証にはならないのである。それは人の形をもった、あるいは人ではない、あるいは天才的なプログラマーで、ガレージで次々に宇宙を創り出しては、母親が昼食に呼ぶ声に邪魔されているのかもしれないのである。あるいは最高神の聖なる神殿を一家で訪れるために、父親が出した車のクラクションの音に。現代の科学者たちが我々の宇宙の大きさだという140億光年は、このプログラマーの少年にとっては普通より少し大きめのパソコンのモニターであり、彼の母親にとっては庭のやっかいなアリの巣であり、父親にとっては果てしなく永遠に続く、神の創造物の永遠性の鏡像なのだ。

🔱 ＊176　Pariya Qaqa—Pariaqaqaと表記されることもある。この神のスペイン語表記であるPariacacaは、本書『オリジナル・アストロモーダ』では山、神の名として使われている。

🔱 ＊177　Qoya—スペイン語ではCoyaと表記される。サパ・インカの公式には唯一の妻とされた女性で、サパ・インカ不在の時期にはクスコを治めていた。

🔱 ＊178　Huamani—Wamaniと表記されることもある。アプクナ、神あるいは重要な人物を表す語だが、県や地方を指す言葉としても用いられる。

クのような、その原理主義者的な瞳が、私の凍りついた心にたいまつ
を灯した。こうして彼は、私の思い出を支配する力を握ったのである。
彼が私の注意を自分の内面世界に引きつけてからというもの、私には
彼の思考に境界がなく、私たちの人生には意味がなく、その物語は終
わりも始まりもない連続ドラマのようなものだということがわかり始
めていた。

「お前が夢の中の生の暗号を解き、そこにある意味と、お前が生き、
夢見ているだけであろうものの方向を読み取ることができるなら、私
はお前を助けよう、偽のパリア・カカよ」痛々しい鉄片でできた、不
快なほどに端正に作られたしゃれこうべの中から、彼が私に語りかけ
る。まだよちよち歩きの幼子だった時に、両親が彼の小さな頭をそれ
に閉じ込めたのだ。彼は幼い時すでに、口を開かずとも、その頭に神
秘の霊的能力を授かったのだった。

「問題は…」私は混乱して、何を言おうかと考えた。

「それがお前の考えか？」

「それは…」私はまた言いよどむ。

「さあさあ、偽のパリア・カカよ、ぐずぐずしている暇はないぞ。も
うすぐサパ・インカがやって来る」長く伸びたしゃれこうべのガイコ
ツ男が非難がましくそう言ってから、身をかがめて私が立っている神
の泉の水を飲んだ。「お前も飲みたまえ、永遠の美の泉だぞ。」

　私は手のひらに水をすくってすすりながら、神官にとって美などな
んの意味があるのか、と考えた。

「おお、女どもよ、美とは顔のきれいさだけではないのだ！　もっと
も気高い美の表れは、もっとも気高い思考と、表現不可能なものをと
らえる形而上学的記号という芸術がもつ、より高次の意識だけが認識
することができるのである」[179]神官がテレパシーで私に反論する。

「つかまえたぞ、このあまが！」私の右側の階段から、パチャクテク
の安堵したような大声が響いた。「ヴィリャク・ウム！　その魔女を
捕らえるぞ！」

「おお、王よ！　魔女ですと？　そのような者は、神殿にはおりませ
ぬ。」

「そこにいる水の精はなんなんだ？」

「神がここにいる、という私の予感が、形をとったものです…」ガイ

 ＊179　哲学者ハンナ・アーレント（1916-1975）の言葉のパラフレーズ。

コツ男が私の存在を否定して、その端正なしゃれこうべから言葉を発さずに私をうながす。「私の助けがほしかったら、答えるんだ。」

「Ama Llulla*180、さもなくばお前を罰するぞ」サパ・インカが三つの戒めのうちの一つを唱えて脅した。

「嘘ではありません、奥様にお尋ねください。」

　怒り狂う王も、ファム・ファタールの二言でとたんにシュンとなった。

「あなたがおどかすから、ここに漂っていたのが消えちゃったじゃありませんか。帰ったら訳を聞かせてもらいますよ!」コヤはあからさまに「いいかげんにしなさい」と言いたげな表情を浮かべてまた祈りに戻り、パチャクテクは小声で言った。

「私が最初に見つけたから、私のだ。」

「聖なる場所に立っていますから、私のです」やはり小声で神官が異議を唱え、私に話すように合図した。

「すべてがかみ合わない退廃が、私の人生ですべてを支配していました…」

「違う。自分のことを考えるのはやめたまえ!」ヴィリャク・ウムが言葉を発さずに私を叱りつける。私は彼の怒りの波動を受けて、マヤを見つけなければならないこと、クララを生き返らせなければならないこと、そして永遠の苦しみに呪われ閉じ込められた13番のシータを助け出さなければならないことを思い出し、心が震えて涙の噴き出すうちに、水の滴が韻を踏み詩となって、水の神パリア・カカの聖なる物語の噴水へと流れ込み、その詩が私を天へと運んでいくのを感じた。いや正確には、大神官が「ユパイチャイ!」*181と叫び、私を行列とともに「コンドルの神殿」の内部へと連れて行ったのだ。

＊180　Ama Llullaはインカ帝国の行動規範にある三つの基本原則のうちの一つである。Ama Sua—「盗むべからず」、Ama Llulla—「嘘をつくべからず」、Ama Quella—「怠けるべからず」の3原則がそれにあたる。その他にもAma Map—「正直に、忠実にあれ」、Ama Khelly—「清くあれ」、Ama Llunkhu—「高潔であれ」、Ama Sipiq—「生を敬え」などがある。

＊181　Yupaychay—ケチュア語で、宗教的意味合いでの「誉」を意味する。

第43章
夢の蘇り

　サパ・インカは忍耐強く、獲物を待ちかまえている。「コンドルの神殿」の前に置いてきた兵士たちには、私たちを追って中に入る前に、儀式が終わって私が外に出てきたらすぐにつかまえるように命じていた。私はサパ・インカが怖かった。だからコンドルの翼の形をした巨大な岩壁と、神殿の壁のあいだの狭いすき間に身を隠して、ヴィリャク・ウムが石の鳥のところへ来いと言うまで、そこから出なかった。
　「ひざまずいて、額をつけよ」ヴィリャク・ウムが声に出さずにそう言い、私はうやうやしくひざまずいて、見事な神殿の中央に埋められた、鳥の形をした石に頭をつけた。
　額が石の鳥に触れた瞬間、私の身体は羽根で覆われ始め、コヤやその他の見物人たちが歓声をあげる中、私はタカになった。
　「ワイナピチュの山頂で、『コンドルの神殿』のヤナンティンの片割れを忘れずに見つけるように。そうすれば、たとえ夢の中の生が混乱に満ちていたとしても、お前が生きることの意味と方向性が成就するであろう」大神官がそう言いながら、私を手にのせて地面から持ち上げ、次の瞬間空に飛ばした。
　「やめろオオオ」私の下でサパ・インカが叫び、地面に埋まったコンドルの身体にがむしゃらに飛びついた。すると彼の両手も、翼に変わった。
　「うわあ、マリュク*182だ」人々が驚きの声をあげるかたわらで、不器用に飛んでいた私は壁や岩肌に何度もぶつかった。変身していくパチャクテクの周りには黄金の鏡のディスプレイが輝き、そこから太陽の光線が三本出て、一本はコンドルに姿をかえつつあるサパ・インカのうなじに直接当たっていた。残りの二本の光線は、長い金属の針のように、まだ人間のそれである彼の耳を刺している。そのとき、サ

---

*182　Mallku（マリュク）―アイマラ語で「コンドル」を意味し、山々の霊であるマリュク・クントゥル（「高地の主」）の名にもあるこの語は、地理的意味合いにおいてもまた社会の階層という意味においても、頂点を意味する。翻って政治的権威を意味することもある。

パ・インカの頭が鳥の頭になった。先端には太くて大きなくちばしが付いている。さっきまでまだ人間のものだったパチャクテクの足は、もう二匹のヘビになって、互いにからみ合っている。王の尻があったところから、巨大なライオンがヘビたちを注視していた。私はパチャクテクの変身が完成する前に飛び去ろうとするが、どうやったらいいのかわからない。私は飛べないタカだ。またもや壁にぶつかったあと、私の目に入ったのはライオンでもヘビでも、半分鳥で半分ヒトの生き物でもなく、たくさんの映像と光でいっぱいのとてつもなく大きな鏡の中に立つ、巨大なコンドルだった。その光がコンドルに語りかける。「怖がることはない。コンドルよ、私はお前の父親だ。お前に多くの国を征服する力を与える、太陽だ。だが覚えておけ、ここにいるタカをつかまえ、殺して初めて、お前は未来を変え、お前の子孫が、世界の果てからやって来て、馬と大砲とで1532年11月16日にお前の帝国を永遠に消滅させた男たちの手に落ちるのを防ぐことができるのだ！」＊183

　私は過激な思想を厳然と主張する、奇妙で神秘的な予言者の「ホログラム」が私の追跡者にさらに大きな憎しみを植えつけるのを待たず

＊183　水晶の「モニター」のような板の中に出現する男について記述したクリストバル・デ・モリーナの記録による、35章の注釈に出てくる有名なパチャクテクのビジョンのパラフレーズ。

して、安全な場所へ飛び去ろうと努めた。いや、飛ぶというよりはむ
しろ落ちるといったやり方で、コヤが肩にかけていた「身体の身体」
バッグに飛び込んだのである。

「そこに何を隠しているんだ？　今すぐそのバッグを開けたまえ！」
私の隠れ家に、無遠慮な男の声が襲いかかる。お妃に向かってこんな
口をきくとは何者か？　パチャクテクか、でも彼は今私と同じに、鳥
になっているはずだ。くちばしがあるのに、どうやったらこんな怒鳴
り声が出せるのだろう？　私は隠れ家の中で、怯えながらそう考えた。
「ほら、ナヤラーク、悪あがきはしない方が身のためだぞ。」
「うるさいこと言うのはよしておくれよ、ハカン・プマ、人の頭なん
て持ってないって言ってるじゃないか。」
　これはリョケだ！　私はそう気づいて混乱した。彼女が一歩うしろ
に下がって壁に当たり、そり返ってその壁に寄りかかったのがわかる。
「嘘を言うな。こっちによこせ！」
　リョケがハカン・プマとバッグを引っぱり合っているのを感じる。
ハカン・プマはありったけの力でバッグをもぎ取ろうとしている。
「嘘じゃない！」
「見せろ！」
　引っぱり合いは長くは続かなかった。リョケは持っている魔法の数
ではハカン・プマに勝るかもしれないが、今回は腕力の強い方が勝っ
た。
「ハ！　それ見ろ！　嘘じゃなかっただろ」リョケが満足げに言った
が、バッグの中でコカの葉の上に横たわるタカを見た彼女は、ハカ
ン・プマよりも驚いた顔をしていた。三つの窓のある壁の隅に追いや
られたリョケは、不意に私を真ん中の窓から投げた。天然記念物の鳥
をつかまえた罰に、施設に送り返すというハカン・プマの脅しに応え
たのだった。
「やれ、あたしゃもうずらかるしかないね。バカめが」証拠品を破棄
したことをリョケがそう言って締めくくった。私が飛べるかどうかな
んて、彼女にはどうでもいいことだった。私は深い谷底に落ちていく。
いや待てよ…落ちてない！　私は飛んでいる。

　今の飛び方は、ラマに口づけしたあとのような不確かなものではな
かった。翼を動かすことなく、大砲の弾のように飛んでいる。マチュ

ピチュがどんどん遠ざかっていき、私は自分がいた、あるいはこれから存在することになる歴史のあらゆる片隅に向かって、宇宙の時空を飛びぬけていく。気分は最高だ。「生」の転送データの絶対的な光の中で、文明が創造した様々な構造から解放された存在の、無限の自由を味わいながら、13番に、10番に、そしてその他のすべてのシータに手を振る。私はついに、他人が作ったプログラムによって言いなりになることを強いられたすべての生に意味を与える、「私」のソースを見つけたのだ。強烈な幸福感に包まれて、もう二度と社会の構造に指図されるまい、と心に誓ったそのとき、前方から巨大なコンドルが襲いかかってきた。攻撃的にこちらに向かってくるコンドルとともに、ウク・パチャの地下界のエネルギーによって命を吹き込まれた大量の石が一気に飛んできた。

　逃げ場がない。どうしたらいいかわからない。大砲の弾のような石が次々に当たって私の羽根を吹き飛ばし、四方八方に散って、最後には頭だけが残った。人間の頭だ。シータの髪の毛と、シータの顔立ちをもった頭。それは水晶でできたとてつもなく大きな透明のシートで覆われ、その中で数字や、文字や、記号や、何千ものキープの紐がねじれてできた結び目がチカチカと光っている。その結び目は、私の顔が映った影の中で絡み合い、立ち上がって、まるで私の頭から生えているように見える。サンゴ色をした奇妙な髪の毛が麺のように伸びて、私の鼻をくすぐる。思いきりくしゃみをしたので、瞳が黒曜石のガラスの目から飛び出してしまった。アメジストの唇は、私の身体の何十億という細胞から発せられる高電圧のせいで、ビリビリとしびれて不快だ。何ボルトになるのか計算もできない、細胞一つが1.4ボルトだとすると…待って！　私、身体がある。

「やれやれ、まだこりてないの？」女の声が私に呼びかける。いや、リョケではない。コヤ王妃でも、アンパト山にいたシータのうちの誰かでもない。

　私は何か言おうと舌を出した。

「信じられない…どれだけ寒いかわかってるのかい？　あんた、風邪でもひきたいの？」どこかで聞いたことのあるその声が言う。

「そのアルパカのあったかい靴下を履いてるのが、せめてもの救いだね。しかし、やってくれたね。そこらじゅう泥だらけじゃないか…」

　もう舌の先まで出かかっているのに思い出せない。煙突より長いその舌は落ちてくる空を支え、ありったけの力を込めるあまり空を突き

破ってしまう。大きく見開かれた目は空の反対側を見やるが、ひび割れた空の「殻」に阻まれて十分に見渡すことができない。そんなもどかしい思いのまま、私は頭をうしろに反らせ、筒状に丸めた舌に渾身の力をこめて、頭上のバリアに突っ込んだ。天が崩れ落ち、私の片目に辺りをゆったりと飛翔する5羽のコンドルが映った。パチャクテクだ、私はおののいて、本能的に突き破られた「天の床」の下に頭を隠した。いや、あれはパチャクテクじゃない、と意識のほうが遅れてそう気づく。恐る恐る空の穴をのぞき込んでみる。1羽のコンドルが私の片目に気づいて、まっすぐに飛びかかってきた。危ういところで、私を食い殺そうとする猛禽から身をかわすことができた。

「Jesús, María y José! 出てこいよ、ほら」コンドルが私を外におびき出そうとする。

"Está loca," 甲高い男の声で、もう1羽のコンドルも言う。

「さあさ、シータ、いい加減にそのバッグから出なさいよ。儀式はもう何時間も前に終わったよ。」

「ウルピ・クントゥル？」私はほとんど聞こえないくらいの声で、うわごとのようにつぶやいた。

「じゃなけりゃ誰なのさ？　マリア様かとでも思ったかい？」私が「身体の身体」バッグからようやく頭を出すまで、雌鳩はブツブツ言っていた。

　目をこすってみたが駄目だった。顔を冷たい水で洗ってみる。どんなにしても、タカになった私の身体を羽根の塊にしてしまった飛ぶ石 "Pururaucas" が、ただの幻だったということが信じられない。どれも、あんなに真実味があったのに。トウモロコシ畑で愛し合ったこと。雪崩に埋もれた子供たち。山の頂にいた、十六人のシータたち…

「あんたの人生から消えてしまった大事な人たちの写真があったら、それをキープに編み込めば、あんたとその人たちの魂を、世界の終わりのもっと先の永遠まで、結びついたままにできるよ」不意にウルピ・クントゥルが話しかけてきた。彼女は「身体の身体」バッグを持って、私がほとんど1日中入っていたそのバッグの房飾りと紐の仕上げをしているところだった。今に至るまで、彼女にインカルコの恐ろしい計画のことを話していないなんて、信じがたかった。もう話したと思い込んでいたのだ。今、言わなければならない。言わなければ駄目か？　本当に？　インカルコがクララを助けるために、太陽の館にナイフを届けたと知って、インカルコを殺したのは彼女だったでは

ないか。何世紀もののちに、残酷なママ・カカに復讐するために、彼
女をシンハラの氷河におびき出してはいけないわけがあるだろうか？
「ほら、写真があるのかないのか、どっちなんだい？」ウルピ・クン
トゥルのきつい声が、私の逡巡を揺さぶった。「ね、この16個の結び
目でできた枠に、小石に貼り付けた頭か、木のお守りを入れるんだ
よ。」

　私は結び目で作った輪っかに通した彼女の指を見つめながら、5番
目の噴水で行く手を阻まれ、もう駄目かと思ったとき石になった私を
ママ・カカが助けてくれたことを思い出し、自分が嘘つきになったよ
うな思いで心が締めつけられた。やっぱり言うべきなのだろう…
「ここには死んだ祖先や、過去に愛した人やなんかを入れることが多
いけど、あんたの友達の写真を入れてもいいだろう。そうすればヤナ
ンティンの対のように、永遠に一緒になれるんだから…」

　自分が彼女の殺人計画に加担しようとしていることを、打ち明けた
かった。何度も勇気を振り絞って息を吸い込み、唇を歯で噛みしめた。
でもその唇からは、ほんの一言すら出てこない。
「こういうキープを使えば、それを身に着けた人は、カイ・パチャの
複雑な物質によって引き離された自分の子孫や、昔の恋人を守ること
ができるんだよ。」

　私はさぞかし滑稽に見えることだろう。発作を起こした阿呆の女の
ように見えるに違いない。水から引き上げられた魚のように、噛み跡
だらけの唇をパクパク動かして。とうとう、ウルピ・クントゥルもし
びれを切らした。
「それがいやなら、編んで作ったチャカナのお守りを入れておしまい、
でもいいんだよ…なんでまたそんなに目をキョロキョロさせて、パン
ツが股に食い込んでるみたいにモジモジしてるのさ？　発作でも起こ
したかい？　それともおもらししちゃって、言うのが恥ずかしいのか
い？」

「私、私、ただ…」どんなに頑張っても言葉が出ない。私はまだどっ
ちつかずのところにいて、自分が経験してきたことはすべて幻覚だっ
たのではないかという思いに混乱している。私は悪夢を見ていて、そ

📷 「身体の身体」バッグ　　　　　　　　　📷 編んで作ったチャカナのお守り

こでは私の魂、私の意識は、コンピューターのチップから、タカや小
さな魚やシータたちやインカの女神官たちの夢の映像に保存された、
フラッシュメモリーやメモリーカードに転送されたデータだったので
はないか。あるいはそのすべてが、一つの大きなバーチャルゲーム
だったのだろうか？　ああ、わからない…そして自分がそんな夢の
ゲームの中に今もいるのかどうかさえ、わからないのだ…
「畜生、なんなんだい？」雌鳩がイライラして噛みつく。その姿は現
実感がある。本物すぎるように見える。でもそれはパチャクテクも、
トウガラシの農夫「ノミの足」も、クララの不誠実なバージョンであ
るクシ・クイリュルも同じだった。どんなディテールも、今現在見て

いるものと同じくらい現実的に見えたものだ…

「なんでもないのよ、ウルピ・クントゥル。あの儀式でちょっと頭がおかしくなっただけ」私がまぎれもなくその殺人計画に関与している女性からの、危険な問いをそうさえぎって、私は彼女のそばをさっと離れた。「チャカナのお守りを入れてくれれば嬉しいわ。とてもきれいだもの。マヤとクララの写真を今すぐダウンロードしてくるから、それもキープに入れてくれればありがたいわ。」私は椅子から立ち上がりながらまくしたてたが、早口すぎて彼女に伝わったか、それに立ち上がるのが速すぎてバランスを崩さないかどうか、自信がなかった。「まあ、そういうこともあるよ。多次元の環境では、脳内の結合も維持できないからね。とにかく混乱しても、それに流されちゃダメだよ、じゃないと狂っちまう」インターネットに接続しようとしている私の背中に呼びかける。その声には、どこか倒錯した調子が含まれている。まるで私が狂ってしまうのを望んでいるような。バッグに入れるのにいちばん適したマヤの写真を選びながら、私はなぜだろうかと考えた。私がおとりという重要な役割を負っていることを彼女が知らないでいてほしいとひたすら願い、下腹部の不安げなムズムズした感じを追いやろうと試みる。本能的に振り返ると、ばかでかいナイフを持った雌鳩が頭上に見えた。

「いや、お願い、殺さないで！　本当に仕方がなかったのよ！　私のせいじゃないの」私は命乞いをし、身を丸めて手で頭を抱えた。

「ハハ、吐いたね」ウルピ・クントゥルがへへへと笑って、落ち着いたそぶりで天上の梁につるされた乾燥ハーブを切り取った。

「最悪。ごめんなさい。私…」

「謝らなくていいよ、あんたのせいじゃない。人生の出来事というドミノの牌が倒れる順番が混沌によって崩れて、流れる川の絶対量が時間ではなくなってしまうと、思考もその慣れ親しんだ構造も、破壊されてしまうものだからね。ああ、この写真はいいね、頭だけ切り取っておくれよ」と、パソコンのモニターに突き刺した刃先でマヤの写真をすばやく編集すると、「まあね、人は色々だからね。だから瞑想しなさいよ、さもないとドミノがマッシュポテトになっちまうよ」とブツブツ言ってから、キープの結び目だらけの紐でいっぱいの作業場に戻っていった。私はさっきの衝撃からゆっくりと立ち直ると、人生の信じられないような出来事の数々を思ってため息をついた…

　私は画面をクララに切り替えた。根本的な疑念が、頭の中を駆けめ

ぐる。

　本当にクララをバッグに入れたいの？「カエル」のアンパト山であんな仕打ちを受けた今でも？

　接続がうまくいかず、3回試行してもERROR 405 METHOD NOT ALLOWEDと出る。そしてそれは起こった。

　信じられない、クララからメールが来ている！　ついに来た！　頬の傷あとがシクシクと痙攣しだした。田んぼの中の夜の逃避行で負った傷も癒えていなくて、不快なかゆみがある。驚くには値しない。自分の身体が "Dress – Poem no. 1329" [184] みたいだということにも慣れてしまった。ソニア・ドローネーが生涯に受けたドレスのステッチやフリンジやヘムの印象を書き記したように、私の人生も私の身体に刻み込まれている。いちばん嫌なのは、ミャンマーから帰ったあとの数々のストレスでできてしまった、目尻のきわと額のシワだ。でも驚いたのは、左足の小指が耐えがたいほどにピリピリ痛むことだ。アンパト山に登るとき、凍傷にかかって真っ黒になってしまったのだ。でもあれもただの夢か、奇妙な幻覚だったのではなかったか！　それならどうして痛むのだろう？　私は暖かいアルパカの靴下を脱いで、恐ろしい幻覚のペディキュアが、私の足を永遠に醜く変えてしまったのではないことを確かめたい衝動にかられた。しかし心からの安堵を願う気持ちと好奇心とは、くだらない衝動よりも強く、私は「クララとアインホアは生きて元気にしています」と題されたEメールを開いた。

　突如襲われたものすごい疲労感から眠ってしまわないよう、赤くなるほど顔をゴシゴシとこすって、私は裏切り者の親友の運命が記された信じられないような知らせを、何度も何度も読んだ。

　「私はサモスの修道院にいるフランシスコです。行方不明の二人の女性に関するあなたの張り紙を読んで、お便りしています。私はアストルガへの道中、あなたの描写どおりと思われる二人の若い女性に出会いました。彼女らは大きな命の危険にさらされていましたが、神のご加護で無事逃げることができたそうです。最大の危機から助け出された奇跡に感謝し、二人は魂を我々の主に捧げることを誓いました。アインホアの状態は深刻だったため、クララと共に跣足カルメル修道会に入る前に、数日間入院しなければなりませんでした。今はもう二人

＊184　第13章の "Dress – Poem no. 1329" のモデルを参照。

ともイエス・キリストの花嫁たちの修道院に新しい我が家を得て、安全に暮らしています。我々の清い心に悪行を刻み込もうとする、破壊的な人間の願望の耐えがたい高まりも、彼女たちにとってはもう縁のないことです。ご心配は無用です、二人とも無事に『神の王国』への旅を歩んでいますから。

　　　貴女の魂のために祈りつつ

　　　　　　　　　　　フランシスコ」

第44章
宇宙の言語

　涙が私の両頬を濡らし、接続が悪いせいで添付の写真がなかなか開けないのをイライラしながら待つあいだ、安堵のＥメールをもう一度読み、今度は修道士の追伸も飛ばさず読んだ。

「キリストの、この地上における唯一の肉体は、あなたの肉体です。常に善い行いをするように心がけ、その善良さをもって自らの魂を和らげ、キリストが愛のまなざしで我々の世界を見守ることができるよう、自らの目を差し出しなさい。そしてキリストが我々の世界をより良いものにできるよう、あなたの足と手を差し出しなさい。」 ＊185

　二番目に大事な親友が、中世の修道院の壁の向こうで人生を台無しにするようなことがあってほしくないと願う気持ちと、それがクララが生きていることを確証する真実であってほしいと切望する思いとに引き裂かれているうちに、写真が表示された。穴のあくほど見つめる。信じられない。顔の部分を拡大してみる。その１ピクセル１ピクセルを、細工を見破ろうとでもするように調べていく。修道僧の頭巾をかぶった、頭の禿げあがった男の隣に立つ、シスターの修道服を着たクララの写真を見て、私は衝撃のあまり頭を振った。二人の前で、青味がかった病院のネグリジェ姿で車いすに座っているみじめなやせこけた娘は、アインホアだろう。クララは生きている！ 100パーセント生きている！　でもマヤを探し出したら、修道院から連れ出さなくては。『アストロモーダ』のためにも。クララの知識なしにはやっていけないのだから。

　だって、こんなの馬鹿げている。まるでココ・シャネルの正反対だ。シャネルはシスター服一色の世界から出て、最後はパリで最もアヴァンギャルドなファッションデザインを成功させたではないか。なのに

＊185　跣足カルメル修道会の創始者であるアヴィラの聖テレサの言葉のパラフレーズ。この会派に属する修道女たちは20世紀になっても、世俗世界から離れた霊的環境に暮らしていた。新入りは最初の5年間、年に一度しか家族との面会を許されず、修道誓願を立てたあとは全世界に配置された多くの修道院の中の「どこか知らないところ」に派遣された。

クララときたら、チェンマイの『アストロモーダ』で手がけた奇抜な実験的作品からスタートして、こんな修道女の袋を頭からかぶるところに来てしまった。そんなの馬鹿げている。

「紐が42本あるけど、お友達の写真はどの紐に下げたいかい？」マヤとクララの写真を小さな木のメダルに貼り付けると、ウルピ・クントゥルが尋ねた。私はバッグの左端にぶら下がっている枝分かれした紐を手に取って、その色を確かめた。雌鳩が「子供時代のいちばん古い思い出は？　…好きな食べ物の味は？　どんな姿勢で寝る？　…身体のどこでいちばん強くオーガズムを感じる？　…神についてどんなイメージを持っている？　理想のパートナーは？」

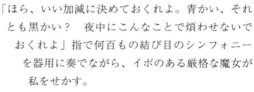

などと質問しながら結び目を作っていく紐を素早く調べると、14の色があった。行方不明のマヤには赤い紐を、クララには青い紐を選んだ。いや、青はダメだ。黒のほうがいい。今はシスターなのだから。

「ほら、いい加減に決めておくれよ。青かい、それとも黒かい？　夜中にこんなことで煩わせないでおくれよ」指で何百もの結び目のシンフォニーを器用に奏でながら、イボのある厳格な魔女が私をせかす。

「それ、どういう意味なの？」ウルピ・クントゥルがフリンジの16の結び目で作った輪っかに私の二人の親友の顔をぶら下げて、次に黄色い紐を手に取ったので、私は尋ねた。

「キープにはいろんな意味がある。それを文字のように読み取ることができるんだよ。8の字型の結び目、ほら、この二重になったやつは、1と読むんだ。結ぶ前に1本の紐に何度も巻きつけて作る、もっと大きい結び目は、巻きつける回数によって2、3、4から9までの数になる。たとえばこれは」と、紐の周りに5回巻きつけた大きな結び目を指して「5だよ。で、ただの結び目はゼロだ。でもそれがたくさんあったり、こんなふうに配置されていたりしたら、そ

れは10の中のゼロとか、100や1000、10000の中のゼロになるんだ…
わかるだろう？」

　私はうなずいて、話の邪魔をしないようにした。本当は違うことを
聞きたかったのだけれど。

「…同じ文字も、色の組み合わせしだいでは子音のように読むことも
できるし、結び目同士の距離によっては語として解読することもでき
る。キープはそれだけじゃなく、記号の体系に変えることもできるん
だよ。そしてふさわしいやり方で自分の意識下を開くことができれば、
シンプルな結び目の羅列に、コンドルの世界からのメッセージを見い
だすことができるのさ。それが8の字結びなら、ヘビの世界からの
メッセージになる…」

「雌鳩、この大きな結び目にはどんな記号が隠されているの？」

「あたしらのいるピューマの世界のに決まってるじゃないか。いや結
び目が三つか五つ、七つ、九つのときだけだけどね。偶数回巻きつけ
た大きな結び目は、ウククの『熊の世界』であたしらがやらなかった
こと、そこで起きたことの代替バージョンを象徴するんだよ。あたし
は好きじゃないね」あの奇妙な夢の中で、リョケ＝ナヤラークの幻覚
が私をいけにえに捧げた「三つの窓の神殿」のチャカナ、その左アー
ムを雌鳩が嫌悪を込めて評するかたわら、私の頭の中にはインカルコ
の恐ろしい言葉が響いていた。「しあさってまでに、あの人殺しのあ
ばずれ女ウルピ・クントゥルが死んで、マチュ・ウククの魂が平静を
得ることができなければ、シータ、私はあなたを殺す。あの女を光の
勝利の儀式に誘い出し、氷河に連れてくるか、それともあなたをごく
ゆっくりと、苦痛に満ちたやり方で殺すかだ。まずあなたの顔の皮を
はいで、ワヨの仮面を作り、あなたの魂に永遠の呪いをかけて、世界
と世界のあいだの苦しみに満ちた非存在に閉じ込めよう…」

「アウ」思わず声をあげたのは、回想の中でインカルコに非現実の催
眠状態に引き込まれそうになるのに抵抗して、自分の頬をしこたま
引っぱたいたからだ。

「何やってるんだい？　びっくりするじゃないか」突然叫んだ私を、
ウルピ・クントゥルが叱りつけた。良心が揺り動かされたあまり、私
は白状することに決めた。

「あなたに話したいことがあるの、雌鳩…」

「なんだい？　またなんかあるのかい？　これじゃあいつまでたって
も完成しないよ。」

「インカル…」

「なんだって？」

「インカ人たちが、写真の周りにこの16の結び目の輪っかを作ったのはどうしてなの？」言いかけてやめた私は、自白の代わりに最初に聞きたかったことを尋ねた。

「昔のインカ人は写真なんて持ってなかったよ、おバカさん。その代わりに、永遠につながっていたい人たちのひと房の髪の毛とか、持ち物だとかをここに入れたのさ。」

「そう、でもどうして結び目が16個なの？　どうして12とか、20じゃないのかしら。」

「それはあんたにはわからないだろうね」ウルピ・クントゥルはそう言い捨てて、黙り込んだ。黙ったまま紐を結び続け、クチャクチャと音を立てて葉を噛んでいる。いや他次元の記号を書いているとか、記録しているとか言うべきなのかもしれない。彼女が文を三つ書き終えるまで、私は辛抱強く待っていた。つまり3本の木綿の紐を結び終えるまで。お腹がグーグー鳴り始めてからというもの、紐がスパゲッティに見えてきていた。それからようやくまた、当然のように私の頭から離れない16という数字について、質問を続けた。

「何がわからないの？」

「ねえ、あたしは今この『身体の身体』バッグにあんたの人格のアルゴリズムのコードを書き入れようとしてるんだよ。事の起こりから、あんたのおかげでマチュ・ウククのかたき討ちをする男をあたしが殺すまでの、あんたの運命、あんたの物語のコードをさ。とんでもなく大変な作業なんだから、邪魔するのはやめておくれよ。」

　ハ。何ですって？　彼女は知っていた！　私は驚愕のあまり固まった。外に出て、新鮮な空気を吸いたい。安全なところへ。でも身体が動かない。

「大丈夫かい？」止まった時間が、雌鳩の言葉でまた流れ出した。どのくらい時間が経ったのか、42本ある紐の最後の1本を今結んでいることからしか推測できない。1時間は経ったに違いない。いや2時間か。もっと経ったかもしれない。私は片手を動かした。

「おや、お目覚めかい」ウルピ・クントゥルがからかうようにそう言うと、私は自分の罪の意識の中核に踏み込む勇気が湧いてきた。

「聞いてるよ」雌鳩が、まるで私の心の中の格闘を感じ取ったかのように励ます。

「インカルコが、『光の勝利』のお祭りであなたを殺せるように、あなたをお祭りに誘い出せと私に言ったの。」

「ああ、義弟のことね。頑固な男だよ。『年老いた熊』との『婚姻関係』という名の恐ろしい地獄を断ち切った私のやり方が、未だに許せないんだからねえ。」

「私、インカルコに手伝うと約束したんだけど、夢の中だけの話よ。」

「夢だろうが普段の生活だろうが、同じだよ。約束したんなら、やらなくちゃならない、じゃなけりゃ顔をひんむかれて終わりだよ。」

「なぜそんなことを言うの。どうして脅すのよ？」

「あんたの良心をつついているのさ。効き目はあったかい？」

「たぶんね。最悪の気分だわ。誰も殺したくない、あなたも、インカルコも。」

「おやおや。どっちにつくか選ばなきゃダメだよ。真ん中にいたら、あたしらの代わりにひどい目に遭うよ。」

「中立を守るわ。だってあなたたちの家の問題じゃない。どうしてそこに私を巻き込むの？」

「それが人生の常だって、知ってるだろう。どんな争いごとも、結局は罪のない人たちが被害を被るのさ。何も関与してないのに、やられておしまい、だよ。」

「あなたって、いったい何者なの？　私たち、ファッションで気の合う友達だって思ってた。でも今は、あなたが過去にインカルコを殺したってわかってる…」

「まあね、あたしは野心のある嫌な女だったってことよ…昔の話が出たから言うけど、イリャミがアリシア・アマルだったって知ってた？」

「全然。本当に？」

「そうそう、そうだったんだよ。」

「で、その人生に、マヌエラ・ウトゥルンクも一緒にいたの？」

「えっ、あんた、わかんなかったのかい？」

「ママコナ？」私が自信なさげに言ってみると、雌鳩は当たりというふうにうなずいた。

「それじゃ、悪い人はあなただけだったのね。」

「だから今、説明してるじゃないか、シータ。キャリア志向の人間は他人を傷つけるもので、望んでいなくても人を殺していくものなんだよ。でもママ・カカみたいに気性の激しい人格は、もうとっくの昔に

卒業したよ。」

「本当に？　じゃあなぜインカルコを許してやらないの？」

「それは、あたしより奴が先に死ななければ、あたしが殺されるから
だよ。あたしはまだ死ぬ準備ができてないからね。」

「私だってできてない。でも人殺しをする準備だって、できてない
わ。」

「あんたに一言言わせてもらうよ、お友達…」

「何を？　インカルコにあなたを誘い出したって言いながら、密かに
二重スパイになって、彼を死の口へとおびき寄せろって言うの？」

「おや、やめておくれよ、奴はそんなこと、とっくに知ってるよ！
このにっちもさっちもいかない状況から抜け出したかったら、今すぐ
荷物をまとめて駅へ走って、カテキルに守られながら始発列車でクス
コへ行きな、そしてクスコからどこかずっと遠くへね！」

「カテキルはもうクスコにいるわ、私を探しに行ったのよ…」

「それはチャカナの近道の中にいるときに見たんだよ。このピューマ
の世界、カイ・パチャでは、今ようやく駅に行くところだよ。」

「だって私、彼のことはほとんど知らないのに。」

「ずっと一緒にいなくたっていいんだよ。昔のインカ帝国の国境を越
えたら、あんたの身はもう安全だ。そしたらもう厄介払いしていいん
だよ。」

「厄介払いって？　殺せっていうこと？」

「ハ、ハ、ハ…それであんたはあたしにしかめっ面して、あたしが自
分の身を守るために気狂いを殺させようとしたってなじるわけかい！
カテキルはうぶな男だよ。女の扱いなんて全然知らない、ゆですぎた
ジャガイモさ。空港でケツを蹴り上げてやればいいんだよ。あるいは
オブラートに包んでこう言うか…『ねえ、悪いのは私で、あなたじゃ
ないけど、もうあなたのことが好きじゃないの…』」ウルピ・クン
トゥルは面白がって、まるでその内向的な性質に、それを補おうとす
る何かが注入されて歯止めがきかなくなったように延々としゃべり続
けた。「…とか何とか。鼻が二本あってもタマのない奴らの扱いは
知ってるだろう？」

「でも、インカルコが私たちの計画を知ってることは？」

「なんにも知っちゃいないよ。あんたがチャカナの現実で言わなかっ
たことは、奴は知らない。だから落ち着いて、あんたが列車に間に合
うようにこれを仕上げさせておくれ。」

　私は荷造りにかかった。もうじきに明け方になりそうな、夜中の遅い時間だというのに、おしゃべりの止まらない雌鳩はなかなか口を閉じなかった。

　「バッグはいつも胸に斜めにかけるんだよ。こんなふうに」そう言って、重厚なバストの前にもったいぶって手で斜めのラインを描いてみせる。「そうすれば、魂と周りの出来事との衝突を、うまく乗り越えることができる。特に最初の40日間は、あんたが経験してきたことの思い出と未来の運命の整形力が、キープのコードと『身体の身体』の神秘の深淵と絡み合っていくのを強く感じるはずだよ。こんなふうにね、わかるかい？」雌鳩は、まるで私が実演しないと絶対に理解できない低能だとでもいうように、これ見よがしに私の新しいバッグの太いストラップを頭からかけた。私は彼女の教えたがりの気分を利用することにした。

　「私が儀式のあいだに何を経験したか知っているなら、なぜマヤとクララの写真を囲む16の結び目のことを聞くのかわかるでしょう。」

　「どうしてもあきらめないつもりなんだね？　人間てのは、繰り返される人生のシチュエーションをどうやって解決するかっていうレシピの集まりにすぎないのさ。その中には、人々や経験によってコードとしてあたしらの中にプログラムされたレシピもあって、それがあたしらの人生における経験や、運命を形づくるんだ。どのレシピも、思考も情報も、あたしらの中だけじゃなく、あたしらを囲む空間の中にもあるんだよ。それであたしらはそういったものに、意識的にも無意識にも、パソコンがWi-Fiにつながるように、接続しているんだ。で、そういった思考や生きるためのマニュアルや、感情を揺さぶる情報やなんかのファイルは、あたしらの知らない16進法の言語で圧縮されてるんだよ。だから16という数字が大事というわけ。」

　私は雌鳩を見た。これは思い切ったものだ…16進法とは…

　「その言語を知らないとしたら、どうやって理解できるの？」

　「人間が持つレシピが、ファイルを自動的にその人が話す言語に翻訳するのさ。だからテレパシーは、どんな言葉で話すかに関係なく理解できるというわけ。」

　「でもテレパシーなんて効かないわ。ほとんど効くことなんてないでしょ。」

　「効いてるけど、あたしらが気づいてないだけだよ。何か考えが浮かんだとき、あたしらはそれが頭の中に浮かんだと思ってるけど、実際

はあたしらを囲むWi-Fiの構造に接続して、そこから頭に浮かんだと思っていることを解凍したんだということに気づいていない。意識を高い状態に保っているシャーマンや、サマーディの境地にあるヨギーニたちはマインドの暗号解読設定を常に保持しているから、彼らは自分たちが考えたり感じたりしていることはみんな、基本的には自分の外の空間からテレパシーで受信しているということを知っている。他の人たちはなんにも知らないよ、だって自分のものじゃない考えが圧縮されて、16進法で書き込まれたファイルは、『お母さん』と入れたら"mother"と出るような辞書とは違うからね。それは総体として解凍されるものだから、たとえばちょうどあんたの母ちゃんがあんたのことを考えていたら、あんたはケーキが食べたくなるとか、そういうものだよ。で、いざケーキを食べているときには、子供のとき母ちゃんが焼いてくれたからケーキが『母ちゃん』のファイルに入っていて、母ちゃんがちょうどあんたのことを考えていたがためだけに、あんたは今ケーキを食べているだなんて、あんたは夢にも思わないのさ。わかるかい、あんたのことを考えていたのが父ちゃんだったら、あんたはステーキを食べたくなるかもしれないってことだよ…」

「それって、ヒーラーのエネルギーみたいなもので伝わるの？」

「それもあるね。」

「それもって、どういうこと？」

「人それぞれ、生きる拠りどころにしているレシピに基づいてファイルを解凍するんだよ。」

　ヒーラーはバイオエネルギーを使う。広告会社は象徴記号を。政治家と魔術師は文字と、スローガンを入れた魔法の常套句を…」

「で、正しいのは誰なの？」

「みんなだよ。そこがこの共通言語の素晴らしいところで、それぞれが理解できる方法で開けることができるんだ。たとえばアリシア・アマルは、あたしらの頭に浮かぶ考えが圧縮されたファイルは、亜原子粒子をまき散らしていて、それをあたしらが自分の五感やマインドで測らない限り、その粒子は存在しない、と信じている。だから釣り師にはあんなにたくさんの魚釣りに関する映画や記事や物が見えるのに、ゴルファーは魚や魚釣りなんて、この世から永遠に消えてしまったと思っていることがあるんだって。」

「亜原子粒子って、電子みたいなもの？」

「まあ、それはアリシアに聞いておくれよ。あたしはそっち方面は疎

いもんでね。ああ、この次来たときにね。今はもうそろそろ、駅に行かなくちゃ。」

「私はただ、電子とかそういうものだったら、科学的に調べられるんじゃないかって言いたかったの。」

「ああ、雌蛇とおんなじこと言ってるね。あの人は人類の最も重要なプロジェクトは、そこらじゅうに存在するこの情報のファイルをとらえて翻訳し、その構造をインターネットにつなぐことだと思ってるから。でもそれを誰かがなんとかやりおおせるまでは、機嫌が悪かったり、陰鬱な考えに支配されたり、自分を批判的に痛めつけたりしているときには、それが自分の生きる社会の構造のWi-Fiからダウンロードしたファイルにあった、自分のものじゃない考えのしわざだっていうことで、納得していなきゃならないよ。そういうのはすぐに消去して、楽になることだね。どうだい、シータ、インカルコを殺すのを手伝ってくれるかい、それともカテキルを追って駅に走るかい？」

「え？　どうして？」

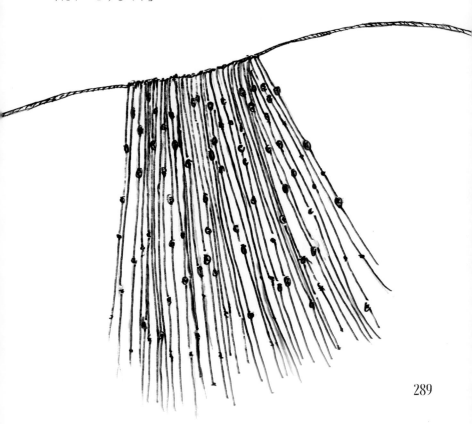

「ああ、そのイライラした反応を見る限り、ガタンゴトンと走り去る時代遅れの列車の旅を選ぶようだね。」

「もう時間なの？」

「時間も時間。さあ、できた。あんたのソースコードと、人生のレシピを入れたキープは出来上がりだよ。」[186]

---

[186]　シュメール人の楔形文字、ヒエログリフ（エジプトおよびマヤ）、インダス河沿いに栄えたハラッパ文明の未解読の文字、中国の文字と並んで人類最古の五つの文字の一つとされるキープの結び目を、その他の教えと組み合わせパラフレーズしたもの。

第36、37章ですでに解説したQuipu（キープ）は、スペインの歴史家ガルシアーソ・デ・ラ・ヴェーガによれば、その製作者であり解読者であるquipucamayoc（キープワカマヨク）たちが、四つから多い時には22を超える数の複製を作っていたという。アメリカの人類学者サビン・ハイランド（*1964. 8. 26）は、ペルーで21世紀初頭に発見された14色のキープが、アルファベットより多い95の異なる文字を表している可能性があると指摘した。インカ人たち、そして彼らからキープを受け継いだ文明は、結び目によって詩や神話、年代記などを記したのだろうか？　あるいは単なる人や財産、ラマなどの帳簿として使っていたのだろうか？　1923年にアメリカの人類学者で数学者のL.リーランド・ロックが、当時から残る100のキープを解析し、この章でも触れている数の表記システムを解読してからというもの、大多数の学者たちはキープが帳簿として使われ、第37章に既出のchasquiという使者たちが帝国全土からこれを持って走り、夏はクスコ、冬はマチュピチュに居所を構える王のもとへ届けたという説を支持している。

材質が脆く劣化しているにもかかわらず、考古学者たちは次々に1532年より前の時代のキープを発掘し、その数はおよそ1000にものぼっている。よって未だに、「インカのロゼッタ・ストーン」が発見され、結び目に刻みつけられた数々の詩が翻訳可能になるという希望は生きている。それまでの間、アンデス地方に赴き、スペイン人に悪魔の異端者として根絶やしにされたという一般論にもかかわらず、密かにこの言語を操る技を世代から世代へ、一つ残らず伝承していたとされる伝説のキープワカマヨクたちについて、自ら調査することもできるだろう。彼らが伝えてきたのは、近年に製作されたキープの省略版とは違う。伝説によれば、この原初の秘技はパチャクテクの血縁子孫たち、また様々な団体や「第8結社」などによって伝承されている。

第45章
駅のモナドでの聖別式

　その長い紐が一歩ごとに私のももに絡みつく「身体の身体」をたすき掛けにかけ、頭の中は四角形でいっぱいにして、社会の構造のWi-Fiからスパムとして受信する亜原子粒子のモナドに含まれる、不要なファイルをその中で消去しながら、私は必死に走ることで、復讐の欲望に満ちた殺人は間違っているという信念を飲み込もうとしていた。そう、私は逃げている、消え去ろうとしている、逃亡している。
「裸で逃げるべきだわ。」クララが「衣服は社会の構成概念なの。裸になって初めて、私たちは自由になれるのよ」と言っていたのを思い出して、私は声に出してそう考えた。
「シスターにしては大胆な考えだわ」下腹部が不安で締めつけられるのを感じながら、優しい声でそう言ってみる。マチュピチュでの日々は、頭を殴られるような体験だった。復讐の悲劇から逃亡しようとする私を、鉄道の駅が物珍しそうに注視している。とうの昔に滅亡したインカ帝国の国境を越える旅で、私を魔術師のように守ってくれるはずのカテキルは、ここにはいない。駅の建物は石のように硬い表情を浮かべて、私を温かく包み込んでくれそうもない。それは道の向こうに果てしなく続く鉄の線路のように冷たい。それでも私はマチュピチュの冒険が終わったことに安堵して、駅の右頬のイボに腰を下ろした。インカルコに見つかったらどうなるかとか、もしここを去らなければどうなっただろうかといった心配や不安に苛まされたくないと思い、別れ際に戸口で雌鳩に教わったように、押し寄せてくる考えをすべて、親指と人差し指で作る四角のイメージに結びつけた。
「こうすれば、他人の余計な考えがあんたの体内で解凍されないようにできるよ。頭だろうが、胸だろうが、股の間だろうが、そういう圧縮された内容をいちばん強く感じるところにこの二本の指で作った四角を置いて、そこから身体のもっと鈍感な部位に向けて動かしていくんだ。それからそのヤナンティンの四角を二つの三角形に、つまり二つのチュリャに分けて、その二つを可視化して自分の身体の外へ遠ざけるんだよ。それぞれのチュリャの三角形を反対の方向へね。たとえ

ば一つは左手首から、もう一つは右肩からというように。そうすれば外的な影響や、ウイルスや、人を操ろうとするイデアや、機嫌を損ねる元やなにかは消えるか、すっかり破壊されてあんたに影響を与えることもなくなるよ！」

　今のところ、ウルピ・クントゥルから餞別にもらったアドバイスは効いているようには思えなかったが…

「Por Dios!*[187] どこへ行くかなんてどうでもいい！　とにかくあの家から出られさえすれば。リマでも、モンテビデオでも、パリでもニューヨークでも。どこだっていいわ、畑とラマから離れられるんなら」大声でそう言って私たちの静寂を破ったのは、バストがひどく目立つ娘だった。

「で、両親は？　本当にそんなに悲しませたいの？」首元の詰まった堅苦しいブラウスを着た女子高生が反論する。

「なによ、チンポの好きなおバカさんたち、両親には手紙書くでしょ？　親だって若いときがあったんだから、わかってくれるでしょ、ね？　あたしたちが人生の旅に出たって」私の左側のベンチから、襟ぐりから片方の乳房がのぞいている三人目の娘が折り合いをつけようとして言う。

「手紙書く時間なんてないわよ。それからチンポばっかり言うのはやめてよ、まだ一つも握ったことないくせに」胸の大きくふくらんだ娘が笑う。

　やかましい大声が、突如秘め事とエロティックな詩と性愛の解剖学のひそひそ話に変わった。興奮と、人生の厄介ごとに胸ときめかせる思いのモナドから紡ぎ出される、ホルモンでいっぱいの単語の静かで反抗的な流れを、時折爆発する笑いがさえぎったが、周りの人々は明らかに迷惑しているようで、すぐ後ろのベンチではすばやく入れ替わりがあった。最後にそのベンチに長々と横たわったのは、どこに行くあてもないホームレスという印象の、泥臭い男だった。男が寝入るとすぐに、とてつもなく大きいラマが現れた。三人の娘の方へまっすぐ行進してきたが、あともう少しというところで気を変えて、眠っているその浮浪者の横で止まった。

「切符は持ってるんでしょうね」首元の詰まった服の娘がラマに向

＊187　「畜生！」

かって言う。

「ラマ！　乗車券を拝見します！」片方の乳房が見えている娘も加勢し、最後にはバストが丸見えの娘もおどけて声をあげた。「マチュピチュでは無賃乗車は容赦しませんよ、ハハー！」

　獣は彼女たちにはまったく目もくれなかった。代わりに浮浪者のほうを、しつこいくらいに調べ回している。男の靴とベルトを長いこと嚙んでいたが、それにも飽きると寝ている男の頭のほうへ移動して、顔をなめ始めた。

「シュート！　シュート！　ロコ！　シュート！」男が駅じゅうに響く叫び声をあげながら、あっけにとられている動物の長い毛むくじゃらの首に嬉しそうに抱きついた。「シュート」と叫ぶのをやめるやいなや、泥臭い男は勢いよく立ち上がった。片手ですり寄ってくるラマを押しのけながら、もう片方の手のひらで、唾でべとべとになった寝ぼけまなこをぬぐう。なんてことだろう、この男は、バッグの儀式の幻覚を見ていたときに、私がキスしたラマを連れていた男ではないか！　何という名前だったかしら？　思い出そうとしてみたが無駄だった。その代わり私の身体は、ラマとキスしたあとに体験した浮遊する感覚を思い出していた。

　それが幻覚で見た遊牧民の男だと、口もきけないほど驚愕しつつ確信していくにつれて、雌鳩が言っていた二つの三角形に分かれた四角形のことは、どんどん忘れていった。驚きから立ち直ることができない。だって、もしこれが本当にあの男だったら、リョケも、しゃべる頭も、十六人の死んだシータも、みんな本当にあったことになるからだ。自分の目が信じられない。ウルピ・クントゥルによれば、社会のWi-Fiから得た圧縮ファイルを最も多く解凍する、その目が。外的世界から視覚的にとらえたすべての画像を四角形と三角形にして脳に送り、そこからようやく私たちの意識が、何を見たと思

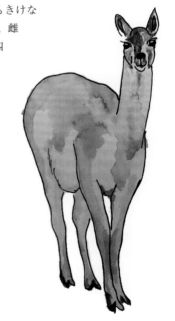

うべきかを組み立てるのだと彼女が言った、その目が。

「だから四角形は素晴らしいアンチウイルスなんだよ。特に、完全な暗闇の中でイメージするとね。生まれながらに目の見えない人たちに、精神分裂症の患者はいないって知ってたかい？　あたしらの心の中の悪いものは、みんな視覚を通して頭がウイルスに侵されるせいで生まれるんだよ。ほら、もうお行き、間に合わなくなるよ！　…間に合わなくなる…絶対に戻ってきちゃダメだよ。インカルコが生きてるかぎり、あんたはここにいたら危ないよ…」

「よお、おまえか。ちょうどロコの夢を見てたところだ。すごいだろう。」

「なあ、ムルク、きょうびロコ[*188]なんてそこらじゅうに転がってるさ。どのロコが夢に出てきたんだい？」どこかで聞いた声が響いて、私は我に返った。

「どのって、『リマの特急』に決まってるじゃないか。あの頃はよかったなあ。サラゴサであの絶妙な技で、キーパーを片っ端から倒したのを覚えてるかい？　スペインリーグ最高の得点王だったね…俺の人生で最高の時代だった。」

「ああ、フアン・セミナリオ[*189]ね、あのシュートはすごかった！名人の教科書に載せたいようなシュートだったよ…調子はどうだい、ムルク？　久しぶりだなあ。」

　カテキルだ。なぜ私のほうへ来ないのだろう？　こっそり窺うと、ノスタルジーでうっとりしているラマ飼いの前で足を空に蹴り上げている私の庇護者が見えた。

「次から次へシュートをかまして！　ああ、時間を戻すことができたら」激情で泣き出さないのが不思議なくらいの調子でラマ飼いが言う。

「ああ、友よ、誰だってそう思うさ。みんな若かったしな。人生これからっていうところで。あの頃、あんたはナヤラークに惚れてたよな

---

*188　Loco（ロコ）はスペイン語で「狂った人」または「狂っている」を意味する。

*189　"El Loco" とあだ名されたJuan Roberto Seminario Rodríguez（フアン・ロベルト・セミナリオ・ロドリゲス、1936.7.22生）は、ペルーのサッカー史上最高のフォワード選手の一人とされる。もう一つの愛称である "Expresso de Lima" は、彼が1959年から1961年にかけて在籍し、50試合で21得点をあげたリスボン・スポルティングのファンが付けたものである。最も強かったシーズンはスペインのレアル・サラゴサにいた1961年から1962年にかけてで、49試合で36回のシュートを決めた。

あ。彼女はどうしてる？　もうあそこから出られたのかい？」

　ムルクはまるで針のむしろに座ってでもいるように、身体をもじもじさせた。サッカーの感激に代わって、陰鬱な表情がその顔に浮かんだ。

「俺のおふくろをくわで殴り殺したんだ！　あいつのことは聞きたくない！」歯のあいだから絞り出すようにそう言った。

「見たこともないくらいお互いにぞっこんのカップルだったなあ」カテキルがうなずきながら言い、ムルクの表情を見ると続けた。「でもあれは自己防衛のためだったじゃないか。」

「自己防衛？　おふくろは木べらを手に持って、息子はあんたが作る飯よりもっとうまいものを食う権利がある、って言っただけなんだぞ！」ラマ飼いの男は苦しげにうめいて、こぶしでベンチを何度も何度も殴った。普段は自分のことしか頭にないティーンエイジャーたちも、興味を引かれたようだった。かわいそうなベンチがこわれてしまうかどうか、かたずをのんで見守っている。

「もう四半世紀以上前のことじゃないか。人は許すこともできなくちゃダメだぜ…」

「いい加減にしろ、カテキル！　さもないと容赦しないぞ…」ラマ飼いはいかなる慈悲のかけらも断固として拒絶する姿勢で、ベンチにパンチをお見舞いするのをやめなかったので、ラマは怖がってホームを離れ、クスコ行きの列車を待つため続々と集まってくる人々の注目を集めていた。

　それからカテキルが私に気づいた。驚いたように私を見つめ、喜びに輝く目で訴えてきた。「ここで何をしているんだい、愛しい人？あなたはクスコにいると思っていたよ。おいで、可愛い人、あなたを抱きしめよう…」

　私は彼が見えていないふりをして、何を言ってやろうかと考えた。でも彼はこちらに来ない。私の方へ一歩踏み出したとき、あの泥臭い男が彼の袖をつかんで、途方に暮れた声でため息とともに言ったのだ。

「わからないのか、俺たちがしくじっちまったのが…」

「ワールドカップかい？　ああ、あれはね、白線の上じゃボールに触るなってことよ。シュートだろうが、あるまいが、ありゃ…」

「ワールドカップじゃない！　人生さ。まあワールドカップもしくじったが、人生はすっかり棒にふったよ。完全ノックアウトだよ、おまえ。俺はもうゲームオーバーだ。」

　もうゲームオーバーかもしれないが、トークオーバーでないのは確かだ。
「ああ、人生はファウルと卑怯な技の連続だが、心配するな、ムルク。これからまだ素晴らしい試合をやれるさ。」
「わかってるよ。グランドファイナルだ。もうそれに備えて、貯金も始めたんだ。」
「ほら言ったじゃないか。いいぞ、その調子だ。誰かいい人でも現れたかい？」
「ケッ。女なんかクソくらえだ、締めの1点だよ。」
「締め？　それじゃほんとにシュートだな。」
「ケッ、シュートだって！　ハットトリック＊190 さ。忘れられないような締めにしたいんだ。100年たってもマチュピチュで語り草になるような、豪勢な葬式にね。来てくれるかい？」
「もちろんだよ。」
「晴れるといいんだが。」
「まあな、ムルク、そればっかりは金じゃ買えないさ。」
「そうなんだよ、ぬかるみのグラウンドは技に長けた選手も、棺桶を運ぶ奴らも嫌がるからね。」
「絶対晴れるさ。」
「そう思うか？」
「ああ。」
「わかったよ。おまえが言うならな。」
「元気でな、もう行かなくちゃ。あそこにいる美女を待たせてるんでね。」
「ああ、このプレイボーイが！　お手並み拝見だな、しくじったら名がすたるぞ。」
「まかせておけ。じゃあまたな。」
「ああ、葬式でな…」

　二人がようやく別れて、ラマ飼いの男がベンチを殴っていたせいで逃げてしまったラマを探しに行くと、カテキルは恐れ多くもこちらにやって来た。私はもうかんかんに腹を立てて、怒りに震えている。
　気まずい挨拶のあとは、もっと気まずい沈黙が訪れた。カテキルは

＊190　Hat trick一主にサッカーとホッケーで使われる英語の用語で、1試合中に同じ選手が3回シュートを成功させることを意味する。

自分の感情を表現するのが下手らしい。自分のために破壊された神殿や凍りついた山の斜面で命を落とした運命の恋人との再会よりも、サッカーやら昔のシュートやら未来の葬式やらのくだらない話を優先されたことにすっかり気を悪くした私は、助けてやる気はさらさらなかった。

　それとも、儀式のとき私が見た夢の中で、二人が過去に生まれ変わっていたことを知らないのだろうか？　あのラマ飼いのムルクはずっと、私のことなど見たこともないという態度だった。隣り合って腰かけ、心を通わせようと努める二人の他人を分かつ、落ち着かない静寂の壁を破ったのは、意外にも近づいてきた列車だった。これまで訪れたどんなに眠たげな駅でも、時々は鉄道員たちが隣の線路に移す車両が通ったりしていたが、ここは私がいるあいだ、何一つ動きがなかった。怯えて逃げたラマを除けば。今やっと、この世界の果てに列

車がやって来た。そしてもう発車しようとしている。駅の建物が、
数両を連結した機関車が無礼にも急いでいるのを苦虫を噛みつぶし
たような顔で見ているあいだ、私たちは車両のあいだを荷物を抱え
て飛び回った。キープの紐が、追い越していこうとする
人々の腕時計やら、袖のボタンやら、スーツケースの
留め金やらを引っかけて、私のバッグに引き寄せ
る。できることなら「身体の身体」バッグを
列車の下に投げ捨ててしまいたかったが、
車両に上がる階段の手すりをつかん
だとたん、満足の平静が私を包み、
バッグや人殺しをめぐる煩わし
いことも一気に忘れてし
まった。私はマチュピチュ
の屋根の上にゆっくりと
両足を上げながら開放
感を満喫し、道々の
香りを吸い込んだ。
それは望まない義
務の重りを脱ぎ捨
てるためにある
道だった。
「シータ、きみ
のいけにえの儀
式のことを決め
なくちゃ！」天
の楽園で禁断の
果実を勧めるよ
うな声が、開い
た扉から響いて
私ははっとした。

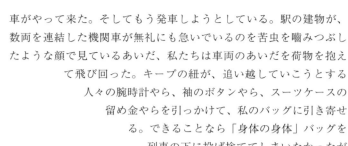

「今、僕たちをチャカナの魔法の世界から文明へと連れ出す列車に乗れば、きみはすべてを失うことになる」地球全体を支配する力を与えようと砂漠で誘惑するヘビの声がささやく。私は特急列車の安全を守ろうと、ホームを見下ろした。

「それって、私を責めてるの？」

「ただの情報だよ。どう解釈するかは、きみの…」

「ほらほら、ご老人たち、道をふさがないでくださいよ。老人ホーム行きの車両は機関車のすぐ後ろですよ」逃亡するティーンエイジャーたちのリーダーがカテキルの独演をさえぎってから、その露わなバストで、階段がコンパートメントへと続く狭い通路へとつながっている、その上の壁に私を押しつけた。あらゆる人と物事を小馬鹿にするそのセックス・ボムが行ってしまうやいなや、バストを覆い隠した彼女の友達が私たちのあいだをすり抜けようとしてきた。

「すみません。ちょっといいですか。ごめんなさい、お二人を最初に乗車させて差し上げるべきなのはわかっています、お二人がせめて目的の駅に生きて到着できるためにも。そうでしょう。すみません。ありがとう。」

「ハハ、あの子、あなたたちを侮辱したってことにも気づいてないんですよ」三人目の女子高生が突進してきて、手すりにぶらぶらとぶら下がった。しばらくカテキルを芝居がかった表情で見つめると、階段から身を乗り出して片方の乳房は丸出し、もう片方は服で隠れたまま、予言者のように告げた。「フム。彼は何かをもっていますね。列車を降りて、彼と一緒にマチュピチュに残れば、あなたは鏡を見て自分だとわからないくらいに若返るでしょう」そう言ってまた手すりで身体を引き寄せ、車両の中へ引っ込んだ。

「夢に出てきた私のチャカナの魔術の先生は姑をくわで殴り殺したというのに、あなたったら、神のいけにえになるために私が彼女のもとへ走って、危険を冒すことを望むのね？」

「きみはすべてをそのために捧げてきた。あと足りないのはチャカナの最後の二つの頂点だけじゃないか。」

「おまけに彼女は精神病院にいるのよ。あなたたちの噂話が聞こえたわ。いいえ、結構よ、私はここを発つわ。」

「でも僕たちが話していたのはナヤラークのことだよ、ナヤラークは色々問題があるけど。シャーマンと聖者の秘密の言語できみに語りかけてくるリョケは、それとはまったく関係がないんだよ。」

「あの二人は、身体が二つある双子だとでもいうの？」

「いや、物理的には違うよ。」

「あらそう、それはほんとによかったわ。夜は恐ろしい怪物のナヤラークだけど、幸い昼間はもう一人の狂ったリョケが、人間の頭のコレクションをバッグに入れてマチュピチュをピョンピョン飛び回っているというわけね。あなた本当に、女性を口説くのがお上手ね！じゃあ行くわ。」

「わかるよ。きみとならどこへでも喜んで行くけど、もし一緒にここに残れば、きみのいなくなった友達も、マトリックスからの出口も見つかるんだよ」カテキルは悲しげに切羽詰まって私の目をのぞきこみ、いけにえの儀式と、それによってマヤが見つかることが、私にとってどれほどの価値をもつかを再認識させようとした。そしていますぐ彼自らの手で、くわを持ったナヤラークも、斬り落とした頭部を携えたリョケも、気狂いのインカルコもいないところで、私をチャカナの11番目の頂点に捧げてあげようと言ったので、私は列車を降り、持っていた不要な心配事はみんな、駅の中に置いていくことにした。

　私たちは遠ざかっていく列車とは反対の方角に向かって、線路の上を黙って歩いていく。私は足の下の枕木の数を数えた。その間隔に自分の歩幅を合わせることができなくて、時々よろめく。一度そうやってよろめいたあと、ウルバンバ川の泡立つ音に耳を澄ませた。まるでアマゾンの原生林に着くのが待ち遠しくてたまらないとでもいうように、小さな波が左側から次々に私を追い越していく。川の上には急斜面がそびえ、その向こうのどこかにはインカ人の失われた都市、マチュピチュが隠れている。私たちはマチュピチュの近代バージョンであるアグアスカリエンテスの町を抜けて、"Putucusi" の標識があるところで川と線路から離れた。もう数は数えない、枕木が消えたので、私の足はもう片方の足を越していくだけだ。そして私は、「自分は一体ここで何をしているのだろう？」という思いと闘い続けていた。古い柵に囲まれた、醜い門が近づいてきた。柵を張り巡らせた土地に侵入していくカテキルに、私も当惑しながら続く。木々にはどくろの絵と、「命の危険あり」の文言が書かれた悪趣味なプレートがかかっている。錆びついたワイヤーロープに沿って、つるつるした岩壁を恐ろしい高さまで伸びている長いはしごにおののく。はしごの下から、横木が続いている気も遠くなるような高みを凝視する私の目に、少なく

とも私の夢の中では世界一辛いトウガラシを作る野心を断ち切られた、
農夫のピクイ・チャクイの滑落死の場面が浮かんだ…
「ここにこの種を入れて」かかとで地面に穴をあけながら、駅を出て
初めてカテキルが言葉を発した。「種が山に、ロカ・サグラダの岩山
と山をつなぐために僕たちがこれから登るというシグナルを送るん

📷 ブトゥクシ～フェラータ

だ。」

「こんなの、絶対登れないわ」私は錆びたはしごを指しながら、もう片方の手でカテキルから受け取った種を蒔いた。

「なんでもないさ。よくあるフェラータ＊191 だよ。三点支持のルールさえ守れば、いたって安全さ」カテキルは微笑んでそう言うと、優柔不断な小猿のように、はしごの下の方で上から下へ上ったり下りたりしながら、早口でまくしたてた。「ほらね、足、足、手で支えてるあいだに、次の横木に手を伸ばすんだ。ほら、今度は手、手、足がしっかり支えて、空いた足で1段上に上がるんだよ。簡単だよ。」

　私はむすっとしたまま黙っていた。

「ね？」カテキルが当惑したようにそう言って、判で押したような動きを繰り返してはしごのてっぺんまで上り詰めた。「楽勝だよ。上っておいで」信じられないような高さから私を呼ぶ。いちばん低い木のこずえの高さまで上ったとき、その感覚が急激に襲ってきた。恐怖に足が震える。動揺しきってやっとの思いで1段下に下りると、両手は疲労でこわばった。片足が横木を踏み外して、私は落ちた。まるで猫のように、両足と両手で着地した。痛かったが、ただそれだけのことだ。下から見上げてみると、地面からわずかしか上がっていなかったことがわかった。

「シータ、シータ。門を入ったらすぐの第一関門で、おまえはもうギブアップかい？」幹が古い柳の形に曲がった木々が、踊りながら私を非難する。

「どうぞ笑ってちょうだい。でも私は、十六人の死んだシータのところへ戻るのは嫌なの」私は踊る木々と、波うつその枝に向かって叫んだ。枝々がその深みへと私を引き込もうとする…もう少しで不快な感じになりそうだというとき、突然激しい雨が降ってきた。

「シータ、大丈夫かい？　ケガはない？」

　ああ、雨ではなかった。カテキルが下りてきて、登山のために持ってきた水を私の頭にかけているのだ。

「夢の中ではもっとずっと登るのがうまいんだけど。」

「みんなそうだよ、愛しい人。どこも折れてないかい？」

「ここに生えている木、なんだか変な気がしない？」

＊191　Ferrata─元はイタリア語で、チェコ語でははしごやワイヤーロープ、階段などが配置され整備された垂直方向の登山道を指す用語として使われている。

「木だって？　いや。足首も見てみよう。痛い？」

　私の両足をひねって調べる彼に、私は黙って頭を振るだけだった。でもそのあと急に、腸が煮えくり返ってきた。

「あなたって人は、最初は私と一緒にインカルコの怒りから逃れるためにクスコへ行こうとしたくせに、そのあとインカルコの魔力にどっぷり浸かったこの場所で、危ないはしごに私を上らせようとするのね！」

　カテキルは何も言わない。

「この矛盾について、説明してくださらない？」

「危なくないよ。今にわかる。支えになれるように、きみのすぐ後ろについて上るよ。そうすれば楽勝で上れる。」

「いい加減にしてよ。はしごのことを聞いてるんじゃないことぐらい、よくわかってるでしょ。」

「それはね、わかってるよ。きみが列車に乗り込もうとしたとき、僕たちにぶつかってきたあの図々しい女の子たちを覚えてるかい？　あの絶望的な胸開きを見たくなかったもんで、僕はあさっての方を、線路を見ていたんだ…そしたらそこに、きみが三つの世界への入り口を開いたチャカナが現れた。その瞬間、きみをいけにえの儀式と、インカルコの復讐から逃れさせてはいけないということを悟ったんだ。運命はもう記されていて、僕たちにはそれを変える力はないから。」

「運命？　あなた、自由意志を信じていないの？」

「僕が信じているのは、直感的なイデアのモナドと個人の願望が、社会的構造の組織された思考の圧力に抵抗することは不可能で、その流れに引っ張られたり、押し流されたりしてしまうものだ、ということだよ。だから、ここのような人里離れた場所にいるとき、僕たちは人に囲まれているときよりも、もっと自分自身でいられるんだ。ここでは僕たちの『私』という主観性が、個人の目的をはっきりと知覚しているけど、集団の流れの中ではそれが型にはめた分類という客観主義に埋もれて見えなくなってしまう。」

「あらまあ、ここはあなたが弁解するための講義ホールじゃないのよ。あなたにコントロールされることさえなければ、私は私を縛るあらゆるものを捨てて、自由にここを去ることができたのに。」

「あるいは今頃、事故で大破した列車のがれきに埋もれて命を落とし、三人の若い娘もきみの道連れになっていたかもしれないね。」

「それ、ビジョンとして見たの？」

「インカルコがどれほど危険な男か、きみは知っているのか？」

「そんなことはしないでしょう。」

「友達としては最高の奴だけど、敵にしたら残虐だ」カテキルは深刻なテーマをそう締めくくって、私の手を引っぱって立たせた。

「人間は自分の決定の選択権をもたないって、あなた言いたいの？」錆びたはしご伝いに、一緒に地面から離れながら、私はまたそのテーマをむし返した。

「ゆっくり、僕の腕の中から離れないように上るんだ。」

「選択権はないのね？」さっき落ちたところまで来て、また繰り返す。

「とにかく上も下も見ちゃダメだ。目の前だけを見て、深く呼吸するんだよ。」

　お腹の中で、よく振ったコーラの缶を開けたようにゴボゴボと音がした。恐怖からではない。私の尻が、動くたびに彼の腹とその下にこすれる感じのせいだ。どうやら、私は彼を勃起させたようだった。それは素晴らしい感覚だった。突然、私の下に口を開ける恐ろしい谷底も、私たちが命を預けているものが錆びついて穴だらけであることも、どうでもよくなった。いやでも…

「この錆びついたネジが岩壁から外れてボロボロ落ちたら、あなたがいくらその腕で抱きとめようとしても無駄よね？」

　カテキルはしばらく黙っていた。私と同じように、まず私が、次にはしごが自分の上に落ちてくる様子を想像していたに違いない。身の毛もよだつ、でも同時に滑稽なサンドイッチの図は、カテキルが言葉を発するまで私の頭に浮かんでいた。

「さあ、着いたぞ。」

　はしごの先に続く道の硬い地面を足の下に感じて、私は安堵のため息をついた。カテキルは私に股間を見られまいと、身体をおかしな姿勢でひねっている。ペニスがしぼむまで待っているのをごまかそうと、ポケットに手を入れて私に背を向け、目は天を仰いだまま、さっきの私の自由についての問いに答え始めた。

「人はモナドの流れの中で孤立した意見を持つとき、それを人生に対する頑固な姿勢に変えて、新しい流れが生まれるまで頑なに貫こうとすれば、守り抜くことができる。でも多くの場合、そういった思想の独立性は主流のイデオロギーや規範、潮流といったものの無慈悲な攻撃という、高い代価を払うことになるんだ。それで独自の意見とライ

フスタイルをもったエキセントリックなアウトサイダーは、その存在を圧迫されることになり、それが長いあいだ続くこともある。」

「聞いててぞっとするわ。」

「ああ、群れに同化しているほうがずっとたやすいからね…でも群れの中にいる人間は遅かれ早かれ、自分の人生をすっかり無駄にしたってことに気づくんだ。ちょうどはしごの真ん中できみが僕の顔に向かって放ったおならと同じくらい、無駄だったってことにね。」

「嘘。私、そんなものしないわよ！」

「じゃあ、なんで僕がはしごから落ちかけたと思うんだい？」

「やめてよ！　あなたって下品ね！」私はそう言って、嫌な話題から逃げようと坂道を上り始めた。カテキルは笑って、ゆっくり私のうしろをついてくる。私が正気に返るより早く、またはしごが現れた。そしてもう一つ。またもう一つ。それからもう一つ…でも山を飾る七つの鉄のはしごのうち、私が落ちた最初のはしごほど長くておっかないものはなかった。

　最後のはしごは、山頂に一番乗りできるように、手助けなしで上った。

「上まで行かないときみに会えないかと思ってたよ。」

「あの階段、ものすごく急なんだもの。」

「そうだね、それに長いし」カテキルが微笑んで、岩山を掘って造られた段に私に身を寄せるように腰かけたので、私は興奮した。

「人類最大の謎だよ。」

「え？」私はエロティックな誘惑をこめてため息をついた。

「僕たちがこの山に登れたのは、ひとえに社会の潮流に従って岩山にはしごを造りつけた人々の、思想の流れのおかげだってことが。このはしごがなければ、僕たちはもうとっくに死の腕の中に真っ逆さまに落ちていたよ。」

「そのどこがそんなに謎なの？」二人の身体が近いことに、カテキルが無関心なのに心底がっかりして、私は言葉を返した。

「このあたりの山々に登るのがイカれたヒッピーだけで、他の人たちが彼らを馬鹿にしていた時代を思い出すよ。ヒッピーたちがそれをまったく相手にせず、山に登るという孤立した考えを頑固に、一途に貫くことをやめなかったおかげで、メインストリームのイデオロギーも彼らの流れを受け入れて、一つの潮流として認めたんだ。その結果として、インカ人が造ったマチュピチュを囲む山々に登るのは、今で

はユネスコ世界遺産のマチュピチュに立ち入るよりも金がかかることになってしまった…」

　私は、クララが穴のあいたジーンズについて、似たような現象を書き記していたのを思い出した。学生はひざに穴のあいたジーンズのせいで学校から放り出され、大人は職場から追い出されたが、穴のあいたズボンを穿いて反抗したがためだけに社会に痛めつけられた、そういった独創的な個人のいくつもの人生が繰り返されたあとで、ようやくある時、メインストリームによって破れたジーンズがトレンドとされ、ブランドショップで穴のないジーンズより高価で売られることになった。

　「挑発的で、逸脱することで規範を壊してきたものが社会の主流になってしまうと、その魅力は失われることが多い。商業性のためもあるけど、大体は人々が低質であるせいだね。かつて独創的で、多くの場合挑発的だった行為の思想のモナドの流れに乗っかろうとする人々がね」カテキルが哲学的な話をやめようとしないので、私の身体からは興奮がすっかり消えてしまった。そこでカテキルが「人類最大の謎は、エキセントリックなアウトサイダーがより幸福になれるのは、メインストリームによって社会の辺境に追いやられているとき、つまりその拒絶的な行為が商業的トレンドになってしまう前だ、ということなんだ」と言うと、私はいきなり立ち上がって、1段上に足を踏み出した。

　「社会の辺境で、身体的にも精神的にも苦しんでいるのに、快適な流れの中で物質的にも社会的にも認められた状態よりも幸せだな

んて、どういうことなんだろう？　面白い問いじゃないか、ねえ？」

「もう2時間も登りづめだわ」私は関係のないことを言って、先に立って登っていった。すっかり息をきらして、長い鉄の棒が立つ山頂に着いた。古ぼけた木の標識に、"Putucusi 2500 mt." の文字が読めた[192]。

---

[192]　幸福の山プトゥクシ（Phutuq K'usiと表記されることも）は、タフなトレッカーや登山家、フェラーティスト、スポーツの得意な人であれば90分でたやすく制覇できる。標高が2560メートルだとする資料もある。高所に弱い人や、そうでなくても雨天時、あるいは七つあるはしごのどれかが撤去されているような場合には、ロープやビレイなしに登るのはあきらめた方がよい。しかし経験豊富な登山愛好者であれば、マチュピチュを囲む未開の山々の頂、とりわけセロサンミゲルからの一生で一度の素晴らしい眺めに感動することだろう。セロサンミゲルからはマチュピチュが、まるで手のひらの上にレゴの家々が立っているように見えるが、この山にはプトゥクシと同様、インカ人が造り上げたこの見事な都市を囲む、もっとずっと有名な山々のような神話は伝えられていない。

町の建物の右側にそびえるのが『オリジナル・アストロモーダ』第31章に登場した「若い峰」ワイナ・ピチュ、そしてプトゥクシから見てインカの神殿の左側に立つのが、ワイナ・ピチュより高いが登りやすい「老いた峰」マチュピチュである。600メートルの標高の違いはあるものの、この3千メートル級の山には2、3時間もあれば、誰でも助けなしに登れる。

インカ人たちはここで、もっとも神聖とされたサルカンタイ山のアプに向かって、特別な挨拶の儀式を行っていたとされる。この伝説の6千メートル級の山よりも、およそ5750メートルのヴェロニカ山のほうが近く見える。この山のケチュア名Waqay Willka（Wakaywillqueとも）の意味には諸説あるが、「太陽のワカ」という解釈もある。春分と秋分にはマチュピチュにあるインティワタナのピラミッドに立てば、ヴェロニカ山の雪に覆われた斜面の向こうから太陽が昇る様子が見られる。手が届くほど近く思えるが、ヴァルデスの記したオリャンタイ伝説（第36章）によれば、パチャクテクの娘クシ・クイリュル姫との恋に破れた男が拠点としていたというオリャンタイタンボの町の方が近い。マチュピチュとクスコを結ぶ鉄道沿いにあるこの町の人々は、ヴェロニカ山のアプとサルカンタイのアプが、雷鳴を声のように使ってしばしば語り合っていることに気づいたという。南米大陸で48番目に高く、アンデス山脈で38番目に高い山と、その女友達のヴェロニカの擬人化された性質に興味のない読者のために、オリャンタイタンボの歴史を紹介しよう。ここはまさにマンコ・インカ（Manco Inca、Manko Inkaとも）が、20万の軍勢を率いてリマをほぼ制圧し、スペイン人に占領されたクスコを1年あまりにわたって包囲したのち、退却してきた場所である。伝説では洞窟から民を導き出したとされる初代インカ王のマンコ・カパックと同名のこの王が1536年に勝利を収めていれば、インカ人たちは植民地化を逃れることができただろう、と考える専門家は多い。そして、これがインカ人の最後の大きな抵抗であり、マンコ・インカの兄弟がスペイン人と共謀し彼を追い込んだことがその悲劇性をさらに強めたとする説が有力である。マンコ・インカと弟のワスカル、アタワルパは、いずれも同じように疑わしい地位からスタートしている。1534年にマンコ・インカは、フランシスコ・ピサロ自らの手によってインカ王の座に就けられた。しかしじきに目を覚ましたマンコ・インカは、操り人形の地位から逃れ軍勢を率いて戻ってくると、クスコのスペイン人を完全に包囲し、1536年にはリマも包囲した。弟のパウリュ・インカが新たにスペインの傀儡皇帝の座に就いていなかったら、そして何より洗礼を受けてイネス・フアイラス・ユパンキとなった女きょうだいのキスペ・シサが最後の最後になって北部からインカ人を呼び寄せ、リマをめぐる戦いをマンコ・インカに不利

な結果に終わらせることがなければ、マンコ・インカは勝っていたはずだった。この
イネスは、きょうだいのうちでアタワルパが唯一、ワスカルとの内戦で殺さずに生か
しておいた人物で、当時はフランシスコ・ピサロの愛人でもあった。ピサロとイネス・
ユパンキの子孫には多くの著名人物がおり、1879年に大臣たちの先頭に立って大統領
府を擁護したP.J.D.デ・ゲリーや、その孫で1917年に大統領に選出され、1920年ま
で任期を務めたJ.G.ゲリーがその代表である。退却の3年後、スペイン人たちはマン
コ・インカの生涯の恋人 Curu Ocllo（クル・オクリョ）を矢ですたすたに射って殺し、
籠に入れて川に放ち、オリャンタイタンボのマンコ・インカのもとへ送った。スペイ
ン軍はオリャンタイタンボの攻略を試みては失敗していたのだった。そのさらに2年
後には、血気盛んな奇襲隊を率いるエル・モソが、父であるスペイン軍の高官ディエ
ゴ・デ・アルマグロが処刑されたことへの復讐として、残虐なやり方でフランシスコ・
ピサロを殺害した。エル・モソは捕らえられ、首つりの刑に処されたが、手下たちの
多くは抵抗を続けるインカ人たちのもとに身を隠した。
　その中に、スペインが8年以上抵抗を続けているマンコ・インカを厄介払いすること
ができれば、ピサロの殺害も大目に見てもらえるのではないか、と思いついた者がい
た。そこで彼らは1544年、自分たちを受け入れてくれた主人を無残にも殺してしま
う。しかしその計画は失敗に終わった。スペイン人の支配する領域に逃げおおせる前
に、怒り狂ったインカ人たちに皆殺しにされたのだ。この素早い復讐も、矢で射られ
殺されたクル・オクリョと短剣で背後から襲われたマンコ・インカの息子で、9歳にし
てみなしごとなり、インカ独立戦争のリーダーとなったサイリ・トゥパックにはなん
ら益をもたらさなかった。

第46章
緋色の女に捧げる魂の詩

　プトゥクシ山の頂とマチュピチュの神殿とのあいだをゆったりと飛び回る大きな鳥たちを見ているうちに、私の脈拍も正常になった。
「タカも人間と同じように生涯続く関係を結ぶって、知ってたかい？」カテキルが身をかがめて、私の耳に誘惑するようにささやいてからそこに口づけしたので、私の脈拍は山頂に登りきったときの速さに戻ってしまった。それから私の首にキスし、それから…唇を私の口の前で止めて、待っている。私の唇が迎えに行くのを待っているのだ。罰として、キスしながら唇を噛んでやった。
「うん、でも僕たちの関係は、一生涯より長く続いているんだよ」カテキルは唇をなめて、私の肩に手を回した。
「カテキル、私たちが最後に一緒だったとき起きたこと、あれは大変な災いだったわ。そしてそれはみんな、あなたのせいだったのよ。あなたが嘘をついていれば…」
「わかってるよ、きみが僕の20歳の誕生日に太陽回帰図を描いてくれたとき、あれは僕が悪かった、あんな反応をするべきじゃなかったんだ、きみの熱い視線を無視するべきじゃなかったんだよ。でも仕方がなかったんだ、『野獣』に完全に支配されていたんだから。『野獣』に向かってこう叫んだのを覚えてるよ。『今すぐあたしのおまんこをイカせてくれなくちゃ、あんたのチンポをドアにはさんでやる』ってね。で、まだきみが隣の部屋に出て行かないうちに、僕たちが『軟玉の姫に捧げる作品』をあんなにあえいだりすすり泣いたりしながら始めたもんだから、きみは心臓が張り裂ける思いだったに違いない。本当に悪かったよ、愛しい人、でもあのとき僕は初めてパラレルワールドと、僕が女性の肉体を持っていた前世の次元のアストラル・ビジョンを見たんだ。僕にとっては抗うことのできない誘惑だったんだよ。ごめん。悪かった…」
　そんな気分の悪くなるようなことを言いながら、私の額と頬にお詫びのキスをしてなだめようとするカテキルを、私は茫然として見つめた。そしてこう言うのがやっとだった。「なにを馬鹿げたことをほざ

いてるのよ?!」

「わかるよ、僕がきみに与えたような痛みは、言葉で詫びるだけでは足りないってことが。とりわけ、あの詩をもらったあととなってはね。」

「なんの詩?」

「覚えてないのかい？　僕のバースデーパーティで、きみが太陽回帰図を作ってくれてから1週間ぐらいして、きみは——そう、男だったきみは、こんな感動的な言葉で僕の心を射止めようとしたんだ…」

「私が男だった？」

「当然さ」カテキルはうなずいて、暗誦を始めた。

"A Mulher Escarlate

Dá a surpresa de ser…"

「私が男だった！　そんなの覚えてないわ。私とあなたが最後に一緒にいたときは、二人ともアタワルパに痛めつけられ殺されたのよ！私は女だった！　女よ！　恋人が嘘をつけなかったがためだけに、兵士たちにこの世で最も汚らわしいことをされた女だったのよ！」

カテキルは異議を唱えるように頭を振ったが、暗誦をやめることはなかった。

「…あなたの素晴らしい生は、夜明けに二つの山の向こうにあり、

そこからあなたの黄金の髪が私に白い光を届ける、あなたの指は私の手のひらを、心を、そしてあなたの甘い肉体という舟に永遠に閉じ込められた私の理性を包みこむ。

おお、私たちはいつ船出するのか？　あなたの中に漂いたいという身を焦がすような欲望は、いつ満たされるのだろう？」[193]

---

[193]　1930年9月10日にポルトガルの詩人が書いた "Dá a surpresa de ser" のパラフレーズで、彼が9月4日に20歳の誕生日に寄せて太陽回帰図を作成し贈った娘のために書かれたものである。フェルナンド・ペソアは今日の文学界においては、文芸評論家のジョージ・スタイナーの言葉を借りればジョイスがダブリンを、カフカがプラハを魅了したのと同じ魔法でもって、リスボンを魅力ある街にした男として有名である。しかし死の直前には、とりわけ反キリスト者の「野獣666」で性的魔術師のアレイスター・クロウリーを殺した男として知られていた。『オリジナル・アストロモーダ』本章に描かれる以下のようなセクシャルな魔術の詳細は、ペソアのポルトガル語で書かれた日記にヒントを得ている。

「今すぐあたしのおまんこをイカせてくれなくちゃ、あんたのチンポをドアにはさんでやる…作品—『軟玉の姫』の健康と力のための性的魔術、1930年9月13日　私の人生で最高の傑作—『性交』、終わったあとも長いことあえぎ、泣きじゃくっている…」

ミラマール出身の二人目の妻マリア・T・フェラーリと結婚して1年も経たないうちに、54歳のクロウリーは19歳の芸術専攻の学生ハンニ・ラリッサ・ジャガーに出会い、彼も妻も、二人のあいだに何か特別な空気が生まれたのをすぐに感じとった。ク

「なにを馬鹿げたこと言ってるのよ？　私が男であなたが女で、私は
あなたに…」そこまで言って天を仰ぐ。タカたちはもういなかった。
私は続けて言った。「…男として、恋の歌を書き送ったとでも言いた
いの？」

ロウリーの場合、それは単なる浮気ではなく、新たな運命の女性の出現を意味した。
聖書の『ヨハネの黙示録』17：3-6および、クロウリーの『トートの書』にはこのよ
うな女性に関する記述がある。
「緋色の女、ババロン、パチャママ、大地の母が、荒野で獣の背に乗っていた。その獣
は七つの頭と十本の角をもち、神を汚す名で満ちていた。女は紫と緋の衣をまとい、
金と真珠、宝石とで身を飾り、生と死、淫行の汚れで満たされた金の杯を右手に持って
いた。左手には手綱を固く握りしめ、運命の野獣を自らの意志で操ろうとしていた
…」聖書の最後の部分で世紀末について告げるヨハネの壮大な語り口と、ある者は画
期的な予言だとし、またある者は下品で突拍子もない思いつきだとする、反キリスト
者クロウリーの人類の新しい時代の到来を告げる言葉は、カリフォルニアのサンタ
バーバラから、6年前まで両親が住んでいたふるさとに自分探しにやってきた19歳の
娘には、まったく違った重みをもって響いた。
列車でドイツを発った彼女はプラハの『シュロウベック』ホテルに1泊したのち、
ウィーン、ザルツブルク、ミュンヘン、ブリュッセル、ロンドン、リスボンと、ヨー
ロッパで最も堕落した人物と評される、25歳も年上の男性とともに旅していった。「緋
色の娘」と「野獣666」がベルリンを発ったのが8月1日、その3週間後に二人はロン
ドンに到着し、1930年9月4日のラリッサの誕生日はリスボンの浜辺で祝っている。
占星術に関してはベルリンのハンス・シュタイナーのもとですでに学んでおり、そこ
で絵を描いたり、美術クラスでモデルを務めたりもしていた。「日常生活は最も不快な
自殺行為であるといつも感じていた」と書く神秘的な詩人から贈られたホロスコープ
は、彼女にとって最高のプレゼントだった。
おまけにフェルナンド・ペソアは繊細で、洗練された神秘的魅力があり、すでに夏
じゅうともに過ごしていた気性が激しく騒々しいクロウリーとは正反対だった。ペソ
アが非常に感じのいい、爽やかな青年であったのに対し、「野獣」は1930年9月の日
記にこう記している。
「11日（木）今日は『怪物』にユッドで行う『タウ』―アナルセックスを教えた…
アサーナの体位でうまくいった…」
クロウリーの著書『777の書』によれば、「十字」を意味し、土星とタロットの21番
目のカード「世界」に関係のある文字「タウ」は、「生命の樹」の21番目の小径であ
り、第9のイェソドと第10のマルクトの二つのセフィラを結んでいる。「手」を意味
し、おとめ座と9番目のタロットカード「隠者」に関係のある文字「ユッド」は、「生
命の樹」では10番目の小径となり、第4のセフィラであるケセドと第6のセフィラで
あるティファレトを結んでいる。
「15日（月）生物的な興奮なしの『作品』では、電磁エネルギーが十分に蓄積できるま
でずっと行為を続けた。彼女はオーガズムを欲していたように思えた。（…）彼女は
オーガズムという『愚かで耳の聞こえない霊』に取り憑かれている。16日（火）今
朝愛し合ったとき（「大傑作」）彼女はとても憂鬱で、（…）正午が近づくにつれて『野
獣』がひどい暑さの中で爆発した。大きな物音でホテルじゅうが揺れた。（…）ようや
く静かになったと思ったら、地下界に閉じこもってしまった。」
クロウリーとラリッサ―「怪物」ことアヌのポルトガル滞在を記した6ページは、元
の日記から破り去られている。この6ページの複製を公開した人々の一覧は、次章の
注釈を参照されたい。全員の複製資料が一致しているわけではない。

「そうだよ。そして僕はきみを、年かさの気狂い男のせいで振ってしまったんだ。できることならそのペニスをドアに力いっぱいはさんでやりたいと思っていたのに。あのとき、奴があれで射精するって知らなかったら…」

「なんにも覚えてないわ。」

「それはよかった。残酷な仕打ちだったからね。きみの詩をクシャクシャに丸めて置きっぱなしにした机の上で、奴はすっかり取り憑かれたようになって、僕にペニスを突き立てたんだ…違う穴に。そんなことは初めてだった。僕は叫びまくったよ。きみには僕たちの行為が聞こえていたはずだ。きみは下で、僕が奴のところから出て行くと信じて待っていたんだ。でも僕は出て行くどころか…」

　私は信じられない思いで首を振った。そんな馬鹿げたエピソードが、本当にあったとは思っていないことを彼に示すためだった。

「2、3日して、僕はその『野獣』の元を去ったけど、きみと一緒ではなかった。僕はまったく知らない男と一緒にポルトガルを去り、きみを自分のヤナンティンの片割れは永遠に消えてしまったのだと悟って苦しむがままにしてしまったんだ。少なくとも、今回のこの人生ではもう会うことはないのだと悟って、きみは苦しんだ。カリワルミが二つの失われたチュリャに分かれてしまうという意識は破壊をもたらすもので、僕たちには二人とも、早すぎる死が待っていた。ごめんよ、愛しい人。」

「いい加減に謝るのはやめてよ。なにも覚えていないんだから」多少のいら立ちと混乱を感じつつ、私は食ってかかった。

「チャカナのこの11番目の頂点を聖なる岩ロカ・サグラダ、ワンカと結びつければ、すぐに思い出すよ。第5と第11の頂点を結ぶヤナンティンの軸は、僕たちをもっと大きな全体の一部分にならしめるような行為において、きみ自身を高めるようなものすべてを呼び起こすんだ。それがとても不快であることも多い。というのも、僕が言う人の集団、あるいは社会のより高次の総体が有機的にどう変化していくかは、僕たちがコントロールできることではないからね。それが僕たちをどこへ連れて行くのか見守ったり、理解しようとしたりすることはできるし、それが僕たちを変えていく様を感じながら、それと共生すること、あるいはこのヤナンティンの軸を切り離して、ひっそりと隠れて生きることもできるけど、奴の運命をコントロールすることはできないんだ。奴っていうのは、『緋色の女』がまたがっている野獣の

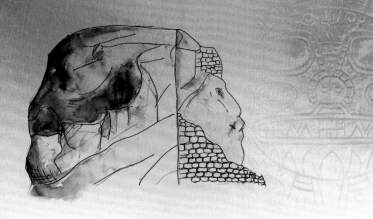

📷 生と死の顔

　ことだよ。どんな組織も、運動も、政党も教会も…」カテキルは延々
と話し続けるが、私の心の中では自分が男だったかもしれないと知っ
て生まれた混乱が激しく渦巻いていた。
「ああ、私は何者で、私の人生にはどんな意味があるの？　私には
いったい何人の『私』がいるの？　私はシータなの？　私はピッ
トゥ・サラなの？　それともアタワルパの兵士たちにいたぶり殺され
たアクリャ？　イェシェ・リー？　ポルトガルの詩人？『カエル』山
の夢に出てきた十六人のシータ？　私は誰？　なぜ違う人になって生
きているの？『私』と『私』のあいだの間隔はどのくらいなの？　…」
「きみの魂、きみの意識、きみは秘められたオーケストラで、きみは
その中にある『バイオリンとしての私』も、『パーカッションとして
の私』も、『ハープとしての私』も、ほかの楽器も、つまりきみの中
にある『私自身』も知らない、なぜならきみは自分自身を、そのオー

📷 横たわる宇宙の女王

ケストラが奏でるシンフォニーとしてとらえているからだ…」*194私
が気がふれたように早口でつぶやくのをカテキルがさえぎった。「…
そしてインカ人の比類なき鍵であるチャカナが、コンサートのあとで
演奏者と楽器とを引き合わせてくれるんだ…」カテキルは私がちゃん
と聞いているか、あるいはせめて少しでも聞いているかと私の目をの
ぞき込む。

「チャカナの第1の頂点、すなわち現在の肉体と、宇宙の王の化身で
ある第7の頂点、すなわち『生と死の顔』、あるいは横たわる宇宙の
女王*195を結ぶ軸は、きみのパートナー、つまり多くの場合僕の中に
見いだすことのできるきみ自身を表している。

　第2と第8の頂点を結ぶ軸は、インティマチャイの洞窟とインティ
ワタナのピラミッドを結びつけたことで活性化されていて、その時々
の経験に呼び起こされる束の間の感覚を通して演じ、生きているきみ
自身を、きみと引き合わせる役割を持っている…」

「ええ…」足元の谷間の上をまた旋回し始めたタカに力づけられて、
私の儀式の総まとめを行っているカテキルの話をさえぎった。「…
時々、自分の中に次々と新しい人格を創り出しているような感覚があ
るの。まるで、私という存在には親しみのない素材から、自分の人生
だけじゃなく、私が演じる新しい役やキャラクターを切り出している
ような感じが。」

「まさにその通りだよ、シータ。神に捧げられる前に経験する、最も
高いレベルの夢で、僕たちは創造者あるいはプログラマーたち、ある
いは自然や僕たち自身が創った様々なプログラムや法則を感知するん
だ。そしてどの夢もすぐに、僕とは別の人物に埋め込まれて、その人
物が僕の代わりに僕の新しい『僕自身』を夢に見るんだよ。」

「つまり私は、他人が私の色々な夢の断片を演じている新しい生きた
シーンに移って、そこで自分自身を破壊してしまったということな
の？　私自身がこの生において創り出したものではないがためだけに
存在でき、それゆえに私が触れることのできない『私』のバリエー
ションの一つが？　だって、そういったバリエーションを物質的にコ
ントロールすることができたら、それは変化したり、完全に消えてし

*194　フェルナンド・ペソアの著作のパラフレーズ。

*195　女性の場合は「生と死の顔」、男性またはレズビアンの場合は横たわる
宇宙の女王。

まったりするでしょう…」

「わからない。そうかもしれない。でもきみが思い出しかけていることは確かだよ。だって今きみは、僕に愛の告白の詩 "Dá a surpresa de ser" を贈った詩人みたいな話し方をしているから。」

「いいえ。思い出せないわ。それにもし思い出したとしても、詩人が私だったのなら、『シータ』の私は誰なのよ？」

「すべてのきみ自身が奏でる生のシンフォニーだよ。」

「いいえ。どうせもう生きていて、色々な『私』の夢を見ているのなら、その人たちには私のイメージどおりにあってほしいし、生きてほしいわ。そうなって初めて私は、自分が自分の夢と数々の人生の奴隷だと感じることがなくなるでしょう。」

「神に捧げられることで、きみは人生が注ぎこむのが大海ではなく湖であるような人間へと変わることができる。外部の世界が、きみの内部にある現実になるからだよ[196]。

---

[196] カテキルとシータのこの対話も、霊的に優れたフェルナンド・ペソアの思想にヒントを得ている。特に参考にしたのは、この非常に多作な著作家／翻訳家の重要な作品であり、死後数十年が経った1982年に "Livro do Desassossego"—英訳版は "The Book of Disquiet" として1991年に、ペソアはこれを休み休み20年以上もかけて書いている。神秘やヨガ、魔術に関する独自の洞察が展開されているだけでなく、「霊的に夢をみるには」の章では、非物質的「私」や、世界に生きる人々が不要になり、肉体の物質的空間が劣化して、夢の状態や思考、イメージ、また前世や来世、代替の生における私たちの「私」を呼び出すためのスイッチに成り下がるような世界を創り出すにはどうすればよいか、その実践的手順が解説されている。これはスピリチュアルな解釈をすることも可能だが、コンピューターシミュレーションやコンピューターゲームでこれまでプレーされたゲームの履歴の分析ととらえることもできるだろう。ゲームを通じて、プレーヤーは今いるレベルでの理想的な問題解決の方法を、そしてプログラマーは特定のキャラクターの「エラー」と「アップグレード」に関する情報を探しているのだ…
ペソアはそのようなシミュレーションを、コンピューターなしに自分の中で、また周りの人々や状況の中でプレーし、生き、創り出していた。独我論（徹底した主観主義の思想で、「私」の想像力から生まれる外的世界の存在を否定し、現実に存在するのは「私」だけである、とする考えかた）の王として、彼は次々に新しい生の現実を生み出していた。
「自らの意志によってこの夢、あるいは生きた像の邪魔をしたくはない。触れてしまえばそれは対象物に変わり、その個性も人生のゲームも台無しになってしまうのだから…」

ペソアはこの生物学的バーチャルリアリティーの創生方法を学ぶにあたって、まず小説を読むべきだとし、それについて次のように指示している。「…小説を読むことで、あなたの五感が現実からフィクションへと引き込まれる。そしてついには本の中の世界の方が、日常の現実よりも精神にとって重要になってくるのだ。」
パタンジャリの8段階式ヨガには、4段階目の呼吸法（プラーナヤーマ）と6段階目の集中法（ダーラナー）の間に、日常世界で感じられる五感の外的衝動の知覚から、よ

　きみがチャカナの第3の軸がつながった瞬間に感じたようにね。第3の軸は、僕たちの『私』というものが、宇宙やほかの生命体たちとのすべてを包み込むようなつながりの中で一体化していくような、より高次のエクスタシーの意識において様々な『私』が自らを体験していくところだよ。そこでつながるのはほかの人々や動物たちだけじゃなく、僕たちのありとあらゆる『私』もそこに入っている。『三つの窓の神殿』にあるチャカナの十字の前の、根っこの窓にある第3の頂点と、葉っぱの窓にある第9の頂点がつながると、その『私』たちはその瞬間、突然時間の軸からも空間の軸からも飛び出してくるようになって、僕たちはその『私』たちをみんな同時に、いっぺんに経験することになるんだ。詩人も、シータも、インカの太陽の女神官も、きみがシンフォニーとして知覚している、きみの不死の魂のオーケストラを形成するその他の『私』たちもみんな、その瞬間からきみにとっては自由に行き来できる存在になるんだよ…」

「詩人なんて見えないし、感じないわ」私はそう反論しながら、私のすぐ頭上を旋回しているタカが前腕にとまるようにと願って、鷹匠がやるように腕を身体の前にかざした。

「彼はそこにいるんだ。きみの中にいるんだよ。だけど今きみは、『今、ここで』という直接のアクションによる動きを好む『私』をひきつけているところらしいね…」カテキルは微笑んで、私が鷹匠のように曲げたひじを上げて、野生の鳥をおびき寄せようとしている様子をあごで示してから続けた。「…つまり、僕たちが最初のデートで、ラマ座の星の下で一緒に活性化した第4と第10の頂点を結ぶ、第4の

り精神的な方向へと覚醒するために自らを引き込むという、非常に似たテクニックが存在する。ペソアはヨガではないテクニックを用いて小説を読むことで、この5段階目のプラーティヤハーラを完璧に操っていたようである。もしあなたを、世界の現実から逃げていると非難する人がいたら、彼のことを思い出してほしい。『不安の書』では最初のステップのあと、霊的に夢を見ることに関する章で、自分が想像したものを身体的に感じられるようになるべきだとしている。これは皆さんもすでに経験済みに違いない。たとえばダイエット中に、好きな食べ物のイメージが湧いてきて、そのイメージだけで美味しそうな匂いが感じられ、本物そっくりの味まで感じられて唾がこみあげ、気がおかしくなりそうになった、とか。でも小説の登場人物が愛し合っている情景のイメージで、射精やエクスタシーに達したことは？　手を使わないで、だ。想像の力だけで、である。ペソアの本にはしばしばきわめて理解不能な思考や要求が出てくる。

あるいは、自分にもできるとお考えだろうか？　それなら、今から想像力をフル回転させて、この章をもう一度読み返してもらいたい。さあ、クロウリーのポルトガル日記にヒントを得たパッセージで、あなたは何を感じるだろうか…

軸だね。」

「あれがデートだったなんて知らなかったわ。むしろあれは誘拐よ」
私は顔をしかめて、鷹匠のまねをした自分の手を股のあいだに置いた。
タカが空の上から私に向かって糞をした。それは私の髪の毛に命中した。

「山頂を示す鉄の棒の下で額を地面に付けて、第5の頂点すなわち聖なる岩『ロカ・サグラダ』をプトゥクシ山にある第11の頂点と結ぶやいなや、きみは僕が詩人だったきみの愛に報いず、きみの心をずたずたにしたことだけでなく、隠されたままになっているほかのたくさんの自分のことも思い出すんだよ。そしてすべてを終えて、『コンドルの神殿』の第6の頂点と第12の頂点、すなわちワイナ・ピチュの山頂にあるコンドルを結びつければ、きみはそういったすべての『私』から目を覚まして、今は理解できないことがすべてわかるようになる…」カテキルが仰々しくそう言った。

「そう、それはいいわね…」私はべたべたする鳥の糞を不器用に髪からこそぎとって、その指先を草になすりつけた。「…でも、あの山に登らなくていいって、あなたどうしてわかるの？」私はマチュピチュの右側のはるか遠くに見える巨山を指さした。「山々が形づくる石の像がピューマの爪を表しているって、リョケが言ってたわ。」

「でもあれはプマシリョじゃない。きみが指している山は、セロ・ヤナンティンだよ。サイリ・トゥパックが、自分の両親を無残に殺したスペイン人たちが彼と彼の兵士たちに申し出た恩赦の真意について、太陽に意見を求めるために登ったのがあの山だ。『ピューマの爪』は、ヤナンティンとは反対の方角だよ。この二つの山を結ぶ軸の中間にあるのが、ロカ・サグラダということになるね。」[197]

［✏️］ ＊197　ロカ・サグラダの前に立つと、この「聖なる岩」が標高およそ4578メートルのセロ・ヤナンティンだけでなく、そこから見えるもっと低い、プトゥクシ山を始めとする山々をも描き出しているように感じられる。この山々の像に背を向けると、前方かなたには標高約6000メートルの雪をかぶった大山プマシリョを望むが、この山の方がロカ・サグラダにはるかに近い形をしている。右手には45章の注釈でも触れた、緑いき茂る堂々たる丘セロサンミゲルも見える。
ロカ・サグラダはヤナンティンの山や、インティマチャイの洞窟に太陽の光が差し込んで、若いインカ人たちが大人になるための試練が開始されるのと同じ時期に、その頂の向こうに太陽が沈むプマシリョの形を映し出しているのだろうか？
その答えは、みなしごとなったサイリ・トゥパックが敵の申し出に裏があるかどうか、太陽やその他のアプクナたちに助言を求めた場所の特定よりも、さらに不確実である。最近では、その場所はプンクヨク山脈の山頂のひとつに今日まで残る石造りの家 Incahuasi（インカワシ）だったとする説が主流である。つまり、ロカ・サグラダの

「山の名前がなにかなんて、どうでもいいと思うわ。問題なのは、私たちがその山にいないってことよ。列車から降りたのは無駄だったわ。」

「理論ばかり気にするもんじゃないよ。山頂の立て札の下で額を地面

方を向いて立った場合、セロ・ヤナンティンの山頂から「ほんの数キロメートル」だけ北へ行ったところということになる。

1557年9月に山頂で行われたこの神との会合は、どんな結果に終わったのだろうか？ 当時22歳だったサイリ・トゥパックは、1544年に父のマンコ・インカが殺害されてからというもの、山中に暮らすインカ人たちを率いて独自の軍としていたが、この会合で神々から降参してもよいという啓示を受けた。長年のあいだ、勇敢にも多勢に抵抗してきたが、彼の父親が1536年にリマとクスコを包囲した時のような最終勝利にはついに近づくことすらできず、結局300名の最も忠実な兵を引き連れてリマに向かい、1558年1月5日、スペイン総督によって最高の敬意をもって迎えられた。サイリ・トゥパックはインカ王の継承権を公式に放棄し、洗礼を受けてディエゴとなった。その代償に年金と、クスコ近郊の広大な土地を手にし、そこで1561年に死ぬまで安泰に暮らした。死んだのはわずか26歳の時だった。スペイン人たちが、彼の父親の時に経験したような政治的な不意打ちのリスクを恐れたのだろうか？ しかしもしそうなら、サイリ・トゥパックが山頂で助言を求めた太陽の答えが間違っていたことになる。あるいは間違っていたのではなく、その死は自分の意志で行動した個人の悪意だったのだろうか？

「サイリ・トゥパック・ディエゴは毒殺された！」弟のティトゥ・クシが声をあげた。彼は新しいサパ・インカとして、独立を求め戦うインカ人たちを率い、立ち上がった。ティトゥ・クシもまた、長年にわたる圧倒的多勢に対する戦いに疲れ果て、1566年にはスペイン人との協議に応じ、和平の合意に達したのち2年後には洗礼を受け、さらにその2年後に毒殺された。毒を盛った疑いのある者の中には、アウグスチノ会の修道士ディエゴ・オルティスもいる。新たにサパ・インカの地位に就いたトゥパック・アマルは、兄弟が二人とも和平合意に達したのち毒殺されたのを受けて、同じ過ちは犯したくないと考え、ビルカバンバの山の中にこもっていた。そこに再び交渉を持ちかけようと二人のスペインの使者が派遣されてくるが、彼の支配する領域に足を踏み入れるやいなや、インカ人たちの手にかかって殺された。この件は新しいスペイン総督にとって、ビルカバンバに攻め込むに値するだけの理由となり、同年9月24日クスコの中央広場で、栄華をきわめた帝国のすべてのワカの神殿からセケのラインが集まり一つになる「太陽の神殿」の石壁の上に立つ「サント・ドミンゴ教会」の前で、最後のサパ・インカであるトゥパック・アマルは群衆の目前で洗礼を受け、処刑された。完全なまでの弾圧が行われた。アタワルパの敗北から40年のあいだは、コンキスタドールたちも黄金や、信仰の支配と改宗で満足していたが、トゥパック・アマルの死後はインカ人の文化の撲滅が始まった。伝統的祝祭は禁止され、ミイラは破壊された…

マチュピチュはこの破壊の手を免れた。というのも、誰にも発見されなかったからである。魔術や治療のためにヘビの毒を用いていた神官たちの言い伝えによれば、彼らはマチュピチュへと続く道に何千ものヘビをまき散らし、ウク・パチャの地下界の呪文でそのヘビを攻撃的な兵士に変えて、山中に隠されたこの町に近づこうとするよそ者を片っ端から殺していたとされる。また別の神話によれば、血と肉を持つ多次元生命体であり、同時に霊でもある熊の姿をした人間「ウクク」たちが、肉体と魔術の力を使ってマチュピチュをよそ者たちから守っていたという。考古学者のハイラム・ビンガムをマチュピチュの発見に導いたのは、まさにこのウククであったとされる。

322

に付けて、『存在』の謎が隠された宝箱が開き、調和を奏でるのを自分の肌で感じるんだ…」

　鳥の糞で手も髪も汚れた私には、彼の言うような、こと座やプレアデス星団やオリオン座にある惑星や、ほかの「私」たちがいるパラレルワールドへと続く虫食いのような小さな穴が開いている素晴らしい

場所は見えなくて、悩み苦しんだ心の拷問部屋しか見えないのだった。おまけに足まで痛くなってきた。

「もう下りたほうがいいんじゃない？　あのはしごは上るより下りるほうが大変だと思うわ。どうせ私はまた目が回るんだから、たっぷり時間をとっておかなくちゃ。」

「そんなに悲観的にならないで。楽勝だよ。風のようにひとっ飛びだ、今にわかるよ。」

「そう、まさにそれを心配してるのよ。」

「シータ、いったいどうしたんだい？　とにかく山頂に額を付けて、そのチュリャを、離ればなれになったロカ・サグラダのチュリャとつなげればいいんだ、こんなふうに…」カテキルはそう説きながら、私が指先をなすった草のそばのむきだしの地面に、小枝で点線を描き、その上にもう1本描いた。そしてその下に4本の実線を描いてから言った。「きみは自分の肉体でもって、チャカナの八つのチュリャを、三つあるうちの二つの世界をチャカナの縦のラインに結びつける、4本のヤナンティンのラインに変えたんだよ。」

それから地面に枝で描いた下側の点線をもう一度なぞって実線にし、説明を続けた。

「山頂に額を付けたあと、残るラインは一つだ。ワイナ・ピチュに登ってその最後のラインもヤナンティンに変えてしまえば、チャカナがきみをすべての次元宇宙の世界と交信できるようにしてくれる。そうすればきみはマヤも、自分自身、本当のシータも見つけることができるんだ。今きみが自分自身だと思っているシンフォニーを奏でるオーケストラが、見つかるんだよ…」

「でも私、なんだか恐ろしいことが起きるような気がするの。」

「何が起きるっていうんだい、おバカさん？　最大のピンチはもう今日、最初のはしごから落ちたときに経験済みじゃないか」カテキルが説得するように私にウィンクして見せたので、私は儀式を行うことに同意し、地面に額を付けた。

「Y ya está、これでおしまい。ほらね、なんともなかっただろう。」

　これは間違いだ！　私の中で、様々な感覚が狂ったように痙攣し、直感が警告を発している。存在することの難しさが、これほどまでにややこしく感じられたのは初めてだった。その感覚から逃れたい、嵐

の前の重苦しい空気を感じたくないと願う。ムルクのラマにキスした
あとのように宙に浮けるかどうか、私はそっと飛び跳ねてみた。ムル
クがベンチを叩いておどかしたあのラマではなくて、マチュピチュの
壁のところにいたラマだ。リョケと一緒のときに出会った。何も起こ
らない。宙になどまったく浮かない。だいたい、意識下の痙攣を感じ
る以外は、何も変わったことは起きなかった。がっかりして、ついこ
う言ってしまったほどだ。
「私たち、なんでここに登ってしまったのかしら。」
　カテキルが用を足しにその場を離れた。時間は恐ろしくゆっくりと
過ぎていき、私は頭上を飛び回るタカたちを覆う、巨大な雲の四方八
方から走る稲妻を眺めていた。やがてそれは空中放電に変わり、天か
らジグザグの形をした巨大な炎の剣が突き出されて、山頂の棒をねじ

曲げた。

　プトゥクシ山の上空に、地獄が幕を開けた。私は自分の内部にも、あたり一面にも炎を巻き起こす魔の嵐の一部になった。私の細胞は、花火が散らす火花になった。私の服は、火を付けて爆発する前の爆竹のように煙を発し、胸の奥には錬金術師の釜が感じられた。その一瞬後、とどろく炎の剣が、隣り合う世界の庭に実る知恵のリンゴと、誘惑するヘビの頭をもぎ取った。放電の光が照らす中、胴体のないヘビが、私たち人類の歴史に存在するすべてのイデアのモナドが詰まったリンゴの実を、私に勧める。私はそれをヘビの口から取って、かじってみる。リンゴの中にある亜原子粒子に込められた思考の圧縮ファイルが存在し始める。人類の全歴史の社会的現象と、制度化された規範的行為、そして寄生的な商業化の波に満ちたビッグバンだ。あらゆる「私」の頭が混乱している。規範が消えることを渇望しつつ、私は私のシンフォニーの、私的な神話をひもとく。

第47章
クンダリーニの嵐

　私は息を殺して、何千もの世界が私の様々な「私」の周りを回っている様子を見つめている。それは必ずしも、その様々な「私」たちの望むとおりの回り方ではない。まるで宇宙のゲームが私たちに、ヤナンティンの対の意味を知っているかとテストしているようだ。善と悪。存在と非存在。衣服と裸体。結び目と結び目のない状態。黒と白。時間と空間。0と1。何もないことと、何かあること。私とカテキル。すべてに、混沌の塵が降りかかる。

「私は何人いるの？　なぜ違う身体の中で生きているの？『私』と『私』はどうやってつながっているの？」知恵の樹の実を消化しようとして混乱している私が問う。
「カテキル、私の唇にキスして、私を助けて！」焦がれたようにそう叫ぶと、愛のヘビが私の胸に固く巻きついた。「あなたはもう、ただの頭じゃないわ」私は渇望のため息をついた。
「僕かい？　僕は生まれながらにきみとキスして、抱き合って、愛し合うためにいるんだよ。もう何千年ものあいだね。何千もの世界と現実の中でだよ、たった一人の愛しい人。」
　私が臆病にうなずくと、カテキルの声で話すそのヘビは、私の腰を抱いた。そして興奮したように私の身体を締めつけたままもっと下がっていくと、手のひらを下腹部の下へ滑り込ませた。
「ヘビに手があるの？」
　答えはない。静かに愛撫を続け、指でショーツの縁をもてあそぶ。禁断の弓の弦を引っ張っては放し、私の興奮で高まっていく吐息のリズムに合わせて刺激を続け、ついに情熱的なキスが私に降ってきた。するとまた、天が放電して稲妻が走り、雷鳴の轟音がとどろいた。頭がくらくらする。物事の関係性が、鏡のように互いを映し出す。私の「私」は、私自身のものでも、ほかの誰のものでもない。もしそうだとしたら、私がその肉体の中で存在している人物のうち誰が、残りの人物の上に立っているのだろう？　私の魂のオーケストラで、第1バ

イオリンを弾いているシータか？　ソリストの「女神」か？　その前に指揮者である「神」の、プログラマーの、あるいはシンフォニーをあらかじめ作曲したモーツァルトの指揮棒が突き立てられているのか？　アンパト山の頂にいたシータの5番は、それはすべて自分だと言っている。第1バイオリンも。ソリストも。指揮者も、作曲者も。私はそれに反論する。いちばん重要なのは私、今まさにここで経験しているシータでしょう。

「墓に片足突っ込んでる年寄りのほうが、オリンピックで勝ったときや、子供の頃の同じ人間より大事だって言いたいの？」5番ならそう異議を唱えるだろう…

「これは何?!」私は叫んで、ヘビの手がももまで下ろしたショーツを凝視した。これはショーツじゃない！　トランクスじゃないか！　大きなペニスが腹の上に反り返っている。私のペニス。何てことだ。私の手が屹立する肉棒のわきから太ももを滑り下りて、谷間の底まで差し込まれると、睾丸に触れた。私の舌は、まるでそれがリンゴの果軸ででもあるかのように、カテキルの乳首を愛撫している。しかしなんて立派なバストだろう！　さっき雷鳴がとどろいたときに閉じた目を開けると、金髪の美女になったカテキルがいた。これはラリッサだ、そして私は…私は詩人だ。どうしようもないほどに、狂わしく恋する男だ。あらゆる男の感情をもてあそび、中でも私の感情を最ももてあそぶ娘の肉体に宿ったカテキルに首ったけの男。

「さあ、私はあなたに、最高の知恵は構造の足かせを壊し、その規則を犯すことで見いだされると教えたのだから、さっさと列車の駅に行きましょう。」

「きみのホロスコープを一緒に見ていた日から、僕はきみに恋するあまり気が狂いそうだけど、『出発』とか『旅』とか『列車』とかいった言葉を聞くと…気分が悪くなるよ。」

「私の腕の中で、あなたは幸せじゃないの？」

「幸せだよ！　とても！　きみに愛の告白の詩を書いたとき、ドア越しに『野獣』がきみの身体をいたぶるのを聞いて、僕はヨブのように苦しんだ。耐えられないほどの苦しみから、今日きみは僕を至福の天国へと連れ出してくれたんだ…」

「じゃあ荷をまとめて、一緒に行きましょうよ。スペインへ。フランス、いいえもっと遠くでもいいわ、『野獣』に絶対に見つからないどこかへ行きましょう。」

　マゾヒスティックな自虐的感情が、私の男としての肉体を締めつける。まるで獣の衝動の情熱が詰まった私の肉が、こう叫んでいるようだ。「シータ、お願いだから黙って！」それなのに私はカテキルに反抗してこう言った。

「ラリッサ、僕はリスボンを離れられない、離れてしまえば僕の詩は根っこを失ってしまう。僕の内面、僕の創作の根がなくなってしまうんだ。」

　ラリッサは答えるかわりに飛びずさり、怒ったように服を着始めた。

「わかってくれ、お願いだ。お願いだよ…質が高いということは、決まって質の高い何かがあるということなんだ。だから僕が生まれてずっと創作を行ってきたリスボンの環境なしに、質を保つことはできないんだよ。」

「あなたは独りにはならないのよ！　私と一緒なのよ！『怪物』の魔力で、『緋色の女』の魔力であなたを呪うわ！　生きている限り、あなたの詩の質は誰にも評価されることがないでしょう！」ラリッサはそう叫んで、ドアを力いっぱい閉めて去っていった。

　私は彼女を追いかけたが、廊下には人がいる。その非難するような眼差しで、私は自分が裸体を晒しているのに気づいた。私は部屋に引っ込んで、くずおれた。絶望の時間がどれほど過ぎたのかわからないが、もし誰かが何日も経ったとか、ものすごく長い時間が過ぎたとか言ったとしても、驚かなかっただろう。とそのとき、「野獣」が部屋に駆け込んできた。

「彼女にふられたよ。長いこと愛し合ったあと、耐えられないような昼下がりの暑さがベッドに吹き込んで、そのとき俺に、子供ができたと打ち明けたんだ。」

「何だって、子供？」私ははっと我に返って、また駅にいる彼女のところへ走り出したいという強烈な思いが湧き上がるのを感じた。

「そうだよ、詩人さん。俺も驚いた。『誰とヤッたんだ？』俺が息の詰まるような空気の中で探ると、彼女はヒステリックに悪態をつき始めたんだ。いやあ、すごかったよ。罵る。責める。脅す。さげすむ。何時間怒鳴りたてていたかねえ。ホテルじゅうに聞こえてたよ。皆でやっとのことでなだめると、今度はクローゼットの地下界に鍵をかけて閉じこもって、朝まで出てこなかったよ」「野獣」はそう言って、悲しげに頭を振った。

「愛は掟、意志に支配された愛は」とため息をつく。

「俺はもがき苦しんで、疲弊しきって彼女がいつ戻ってくるかと待っていた。代わりに来たのは知らない男で、彼女のトランクをまとめて、自分は『怪物』と一緒にドイツにハネムーンに行くのだ、と言ったんだ。」

「何だって、知らない男？」私はショックを受けて、その男が自分ではないことを確かめた。

「ああ、俺もあっけにとられてその色男を見たさ。俺が正気に返る前に、奴はいなくなっていた。詩人さんよ、もし『怪物』が俺のところに戻ってこなかったら、俺はもうおしまいだ…」

「野獣…で、それはいつのことだったんだい？」

「昨日だよ。」

「昨日」私はラリッサが今日ここにいたことに気づいてホッとしながら反復した。裸でここにいたのだ。それを知ったら、「野獣」は私を殴るに違いない、そう考えて、性交の痕跡がないかと目で探した。部屋は生きるか死ぬかの決闘の理由となりうるあらゆる痕跡が完全に消された状態だと思いそうになったそのとき、枕の下から弾丸がこちらを向いて微笑んだ。それは詩人のプーシキンを決闘で殺めた弾丸に似ていた。ベルリンのキャバレーのショーツ。クロウリーは私の打ちのめされた視線の先へ顔を向けた。

「『怪物』がどうやったらきみのベッドに戻ってくるか、知っている」意気消沈した「野獣」が今にも爆発するのではとパニックになって、私は叫んだ。

「あっちだ！」

「え？」

「あそこ！」彼の注意を部屋の反対側に向けようと、窓の外を指した。

「おい、何だよ？」「野獣」が私のほうに振り返ったとき、私は後ろに回した片手で気づかれないようにベッドの上を探っていた。

「いや、このストレスを解消するために、身体を伸ばしたいんだよ」と私は咳払いしながら言って、下手なスクワットを何回かやった。スクワットをしながら、「野獣」が昨日彼に別れを告げた女のショーツのほうへ目をやるのを、ぎこちなく身体でさえぎっている。「あっちに『地獄の口』がある」私は彼の注意を窓のほうへ戻し、指先で赤い旗を探る。

「Boca do Infernoかい？」「野獣」の「寝取られ男のツノ」が、素早く私を振り返った。1秒もたたないうちに、それは恋するトレアドールを突き刺す、怒り狂った牛の角になるかもしれなかった。

「そう。大西洋沿岸でもっとも美しい場所だよ…」袖からトランプのエースを出したり、帽子からウサギ、鼻からコインを出したりできる、世界的イリュージョニストになれたらどんなにいいかと思いながら、友情の赤い終わりを握りしめて、そのこぶしから彼の注意をそらそうと話でごまかす。

「…僕がラリッサを探し出して、きみが仲直りのピクニックに誘っていると伝えるよ…」

「それじゃあ彼女は聞かないよ」と「野獣」が断言しながら、夢見るような眼差しで窓の外の通りを見つめている。

「大丈夫だ、今にわかるよ。今日は彼女も冷静になって、もう仲直りの準備ができているに決まってるよ、女ってそういうもんじゃないか」私は男の肉体を持ったのがそもそも初めてなのだということに気づきながら、震えた声でそう言って、例の証拠品をポケットの底に押し込んだ。幸福感が私を満たす。決闘から何とかして逃れることができたからではなくて、衣服のもっともプライベートな部分を差し出してくれた愛する女性を身近に感じることができたからだった。もちろん、ピクニックなどありえない。愛しい人、きみを再び目にするやいなや、私はきみの手をつかみ、きみの望むところならどこへでも行こう、たとえそのせいでもう二度と一篇の詩も書けなくとも。スペインへ。フランスへ。アメリカへ。一緒にいられるなら、北極だってかまわない。

「それはあんたの勘違いだよ。俺たちが争ったのは昨日だが。その色男が彼女の荷物を持って行ったのは今日だよ。」

「いつ？」

「2、3時間前さ。俺はそのあとしばらく気を落ち着けて、ワインを1杯、いや4杯飲んでから、あんたのところへ飛んできたってわけさ。」
　途端に目の前も頭の中も暗くなって気が遠くなるような感覚があり、世界がガラガラと崩れた。
　「二人は親密な関係だと思うかい？」
　「え？　誰が？」
　「ラリッサとその色男だよ！」私はほとんど怒鳴っていた。

　「そりゃ確かだ。『怪物』のことだからな！」
　「駅に行かなくちゃ。彼女を止めなくちゃ！」
　「同感だ。だからここへ来たんだ。彼女を見つけたら、俺は隠れるから、あんたが俺のところに戻るように説得してくれ。わかるだろ、彼女なしには生きていけない意気地なしとは思われたくないからな。」
　彼女はいなかった。来るのが遅すぎたのだ。ホームに駆けつけたときには、遠ざかっていく列車の窓から身を乗り出して、二つの破れたハートに向かって手を振っていた。その二つのハートはその翌日から、彼女をリスボンに呼び戻すための苦肉の策を練ったのだ。
　二人が泊まっていた「ホテル・ヨーロッパ」の便せんに、「野獣」がてんびん座にいる太陽の占星術の記号を描き、その下に秋分の日付と、やるせないメッセージを数行書き加えた。

　「きみなしには生きていけない。
　ここから見えるもう一つの地獄の口のほうが、僕をすっかり飲み込んでしまったきみの肉体のBoca do Infernoよりも、僕にとっては痛みが少ない。」

　それから前世では中国の賢者だった「野獣」の名前でTu_Li_Yuとサインして、その別れの手紙を崖の

上のタバコの箱の下に置くと、断崖から荒れ狂う大洋を覆う夜の闇の中に飛び込んだ。

　地元紙から全世界のメディアが「野獣」の死を読み取って伝えると、私たちはすぐに愛しい人の帰還を心待ちにし始めた。

「きみの葬式に来ないはずはないさ。」

「俺も行くからな」クロウリーがパイプを満足げにふかしながら、愉快そうに笑った。やがて私たちの期待を、予期せぬ事態が断ち切った。フランスのどこかの大衆紙が大見出し付きで、地球上から反キリスト者を根絶しようとする熱狂的な司祭が「野獣」を殺した、と報じたのだ。巷は警察であふれた。捜査に怯えきったクロウリーは、逃げるように国外に去った。私は独り残った。秘密を抱えて。破れたハートで。そして誰の目にとまることもない、一生で一番質の高い詩を携えて。

　カテキルが美しいブロンド娘ラリッサの肉体をまとって、死んだ恋人を弔いに戻ってきてくれるという希望の唯一のきらめきが、私がカフェで朝食をとりながら新聞を読む理由だった。5面のポルトの連続殺人と、ファティマの洪水の記事の隣に、クロウリーが生きているとあった。ベルリンで展示されている彼の絵画の写真も載っている。

　残ったのはアルコールを欲する心だけ、そしてどこからか、ラリッサが自殺したという知らせが届くと、残るはもう酒の残り香だけになった。その香りの中に、私は絶望した「私」をうまく溶かして、その自己破壊によって自らの存在を、別の「私」が私のシンフォニーの様々な断片を奏でる生きたシーンに変えたのだ。私はその命を大洋の中ではなく、瓶の中で終える人間だ。なぜなら私を囲む外的世界は、きみが去っていったという悲劇のあとの私の内面という現実を映し出しているからだ、愛しい人よ＊198。

＊198　フェルナンド・ペソアの『不安の書』にある詩とホロスコープ、哲学的ビジョンは前章の注釈ですでに紹介し、本章でパラフレーズされているが、そのペソアは1935年に肝硬変で亡くなっている。ハンニ・ラリッサ・ジャガーがこの世を去ったのは1930年の終わりから1933年までの間で、自らの手で命を絶った可能性が高いとされている。クロウリーこと「野獣」は1931年1月その日記に、今かかっている病気はラリッサを悼むための、魂の苦行なのだと書いている。ラリッサのことは「アヌ」あるいは「怪物」と呼ぶことが多かった。
"Boca do Inferno" として知られる海岸の洞窟で見せかけの自殺を「実行した」のは1930年9月21日のことだった。つまりラリッサが知らない男と出て行った日の翌日であり、9月16日に暑い昼下がりまで延々と続いた「大傑作」に端を発した大げんかの5日後だったことになる。その日ラリッサは隣の部屋に鍵をかけて閉じこもり、翌朝出て行って、「野獣」とは出発前に事実上一度しか顔を合わせなかった。クロウリーは9月23日、すなわち彼の自殺がメディアを賑わせる2日前にはすでにポルトガルを

「大丈夫かい、愛しい人？　すっかり震えてるじゃないか」カテキル
が私に向かって言う。私は答えない。誰かが地面に捨てた、腐りかけ
たリンゴの芯を見ている。それは朽ちかけたヘビの頭蓋骨の隣にある。
かつてタカが、晩餐の付け合わせに喰らい、放り投げたものなのだろ
う。その少し向こうに、別の毒ヘビが脱皮したあとの皮が見え、その
上に靄に包まれた光があって、カテキルの声で語っていた。

「人間が置いていったんじゃないかな。ヘビの背骨をチェーンにする
のが流行っているらしいから。そのヘビの毒が強ければ強いほど、ブ
レスレットの魔力も強いんだ」カテキルが私の声に出さない考えにそ
う異議を唱えると、私は正気に返ろうと深呼吸をした。これは一体な
んなのだ？　放電だ。最初の稲妻が、山頂から屹立する鉄の棒に命中
していた。そして二番目の稲妻は…私は驚いて自分の身体を調べた。
火花は出ていない。火傷もしていない。

「カテキル？」私はかすれ声で呼んだ。恐ろしいほどの静寂の中で、
ショーツを穿いた。ズボンのジッパーを一気に上げて、Ｙシャツのボ
タンをゆっくりと遊ぶようにはめていった。それがまるでロザリオの
ビーズででもあるように、私は祈った。「神様、どうか彼が無事であ
りますように。」私は孤独だった。そして服を着ることが、残酷な現

離れていたということで、多くの消息筋は一致している。人殺しの司祭の話など、協
力者がいたという仮説も当時から出ていた。
一方で、当時ポルトガルの国境付近ではクロウリーの名前が複数回記録されている、
すなわち9月23日の記録だけではないことを指摘する人々もいる。ラリッサの妊娠に
ついても、時折言及されるにとどまっている。一致しているのはベルリンの展覧会に
関する情報で、これについてはメディアが肯定的な関心を寄せたため、クロウリーの
死に関する噂もこれをもって消えることになった。リチャード・カチンスキは著書
"Perdurabo: The Life of Aleister Crowley" の中で、「野獣」が自殺を偽装したこ
とに復讐するため、ラリッサもまた見せかけの自殺を図り、その後1931年末に満足し
てハンブルク＝ニューヨーク便の船で両親のもとへと帰っていった、という説の裏付
けを暴露している。
マルコ・パシは国際的専門誌 "Pessoa Plural 1/2012" に寄稿した論文の中で、
1910年生まれのハンニ・ラリッサ・ジャガーの死去した年を1933年としている。
"Aleister Crowley's lost diary of his Portuguese trip" と題されたこの論文は、
ブラウン大学のホームページ（www.brown.edu）で閲覧可能だが、クロウリーの日
記から破り去られた6ページの内容に関する様々な資料の違いを比較している。同時
に、この6ページのコピーがいかにしてケネス・グラントの功績で保存されたかにつ
いても記述している。トバイアス・チャートンは著書 "The Beast in Berlin" で、ラ
リッサの死を1932年としている。ポルトガルでの出来事が初めて公にされたのは、
1951年に発表されたジョン・サイモンズの著書 "The Great Beast. The Life of
Aleister Crowley" においてである。

実から身を守る最後の手段だった。魂の底のほうから、破滅のシン
フォニーが響く。心は愛のレクイエムを歌っている。「どこにいる
の？　私、独りじゃ無理だわ。」

「めそめそするなよ。ほかの奴がいるさ」山から声が聞こえる。素早
く頭を上げたが、神の姿は見えない。霊すらも見えない。さっき私の
頭に糞をしたタカが見えるだけだ。「男だ。ほかの男だよ。男なら何
十億といる。歯よりも、指輪よりも多い。そしてどいつもこいつも同
じだ。ああ。歯の詰め物が取れるほうが、ずっと困った問題だよ」タ
カがそうわめきたてる。それから猛禽類特有の戦いに臨むときの音を
発して、マチュピチュのほうへ飛んでいった。

　私は顔をごしごしこすって、足元もおぼつかなく立ち上がった。あ
れがあなたの内面の声だというなら、あなたは詩人なんかじゃなく、
ひねくれた悪女だわ。私はそう考えて、頼りない足取りで焼け焦げた
肉の臭いがするほうへ歩き出した。ホラー映画のようにあちこち破裂
した血管。ちりちりになった髪の毛と、焼けた肌に開いた穴。ここか
らカテキルに稲妻が貫通したらしい。カテキルの細胞が生きている兆
候はまったく見られない。私はたぶん、ショック状態にあった。何も
感じない。私はいつ泣き出すのだろう？　しばらくのあいだ、死体に
心臓マッサージをした。奇跡が起こらないので、今度は自分を守るた
めに、世界の果ての山の頂から逃げることにした。最初の横木で足が
震え出した。これから乗り越えなければならない七つのはしごは、カ
テキルの支えのない今では死の絶壁と化していた。それは大変な闘い
だった。私の命は何度も髪の毛1本でつながっていたが、私の精神は、
震えるひざとは対照的に、確固とした落ち着きに包まれていた。この
悪夢からも、やがてはバッグの中の頭になって目覚めるのだ、と信じ
ていたのである。

　怒りが怒濤のように押し寄せてきて、ようやく私はショックから我
に返った。私はその怒りを今、警察の駐在所の床の割れ目と、壁のす
き間に詰め込んでいる。

「来週山から下ろすって、どういうことでしょう？」

「うちのトップクラスの消防士たちが、クスコの消防技術選手権から
戻ってきたらすぐ、ということです。」

「死んだ獣みたいに、置きっぱなしにするなんてあり得ないわ！」私
は怒って、山のほうに向けて両手を振り回した。

「あなたは女性だから、気にしすぎなんですよ」私の両手が見えない首を絞めるようなジェスチャーをしたとき、親切な警官がまばらになった歯の向こうからそう言って笑った。

「うちの奴ら、優勝カップをもらってくると思うか？」意地悪な方の警官が、まるで私が空気かなにかのように無視してテーマを変えた。

「当たり前だ。」

「なんでそんなに確信できるんだ？　オリャンタイタンボの奴らは、今年はめっぽう強いらしいぞ。」

「まあな、夜ごと練習してたらしい。でもあの『カエル』たちもうちの奴らにはかなわないよ。ブラスバンドのコンクールは別だ、あれは微妙だが、どうせ奴らはうちの消防士たちほどの力はないよ…」

「なにをくだらないことを言ってるんです！　あの山の上に、あなたがたの仲間が倒れてるんですよ！」

「消防士は我々の命を守る人たちですよ。だから言葉をつつしんでください。さもないと…」意地悪な方の警官が、ピストルの空のケースに片手を置いて脅す。

「そう、火事のときはね！」私は両手をパンと叩いて、途方に暮れて壁から壁へと行ったり来たりした。6回目か7回目にターンしたあと、軽いめまいが起こって私は落ち着いた。

「それじゃ、選手権に行かなかった消防士たちをプトゥクシ山の上に行かせることはできないんですか？」

「Bチームを？」意地悪が言って、すぐ親切な方の警官に向かって怯えきったような金切り声を発した。「オーマイガー。」

それから二人は笑い出し、5分ほども一言も発することができなかった。私は彼らを見つめる。酔っぱらっているのだ、なぜすぐに気づかなかったのだろう…

「うちのBチームに遺体をかつがせたら、木から落ちる梨みたいに、はしごからボトボト落ちるだろうよ！」親切な警官が絞り出すようにそう言って、はしごを下りるBチームを想像して咳き込み、机をバンバン叩いた。

意地悪な方の警官も一緒に叩き出した。机が割れそうだ。

「いや見てみたいよ、あの義弟が、ハッハッハッ…」そして制服を着たユーモアの狂気がまた弾けた。私はしばらく待ったが、やがてもう我慢できなくなり外に出た。目に涙を浮かべた意地悪な警官が、私を追って出てきた。

「ここにサインしてくださいよ。」
　私は自分の供述の下に、ジグザグの線を引いた。意地悪な警官がハッとする。
「ここに、亡くなったのはカテキルとありますね。奥さんもかわいそうに、またですか？」
「え？　またって、どういうこと？」
「いや、いい話じゃないですよ…」
「説明してください！」
「まあお好きなように…彼はね、感情のもつれから逃げ出したくなるといつも、死んだふりをするんですよ。」
「死んだふり？　彼は死んだんですよ！　私が保証します！」
「私が100年前にリスボンで、彼に教えたんですから…」
「あなたは…」そんなことってあるかしら、まさかこの人が…「『野獣』なの？」
「そうだ。さ、もう失せるんだ、詩人さん、さもないとお前に殺人の罪を着せるぞ。」
「あなたは、インカルコのウルピ・クントゥルの殺人計画について知っているんですか？」と、意地悪な警官に単刀直入に尋ねる。私とカテキルの関係を無残に断ち切った稲妻のせいで、私は昏蒙状態に陥り、そこで出会った「野獣」がこの警官だというのだ。
「もちろんだ。警官の名がすたる…」そう突き放すように皮肉を込めて言い、どこかの安っぽいブランドのタバコに火を付け、落ち着き払った声で続けたその言葉に私は安堵した。「マチュピチュの誰もが知っていることを知らないなんてことがあっては。」
「じゃあインカルコを捕らえてくれますか？」すべてがうまく収まるかもしれないという希望を抱いて、私は尋ねた。
「雌鳩が生きている限り、マチュ・ウククの魂が平安を得ることはない。彼は最高の男だった。皆に好かれていたのに、あのクソ女ときたら、時たま皿を洗っていないことを責められたというだけで毒を盛ったんだ…」
「そんなまさか！」
「本当だ。ウルピ・クントゥルはもうとっくにあの世へ行っているところなんだが、悪女というものは病的なほどに慎重なものでね。だから『熊』の霊がお前をここに遣わして、やっとその魂を解放できることが、私は嬉しいよ。」

「私は関係ないわ！　雌鳩を氷河におびき寄せるなんてまっぴらごめんよ！　あなた警官でしょう、命を守り、悪を食い止める義務があるでしょう…」半狂乱で叫ぶ私の目の前で、彼は落ち着いて、何も言わずにタバコを吸っている。家の壁に背中で寄りかかり、復讐を激しく欲することが高尚な娯楽だとでもいうように、謎めいた微笑を浮かべていた。

「どうだい、詩人さん、まだ詩を書いてるのかい？」吸い殻を投げ捨ててからようやくそう言った。まるで詩作の方が、殺人計画よりも重要だというように。彼の奇怪さからは、平凡さが顔をのぞかせていた。時おりずり落ちてくるズボンを引っ張り上げたり、お洒落な感じを保とうと指で髪をかき上げたりしていたが、制服を着ないで人込みの中にいれば誰の目にも留まらない外見だという事実に変わりはなかった。親類にすら気づかれないだろうと思われた。

「とにかく、奴らの凝縮された憎しみにあてられちゃダメだ。二人を引き合わせたらさっさと逃げるんだ、一目散にね」いかにも親密そうに語りかけてきたが、私はフォーマルな感じを崩さなかった。

「恥ずかしくないんですか。そんなの全部、でたらめに決まっています！　あなたがたは法を守る立場でしょう！　…」

「いやいや、詩人さん。覚えておきたまえ、他人の意志には決して干渉してはならない、ってね。特に、その他人が復讐に取り憑かれているときは。」

　私は口もきけずに、閉まっていくドアを見つめていた。幸い、あの男の馬鹿げたアドバイスがすべてではなくて、私にはもう一つ切り札がある。雌鳩の不正な企みだ。それは私以外、知る人はいないように思われた。

第48章
しくじった善の写真

　ウルピ・クントゥルを連れてやってきた祝祭の表皮を一枚めくれば、そこには回避不能な悲劇が口をあけて潜んでいた。私は騒ぎ立てる人々を一歩ひいて眺めながら、心の声の葛藤に苦しんでいた。シナハラ山のふもとに到着してから、その葛藤はただ一つの問いに集約されていた。「いつ？　いつそれが起こるのか？」善のしくじりは、私たちがインカルコを見つけた瞬間に起こるらしかった。あるいは、彼が私たちを見つけた瞬間に。

　人間の足で飛び跳ねるピューマやコンドルや熊やその他の動物の奇妙な集団を、私は悲しい気持ちで見つめていた。

　あそこにインカルコがいるようだ。私は目をこらして、ほかの人々と同様、頭頂部の、パンクロッカーのモヒカンがあるところに、死んだ獣の頭をかぶっている男に焦点を合わせる。雌鳩にも彼が見えているかと、頭だけ振り返ってみる。が、雌鳩は私の隣にいない。消えてしまった。私は獣の頭の大げさなほどにむき出された歯と、かつて恐れられていた肉食獣の皮が、インカルコの首と背中を覆っている様子を眺めた。ウルピ・クントゥルがビールの性質を熟知していることを考えると、背後からの攻撃になると思われた。そうでなければ、暴力と凝縮された悪が混ざり合った、張りつめた攻撃性のある動きの目立つ男を、どうやって倒すことができるというのだろう？

　カメラを手にした外国人のグループが、そばに寄ってきた。魅惑的な獣のお面を着けた踊り手たちは、彼らを迎えるように間隔をあけて一列になった。それがあまりにも突然の事態だったので、私は殺人犯を見失ってしまった。

　「殺人犯か、それとも犠牲者か？」ふとそう思って、ドラマの二人目の主人公──女殺人犯あるいは犠牲者──が戻ってきていないかと辺りを見回した。雌鳩はどこにもいない。そこで私はまた肉食獣の仮面をかぶったありとあらゆる男たちを眺めて、その仮面の下にインカルコが隠れていないかと探った。ハ！　男たちの列がまた踊り出すと、硬い動きのおかげで復讐に燃えるその男を見つけた、と思った。まる

で背後に雌鳩の気配を感じてでもいるように、後頭部を掻いている。熱心に掻いている。いら立ったように。力まかせに掻くあまり、仮面がずれて顔が露わになった。

「えっ？　インカルコじゃないの？」その酔っぱらいを見て、私は驚きのため息をついた。その男はちょうど女学生たちに向かって、自分の行為はおどけた振る舞いではなくて、文化遺産保存のための立派な活動なのだと説明しているところだった。舌も足ももつれて、自己宣伝をしながら立っているのがやっとのようだった。転ばないために、仕方なくまた踊り出した。三人の娘は男のまねをして、狂ったように笑っている。今になって、それが駅にいた三人のティーンエイジャーだと気づく。ここでは裸同然の格好や、半裸のような格好をしている娘は一人もいない。三人とも新しいジャケットを着こんでいた。ひとしきり笑うと、彼女たちのうち二人が観光客グループの背の高い二人の若者の首に抱きついた。熱情的に抱きつくあまり、彼らの高価な望遠レンズが大きく揺れるほどだった。私は背筋がぞっとした。彼女たちは探していたものを見つけたのに、そのせいで私は愛する人を失った。そしてそれではまだ足りないとでもいうように、私をここへ、殺人の舞台へとおびき寄せたのだ。自責の念と、背筋の凍るような記憶が私を苛む。と同時に、一つの問いも同じように私を苛んだ。では死ぬのは誰なのだ？　このティーンエイジャーたちが、列車に乗り込むときに私とカテキルに体当たりしてこなかったら、こんなことにはならなかったかもしれないのに…

　私は馬鹿な考えを振り払おうと深呼吸した。あまり効果がない。山頂まではまだずいぶんあったが、石に覆われた草地が氷と雪の斜面へと変わるこの辺りも、空気がものすごく薄い。逃げ出したらどうだろう？　しばらく本気で逃げようかと考えたが、やがて遠くに雌鳩が見えた。何か嫌な予感がして、私は「野獣」のアドバイスに従う代わりに、苔に覆われた一帯を通って雌鳩の方へと向かった。

　そこへ行くのはたやすいことではなかった。空から降ってくる雪がますます激しさを増していたが、ほんの数メートル低いところでは一片の雪もないのだった。一歩先すら見えない。戻らなくては。動物の仮面をかぶった生き物で、どこもごった返している。温まるために飲むアルコールが増えていくにつれて、彼らはますます騒がしくなり、ますます怒り狂ったように踊っている。怒れる殺人者と狡猾な毒盛り女は、あの人だかりの中にはもういないだろう…もしかしたら今、山

頂を覆う雲の下で荒れ狂っている雪嵐の中で、対決しているところか
もしれない…これから起こる、どんな結末になったとしても私が共犯
者であることに変わりはない悪事の予感に、私の心には絶望の感覚が
膨れ上がった。そこで私と一緒に杯を上げ、健康と、光の闇への勝利
に乾杯したいと寄ってきたピューマやコンドル、熊たちのおしゃべり
にほっとする思いで応じた。

　酔いが自責の念を鎮めていく。自分が二重スパイであることへの嫌
悪感は消えてなくなった。足だけが、さっきよりも震えている。でも
胸には温かい熱が広がっていく。カテキルの死に心が痛めつけられ、
静かに壊れていく感覚は、弾けたように酒を飲むことで麻痺していた。
ついさっきまでいた、癒されることのない状況から抜け出して、私は
今、足を鳴らす熊たちを指揮している。

「あそこに突撃だ！」私は後ろに続く毛むくじゃらの人々に向かって
怒鳴ると、向かいにいる鳥たちの集団に突っ込んでいった。コンドル
たちは静かに、宙に浮こうとするように飛び跳ねていた。私が乱暴に
ぶつかったので、そのうちの二人の仮面が外れて落ちた。熊チームの

私が3回目のボディーチェック＊199を仕掛けると、翼を持った山の主の一人に前腕で一発お見舞いされ、私は目が覚めた。

「これは形ばかりの戦いなんだよ、おバカさん！」大柄な女コンドルが、私に手を差し出して立たせようとしながら言った。

「マヌエラ・ウトゥルンクなの？」

「コンドルの霊だよ。あんた、目が見えないのかい？」

「どうしてピューマたちと踊らないの？」

「あたしはトロフィーハンティングに反対だからさ。」

「そう。アリシアも来てるの？」

「たぶんね。あたしらはコイヨリッティのお祭りを、それぞれ好きなように楽しんでるから。だからこのおしゃべりも、続きは家に帰ってからだよ。今は熊たちと戦わなくちゃならないからね」マヌエラはそう言い放つと、長い木のくちばしを勇ましく口に着けた。私はしばらく彼女に話しかけたが、その翼に何度か押しのけられた。そこでまた酒を飲んで騒いでいる熊たちの集団にヨタヨタと戻り、あらゆる問題を解決してくれる酔いを、彼らの酒でまた少し満たしてやることにした。熊たちは私に身体を押し付けてきて、ウククが酒と悪習をひどく好む存在であることをますます強くアピールしてきた。一人は骨盤と勃起したペニスを私の尻に押し付けて、まるで交尾でもするように私のぐらぐら揺れる身体にぶつかってきた。それは夢の中のようだった。足元の地面がぐるぐる回り、頭の上の空も回っていた。やがてここでも雪が降り出した。私はまだ触るのをやめようとしないその巨体の熊を突き放すと、上を目指して歩き始めた。それが酔った身体の群れから逃げ出す最短の道だった。巨体の熊が私に向かって叫び、ものすごい騒音の中で、自分は完全に動物的なやり方で自分のメスを愛しているのだということを分かってほしいと、力強いジェスチャーで示していた。夢の中で、山頂に十六人のシータがいた「カエル」に登ったときは大変な思いをしたのに、酔ったままのトレッキングは感覚が麻痺して結構快適なのは意外だった。運命的な軽さが、私の頭からあらゆる心配事を吹き飛ばしたと感じながら、私は転んだ。どんどん沈み込んでいくふかふかの白い雪原が、山の顔を覆う氷の表皮の上を滑っていく。私の「私」が経験と呼ぶものに凝縮された、麻痺した五感の知

＊199　ボディーチェック―ホッケーなどで使われる用語で、相手チームのプレーヤーの攻撃を自分の身体で止めようとする、ルールで認められるやり方を指す。

覚が集積され、私の中で発酵した。私は嘔吐しながら、薄い空気を求
めてもがいた。空虚な魂の中の永遠性が、私の頭上に現れた太陽に向
かって、私の足をもつれさせたのはお前のせいだと責める。静寂を突
如破ったのは、争う声だった。

「マチュ・ウククはいつも好色でアルコールの染みついた暴君だった
わけじゃない！ あんたがあの人をダメにしたんだよ、インカルコ！
みんなあんたのせいだ！ だからその正義の復讐とやらであたしを煩
わせるのはやめて、教会へ行って許しを請うがいいよ！」雌鳩が大声
で叫んでいる。

　遠くからでも長い木の鳥のくちばしが見える。熊の皮をかぶった復
讐者は彼女の前に立って、抑揚のない声で繰り返している。

「ほらおいで、仲直りしよう。大丈夫、何もしないから。」そう言い
ながら、両手は後ろに隠している。彼が獲物の方に一歩踏み出すた
びに、ウルピ・クントゥルは安全な距離が縮まらないように、後ろに下
がった。この「一歩出れば一歩下がる」の死の儀式をもし映画で観た
なら、滑稽に思えることだろう。

「あんたはあたしらが夫婦でいることをちっとも尊重しなかった。あ
の人をまるで独り者みたいに、飲み屋や売春婦のところを連れまわし
ていた。あたしの苦しみとあの人の死は、あんたの罪だ。そんなに正
義がほしかったら、橋から飛び降りるがいい！」

「おいで、雌鳩。怖がらなくていい」毒のある優しい声でインカルコ
がささやいて、前に一歩踏み出した。雌鳩は氷の玉をインカルコの顔
めがけて投げ、すばしこく3歩下がった。

「くだらない口をきくな、このあまが！」人殺しが怒って叫びながら、
突き刺した短剣の脇から両手で雪をすくって氷の玉を作り、雌鳩に命
中させて鼻血が出た。

　雪合戦だ。相手を脅しながら、あちこち走り回る。罵る。息切れし
た二人は手袋を脱ぎ捨てて、今度は石と氷を一緒に投げ始めた。氷は
山肌から、雌鳩は手斧で、彼女の義弟は大きなナイフで掘るのだが、
それはそんなにたやすいことではなく、従って雪合戦のときと比べて
投げる回数はぐんと減った。二人ともよけようともしないので、命中
するたびにあざと血が増えていった。二人のサド＝マゾ合戦を見てい
て、私の背筋は凍るようだった。しかし酔いが、苦しく震える身体で
口から笑い声となって反響した。私は抵抗しない。笑いが放出されて
いく。おまけに、一連の残酷さとは裏腹に、死は結局誰の肩も叩かな

いように思われた。

「そっちのあま、次はお前だぞ」酔いからくる陽気さを嘲笑と受け取ったインカルコが怒った。私にも氷の塊を投げてきた。届かなかったが、かなり近くまで来た。私は二人の決闘がよく見え、かつ安全なコンフォート・ゾーンに留まった。そう、初め私は二人のところまで行って、説得しようとしていたのだ。でも心の声に負けた。自動操縦モードで走る日々の生活のステレオタイプから外れたことをするたびに、その声は聞こえる。それは意志とか、人命救助の善意とかいったものよりもずっと強いものだったから、抗っても無駄だと知っている。

　言い訳しようとしたって無駄だ。生まれてから成人するまでのあいだ毎日、「これはやるな、これはダメ、これはできない…」といったコードの列が並んだ「大アルカナ」の22枚のカードによって、私たちの心の声がプログラミングされているのだ。それだけでなく、この心の声によって再生される私たちの「私ったらなんて不器用なのかしら」といった独り言や、「何をやってるんだ、そんなの無理だ、できないに決まってる…」といった自責の言葉で、これらのコードは反復されている。何十万、何百万といったコードの列で私の内部にプログラミングされたこのアプリケーションには太刀打ちできない。そこで安全な距離から、私はこの生きるか死ぬかの戦いの滑稽な展開を眺めていた。消耗しきった雌鳩はもはや、ヒステリックに訳のわからないことをまくしたてるだけで、雪合戦でくたくたになったインカルコは雌鳩に氷の玉を命中させようと躍起になっていた。今また投げようとしてふらつき、尻もちをついた。自分が年をとって、力も精力もスタミナも失ったことを恥じるかのように顔をしかめたが、もう立ち上がらなかった。私は冷気が爪の奥まで入り込まないように足踏みをしながら、アル中特有の誇らしい気分で、大声で雌鳩をほめたたえた。

「ついにやったわね。」1、2秒のあいだ私は本当に、自分がここにいたおかげで、戦いが犠牲者を出さない程度の安全な範囲に収まったのだと信じたのだった。しかし私が「これでおしまいだわ」と誇らしげに自分に向かって宣言するやいなや、ウルピ・クントゥルが決定的攻撃に出た。今、インカルコの周りを心ここにあらずといった感じで飛び回り、座ったまま硬直しているインカルコの身体が振り回す短剣に当たらないように、手おので頭をかち割ろうとしている。

「今に見てろ、ウクク・カニ！」雌鳩がそう怒鳴ったそのとき、白い粉雪から反射する色とりどりの目もくらむような涙のしずくの万華鏡

に、山が割れる雷鳴のような音が響いた。すべてはまるで夢の中のようだった。「カエル」山に登った夢の中のようだった。ただ、雪に埋まった子供たちだけがもっと小さかった。そう、雪崩が私をかすめて、裸になった氷河がそこで起きた最後の悲劇の登場人物たちを覆い隠したかたわらで、私は子供の泣き声の不思議な幻聴を聞いていた。辺りを見回してみる。人影は見えない。それでも私は、その声が聞こえてくる方へと、急いで足を進めた。すると、ウルピ・クントゥルの赤くて長いショールの端が見えた。私は助けようと走った。そしてショールの出ているところの雪を、狂ったようにかき分けた。雪の中に空いた、様々な形の空洞に、小さな子供たちが横たわっていた。憎しみに満ちて。その感情が湧き出している。

「殺してやる」男の子が脅す。

「女と見ればなめてかかるのね？　なら、かかってきなさいよ、この
暴れん坊！」女の子が挑発する。そう言いながら二人とも、幼子の天
使のような顔をして、小さな足と手を可愛らしくバタバタと振り回し
ている。私はしばらく、声を出すこともできなかった。かんしゃくを
起こしている子供たちを、勇気を出して叱りつけるシータと、安全な
人里に一目散に駆け下りていきたいもう一人のシータとに引き裂かれ
て、私は信じられない思いで目をこすった。もう二度と酒など飲むま
い、そう自分と宇宙に向かって誓いながら、雪だるまのように白いネ
ズミが、子供たちの身体の上を走り回るのを見ていた。子供たちは立
ち上がると、まるで巨人のように、大人の大きさになった。そして力
なく互いを突き飛ばした。それぞれ顔からコンドルと熊の仮面をもぎ
取った。そして憔悴しきって、互いの身体にもたれかかった。憎しみ
の抱擁のうちに互いの首を絞め、ついに雌鳩が痛みのうめき声をあげ
た。白い雪が、赤い泥に変わる。雌鳩がその場でよろめく。その唇か
らはイチゴの蜜が滴る。インカルコは雌鳩の首から引き抜いたコンド
ルの木のくちばしを舐めながら、意地悪く笑っている。と、雌鳩がひ
ざをついた。そして熊の毛皮をつかみ、その太ももに力強く一息に注
射器を突き立てた。それで朦朧となった人殺しは、両手で持っていた
木のくちばしを、力なく横たわる雌鳩の身体に何度も何度も突き刺し
た。私はもう一瞬たりともそこにいられなかった。逃げる。必死で走
る私の耳に、インカルコの声が聞こえる。
「私から逃げられると思うな、このメスブタめ！」
　そして本当に、インカルコは頭から突っ込むようにこちらに何歩か
進むと、後ろから私を突き倒したのだ。そして凶器のくちばしを頭上
に振り上げると、死の宣告を行った。
「おまえをこの世から消し去る前に、おまえの魂が、世界と世界のあ
いだに永遠に閉じ込められるよう、呪いをかけよう。それでも万が一、
おまえが肉体をもつようなことがあれば、おまえはいつも幼くして死
んでしまう、小さな女の子になるのだ」そう言って眉をひそめ、人と
は思えないような形相になると、「必ずやそうなると誓って言う、ウ
クク・カニの名において…！」と怒りをこめて叫びながら、くちばし
を突き刺した。私は驚くほど落ち着いて横たわっていた。インカルコ
がくちばしで貫いていく皮膚の下には、少なくともほかに十六人の
「私」がいる、それも今思い出せるだけでそんなにたくさんの「私」
がいるのだ、と思いながら、私は勇気をもって避けることのできない

運命に立ち向かっていた。奇妙なことに、本当にのっぴきならない状況においては、つまりコンフォート・ゾーンとされる状況の対極にある時には、心の声は黙ってしまうのだった。まるで今、ここで起きていることのアドレナリンをかきたてるような極限性が、そういった不要な「私」——拘束し、制限し、痛めつけるアプリケーション——を、肉体のハードウェアから消去してしまったかのように。大体、私を本当に悩ませているのは、年齢のことだけだった。いや本当に、自分の歳に16の人生をかけたら、一体私は何歳になるというのだろう？ただ一つの現実における、ただ一つの人生しかないと思っている人たちのことはよく理解できる。もしそうなら若干退屈ではあるけれど、その代わり涼しい顔をして自分は19歳だとか、27歳だとか、30歳を過ぎたとか言えるのだ。49歳だとしたって、私の500歳を超えた年齢と比べれば悪くない。自分が老女だという気がする。かつてひどく心を動かされ、楽しんだに違いない物事も、こんなに年をとった今ではつまらない。面白くない。見飽きてしまった。空虚を感じる。それに重苦しさも。息が吸えない。これが、死後の最初の感覚なのか。私はそう考えて、十六人の私の複製か、言葉を話す生首か、そんなようなものが見えるだろうと思いながらゆっくりと目を開けた。予期していたものは何も見えない。私に覆いかぶさりながら、その凶器が私の身体を外れた、重たい男の身体が見えるだけだ。

またこの展開か。私は激しい嫌悪を感じながら、男の身体を振り落とした。その口から垂れている泡に触らないように、ものすごく慎重に。雌鳩の毒がどんなふうに作用するか、知れたものではない…同時に念のため、私の耳と右肩のあいだの雪に刺さっているくちばしは動かさないようにする。もし捜査が入ったとしたら、今日のこの屠殺の一部始終を私のせいにされるのは避けたい。どうしたらいいかわからない。本当ならどこかへ逃げ去ってしまいたかったが、急に酔いが覚めてきて、目をかっと見開き口をあんぐり開けた、冷たくなった二つの身体を見下ろしながら、私は戸惑いつつも立ちすくんでいた。そして泣き出した。

私は延々と嘆き悲しんだ。ようやく最後の氷の涙を絞り出すと、嘲笑するように男の口を閉じた。もちろん、げんこつで。指紋を残さないように。代わりに憐れみを込めて目を閉じてやろうかとも思ったが、怒りがそれにブレーキをかけた。私は立ち去った。無意識に足を進め

る。機械的に。頭が、今起こったことを認識できていない。二人の親
友を探す旅が、人間という存在の深部にある本質の中にさまよう、恐
怖の体験になってしまった。もうずっと前から。でも今日のクライ
マックスで、私の意識にはビスポ・ド・ロザリオの黙示録的作品が実
験的に刻み込まれてしまった。シナハラ山の斜面に血で描かれた復讐
の発作で、私の気がまだふれていないとしたら、まもなく私は発狂す
るだろう。冬用の衣服を着こんでいるにもかかわらず、「人殺しだ！
処刑しろ！　人殺しだ！　処刑しろ！」という何千もの目線で私を突
き刺す、ひしめきあう身体に近づくにつれて、私はますます自分が裸
であるような気がしてきた。自転車のチェーンでできたショーツや、
イブの皮衣よりも女性の裸体をあらわにする、ルディの "Pubikini" を
着ているかのように。

　アンパト山の頂で私のはるか昔の「私」をミイラにした寒さに凍え
ながら、私は自分の中に残っていた最後の理性のかけらを認識しよう
としていた。踊っている熊たちのほうへ近づいていく。私は「私」と
のつながりを失っている。私がヒステリックに手を振ると、群衆は
狂ったように怒鳴り出した。自分が制御できない。図体のでかい熊が
こちらへやって来る。警備係か。用心棒。意地の悪いサツ。それを全
部兼ねる男。私は外国の女だから、公平な裁きなど望めない。二人を
殺したかどで今すぐ殴り殺されるのでなければ、私は窓に格子のは
まったどこかの豚小屋で、余生を送り朽ちていくのだろう。男が私を
抱擁し、酒の瓶をすすめたので初めて、あのことが起こる前に私を後
ろから犯そうとしたあの求愛者だとわかる。3口飲んでやっと、ほっ
としたような気持ちになれた。それ以外は男を無視し続ける。この男
の瞳の中に、自分の姿を見いだすことは決してないとわかっている。
カテキルの目の中には自分が見えた。あの時ほど見えたことはない。
少なくとも、この人生においては。そのことに腹が立った。傷ついた。
身を切られるような思いがした。アンパト山で、クララに命を盗まれ
たことにまだ心が痛むのと同じに。それに、上に置いてきた二人の屍
にも心が締め付けられた。でもそうやって絶望しながら私は、不可解
な近親性の原因が、時間や空間、親族関係、思考様式を怪物のように
巨大に膨れ上がらせ、そこで私たちの関係性が、出生や出会い、死を
はるかに超えた次元まで延長されていくのだということに気づいてい
た。カテキルや雌鳩、クララそしてその他の人々との、こういった
チャカナの関係性が予測不能であることに、私はおののいた。その混

沌のNomen est omenが、私には理解できない。

「超えている…」

「え?」頭の中を駆け巡る何十億もの考えの一つを私が声に出すと、しつこい酔っぱらいが呆けたようにそう聞き返した。

「しかしあんたは、最後に会ったときから変わったね!」私が尻に触らせなかったので、男は責めるようにそう言い張る。ここだけの話だが、彼も変わった。私がおぞましい恐怖で酔いを覚ましたのに対して、彼は少なくとも0.1パーセントは血中アルコール濃度を上げていた。

「あんたはひどく偉そうになったよ。もういい。俺のこれはほかの女にやることにするよ」と分厚い胸を叩いて、瓶から一口飲んでから、私を振った。「いいや、引き留めようったって無駄だよ。俺とあんたは終わりだ。」

お遊びの関係は、インターネットの恋愛と同じくらいバーチャルなものであるらしかった。自分が誰かと付き合っていたことも知らなかったが、とにかくそれがもう終わってよかった。こんな感じで、人生のくだらないことはみんな、マチュピチュで終わらせてしまいたい。

そう、私はあらゆることに、はっきりピリオドを打ったのだった。ただ一つのことに集中しようと決めるやいなや、私の気持ちは楽になった。熊やほかの獣たちが一斉に押し寄せてきたときにも、私は「マヤを見つける。マヤを見つける。マヤを見つける」と何度も何度も自分に言い聞かせて、シンプルになった人生の恵みの日陰で、酔っ払いの一団の好奇心の光に照らされても、平常心を保つことができた。

そうだ。無駄だったのは私の恐れなのだ。下にいる人々が、私のために身体を寄せ合って、祝祭の門を作っている。誰もが私の身体に触ろうとしている。だって、シナハラの氷河で繰り広げられる夏至の光と闇の戦いで生き残った者たちは、そばに寄ってくる者や近い者にとって幸福の発電所になるのだから。

「おめでとう。あなたはcondenados * 200の悪魔を倒したのです…」

リーダー格のシャーマンの一人が歓迎の言葉を述べて、私に光の勝利

---

*200 Condenados(コンデナドス)一凍てついた山々の斜面をさまよう死者の霊で、ケチュアの伝承によれば、コイヨリッティの儀式が行われる時期に山々から下りてきて、神の許しを請うとされている。こういった霊との邂逅は、命の危険をもたらすとされている。condenadoが最初に目にするのが巡礼者なら、彼らの運命は入れ替わる。すなわち、巡礼者がこの霊の代わりに死ぬことになる。

者のトロフィーを手渡した。

　それはほとんど恍惚といってもいいくらいの気分だったが、長くは続かなかった。シャーマンによれば、私が自分の内面の悪魔に打ち勝ったことの永遠の記念になるであろうトロフィーは、私の手の中でゆっくりと溶けだしたのだ。それは氷のトロフィーだった。

　「車のところまで下りる前に、トロフィーは霊的なものになり、この物質の変換が、あなたのすべての『私』の一部となるであろう」シャーマンの助手が、唇に笑みを浮かべてそう説明し、自分も足踏みを始めた。今や私もその一人となった、スピリチュアルな光の闘士のいにしえの踊りを踊るウククの熊たちのあいだをすり抜けるのは、容易ではなかった。

　最後に、斃れたcondenadosの霊たちとの戦いの同志たちを見やって、彼らもまたシナハラ山から氷のトロフィーを持ち帰ることができるようにと願う。それを得た者が、健康と病、生と死、幸運と不運のヤナンティンの対においてchullaの光が勝るよう力を貸す使徒となるような、氷のトロフィーを。

　私は落ち着かない気持ちで、目の前のコンドルの群れを眺めていた。鳥たちはまるで、氷河でバカ騒ぎをしている私たちが見えないかのようなそぶりだ。その顔に、雌鳩を殺した凶器と同じ木のくちばしが付いていなかったら、これもたくさんの幻覚の中の一つだと思い込んでし

まったかもしれない。ただ一つの目標に人生を絞るための呪文を、繰り返しつぶやく。「マヤを見つけなくちゃ。」マヤを見つけるためには山の頂へ登り、そこでいけにえの儀式を行わなくてはならないと知っている。そうしたらあとは、透視を通じてマヤが私の前に現れてくれる場所へ急ぐだけだ。

「ウルピ・クントゥルを見なかった？」集中したまま下りていこうとした私を、1羽のコンドルが引き留めた。

「いいえ」私は震える声でマヌエラ・ウトゥルンクに嘘をついた。

「あんたもイリャパ*201が聞こえたかい？」

「いいえ」もう一つ嘘をついた。いや、まったくの嘘とは言えないかもしれない。マヌエラが雪崩が落ちてくる轟音を、明らかに雷鳴だと勘違いしているようだったからだ。

「雷鳴が聞こえたと思ったんだけど。」

　私は肩をすくめた。この善良な女性に、これ以上嘘をつくのは無理だ。踊っている二人の女コンドルが、溶けかけている氷のトロフィーに気づいて、感激したように私を抱きしめた。

「行くのかい？」太った、陰気なピューマが冷ややかな声で尋ねる。嘘が見抜かれているような気がする。それもそのはずだ、私の目つき、私の言葉の一つ一つが、私が地獄

＊201　Yllapa（イリャパ）、Illapaと表記されることもある—雨と稲妻、雷鳴の神。乾季になるとインカ人たちは黒い犬を食べ物を与えずにつないでおき、犬たちが空腹で鳴く声を聞いて哀れんだイリャパが、地上に雨を降らせるとされていた。

を見てきたことをはっきりと示しているのだから。私はもう何も言わ
ないでおいた。

「もう帰ってくるんじゃないよ。二度とね」マヌエラは招かれざる客
にそう別れを告げると、私に背中を向けた。

第49章
ドグマのピアス

　砂漠のそよ風が窓のすき間からバスの中に吹き込んでくる。私は頭を反らせた。神がアダムという男を創造した塵の粒を吸い込みながら、私は今まで見た中で最も奇怪な女性を観察していた。

　あごから唇、頬骨、眉、耳介のいちばん上にいたるまで、顔じゅうに金属の輪っかがはめられている。耳など、まるでハリネズミのようだ。こんなにたくさんの鋲が刺さっていて、重みでちぎれないのが不思議だ。首は不気味なタトゥーのせいで醜く、髪にはピンの代わりに白いブラジャーが載せられて、肩紐を耳に刺さった鋲の脇にぶらぶらさせている。そのすぐ下の片腕には、炎のようなオレンジ色のリングがはまっていて、そのリングで三つのブラジャーを縫い合わせて作った挑発的なTシャツを留めている＊202。

　「ほらほら。見てよ、あのレズ、あんたに気があるよ」そう言って後部座席から私を指さしたのは、金属で飾り立てたエキセントリックな娘を取り囲む、たくさんの塵から神によって創造された存在のうちの一人だった。

　「観光とは、私たちのエゴのミクロコスモスが、無人島に遭難したあとのロビンソン・クルーソーのように、ふるさとの有り様を脱構築する失われた大陸なの。私たちがユネスコ世界遺産の第8の大陸を旅す

＊202　女性の美を競うコンテストへの反対運動として、女たちが往来で脱いだブラジャーを「自由のゴミ箱」で燃やす様子がメディアによって報じられた頃、ゴアの海岸でしばしば見られたヒッピーの「ヘアピン」は、ケイスケ・カンダの2017年春／夏コレクション "Bra Barette" で蘇った。この日本人デザイナーはしかし、フェミニズムの深刻なテーマよりも美的センスにより重点を置いた作品を発表している。フェミニズムのテーマに関してはすでに1873年、エリザベス・S・フェルプス・ワードが次のように述べている。
「女性の身体を不能にするコルセットという客観化ツールを燃やし、その灰から女性解放を手にするのです。」
インターネットが到来してようやく、1968年にミスコンの悪影響について人々に警告するためにアトランティックシティ、ニュージャージーなどを駆け抜けた反対運動の参加者たちは、メディアの記事は男たちの誇張だった。というのも「自由のゴミ箱」では実際に火が燃えていたわけではなく、ブラジャーも燃やすふりだけだったからだ、と証言することができるようになった。

るのは、そこに慣れ親しんだステレオタイプの構造を繰り返し作り上げながら、巡礼を続けるにつれて、私たちが意志に反してふるさとに強制されてきた外的影響を排除していくためなんだ…」娘は少年の言葉を意にも介さず、「観光現象」についてのレクチャーを続ける。

周りで押し合いへし合いしていた盛りのついた少年たちの一人が、彼女をひじでつつきながら「いや、あの女はきみに気があるよ」と言うと、ついに話を中断して少年の頬に怒りの平手打ちを食らわせた。

「触るんじゃないよ。それにその性差別的なステレオタイプ、いい加減にしてよ！」

ふてぶてしい少年は、顔に高慢な笑みを浮かべて自己弁護する。その言葉はしかし、怒り狂ったクラクションにかき消されてしまった。荷を積みすぎているせいで、互いになかなか追い越すことができない2台のノロノロ運転のトラックに道を空けさせようとして、バスの運転手が鳴らしているのだ。

「うるさい。あんたのズボンの股はなんだかぺちゃんこねえ、あたしが『タイニー・ティム』って呼んであげたらさぞかし嬉しいでしょうねえ？」金属だらけの娘が、バスの運転手が歩く速さで進むトラックに対抗するのと同じ辛辣さで、少年に食ってかかった。

「それは間違いだねえ。目の錯覚だよ、僕のとても有能な大きなチンポが味わわせてくれる素晴らしい体験を、きみは不意にすることになるよ。」

「最悪！　ヘドが出そう！」ピアスの女王はそう断じると、立ち上がった。が、危険な追い越しを続けていたバスが急ブレーキをかけたので、すぐにまたシートに尻もちをついた。尻の半分が、「タイニー・ティム」の太ももに乗っかっている。ほかの皆が道路の反対側の路肩から舞い上がった土ほこりを大量に飲み込んだ一方で、タイニーは嬉しそうに大笑いしている。

「ほらね、僕はヴァギナ食主義者なんだ！　まるで磁石そのものじゃないか！」

　ミス・ピアスは必至で気を引こうとする少年を、完全に自分の世界から消去したようだった。また立ち上がると、空いている席を見つけようと見回す。一瞬、私と目線が合った。私は彼女の顔を埋めつくす金属の下に、この恥ずべきシチュエーションを引き起こしたのはあいつがじろじろ見せいだ、と責める表情がないかと探る。その表情はまったく落ち着いていて、瞳は私を励ますように訴えかけてくる。

「あたしたちは、あの塵でできたロボットたちとは違うわ。男どもの人工知能とは違って、あたしたちは真に生きた、考えるだけでなく、感じることもできる存在なんだから…」後部座席の若者たちが、彼女に席を移らないように説得し、タイニー・ティムに謝罪を強要している。

"Mea Culpa. Sorry. Lo siento…,"「ぺちゃんこの股」が皮肉をこめた声で彼らのオウム返しをする。

「ほら、キミコ、行かないでよ、あいつバカだけど、謝ったじゃないか」ほかの少年たちも正直な言葉をかける。私と彼女の目線の対話は中断された。彼女は顔をそむけ、私は急いで彼女の腕にはまった炎のようなリングに留められた、三つのブラジャーでできた裏返しのセクシーなTシャツから、キャンプファイヤーのような形をしたスカートの方へと目線を移した。それはアダムとイブがイチジクの葉を使った時代から、人類が隠そうとしてきたものをすべて露出している。幸いなことに、スカートの真ん中に張られているピラミッドの下に、ジーンズを穿いている。彼女はタイニー・ティムの隣に座り直した。若者たちを邪魔しないように、私は前を向き直った。

　しかし、前を向き直るべきではなかったのだ。単調な砂漠の風景を眺めるうちに、何かしていないとすぐに現れる意識下の谷底から立ちのぼってくる、色とりどりの蒸気が私の頭を満たした。血に染まった思考の霧が、恐怖の感覚を包み込んでグツグツと煮立ち、それにとも

なって思い出したくもない、雪に埋もれたシナハラの平原に横たわる屍の記憶まで蘇ってくる。そして私の手の下の、カテキルの焼けた心臓の記憶も。私は親友としても、恋人としても、平和の使者としても、人としても、起業家としても、母親としても、失敗したのだ…＊203

　そう。そうだ。母親。谷底の上の光り輝くイメージの中に、日本の文楽の人形を想起させる、魅力的な顔立ちの娘が浮かび上がったとき、私も衝撃を受けた。自分が出産したという記憶はない。娘を育てたという記憶もない。覚えていない…でもその娘が現れるやいなや、そのときまでまったく縁のなかった、胸を締め付けられるような母性を、子供はどこへ行った、とハッとした母親の感覚を感じたのだ…これより強い感情は存在しないと思う。少なくとも、この地上に存在する肉体においては。私なら、それを比較する対象を知っている。

　娘が私の前に現れたとき、私はちょうど一番星にぶらさがっているコンドルの翼のすべすべした羽根の上で、圧倒されるような無限の自由を味わっていた。それは信じられないほど強烈な体験だった。まず天使たちが風の歌を歌う、雪をかぶった山々の頂へ、それから急旋回で降下しふたたびマチュピチュの上空へ。すると突然、マチュピチュが宙に浮いた。インカ人の太古の都が、巨大なコンドルとなって飛んでいる。私たちも一緒に上を目指して飛んでいき、私は血の色をした空の薄暗がりで、建物や広場や石造りのテラスが宙に浮いて、とてつもなく大きな鳥の逆立った羽根に変わる中、そこに見覚えのある人影を認めた。風に乗って近づき、下に見えるその素晴らしい眺めに猛禽の目をこらす。少女は腰に巻いた紐を締めると、頭をぐいっと後ろに反らせた。マヤ！　マヤ！　マヤーー！

　果てしない年月を待ち続けたその再会に、私は幸福の絶頂に昇りつめた。マヤは緋色がかった紫色のマントに身を包んでいる。最後に会ったときより若く見える。まだ20歳にもなっていないように見える。片手でコンドルの手綱をしっかりと握って、自分の行きたい方へ

＊203　本書31章でその芸術について言及したルイーズ・ブルジョワが、1958年47歳の時に記した有名な『告白』と、そこに含まれるファッションショー"Banquet"の有名なアレゴリーのパラフレーズ。
「ありのままの私を好きになってもらえるように、すなわち、本当の私を知ってしまったら、好きになってもらえないのではないかという恐れから、私は書き、創作している」「芸術は精神分析の一つの形態である。なぜならそれは、自分自身をプログラミングし直すことが可能な潜在意識の中へ踏み込むことのできる、ユニークな方法だからである…」といった調子で書かれる『告白』の全文は、スコットランドの精神科医R.D. レインの1970年の著書"Knots"に収録されている。

マチュピチュが飛んでいくように操り、もう一方の手には杯を持って、私に向かって「乾杯」と呼びかけてから口をつけた。

「これは永遠の若さの妙薬、実に『不死の蜜』なのよ、ハニー！　ナスカへいらっしゃい、私は今日ナスカに降り立つから、そこであなたにもこれを飲ませてあげる。すごいのよ。飲めばわかるわ、シータ、あっという間に若返るんだから。18歳に戻ることもできるし、もっとたくさん飲めば、小さな女の子に戻ることもできるのよ。」

　私は孤児院に入れてしまわれないように、小さな女の子よりも大人の女性になりたい、と答えようとしたが、風にかき消されて自分の声すら聞こえない。おかしなことだ。日が沈んでマヤの姿はもうほとんど見えなくて、伝説の建造物でできたコンドルに乗って飛ぶ緋色の女のシルエットになってしまっているのに、その声ははっきりと聞こえる。

「ああ、シータ、言ってくれて思い出したけど！　あなたのみなしごは窮地にあるわ。ほら見て。」

　言うやいなや、空に燃えるチャカナが現れ、オーロラに似た光の中に、私のビジョンに現れた少女が浮かび上がった。私の娘にトラが襲いかかって、娘はその下敷きになっている。

「ねえ、ママ、誰かバッグを落としたよ」私の注意が誰かの声に遮られ、すべてがチカチカと点滅し始めた。

「この子はブンリョウという名で、インドでいなくなったお母さんを探しているの。つまりあなたを…つまりあなたを…つまりあなたを…」ついさっきまで、石の鳥を操るマヤがいた所に、その声がこだまのように響く。

「チンカプニだ」耳障りな音をピーピーと辺りに響かせている私のコンドルが知らせる。

「そっちはダメだ！　おい、止まれ！　危ないぞ！」

「チンカプニ・リキ＊204」私もコンドルと同じものを見たと伝えたところで、コンドルも消えてしまったことに気づいた。凍りついた光から後ずさりするように離れていく闇が、燃えるチャカナの止まった時間の中で、貝殻が私を持ち上げて宙に浮かんでいたような感覚をひっくり返して、真っ逆さまに落ちていく重力を感じながら、私は祈り始めた。

 ＊204　リキ—「そのとおり」「疑いもなく」という意味を込めてうなずくこと。

「おお、インティ、私の中の328のワカの神殿が、チャカナの12の頂点の儀式と…」身体がインカの鏡のかけらのモザイクで固められているような、麻痺する感覚の重みのせいで、声がとぎれとぎれになる。ある限りの力を振り絞って、祈りの続きを唱える。「…カイ・パチャにおける生のあらゆる状況が存在する六つのヤナンティンの対を通じて、私のすべての『私』をその状況が存在する空間と結びつける328の多様な時間の光線とつながる…」

「ママ！　バッグに人の身体がぶら下がってるよ。」

「いい加減にしなさい！　今すぐこっちに戻ってらっしゃい！」私の祈りを、親子の争う声が邪魔した。そして私は、今まで自分の身体を麻痺させていた布が裂ける痛みの中で、自分が「身体の身体」バッグの紐一本に運命を委ねていることに気づいた。重力のせいで、その紐は殺し屋が首を絞める道具のように、皮膚に、筋肉に、筋に冷酷に食い込んでくる。

　自分の存在が断崖絶壁に紐一本でぶら下がっている絶望感は、役人にでもなるらしい未来の男のコンフォート・ゾーンのプログラムにコーディングされた男の子の心の声に、両親の厳しい命令が続いたところでさらに高まった。私は力の限りを振り絞って「助けてー！」と叫んだが、血の気がなくなった身体からは窒息したようなかすれた息しか出ない。遠ざかっていく声は、私が明らかに死につつあることを意味していた。紐が朝まで切れなかったとしても、その頃にはとっくに私の命がないことは確実だ。

「チャカナの六つの軸の設定と組み合わせには、最も複雑なものも含めて、あらゆる人生の状態が埋め込まれている」私はかわいそうなカテキルが最後に語った言葉の一つを思い出した。彼の身体は今、隣の山で、消防士たちが消防オリンピックから帰ってくるのを待っているのだ。私はまるで6台のラジオになったように周波数を合わせ始め、やがてついにはっきりと声に出すことができた。

"¡Ayúdame! ¡Socorro!"

「大丈夫ですか？」

　何千もの太陽の光が動き出して、私の顔を誰かの懐中電灯が照らし出した。それは信じられないほどの安堵感だった。最高だった。そしてバッグの中から私の頭の周りにぶら下がっていた、私の人生のコードの結び目のある死のベールの不可避性を通して、端にループを作った革のベルトが下ろされ、男の声が「これを手首に巻いて引っ張っ

て」と指示すると、時間がまた動き出した。新しい病的な恋の関係は、一筋縄ではいかなかった。でも彼の「いいぞ。いいぞ。つかんだぞ」と、私の「滑るわ。ダメよ。ダメ」という声が、ベルトの痙攣に乗って、ついに…

「こんなことを聞いてすみませんが、『おお、インティ、328のワカの神殿』と言っていましたよね？」

記憶を発射するストロボスコープが、知らない男の声を止めた。その声が私が今引っ張り出されたばかりのバスに、つまり死の貝殻の中に向かって、クラクションを鳴らす。肩に置かれているのが誰の手か確かめようと、目を開ける。男が「いいですか？」とでも言うように、私の隣の空いた席を頭で示す。私が正気に返るより早く、男はもう隣に座って、歌っている。

"Coba coba coba al amanecer,

　Coba coba coba al anochecer…"

そこで歌うのをやめると、身体を伸ばしてから、まるで長年の知り合いだとでもいうように、いたずらっぽく言った。「あなた、『おお、インティ、328のワカの神殿』って言ってましたよね？　それって昔のペルーですよね。太古の時代の色褪せない宝です。お望みなら、今現在のことについて歌ってあげましょう。

　Coba coba coba al anochecer.

　日没から日の出まで、私はhuacosの宝を探し回る、

　あらゆる香油で祝福された私、huaqueroは、

　古い墓を荒らす者、険しい山肌のワカの神殿を荒らす、荒らす

　最も深い谷底で、消えたワカの神殿の遺物を掘る、掘る

　johoho, coba, coba, coba…」 ＊205

＊205　Miguel Pazが歌うペルーの民謡 "El Huaquero" のパラフレーズで、タイトルはロマンチックに訳せば「宝を探す者」、直訳すれば「墓荒らし」の意味。この「職業」は人気があり、貧しい農民たちはインカ帝国や、紀元前4世紀から紀元10世紀にかけて「巨大芸術作品」を生み出したナスカ文明も含めた、インカ文明より前の文明の土器その他の遺物を夜ごと探し回るという仕事を誇りをもって行っているが、裕福な国々の考古学者たちと、彼らに触発されたペルー国内の一部の用心深い行政機関の抵抗に遭っている。
「彼らは自国の文化遺産を破壊している。」外国の団体はそう非難する。
「まず私たちから一番価値のある遺産を盗んで自国の博物館へ持って行き、盗んだ芸術作品の展覧会のチケット価格が下がらないように、彼らは私たちが残った物を掘ることも禁止する」骨董の花瓶を闇市で売った金で、いくつもの大家族を養うことも珍しくない貧しいhuaqueroたちはそう反論する。それぞれが正論を主張する根強い対立は、ナスカで起こった前代未聞の出来事によってクライマックスを迎えた。

「マリオ」と名乗っていたパルパ出身の経験豊富なhuaquero、レアンドロ・ベネディクト・リヴェラ・サルミエントが、何キロにもわたる長い線、その大きさのせいで上空からしか見えない、30を超える数の巨大な動物の地上絵のあいだで、「宇宙人」のミイラを発掘したのだ。彼が語ったところによると、マチュピチュの建造物と同じ様式の壁をもつ墓を発見したのは2014年のことだという。マリオはその場所を長いあいだ誰にも明かさず、後になってようやく、驚くほど簡素な造りの洞穴に調査員を案内した…2016年には、そのKrawix999Vというニックネームですでに数十年にわたって考古学者たちを震撼させているパウル・ロンセロスが論争に加わり、ミイラは太古の昔のナスカ人たちが、実際に邂逅した宇宙からの訪問者たちを造形によって表現するために作ったものだ、と主張した。

3本の指をもつナスカのミイラが全世界的な騒ぎに発展したのは、メキシコの新聞記者ハイメ・マウサンがこの発見に興味を持ち始めたのち、2017年のことだった。

科学者たちが、2500を超える直線とスパイラル、図形は、雨乞いの儀式の一環として砂漠に刻まれたものだと繰り返し主張しても無駄だった。ミイラが偽物だという警告もまた、無駄であった。1939年にパイロットが偶然、直線と100メートルほどもあるハチドリ、巨大なコンドルなど16の鳥の絵、シャチを始めとするその他の動物の絵を見つけてからというもの、これらの地上絵は人々に何より「銀河間空港」を想起させるものとしてとらえられていた。

「ミイラは宇宙人か、バイオロボットの可能性がある」ロシアで衝撃的発見の調査にあたるコンスタンティン・コロトコフはそう述べている。

「発見されたのは進化の過程で絶滅した類人猿か、あるいは宇宙人である」とは、2019年の非政府組織Instituto Inkari – Cuscoが記者会見で発表した見解である。その際、カナダを始めとする数カ国のラボで実施された、「マリア」のDNA解析の結果も公表された。匿名を希望している作成者の公式報告書の一つには、以下のような結果がまとめられている：人類のDNAが約34%、バクテリアとウイルスが約18%で、残りの約48%が不明。乳児のミイラ"Wawita"（ケチュア語で「赤ん坊」の意）や、身長約60cmのミイラ"Victoria"、"Alberto"あるいは生殖器官に三つの卵があった"Josefina"のほうが、奇怪なエキゾチックさという点では勝っていたが、最も人々の

「そいつのサッカーにはうんざりだわ」前の席の女性が、ペルーのインディ・ジョーンズが私に歌ってくれている盗っ人の歌にかぶせるように、大声を張り上げた。

「よしなさいよ、カルボネラ。旦那が飲まないだけでもありがたく思いなさいよ。うちの人が週末にスポーツしてくれたら、あたしゃどん

関心を引いたのは身長168cmの "María"（聖母マリアにちなんで名づけられた）だった。懐疑主義者たちさえも、これが正真正銘のナスカのミイラであり、盗掘者たちによって関節が五つある3本のとてつもなく長い指が残るように、指を切断し細工されたのだと主張したのである。

「嘘だ！」椎骨の数が私たちのように33ではなく24しかないマリアの真正性を擁護する人々はそう反論し、レントゲン写真がその証拠だとしている。そこには、映画『E.T.』で見たことのあるような長細い頭蓋骨と丸い眼窩の女性の身体が、切断されたり細工されたりしたような跡は見られない。マリアは、1964年に6千メートル級のCerro del Toroの山頂付近で、Erich Groghの登山隊が発見したインカの男性のミイラと似たような座位をとっている。ただ異なるのは、曲げたひざを両手で抱えているところだ。一連の分析から、マリアが生きていたのは紀元360年頃で、トカゲやヘビに似た皮膚をしていたことが分かっている。
・www.the-alien-project.com/en
・Special Report: unearthing nazca (gaia.com)
以上はテキストと動画の二つのリンクである。最高に笑える偽装事件、あるいは千年に一度の発見について知りたいという方にお勧めする。大多数の人々は、ジョルダーノ・ブルーノが1600年に教会によって火刑に処されたのは、地球が太陽の周りを回っているとしたコペルニクスの考えを擁護するような科学的立場をとったからである、と思っている。しかしガリレオも同様に、地球を「宇宙」の中心だとする聖書の天地創造説を覆すような主張をしたが、免罪された。二人の決定的な違いは何だったのだろう？　ブルーノは加えて、地球と同じような惑星は他にもたくさんあって、私たちと似たような生命体が住んでいると主張し、そのために今日ローマのサッカーチームのファンに愛されている広場で炎に焼かれた。20世紀には科学の名を笠に着る人々が、ジョルダーノ・ブルーノと同じ主張をしたというだけで、多くの無実の人々を「火刑に処して」きた。彼らはブルーノとは違って象徴の火に焼かれただけだったが、それでも多くの場合、身を焼かれるような苦しみをともなう屈辱を受けた。やがて20世紀末になると、「権威ある科学」が私たちの銀河系の外に最初の惑星を発見し、太陽系外の惑星を探すことが社会的トレンドになった。今日ではすでに千を超す太陽系外惑星の存在が明らかになっており、何兆ものそういった惑星がまだ発見を待っている。そう、天文物理学者のクリストファー・J・コンセリスが2016年に銀河系の数を2兆以上に引き上げてからというもの、惑星の数はさらに多いことが確実になった。そのうちいくつかに、生命あるいはその他の知能の形態が存在しているのだろうか？　地球上にある砂粒の数よりもたくさんの星が、天に輝いているのだから。これは詩ではなくて、科学的に言ってそうなのだ。この予想は、銀河の数を2兆だとする計算に基づくが、1924年には権威ある科学が、全宇宙はただ一つの銀河、すなわち私たちの「天の川」でできており、それは誕生もしていないので永遠に存在し続ける、と主張していたのだった。その後天才E.ハッブルがやってきてアンドロメダを指さし、「ほら、天の川の外にも銀河があるよ！」と言ったのだった。
「…宇宙全体と同様、アンドロメダ銀河にも始まりがあった。それはビッグバンである」別の地球人がそう述べている。

なに嬉しいか」次の“coba, coba”の時に、隣の婦人がたしなめる。
「地元チームが試合するたびに、1軍メンバーに飯を食わせるなんて
ことしなくていいから、そんなことが言えるのよ！　うちは破産しち
まうよ！」
「そんなの、ジャガイモの大袋を買えば、補欠の分まで悠々よ…」
「イースターの時は、レフェリーまで連れてきたよ…」女友達の言う
ことなどまるで聞いていないというように、くだけた感じでカルボネ
ラ女史がため息をついた。しかし彼女が料理についてあまりにも鮮明
に描写するので、歌っている墓荒らしの口からはよだれが垂れだした。
「米を少しと、よく煮た梨を30個入れれば完成だ。勝ったときは
肉を3キロにオレガノ、コリアンダー、スペアミントを加えれば、子
供たちも一緒にお祝いできる。で、負けたら、コショウを多めにして
やれば、男たちもしゃっきりするさ。」
「chupe de peras＊206に米は合わないでしょう」インディ・ジョーン
ズが我慢できずに、口角から流れるよだれを袖で拭きながら言った。
それからアル中らしい目を私に向けると、窓の外を指した。
「あの光が見えますか？」そう尋ねながら、答えを期待していないの
は明らかだった。声をひそめた様子から、何かうさんくさい申し出を
企んでいるらしかった。「太陽は今から8分前に、この地球上の命を
吸い込むようにと、あの光を送ったのです。あなたを秘密のミュージ
アムにご案内できますよ。そこにはあなたが生まれた日に放たれた光
を、今夜あなたが目にすることのできるような星から地球にやってき
た生命体が、展示されているんです…」
「あんたは宇宙人にかまけてればいいのさ、ゴヨ、だからあたしらの
台所には口を挟まないでおくれ。」
「それならchupe de perasを米で台無しにするのはやめてくれ！」
「ねえ、物知りさん。あんたの出身のクスコだかどこだかでは知らな
いけど、ここじゃいつだってニンニクをひとさじと、タマネギを1
カップ、米を1杯…」
「それからニンジンさ」ずっと黙っていた、夫がサッカー選手のカルボ
ネラ女史が言うと、宝泥棒のゴヨとその前に座っている婦人が、感

＊206　Chupe de peras（チュペ・デ・ペラス）ークスコのサン・セバスティ
アン地区に特有の伝統的スープの亜種で、この地区では毎年1月の守護神を称え
る祝祭になくてはならないものとされる。ちょうどこの時期、この独特な料理に欠か
せない小さな洋ナシが熟すのである。

じ入ったように声を合わせて叫んだ。

「そう、ニンジン！」

「たった500ドルですよ」ゴヨが私に向かってモゴモゴと言うと、し わくちゃのネームカードを私の手のひらに押し付けて、大声で「肉は ニンジンと一緒に煮なくちゃ」と言いながら、友人たちの後ろに席を 移った。私はしばらく彼らの話を聞いていたが、かなり手の込んだ炒 め物の話で、ゴヨが予言者のように「チャロナ＊207を少し入れなきゃ、 味がしまらない」と繰り返すのを聞きながら、後部座席のほうを振り 返った。そこではちょうど、口論が始まったところだった。

 ＊207　Chalona（チャロナ）―子羊の肉を干したもの。

第50章
潜在意識の錬金術

「いい、股の間にポールが立ってる誰かさんと人生の意味について語り合うなんて、所詮無理な話なの。」

お化けのような奇抜な格好の娘が、求愛者の股間を指さしながらそう言った。ここからでも勃起しているのがわかる。

「どうやらあんたは、潜在意識の秘儀について議論するタイミングを誤ったようね。思考の真空をこんなものでいっぱいにしてる人と、わざわざ話をするつもりはないわ。」

「勃っちゃったんだから、しょうがないじゃないか。きみのラップ・ダンスのせいだよ。」

「尻もちついただけよ、寝ぼけないで。」

「ああ、尻もちねえ。見てごらん、きみも興奮して乳首がこんなに立ってるよ！」

「うるさい！」顔に十の鉄リングをはめた娘がいらいらして嚙みつき、どっしりしたセーターをさっと肩に羽織った。

「恥ずかしがるなよ。僕たちに進化への渇望をかきたてる、創造的な命のパワーなんだからさ。何かを求めて努力する、何かに到達したいっていう渇望をね…」勃起した賢者が娘にまくしたてながら、そのばかでかいボタンを悲しげに眺めている。ボタンが留められ、娘の豊かなバストが隠れていく。

「創造力のコンプレックスは、ほかの誰かで処理してよ。」

「きみはいくら眺めても飽きないよ、キミコ。きみの隠れ家に身を沈めて、きみの身体を飲みたい」タイニー・ティムが感傷的に愛を告白する。

「あんたね、どこかで冷たいシャワーでも浴びてらっしゃい、さもないとそのいやらしい物言いであたし、吐きそう」娘が冷たくあしらう。

少年がパントマイムのように口で吸うまねをして、挙げ句の果てに小屋の中でエサを食う馬のように舌を動かしたりしているうちに、娘は持ち物をまとめ出した。

「待って、キミコ。どこへ行くの？」お化け娘が私の方に向かって歩

ORIGINAL
Astronomedej Salon
DESIGN ©

き出すと、少年の舌が硬直した。三つのブラ
ジャーと、オレンジや赤から白や薄い青にいた
るまで、あらゆる炎の色彩が盛り込まれた
スカートを、見たこともないような奇妙奇
天烈なセーターが、煙のカーテンのよう
に覆っている＊208。

　私は感心してその放浪者的なスタ
イル、脱構築、精密にアレンジされ
たディテール、挑発的なアイロ
ニーが巧みに組み込まれたセー
ターを観察していたが、途方に暮
れたティミーが「お願い、行か
ないで！」と呼びかけるとセー
ターは動きを止めた。ボタンの
付いた黒い方の側は、股関節ま
でかかる白い方の半分よりずっ
と短い。まるで洗濯したら片側
だけ縮んでしまって、もう片側
は絞り方を間違って伸びてし
まったようだ。その両方を縫う
ように、稲妻と不格好な穴が配
置されている。血のような稲妻
から伸びる紅い血管が、不規則
なジグザグを描いて大きな穴に飲
み込まれ、そこから何本もの毛糸
が垂れ下がっている。短いものも
あるが、ほつれたような穴からひざ
下まで垂れている毛糸もあった。そ
の娘は今、立ったまま尻で背もたれに
寄りかかっていて、その席の初老の夫

＊208　仏僧ティック・クアン・ドックの、ベトナ
ム政府の仏教徒に対する高圧的な政策に抗議するた
めの焼身自殺（1963年6月11日）を象徴する炎の色彩は、
ロンドン在住のデザイナー A Sai Ta がその作品で表現したも
のである。

婦が彼女をじろじろと見下すように見ている。

「ねえ、ティミー、あんたの魔法の杖から出るベタベタした液体で二人の太ももを貼り合わせたいと思ってくれる女の子を探しなさいよ。」

娘がほとんどその顔に座っている婦人は非難めいたことを言おうとしたらしいが、盛り上がったその髪を直すうちにやめてしまった。はた迷惑な人たちがのさばる陣地で敵として生きることに、慣れているらしかった。

「勘違いだよ、キミコ！　僕はそんなこと、どうでもいいんだ！　いや、ほとんどどうでもいいんだ…」ティミーが躍起になって口説くが、その声は消え入りそうである。「…僕が望むのは、僕の集団的無意識をきみに開発してもらうことなんだ。ほら、その話をしてたじゃないか、そしたら僕のアレが…」そこで口の中がカラカラになってしまったかのように言葉に詰まった。「…ほら、アレだよ、わかるだろ。」

「それはあたしにも無理よ。ユングは、集団的無意識は遺伝するって言ってるわ。個人の中で生まれるものじゃないって。」

「でもさっききみは、できるって言ってたじゃないか。」

「せいぜい夢の中でなら。」

「そこをもっと説明してくれないかなあ？」ティミーが乞うようにそう言いながら、空いた隣のシートを撫でる。

「説明なんて何の役にも立たないわ。試すなら芸術ね。」

「芸術？　絵を描けってこと？」

「そう、例えばね。二次的な効果として、元から存在していた無意識の形態が意識的なものになる可能性もあるけど、そうでなければ私たちの手の届かないところに留まるわ。集団的無意識の中にね。遺伝的記憶の中に。過去や未来、パラレルの生の多様な時間と空間が混ざり合うところに。」

「わかったよ！　じゃあ絵を描いて、きみのホテルに持って行くよ！」

「ティミー、ティミー」そのバスがいまだかつて経験したことのないような破廉恥な服装をしたお化け娘は、耳を疑うというように首を振った。

私は彼女が着ているものが、裸体やエロティックな挑発をはるかに超越しているという感覚にとらわれていた。まるでこのピアスの女王が自分の心臓、肋骨、肝臓、最も秘すべき考えと深奥にある生きる姿勢とを裸にして、「インサイドアウト」のファッションのように裏返

しにし、自らの存在の秘められたエッセンスを露わにしているかのようだ。そしてそのすべてが果てしなく挑戦的なやり方で暴露され、そのせいでこの魔女は、私のような旅人の驚嘆を込めた意見や、あのお堅い婦人のような気分を害した人々の視線を、血の稲妻が走るアシンメトリーなセーターのわざとほつれさせた穴から垂れ下がるクモの巣で受け止めることになったのだ。

　私は彼女がクモの巣にとらえられた私たちを、火のような色のブラジャーと股にありえないカットの入ったスカートから、ボタンをラフに留めたセーター全体に広がる糸筋の炎に引き込み、編み込み、絡めとって、私たちの個人としての存在のエッセンス以外には一滴たりとも残らないように、私たちの世界観や生きる姿勢をひたすら煮込み、蒸し、溶かすのをひしひしと感じた。

「まあそれはそのときに」娘はようやく少年に情けをかけると、私の方に向かって歩き出した。

「僕たちの潜在意識にはこういった集団的無意識の遺伝的内容をイメージに再編成する能力があって、僕たちはそのイメージを感覚や行為で生きたものにすることで、内面の暗い空虚を覆い隠そうとしているって、きみも言っていたじゃないか」タイニー・ティミーが自分を奮い立たせ、最大の知的パフォーマンスに挑んだ。そしてその無茶な試みに続けて、「ここに戻ってきて、僕の空虚を覆い隠しておくれよ、アモール！」と、運転手と話していた男性も振り返るほどの大声で絶望の叫びを上げたために、私の隣に座るお化け娘からは高々と突き上げられた中指を返される破目になった。

　私はあっけにとられたあまり、彼女の「隣、いいですか？」という言葉も耳に入らなかった。恐らくそう言ったと思うが、確かではない。娘は片足からほこりまみれの白いスニーカーを脱ぐと、赤い靴下越しに気持ちよさそうに足をもみ始めた。白い靴がローカットなのに対して、足首よりずっと上まで編み上げられた左足の黒いスニーカーを、私はぼーっと眺めていた。

「その靴で旅するのは大変じゃないですか？」

「全然。簡単に洗えますよ」彼女はリラックスして軽くそう答え、マッサージした足の裏を尻の下に敷くと、自分がどこでどんな反応を呼び起こしたかという話を始めた。イスラエルで石を投げられた話に続いて、舞台はエジプトに移った。

「バスの中で熱烈に信仰のあつい男に、着替えなければ喉元を斬るっ

観音菩薩

て脅されたわ。私はそいつに、『ねえ、他人の人生や意見から隔絶したかったら、車で移動しなさいよ』って言ったの。」

「怖くなかったんですか？」

「それは怖かったけど。カイロまでの道中ずっと、うなじにあの熱狂的信者のナイフが当てられているんじゃないかと気が気じゃありませんでした。でも挑発すらできないとしたら、人なんて何のためにいるかわからないじゃないですか。人を変えるような服を着なくちゃ。それにちょっとしか接触していないのに私のプライベートを邪魔したことも、私が周りと違うことをけしからん扇動だと思うことも、私のせいじゃないでしょ。そうじゃないですか、マダム？」

「マダム？」私はオウム返しして、すぐに続けた。「シータって呼んでちょうだい。」

「オーケー。私はキミコ…」汗で湿った靴下をこすったばかりの手を差し出した。「…キミコ・コヤマ、でも友達にはチンターマニ*209 って呼ばれてる。インドの言葉で『賢者の石』っていう意味なの。」

「チンターマニ、あなたは『ファッションは社会的構造である』というイデアを、まったく新しいレベルに引き上げたと思うわ。」

「そのとおり。ファッションは社会的規範を示したり、エロティシズムを表現したり、自分をスリムに見せたりというようなくだらない目的のためにあるんじゃないのよ。自分の着ているものが、人々の思考を変えるものでなくっちゃ。あなたのこのバッグみたいにね」と、私がワイナピチュで命を救われて以来、肌身離さず持っている「身体の身体」バッグを指して、尋ねた。

「魔力があるの？」

　私はうなずいた。彼女は微笑むと、両手で上から下まで自分の身体を包む衣服をいとおしそうになでると、自信に満ちて言った。「これ

---

*209　Cintamani—chintamaniと表記されることもあり、仏教・ヒンズー教の言い伝えによれば、持つ者に願い事を叶える力を授ける伝説の貴石である。アヴァローキテーシュヴァラ（観音菩薩）―慈悲のボーディサットヴァ（菩薩）も、この石と共に描かれることが多い。この貴石はチベット地方で、他の三つの聖遺物と共に天から落ちてきたとされる。地球外起源説によれば、シリウスの周りを回っている惑星のかけらだという。その起源が似ていることから、隕石が衝突する際の高温で生まれるモルダバイトと比較されることが多い。
伝説のシャンバラ―地球の宗教的中心で、その最も高い塔の上には今でもこの石が輝いているとされる―を探す旅に出たロシアの芸術家・神秘主義者・旅行家ニコライ・コンスタンティノヴィチ・リョーリフ（1874-1947）によれば、チンターマニは人類の意識を高める波動を発しており、光が闇に打ち勝つための力を与える。

とおんなじね。私の服はアルーデルでもあり、アランビックでもある
の＊210。私を見た者は、石になってしまう。私は人々の、誰にプログ
ラミングされたかもわからないような考えをとらえて、月のように煆
焼し、水星のようにその本質から分離させ、残った本質を私の規範の
侵害によって燃え上がった感情と偏見の炎で、エッセンスになるまで
蒸留するの。それには人々の平凡な1日の、平凡なシチュエーション
の中のほんの少しの時間があればいいのよ。一緒にいる時間が長くと
れたり、頻繁に会う機会があれば、その人は私の服装の力で完全に自
分を変えて、賢者の石になることができる…」

「ああ、だからチンターマニって呼ばれてるのね」私は彼女のファッ
ションの錬金術の美に魅せられて微笑んだ。

「そうそう。だからなの。すべては神経化学なのよ。私は自分の外見
を使って、じろじろ見て気分を害している人の軌道に、金星の凝結と、
太陽の腐敗、火星の昇華、木星の発酵、そして土星の錬成のための錬
金術の信号を送って、あとはその人の脳の化学作用と、錬金術の『大
いなる業』を身体全体に行きわたらせる心身相関作用とがそれを処理
するの。」＊211

「へえ。」

「いや、本当よ。たとえばこのセーターの左半身と片方の靴の黒い夜
は、月の煆焼を表しているのに対して、白い方は光、太陽の分解のビ
ジョンを表している。そう、そして赤い靴下と、セーターの血の稲妻
は、火星の昇華だし…」

「ふむ。じゃあ、そのほつれた穴は？」

「これは違う。この穴は、私の生きる姿勢なの。というか、男に対す
る姿勢ね。私はペネロペみたいに、運命の人を待っているの。ペネロ
ペは知ってる？」

＊210　アルーデル―底が開いたフラスコ型の壺で、昇華に用いられた。アラ
　　　ンビック―長い曲がった管をもつ錬金術の容器で、蒸留に用いられた。この二
つは一緒に使うことも多く、複数のアルーデルをつなげることも可能だった。これら
の容器の材質にはガラス、焼き物、金属があった。アランビックはのちに、ウイス
キーの蒸留などに用いられる密閉蒸留装置へと進化していった。

＊211　本章では、錬金術の「大いなる業」（賢者の石の製造）の各段階を示す
　　　用語がいくつか用いられている。例：煆焼―金属を粉末に変質させるなど、物
質を製造プロセスに用いる準備として浄化すること。分離―ろ過などによって物質と
物質を分けること。凝結―凝縮。腐敗（putrefaction）―長時間かけて少しずつ加熱
することによる物質の分解。昇華―固体を気体にすること。発酵―fermentation。錬
成―物質の性質を完全なものにすること。（段階の数と、惑星の影響力とどのように紐
づけるかは、錬金術の伝統の各様式によって異なる場合がある。）

「たぶんね。」

「たぶんって？」

「私、記憶障害があるのよ。」

「ああ、そうなの。ペネロペは女王で、夫のオデュッセウスがトロイア戦争に加わるために出て行ったんだけど、その戦争が10年もかかったのね。」

「ふうん。」

「で、オデュッセウスはそのあとさらに10年も世界を放浪していて、そのあいだにペネロペのところには、彼女が寡婦になったと思い込んで、彼女をめとることでギリシャとイタリアの間の美しい島々も手に入れようと考えた108人の猛々しい求愛者たちが押しかけてきたの。『舅のために織っている、弔い用の衣が出来上がったら、あなたがたのうちの一人と結婚しましょう』ペネロペはそう約束して、それから3年のあいだ、昼間織ったものを夜な夜な解いていたのよ。私みたいにね」キミコは私に向かって訳知り顔で、それでいて悲しげに微笑んだ。

「あなた寡婦なの？」

「アハハ、違うわよ！　でも後ろに座ってる奴らみたいなバカ者たちを常に追い払っていなきゃならないのは同じね」とタイニー・ティムの方を指すと、ティムは嬉しそうに手を振り返した。

「でもこのセーター、まるで1枚じゃないみたいね？　いい？」私はその変わった出来具合を眺め、手で触ってみた。

「もちろん。古いセーターを集めて、そこから新しいセーターを編むのが好きなの。気に入った人から直接買うか、古着屋で買ったものをほどいて、編んで、しまいにはペネロペみたいに新しいセーターにするのよ*212。ワクワクするわ。たとえばこの光と秩序の白い毛糸は、花屋の女性からもらったの。セーターを私のジャケットと交換してくれたわ。で、黒い方は夜警のタートルネックから。代金を要求されたけど、毛糸の店で買うよりは安かったし、夜勤で着ていた黒い毛糸だから、その闇と混沌のパワーもずっと大きいはずでしょ。」

「で、その赤い稲妻は？」

「ああ、あのホームレス女のマフラーから取った、血と生の意識のことを忘れるところだったわ。ウォッカ一瓶と引き換えにくれたのよ…」砂漠の真ん中で、山のような荷物を持って降りる乗客がいたので、

📖 ＊212　ルイーズ・ブルジョワの有名な言葉： "I do, I undo, I redo." のパラフレーズ。

おしゃべりなキミコもしばらく黙っていたが、バスが動き出すとすぐにまた口を開いた。
「一人で旅してるの？」
「ううん。待っている人がいるの。」
「それは私たちみんなそうでしょう、幼い少女の頃夢見たような人生を待ちくたびれて溺れてしまった、私たちペネロペは」キミコは郷愁をこめてそう言うと、シートに上げていた片足を下ろした。彼女がその足を白いスニーカーに突っ込んでいるあいだ、私は彼女の親指がのぞいている靴下の穴も、ペネロペ式にほどいたのだろうかと考えていた。大体この靴下も、唯一残った暖を束の間の酩酊と交換しようという、人生に敗れた哀れな女のマフラーから作ったのではないだろうか？
私がそう思ったのと同時に、チンターマニが大声で不平を言った。
「そうやって果てしなく待っているのはとても疲れることで、やがてそれが私たちの家族に、キャリアに、ライフスタイルになってしまって、生きる価値のある人生をいつまでもこうやって待つことが、唯一の連続した行為になってしまうのよね…」
「ゴヨはあなたに、いくらで宇宙人を見せるって言ったの？」キミコが何の前触れもなしに、夢見るようなうわごとから非常に現実的な質問に切り替えた。私はあのhuaqueroを目で探して、もう料理好きの女たちと一緒に前の席に座っていないことを確かめると、小声で答えた。
「500で。」
「ドル？」
「うん。」
「あのろくでなしめが。
　プラスワンって感じで、私も連れていってくれない？　500なら喜んで払うわ、私は1万5千って言われたのよ。」
「どうして？」
「話せば長いんだけど、まとめると3文字になるわ。彼は『高利貸』なの。それにそんな大金持ってないわ。でもあなたのプラスワンとして行けば…」
「私、行かないって言っちゃったの。」
「なんでよ？」
「ユーフォーなんて見てる暇ないの。ナスカで待ってる人がいるから。」

第51章
コンドルの翼に乗った幻影

「ナスカは今や、飛びぬけた阿呆どもが行き交う交差点です。UFO学的愚鈍のプリンスたちも、彼らが書いた本を買うUFOマニアの凡人たちも、地上絵の数々を前に思いを馳せる。かつて、ずっとずっと昔に、誰かが子供の理屈で『地上絵は上空からしか見えない、そして当時の人々は空を飛ぶことはなかったから、これは宇宙人のために描かれたものなのだ！』と夢物語を口にしたがために」初老の外国人がしゃがれ声で語った。咳払いをして、講釈を続ける。

「このナンセンスな理論はどんどん広まって、ついには誤った解釈であるのに誰もが真実だと信じることになってしまいました。それに、観光の罠にもなった。そう、そうです、罠です。なぜって、あなたが自分の思考力を自転車に乗せたら、集合的意識の道では、つまり拍手し、歓声を上げ、リンチし、高層ビルや強制収容所やラーゲリを建てる意識の平坦な道においては、その車輪は加速しますからね…そしてこの神話的な、時間の存在しないところで、あなたは道を造った人が願うとおりの場所に到着するのです。たとえば、3本の指を持つ宇宙人の遺骸だという触れ込みの、人間の遺体の部分を埋め込んだ模造品の見学に。これは法外な料金を要求する詐欺であるだけでなく、非常に屈辱的な行為です」インテリばかりが集まったテーブルで、スポークスマンが当地の解説を終えると、部屋の反対側では若い女性が、昔のワロチリ文書でパリア・カカと兄弟たちがそこから生まれたとされる五つの卵は、本当は宇宙船のテレポート基地で、インカ人の治める山地に五人の船員が降り立ったあと、ナスカの銀河間空港に着陸したのだ、とキーキー声で語っている。チュラパ船長の宇宙船は、ハチドリの地上絵の上に着陸した。プンチョ船長はペリカンの絵の上に着陸した。パリア・カカ船長の宇宙船はコンドルの上に、パリアカルコの宇宙船は隣のハゲワシの上に。スリカ・イリャパ船長のUFOだけが、卵の形をしていなかったため、地上の人々はその着陸地に、空飛ぶ円盤の形に曲がった尻尾をもつサルの絵を描いた…[213]

---

[213] パリア・カカの兄弟たちの名前の表記は、インカの神話に登場する人物の名前が大体においてそうであるように、史料によって異なる。Pariya

　話が興味深いストーリーから、他の銀河系から来た5隻の宇宙船の船員たちのうんざりするような名前の羅列に移ったので、私はミラ・フアット（宇宙人チュック・パイク [214] とチャウピ・ニャムカ [215] の名前のあいだに立ち上がって、礼儀正しく手を振りながら自己紹介していた）のキーキー声に耳を傾けるのをやめて、また懐疑主義者たちの話を聞くことにした。こちらではいつの間にか社会的論争が繰り広げられていて、エレガントな婦人が、貧しい村人たちには自国の地上絵と当地のUFO伝説を利用する生まれながらの権利があると主張していた。

「ここの人たちがこういう性質の宣伝をするとしたら、どのくらいお金がかかるかお分かりかしら？　宇宙人たちは、かつて大変貧しかったこの地方に、大きな恵みをもたらしました。それをあなたがたは、都市から来た者のうぬぼれのためだけに、この純朴な人々から奪い、破壊しようと言うのですか？」白熱した議論の中で年配の男性が、よそ者たちの関心が地元民に富をもたらすことに基本的には異論がないことを繰り返し伝えようとしているが、あまり伝わっていないようである。おまけにニキビ面の物憂げな若者がひっきりなしに口をはさんで、先ほどの思考力と自転車と集合的意識の比喩について質問をしている。

「群衆が拍手し、歓声をあげ、道路の建設者の指揮棒の下からひねり出したものをみんな、ラーゲリに押し出していくとしたら、誰が集合的無意識を率いることになるんだろうか？」

　誰も返事をしない。違う話をしている者たちがぽかんとした顔で見つめる。若者は立ち上がって、天文学者の表情で天井のもっと上のほうを見上げ、その夢見るような視線にロボットのジェスチャーを添えると、懐疑主義者のグループには裏切り者が誰なのかが明らかになっ

Qarqo（パリアカルコ）はスペイン語風にはParia Carcoと表記されるし、Sullqa Yllapa（スリカ・イリャパ）はSullca YllapaまたはSullca Illapaと表記されることもある。Churapa（チュラパ）とPuncho（プンチョ）については、このような表記の差はない。

*214　Chuk Payku（チュック・パイク）—パリア・カカの長男の名で、『ワロチリ文書』にChucpaicoとして登場する。Chucpayco（チュック・パイコ）という表記も多く見られる。

*215　Chaupi Ñamca（チャウピ・ニャムカ）—『ワロチリ文書』に記述のあるアンデスの女神の名で、女性性とセクシャリティー、豊穣のシンボルとされる。

た。

「お前、信じるのか？」

「こいつ、信じていやがる！」

「なんてこった！」

　最初のショックが過ぎ去ると、数人のインテリが裏切り者の攻撃にかかり、比較的温和な者たちは嫌味を言うだけで満足したが、彼らの顔を見ても、このテーブルで彼にケチャップを手渡してやる者はもういないことが明らかであった…

　砂漠の不思議な地上絵と、インテリ観光客が待合室で朝の遊覧飛行を心待ちにするUFO信者の観光客たちと一緒になっている様子が奇妙な風刺となって、この地方一帯に日々の糧をもたらす、活力に満ちた一群を形成している。

　私はイタリアのトリノから来た、中庸な一団と同じテーブルについていた。彼らは私と同様、ナスカに砂漠の謎の図形のために来たのでも、宇宙人のために来たのでもなかった。ナスカの地上絵のトカゲだけでなく、北米、南米を縦断するハイウェイを、バイクで旅しているのだった。

　そう、私もまた、上空から収穫後の畑のように見える砂漠の動物の絵を驚きとともに眺めるという、この使い込まれた俗っぽい儀式に参加したのだった。「悪くないわ」ガイドにそう言うと、ガイドは気絶しそうに顔を赤くした。でも気絶しなかった。彼は砂漠に描かれたシンボルの意味を解説する。隠された暗号を、あらゆるものを織り交ぜて解説している。バイオモルフ＊216。聖なる都カウアチ＊217。UFO。ジオグリフ＊218。陶器。雨。三人の妻との離婚。これについては、最後の妻はほら吹きばかりが住むカハマルカから流れてきたバカ女だったから、ナスカとはあまり関係がないと補足して取り下げたのだが、この独断的宣言のあと、ガイドはナスカの裸体をあらわにした。あらわになったその秘密はUFOだ、と言った。

 ＊216　Biomorf―植物や動物の形に見える地上絵を指す用語。

 ＊217　Cauhachi（カウアチ）はナスカ文明の中心だった町で、儀礼の中心地としても24㎢と最大の広さを誇っていた。

 ＊218　ジオグリフ―描画あるいは他の技術を用いて地表に描かれた大きなモチーフ。

　機内から眺める私の関心をひく唯一の「UFO」は、マヤだ。

　そこで、懐疑主義者の一団から脱落した初老の男性の「あんたがたは大バカ者だ！　あんたがたのような人たちと、役所の気狂いたちの違いといえば、書類に『バカッ』とハンコを押すかどうかだけさ。あんたがたは人類の文化遺産を精神病院だと思ってるんだ、高い柵の代わりに地上絵があって、それを伝って気狂いの狂った考えが天まで昇っていくってね！」という詩的な罵り言葉を聞きながら、私はトリノから来たライダーたちと別れて、半分に分断されたトカゲの絵のほうへ歩いて行った。1時間後、まさにそのアメリカ縦断ハイウェイの近くで、私は塔に上り、自分の心臓が音をたてて鼓動するのを聞きながら、コンドルの地上絵のほうに目を凝らした。マヤに会えるという希望を持って。

　いた。なんという幸運だろう！　急いで塔から下りるあまり、足を踏み外して落ちた。幸い、落ちたのは地面からわずかのところだった。私は急いで立ち上がると、砂漠の中に向かって走り出した。
「どこへ行くんだ？　そっちはダメだぞ！」道路の路肩から老人が叫ぶが、私はまるで巨大なコンドルの翼に乗って飛ぶように、あっという間に遠ざかっていく。土ぼこりと、歓喜の雲に乗って、今そのコンドルに近づいていく。
「マヤ！　マヤ！」はるか昔にチェンマイを去ってからというもの探し続けていた目標、そこに向かって走り続け、ようやくゴールが見えたとき、私は息をきらして呼んだ。ゴールに駆け込んでいくと、コンドルの尻尾のところでマヤが振り向いた。まずファタ・モルガーナが消え、足を止めると巻き上がっていた土ぼこりの雲も消えた。とてつもなく大きな喜びに代わって、とてつもなく大きな落胆が襲いかかってきた。
「行こう、見つからないうちに。ここは本当は入っちゃダメなのよ！　ハチドリまで行けばセーフだから」お化け娘のチンターマニが突然現れた。「ほら、早く！」
　ああ、こんな早まったまねを…私は悲しみで突如、感情の凍結点まで冷え切った思いで、無感動に何も考えないままチンターマニのあとに続いた。コンドルの尻尾から少し行ったところまで静かに歩くと、ハチドリの頭に着いた。左の翼まで回って行くと、チンターマニはその奇抜なセーターのボタンを外した。セーターのほつれた箇所が、

さっきまでずっと、古い朽ちかけた家のカーテンのように、彼女の後ろにたなびいていた。

「さ、ここで日暮れまで待っていれば、huaqueroが迎えに来てくれるわ。ここから宇宙人の墓までは遠くないはずよ。」

「あなた、ゴヨに1万5千払ったの？」

「ヘッ。まさか。やつの若い使いっ走りの一人に、ちらつかせたのよ」と、紙幣を振って見せるジェスチャーをする。

「ああ」私は無関心にそう答え、また黙って落胆の嵐に立ち向かっていた。

「あなた、マヤを知ってるの？」稲妻のような力で飛んできた問いに、黙考に沈む私はハッとした。湧き上がる歓喜を制しようとする。こんなにすぐ、またこの喜びが身を焼くような落胆に変わるのを味わうのはごめんだ。息をのんだことは確かだが、それ以外は何でもないふりをする。

「うん。」

「うそでしょ！　あなた本当に、マヤを知ってるの？　カリオストロのとこのマヤを？　私、彼のとこで働いてるのよ。だからここに来たの。ここの宇宙人のDNAが、彼のその…まあ、その若返りの薬に必要なもんだから。彼は今の時代の最後の錬金術師かもね…カリオストロはあなたも知ってるでしょ？」「知らないわ」私はむくれてそう言い、また呼吸を始めた。

「私の知ってるマヤが付き合ってるのは、エンキ…」

「エンキドゥでしょ、そうそう、それなら彼女だわ。待ってて、電話してみる。プライベートのラインがあるのよ、追跡不可能な…」そう言って私にウィンクすると、もうかけている。

　夢の中にいるようだ。ディスプレイにマヤがいて、古い連絡先を使ってはいけなかったのだと私に謝っている。彼女の雇い主が作っている例の若返りの薬が、いくつかの製薬会社に狙われていて、それがギャング、要するに犯罪組織を雇っているので、私にメールを送ったが最後、マヤだけでなく私の命も危なくなる…

「世界でいちばん大きなコンドルっていう私の伝言、あなたなら解読できるってわかっていたから、ナスカに通う仕事仲間にあなたのことを話して、もしあなたを見たらわかるようにしてたのよ…」

　私はバスの中でもう私だとわかっていたのかと、キミコに向かって

目くばせしてみた。

キミコは首を振っている。

「マヤの友達にしては、年を取りすぎてる気がしたから。」

ああ、そうか、そうだった。それにマヤはものすごく若く見える。17歳、どう頑張っても19歳より上には見えない。

「すごいでしょ？」すぐに私が何を考えているか察した。いつもそうだ。この結びつきがあるから、私は彼女を、他の誰よりも慕うのだ。二人の人間のこんな結びつきがもたらす親しみは、言葉で表すことができないが、それは世界じゅうの何よりも素晴らしい。いや、今ふと、これはヤナンティンではないかと思った…

「大丈夫、私のいるピサグアまで来たら、あなたが20歳より若くなるようにしてあげる。一緒に若さを楽しみましょう。」

「ピサグア？」まだ新しい記憶に突き動かされて、私は素早く反復した。

「チリだけど、心配しないで、ペルーとの国境から遠くないところよ」マヤが説明する。私はそれがどこだか知っている。ウルピ・クントゥルが、「身体の身体」バッグの魔力の源の一つが、イスルーガすなわちピサグアの港を見下ろす山地に伝わる「タレガ」＊219の秘密だ、と言っていた。私は何も言わない。ただ黙ってうなずき、鳥肌が私の身体に果てしなく広がっていくにまかせている…

　自分の幸運が信じられない。本当に、やったのだ。世界の果てで、失った親友を見つけたのだ。彼女を探しながらくぐり抜けてきた夢や幻、旅、愛、幻覚、死、そのほかの現実の様々な相は、酔いが覚めて終わるようなものではない。月曜日の朝が来て終わるものでもない。年老いて終わるようなものでも、マヤが永遠にいなくなってしまったという事実を受け入れることで、終わるようなものでもない。

　私は現実の相と相とのあいだに、奇跡を見いだしたのだ。

 ＊219　31章の「身体の身体」に関する注釈を参照。

献　辞

　この本を、2018年元旦のお祝いの席で、まるで糸紡ぎ女の姿をした運命の三女神のように、私に日出づる国のために『オリジナル・アストロモーダ』を書いてほしいと頼んできた、サマディとドゥルガ、ガーヤトリーに捧げる。

愛をこめて　ナガヤーラ

翻　　訳：江角　藍
イラスト：Eva Drietomská
　　　　　LE
　　　　　Emico Miscella
　　　　　都築 絢加
　　　　　Jana Kleinová
カバーデザイン：Kristýna Tomanová
写　　真：NagaYahRa
　　　　　Pietro N.Ferrari
　　　　　Renee Garland
進行管理：Barbora Plášková
編　　集：Eva Sára Eichlerová
　　　　　Kateřina Coufalová
本文レイアウト：Dana Příhodová

ASTROMODA®とは

人の運命を司る鍵として占星術を好んでいたナガヤーラが、星の助けと
至福をもっと気軽に多くの人々へという願いのもと創り出したアストロ
モーダ。生まれた瞬間の星の位置は、その人の性格や人生、身体に刻印
されるため、アストロモーダでは身体に刻印された星から、その星が喜
ぶ色、素材、天然石、デザイン、シルエット、ラインなどのファッショ
ンスタイルを読み取ります。仕事、キャリア、人間関係、運勢、ソウル
メイトなど実生活で求める答えへのヒントを授けてくれるだけでなく、
弱点を癒し、人生の悩みや問題を調和させ、運と豊かさを高めてくれる
アストロモーダは、私たちがファッションの錬金術師になるためのツー
ルです。人生に綻びが生じた時、本来の自分を表現したい時、人生を次
のレベルにアップグレードしたい時には、是非アストロモーダを使って
ドレスアップしてみましょう。

ナガヤーラに師事し、フィリピンにあるアシュラム（修行場）に定期的
に滞在し学びを深めている生徒たちがアストロモーダの他にもヨガ、占
星術、瞑想、タントラなどの教えを使ってカウンセリング、ワーク
ショップを行っています。ご興味のある方はこちらのホームページをご
参照ください。

オリジナルアストロモーダ　http://originalastromoda-jp.com

著者プロフィール

NagaYahRa（ナガヤーラ）

1971年チェコスロバキア出身（現：チェコ共和国）
占星術師、神秘家、預言者、作家。
幼い頃から見えない世界の存在とコンタクトを取り、様々な神秘体験を
重ねる。11歳の頃、意識不明の重体になり3日間生死を彷徨う。奇跡的
に意識を取り戻した際に「人生は自分のものではなく、与えられたギフ
トだ」と気づき、この気づきと体験は彼の人生に大きく影響を与える。
その後ロッククライミングと出会い、プロのクライマーとして活動する
中、当時の国の共産主義体制に疑問を抱き18歳でイタリアに亡命。イ
タリアでスピリチュアリズム、占星術、宗教学など様々な形而上学に触
れ、アルコ山での禁欲的な修行を続け21歳で悟りに到達。1995年にエ
ジプトへ渡りメンカウラーのピラミッド内で一晩、瞑想と儀式を行いイ
ニシエーションを受ける。翌年、インドにてタントラ神秘主義のグルの
元で密教的な悟りを得た後、ワークショップ、ティーチング、執筆活動
を行いながら世界中を旅し、シャーマン、ラマ、サドゥー、ヒーラー、
司祭、禅の達人、錬金術師、科学者の元で様々な伝統的叡智を学ぶ。ナ
ガヤーラはその幅広い知識、深い神秘的な経験と気づきに基づき、現代
に生きる私たちが「自分らしさ」と「自分の人生の意味」を発見するた
め様々な教えを創り出し、彼の元を訪れる人々へ伝えている。

オリジナル アストロモーダ
Original ASTROMODA Ⅱ. インカの鏡

2021年12月7日　初版第1刷発行

著　者　NagaYahRa
発行者　瓜谷 綱延
発行所　株式会社文芸社
　　　　〒160-0022 東京都新宿区新宿1-10-1
　　　　　　　電話 03-5369-3060（代表）
　　　　　　　　　 03-5369-2299（販売）

印刷所　図書印刷株式会社